明治深刻悲惨小説集

kōdansha bungeibunko

講談社文芸文庫 編

齋藤秀昭 選

講談社文芸文庫

目次

I

夜行巡査　　　　　　　　　　泉　鏡花　　　五一

大さかずき　　　　　　　　　川上眉山　　　九

II

乳母　　　　　　　　　　　　北田薄水　　　一七一

断流　　　　　　　　　　　　前田曙山　　　九七

蝗(いなご)うり　　　　　　　田山花袋　　　七三

明治深刻悲惨小説集

I

川上眉山(かわかみ・びざん)
一八六九・四・一六〜一九〇八・六・一五　大阪生まれ。本名は亮《あきら》。八五年、東大予備門に入り、尾崎紅葉、巌谷小波らを知る。八六年に硯友社の同人となり、戯文小説「雪の玉水」(未完)を発表。のち、作家を志して東京帝大文科大学を中退。『墨染桜』が出世作となる。徐々に硯友社の戯作調からは遠ざかり、九五年発表の悲惨小説「大さかずき」が大好評を得る。その後文学的な停滞や生活苦の中、紀行文「ふところ日記」や農村悲劇を扱った力作『観音岩』を発表。一九〇八年、突然の自死が世間を驚かす。作品に「書記官」『網代木《あじろぎ》』他がある。

大さかずき

川上眉山

一

「実に済まねえ。済まねえが父様《とッさん》ここだ。ここん処を何《ど》うかまあ辛抱しておくんなせえ。三年と言やア長えようだが、ナーニお前《めえ》、暮して見りゃア造作はねえや。然しお前も取る年だし、其上不自由な身体で居るのを、一人放出《ほうりだ》して行った跡じゃア、さぞ心細かろう淋しかろうと、思やア我慢にも踏出せねえが、父様、其代りにゃア末があらア。ここを一番ぐッと踏堪《ふんごた》えてくんねえか。己《おら》ア屹度《きッと》遣《や》って見せる気だ。同《おんな》じような稼《かせぎ》に行って、立派になった奴がいくらも有るというが、己《おら》ア其奴等《そいつら》に負けやアしねえ。ぐッと乗越した処へ泳出して見せらア。喃《なア》父様、己《おら》が一生の願《ねげえ》だ。諾《うん》と言って一つ己を遣ってくんねえ。

つい此間の事だッけ、佐賀町《さがちょう》河岸《がし》を虚舟《から》で帰《けえ》って来る途中でよ、ふらふらッと考《かんげ》え事を始めたが、冒頭《のッけ》に胸へ浮かんだのはお前《めえ》の事だ。己《おら》ア実に意気地がねえ。寄合世帯《よりええじょたい》の彼《あ》様《ん》な処へ、一人の親をくすぶらして置いてよ、馴れねえ身体に杖を支《つ》かせて、毎日《めえにち》稼がせるたア何《ど》う考《かんげ》えても済まねえ事だ。ああ、何うかして気楽な身にさせねえじゃアならねえ。如彼《ああ》して目《め》が見えなくなって仕舞っちゃア、さぞ世の中が詰るめえ。人一倍面白《べえおもしれ》え事をさせて遣らざアならねえが、それにつけても、いつまで此様《こん》な事してぐずぐずしちゃア居られねえ。己ア何うしても船頭で果てる気は無えや。べらぼうめ。鍛込《きてえこ》んだ五尺の身体だ。気の利かねえ櫓綱に取着《とッつか》まって、閼伽《あか》の中で老込んでなるものか。うんと乗出せ、世界中《せけえじゅう》が金の山だア。なんぞと思込んで夢中になってね、船の曲ったのも知らずに漕いだからお前、河岸に繋《もや》ってある高瀬へ突掛《つッか》けて、先方《むこう》の舵を打砕《ぶッこわ》して仕舞ったアな。己ア実にきまりが悪かったぜ。

何も亜米利加《アメリカ》三界《さんげえ》まで行かずともと、お前は思うかア知らねえが、己も又お前の事が気になるから、なんら此地《こッち》に居て遣れる仕事をと思わねえでもなかったが、父様、引込思案でいじけて居ちゃア、ろくな稼は出来ねえや。勝蔵親分も己の腹の中を察して、連れて行って遣ろうと親切に言ってくれるんだ。彼《あ》の人はお前、十年から彼地《あッち》に居て、先方《むこう》の事は鵜《う》で居るから、先へ行ってまごつくような事は屹度《きッと》ねえよ。己アまあ一人じゃア、行こうと思って極めて居るんだ。父様、悪いと思ったら言ってくんねえ。相談と言ったのは是だ。己ア死物狂いで遣って来るが、何うだお前、其間、おッ堪《こら》えて待って居てくれるか。」

思込んで言う口元はきりりと締まって、骨格逞しく今が血気の二十二、裄《ゆき》の短い目盲《めくら》縞《じま》の筒袖からはみ出す両肱の節くれ立ったのを無造作に組合わせて、据眼《すえまなこ》に父の答を待って居る様子は、いかにも一心を籠めたらしく見える。

差向いに坐って居る老爺《おやじ》もきかぬ気の面構え、剃りこぼった頭の処々、最早初霜の跡がちらちら見えるけれど、岩丈《がんじょう》作りの骨節は干枯びた中にも流石に屹《きッ》として居る。一文字口二段鼻、まだまだ確《しッ》かりした男ではあるが、哀れ両眼は直《ひた》と盲いて居る。

首を斜めに肩を少し怒らせて、我子の言葉をつくづく聞いて居たが、「うむ、可矣《よし》、豪気だ、遣付けろ。腕一杯《ぺえ》に遣付けろ。梅《うめ》、手前《てめえ》もいい野郎になったな。手前が左様《そう》いう気を出してくるのは己ア実に有難《ありがて》え。ナーニ、あとの事は案じるな。己《おら》も男だ。何をくよくよ思うもんか。高が三年や五年の間、ぐッと一寝入して待って居たッて済まア。此方《こっち》の心《しん》配《ぺえ》は些《ちッと》もいらねえ。今でも鋼鉄《はがね》の平作《へいさく》だ。己アまだまだ老込まねえ。目こそ満足に遣《つか》えりゃア、手前と一所に行って見る位《くれえ》な元気だ。アハハハハ、行け行け。行かねえじゃア譃《うそ》だ。何でも一番うまく遣って、己の鼻も高くなるような、立派な身の上になってくれ。己ア今ッから楽みにして待って居るぜ。」

ああ、其実《そのじつ》平作は疝気《せんき》で悩んで、昨夜も一晩寝られなかった位だ。一昨日も起きられない身を我慢して、杖を力に漸《やッ》と仕事に出たが、途中の坂で流石の強情も遂にへたばって、片手に笛を持ったまま、辛うじて支《つ》いて居た杖に取縋って、稍多時《ややしばし》は前へも踏出せなかった。「ああ己も年をとった」と、思わず出た言葉もつくづく身の衰えを感じたからであろう。けれども今は十分の元気を装って物の見事に言ってのけた。閉合った目は淋しそうに笑を含んで、我子の方へ向いて居る。

聞いて梅吉はぞくぞくするほど嬉しがった。着物に余る膝頭の前を掻合せながら乗出して、

「父様《とッさん》、よく言ってくれた。何にも言わねえ忝《かたじ》けねえ。父様なればこそ左様《そう》いってくれるんだ。其有難え挨拶に対しても、己ア屹度遣って来るよ。行って帰《けえ》った暁にゃア、望次第《しでえ》の贅沢も為てえ放題《ほうでえ》させて見せらア、己ア真箇《ほん》に腕ッ限り魂限《こんかぎ》り遣って遣って遣りぬく気だ。」

と思わず拳に力も這入る。平作も身を進めて、

「うむ、うむ、手前なら屹度遣るだろう。ああ己アいい子を持った。」

「ナニお前、誉めるなア未だ早《はえ》えや。だが己ア、少しの中でもお前に別れて居るのが実を言やア、嫌だけれど、それを言った日にゃア仕様がねえ。」

と流石に少し萎れ顔、聞く身の思も色には出たが、忽ち変って声鋭く、

「べらぼうめ、其様《そん》な気で可《い》けるもんか。己を見や。此様《こん》な身体で居るけれど、これンばかりも弱い音《ね》は吹かねえ。」

一揺身《ひとゆり》を揺って梅吉は又乗出した。目には一雫涙を浮べて、

「父様、有難え、有難え、己ア礼のいい様も知らねえ。最う逡巡《あとびっしゃり》は決してしねえよ。一も二もなく我無者《がむしゃ》に飛出さア。喜んでくんねえ。」

「それでこそ己《おれ》の子だ。己《おら》ア外に言う事アねえ。ただ確《しッ》かり遣ってくれろよ。」

「うん遣らなくッて、何うするものか。」

と声に力の籠る折節、台所の方からかん高な女の声で、

「梅様《うめさん》、今鰻と酒が来たが、こりゃアお前が誂《あつら》えたんだろうね。」

「左様《そう》だ左様だ。今そっちへ行くよ。」と、父の方《かた》へ振返って、「父様、お前の好な蒲焼が来た。一盃《ぺえ》飲んでくんねえ。」

「手前又費《つい》えな事をしたな。止しゃアいいに。」

「ナーニお前。」

と捨台辞《すてぜりふ》で梅吉は出て行った。

平作は唯心の中に、ああ可愛い奴だ。一日も早く出世をさせて遣りてえ。己《おれ》の身体は何うなっても構わねえ。うんと気丈夫にして出して遣ろう。己ア最う沢山だ。先は見えてらア。これが真実《ほん》の娑婆塞《ふさ》げだ。こんなものに気を置かしてなるものか。左様《そう》だ。左様だ。

とばかり眉は自然《ど》と寄る途端、梅吉は無骨な手つきで膳を持って這入《はい》って来た。傍に出て居る火鉢を除けて、足の曲った能代《のしろ》の膳の縁の、離れて居ない方を父の前へ差向けなが

ら、「さあ父様、始めよう。いいか注ぐぜ。」

「うむ、此奴《こいつ》ア御馳走だ。手前の志だと思やア、己ア真箇《ほん》にうまく飲めるぜ。」

「左様《そう》いってくれりゃア、酒が活きらア。まあまあ重ねねえな。」

肴といえば鰻と菜漬ばかりだ。器はいずれも満足なものはない。部屋は素より風穴だらけで、根太は夙《と》うから抜けて居るから、腹の切れた畳は波をうって居る。天井といえば屋根裏ばかりの、何処も彼処《かしこ》も煤古《すすぼ》けて居る。此様《こん》な中にも、金で買われない春は二人の間にある。

「梅、手前は些《ちッと》も飲まねえじゃアねえか。己ア酌をしてえが勘が悪いから。」

「ナーニ先刻《さッき》から一人で飲《や》って居るよ。うむ、すッかり忘れて居た。己ア此間一寸山仕事を遣らかしてね、儲けた金がここに八両ばかり有る。何かの足しにお前取って置きねえ。それから今度行く事が極まりゃア、親方から遣《よこ》す金も少しある。それも皆《みんな》お前に遣らア。」

盃を下に置いて平作は手を掉《ふ》った。

「ナニ己アいらねえ。何日中《いっかじゅう》くれたのも、未だ手を付けねえでそッくりして居らア。食って行くばかりなら按摩でちゃアんと渡れるんだ。其様《そんな》に貰ったッて仕様がねえ。手前それで出稼ぎのお名残に、何か前祝でも為《す》るがいいや。」

「祝は帰《けえ》って来てから思うさま為らアな。其様《そん》な事を言わねえで取って置きねえ。え、よう、折角持って来たんだ。」

暫く押合ったが遂に取らせた。流石平作は老人染《としよりじ》みて、

「手前は何うして此様《こんな》によく気を付けてくれるんだ。己アついぞ親らしい事もしず、野放しに抛出して育てた手前だが、親と思やアこそ斯うして始終……、ああ子は持ちてえもんだなア。梅己ア決して忘れねえよ。」

此上優しい言葉を掛けられたらば、涙もこぼしそうな様子で、殆ど泣声で言出した。首の骨を曲げた事は無《ね》えと若い時分言われた意地も、容易《たやす》く折れて手をつくのを梅吉は慌て押止めた。

「何だな。止しねえ、見ッともねえ、お辞儀なんぞをして、其様な事をされちゃア己ア困っちまわア、子が親にするに何の不思議があるものかな。左様《そう》かと言ったッきりで黙って納《しま》ってくんねえ。」

周辺《まわり》の壊れた火鉢の上に手を負いながらも湯気を吹いて居る鉄瓶の中から新らしく燗のついた徳利を引抜いて、

「さあ、熱いのが出来た。最う少し飲《い》きねえ。お前まだ些《ちッと》も酔わねえぜ。」

「ナニお蔭でいい心持になった。いつも左様いうが、手前と飲むと早く酔うぜ。」

「己《おら》もお前と飲むほどいい心持の事はねえ。だが喃《なア》父様、今に確《しッ》かり儲けて帰《けえ》って、こうして又二人で飲んだら、其時ア何《ど》んなにいい心持だろうな。」

「左様《そう》とも、左様とも、早く左様いうようにしてくれろ。」

「父様、一つ差そう。」

「うむ貰おう。」

父も喜び子も喜んで、彼是《かれこれ》する中《うち》に時も移る、酔えばいよいよ大束《おおたば》に出て、さも勇ましく今度の見込を話す梅吉の言葉を、喜んで平作は身を入れて聞いて居る。果は前後も左右もなく、我子の愛というより外は何も彼も忘れて、其昔寐酒の膳の傍に未だ十歳《とお》ばかりの梅吉を引付けて、「梅手前は強《つえ》えなア」と肴を挟んで与《や》った時のように、何とも知らずいい心持になった。

「最《も》う飲《い》けねえ。すッかり酔ッちまったぜ。ああ酒はいいものよなア。何んな時に飲んでも事が面白くなる。ここが有難え。」

「まだお前余ッ程あるぜ。じゃア残して行こう。そんなら父様いずれ改めて暇乞に来らア。これから帰《けえ》って親方に其事も話をして、それから勝蔵親分の所《とこ》へ行って来よう。」

「最う行くのか。まあいいじゃアねえか。」

「うむ、又来るよ。」

「左様か。じゃア又其中に逢おう。」

梅吉はやがて帰って行った。時は早暮方になって、片隅から次第に暗くなって来た。豆腐屋の声と茹出温飩《ゆでだしうどん》と売残りの塩辛が入乱れて行く跡から、何処の製造所から出て来たか腹の減ったような顔付をした一群《ひとむれ》が、思い思いの足並で往還《おもて》を通過ぎる。路次向うでは赤ん坊が泣出す、隣の家《うち》では膳を踏返す。何の祝か遠くの方で花火の音が聞える、鍛冶屋の槌が鳴渡って、米屋の臼が響くという其中に埋って平作は柱に凭《もた》れながら、半ば眠ったようにポツネンとして居た。折しも吹起る風の音に、気が付いて耳をそばだてて、

「ああ悪く風になったな。梅は住馴れちゃア居るだろうが、川ッ端は嘸寒《さぞさぶ》かろう。」

楯になって居る破障子はどッと吹撲《ふきなぐ》られて、今にも飛んで行きそうだ。

「ああ梅は最う家《うち》へ着いたろうか。」

遥かに法華寺《ほッけでら》の太鼓が聞える。四辺《あたり》はすッかり暗くなった。

二

号外の呼声は遠くなって、いつも通る辻占売《つじうらうり》も未だ廻って来ない宵の取付《とりつき》、左衛門河岸《さえもんがし》の裏道を辿って行く一人の女がある。三河屋と大きく仮名で散らしたぶら提灯をさげ、棒縞の半天の袖に千草色の包を抱えて、島田は根が重たくッてと言いそうな銀杏返しに銀の一本挿、東《あずま》下駄の突掛工合にも俠《きゃん》という処が見えて、白粉《おしろい》無しの口紅ばかり、少しは御自慢らしい風の娘だ。

恰度《ちょうど》其時後から、俯向きながら歩いて来る大男がある。女の足の造作もなく追付かれて、前の娘は何心なく振返った。

「おやッ、梅じゃないか。」

　提灯を取直して莞爾《にッこり》見上げる。男はそれと見て忽ち顔を和らげた。

「おお、お千代《ちよ》さん。今時分何処へ。」

「何処へも無いもんだ。お前は酷《ひど》いよ。」

「何故《なぜ》々々。」

「此提灯で誰だか分りそうなもんじゃないか。後から来ながら声も掛けないんだもの。たんと左様《そう》するがいいのさ。」

「詰《つま》らねえ事をいうぜ。己《おら》ア考《かんげ》えながら歩いて居たから、前なんざア見やしねえ。」

「何を考えながら歩いてたの。誰かの事をかえ。」

「止せえ。癪《しゃく》をいうなえ。真実《ほんとう》に何処へ行ったんだよ。」

「いい処《とこ》。」

「話しねえな。」

「何ね、一寸用があって大富さんの処まで行って来たんだよ。真実《ほんと》にいい処で遇ったねえ。お前は嫌だろう。」

　と擦寄って一寸顔を見る。見返す梅吉も万更でない笑顔で、

「馬鹿ア言いねえ。さあ、一処に帰《けえ》ろう。」

「直《じき》に帰らなくッたッて可《い》いじゃないか。未だ早いやね。真実に態《わざ》と拵《こさ》えたように落合っ

たねえ。私ア此様《こんな》に嬉しがってるのに、お前は何とも思わないから平気だよ。憎らしい。」

と優しく睨む。

「べらぼうめ、男というものはな、表へ出して其様《そんな》にぎゃアぎゃア騒ぎゃアしねえ。これでも腹の中じゃアな、」

「無拠《よんどころな》くと思ってるんだろう。お前は不実だよ。」

手を挙げて二の腕をぷッつり、梅吉は大げさに顔を顰《しか》めて、

「あ痛《いて》え、邪慳《じゃけん》な事をするぜ。そんなら一寸何処かへ寄って行こうか。左様《そう》いえばお前《めえ》に話して置きてえ事もあるんだ。」

と打解けて物和《ものわ》に出る。そうなると又女の方は拗出《すねだ》して来る。

「何もお附合《つきあい》に其様《そん》な事をしなくッてもいいよ。」

「其様な事をいうなえ。おつう悪く出るぜ。最《も》う斯《こ》うなっちゃア嫌だッたッて連れて行かア。」

と少し御機嫌を取る。お千代は片笑凹《かたえくぼ》に内心を見せながら、

「そんなら負けて上げようか。」

「なぞと恩に着せる奴さ。余《あんま》り粗末にすると男罰が当るぜ。」

「おほほほほ、さあ行こう。」

と言いながら持って居た提灯を吹消す。

「何だッて消しちまったんだな。下らねえ事をするじゃアねえか。」

「私ア闇の方が嬉しいわ。」

「なアんだ。」と二つ笑った様子、「闇が好けりゃア盲目《めくら》に成んねえ。」

二足三足前へ歩出した。お千代は後から追掛《おっか》けるような調子で、

「人の気も知らないで何だねえ。あれ、恐いから手を引かれておくれよう。」

「チョッ、困った孩児《ねんねえ》だなア。」

軒の下に寝て居た赤犬は吠えようか吠えまいかと言う風で、怪訝な顔をして後を見送った。闇は遠くなって行く足音を埋めて、只見《と》る中に二人は横町へ曲った。

路次を抜けて左へ折れて、浮世鮨《うきよずし》の角から右へ這入れば、其処は阿多福《おたふく》新道と言って、艶《なまめ》かしい住居《すまい》が並んで居る処、「黄金升《こがねます》にて米量《よねはか》る」と怪しげな声で若衆《わかいしゅ》が稽古して居る出格子の家から三軒目に、鳥という擦硝子《すりガラス》の招牌《かんばん》を掛けた家がある。浅黄の壁に箕垣《みのがき》という拵《こしらえ》の処から這入って、飛石伝いにずッと通れば、安普請の見付《みつき》ばかりの、鈴虫の籠というような建築の二階家がある。室《へや》は大抵二畳三畳四畳半、大きな胡瓜があれば挿《はさ》んで遣りたいような小間《こま》ばかりで、細長い縁側が蜘手《くもで》に折曲って居る。表二階の裏梯子を下りると、猫の額ほどな中庭があって、横手に又一つ小座敷がある。床には贋一《まがいいっちょう》蝶の浮世人物、脇に氷柱形《つららがた》の掛花瓶《かけはないけ》が水も入れた事もないから中は塵埃《ごみ》だらけで、誰が譃戯《いたずら》をしたのか護謨《ごむ》細工《く》の花簪《はなかんざし》が挿してある。

暫くして其室《そのへや》に姿を見せたのは先刻《さッき》の二人だ。鍋を中に差向って箸を余所《よそ》に談話《はなし》をして居る、梅吉の煙管《きせる》の詰ったのを、お千代は通して遣りながら、

「女房がないと如此《こう》だから困るねえ。」

「一人ありゃア沢山だ。」

「おや何処に。」と白ばッくれる。

「べらぼうめ、外に有るもんかえ。其奴《そいつ》はな、三河屋の娘でお千代と言ってな、自慢じゃねえが美《い》い女よ。お前《めえ》まだ遇った事はねえか。」

「馬鹿にお為《し》でないよ。お前は何だか当にならないよ。」とは言ったが腹では莞爾《にッこり》。

「これほど惚《のろ》くなっても、未だ不足か。だが喃《なア》、考《かんげ》えて見りゃア気が咎めらア。」と口三味線で、「大事々々のお主様《しゅうさま》、勿体ながら家来の身、」

「おほほほほ、久松にしちゃア色が黒いねえ。」と掃除を仕舞って弗《ふッ》と吹いて見て、

「一服つけて上げようか。」

「うむ、気が付くな。お前のなら美味《うま》かろう。」

「嬉しがらせはお止しよ。そりゃア何《ど》うせ中洲《なかず》の彼《あ》の人見たいにゃア行かないのさ。」

「止しねえ。彼様《あん》なものを兎や角いったッて始まらねえ。」

「お前は性悪《しょうわる》だから油断がならないよ。」

と言いつつ一寸吸付けて、

「さあ。」と煙管を差出したが、「おお苦い。」と顔を顰めて口を拭く。

「ハハハハ、お前初めてか。」

「誰が外の人に此様《こん》な事をするものかね。」

談話《はなし》が途切れて食事が始まる。やがて梅吉が差出す猪口《ちょく》に、お千代は手軽く酌をしながら、

「お前先刻《さッき》私に話して置きたい事があるとか言ったね。何だえ。」

「うむ、そりゃア是非話さなければならねえ。少し真面目な事だ。」

「二人で世帯を持とうとでも言う事かえ。」

「其もあり是もあるんだ。」

「おや嬉しいねえ。早くお話しな。」

とお千代は乗出す。梅吉は膝を直して、容《かたち》を改めるというほどでも無いが、少しきまって、

「まあ一盃《ぺえ》注いでくんねえ。おッと可《よ》し、」と一口飲んで下へ置いて、「お前《めえ》まアよく聞いてくんねえ。己ア見掛けた山があってね、此頃に遠い処へ出稼ぎに行く事にしたんだ。」

話出すのをお千代は遮った。

「一寸待っておくれ。お前私を置いて何処かへ行くのかえ。私ア嫌だよ。好い事かと思っ

たら何だねえ其様《そん》な事を。」

「まあ聞きねえ。それも一つにはな、親父に飽くまで楽をさせてえし、一つにはお前《めえ》だッて、今の己《おら》の身の上じゃア、貰《もらい》掛けた処が親方がてんから承知もしめえ。そればッかりじゃアねえ、己《おら》だッても、人に押されねえ身になりてえや、そこで己《おら》ア身上《しんしょう》を拵《こさ》えに、一番力瘤で出掛ける心算《つもり》だ。左様《そう》すりゃア暫くの間は、お前にも別れて居ざアならねえ。お前もまあ乗掛《のッかか》った船だ。それも嫌なら仕方がねえけれど、己《おら》を思ってくれるなら、帰《けえ》る時まで我慢して待って居てくんねえ。己《おら》の為なりお前の為だ。ぐッと呑込んでいい挨拶をしちゃアくれめえか。」

目瞬《またたき》もせずお千代は梅吉の顔を見詰めて居る。言終って梅吉も亦《また》じッと見返した。

「そしてお前何辺《まえどッち》の方へ行くの。」

「ぐッと乗切《のッき》るんだア。先は米国《アメリカ》だ。」

「米国。」と目を見張って、「あの大津絵で唄う米国かえ。何だッて其様《そん》な処へ行っ仕舞《ちま》うんだねえ。私ア嫌だよ。其様な遠い処へ行って跡の私を何《ど》うするんだえ。私ア嫌だよ。一寸逢うッたッて中々逢われやしないじゃないか。嫌だよ。嫌だよ。私ア聞かないよ。」

「分らねえなア、」と眉を顰《ひそ》めて、「それだから事を分けて言ってるじゃアねえか。」

「私は何《ど》うせ分らないよ。」と生娘らしいダダをいう。

「其様な事を言っちゃア困らアな。冗談じゃアねえ。落付いてよく考《かんげ》えて見ねえ。」

お千代は聞入れず只首を掉《ふり》通す。

「私ア嫌だよ。何が何でも嫌だよ。一日だッても私ア離れる気はないよ。お前それでも強《た》ッて行くんなら、私を一所に連れて行っておくれ。」

「仕様がねえなア。聞きねえ。そりゃア己だッてもな、お前に別れるのは勿論嫌だ。嫌は何処までも嫌だけれど、そこが浮世だ。左様《そう》両方いいようにゃア行かねえ。当座の別離《わかれ》を兎や角《こう》いうのは、そりゃアお前鼻元思案だ。ぐッと先へ目を付けねえ。斯うしてぐずぐず萎びて仕舞うか。うんと大《でか》ばちな身の上になるか。考《かんげ》えなくッても分るだろう、お前《めえ》どっちがいい。苦労の為時《しどき》ッて言う若《わけ》え年頃をあッけらかんと暮らしてなるものかな。お前も従っていい目に遇うんだ。お前此位《このくれえ》な辛抱が出来ねえか。」未だ肚に嵌《はま》らねえかと、顔に言わせて屹《きッ》と見込んだ。流石《さすが》にお千代も折れて来て、そう我儘も言わなくなる。

「それなら何《ど》うしてもお前は行くの。私はまあ何うしようねえ。」投首で萎出《しおれだ》したが、

「そしてお前何の位の間行って居るの。」

「見込をつけた処は三年だ。」

「え、三年。」と又目を見張って、「そんな長い間顔を見られないのかえ。私ア嫌だよ。嫌だよ。嫌だよ。」

と又蒔《まき》直しをする。

「そこが辛抱だ。お前の肚は分ってるが、ここは何うしても己を立ててくれなくッちゃアいけねえ。」

「お前は自分の勝手ばかり言ってるよ。分ってるとお言いだけれど、お前私の身に成っても御覧な。其間私アまあ何んなだと思って居るの。些《ちっと》はお前察しておくれよ。」と心細い声で言出す。

「尤だ。そりゃア己も思わねえじゃねえ。」

太い声もいくらか物優しくいう。お千代は尚もしんみりと、

「私のようなものだッて、お前可憫《かわい》そうじゃないか。私ア何うしても離れる気はないよ。お前は平気で私を置いて行くほど、それだけ情がないのだよ。彼地《あっち》へ行ったらお前又浮気をお為《し》だろう。」と怨言《うらみ》まじり。

「べらぼうめ。其様《そん》な気楽な事が出来るもんかえ。最う文句はいらねえ。待つか待たねえか返事をしろ。嫌なら嫌でいいや。勝手にしねえ。」

と癇癪声、お千代は吃驚《びっくり》して顔を見上げた。

「あら、お前怒ったの。」

「怒りゃアしねえけれど、何時《いつ》までも形《かた》がつかねえからよ。己ア其様に優長《ゆうちょう》にしちゃア居られねえ。」

「お前は何故そう気強いのだねえ。私ア待たないとは言わないよ。けれどもお前、別れる

のが辛いという私が悪いかえ。」

「だッてお前《めえ》仕様がねえや。」

「私ア何《ど》うして可《い》いか分らなくなって仕舞ったよ。それなら何だね、斯《こ》うして談話《はなし》をするのも最う僅の中《うち》だね。私ア最う何だか悲しくなって……。」

「左様言ってくれるな。己だッてもお前を忘れる空はねえ。」

顔を見合せて暫く無言、目は互に物を言って居る。流石女気のお千代は涙、梅吉はそれなり俯向いて仕舞った。徳利《とックり》はいつの間にか冷くなって居る。

三

立並んで居る船宿の中で三河屋が一番早く起きた。今日は梅吉がいよいよ行くという日だ。立振舞の酒を出して、親方は目出度く門出を祝ってくれる。朋輩の誰彼も、じゃア達者で行って来ねえと、言葉は淡白《あッさり》して居るが、十分実意を含んで、銘々に別離《わかれ》の心を酌交わす。そんなら是から親父の処へ暇乞にと、漸く其処を立出《たちい》でたのは未だ朝汐の退かない時分であった。

河岸には始終上乗りをした舟が、舳《へさき》を並べて繋《もや》ってある。水は無心に流れて行く。朝霧を冠《かぶ》って居る厩橋《うまやばし》は墨絵のようで、向島《むこうじま》はただ髣髴《ほうふつ》として居る。

ああ、数えて見れば幾年越、朝夕となく通馴《かよいな》れた処、今が別れかとつくづく見渡せば、勇む心も流石にたじろいで、暫く其場を去りあえず佇《たたず》んで居た。水に曝《しゃ》れて腐込《くされこ》んで居る杭に古簑の破れたのが引掛って居るのも、心あって目を付ければ何となく裏悲しくも見える。

思返して漸く歩出した。親父の方へ行く前に梅吉は一つ寄る処がある。先刻《さッき》家の首尾を拵えて三河屋を一足先に出て行った人がある。梅吉は其人と落合わなければならぬ。梅吉は急ぎ足になって其方へ行った。只《と》有る淋しい町の二階で、梅吉の上って来る影を見るより、待って居たよとばかり飛立って迎えた人がある。それはお千代だ。

＊　　＊　　＊

「あのねえ。これは紫繻子で異《おか》しいけれどねえ、昨夜私が秘密《ないしょ》で拵《こさ》えた胴巻だよ。先達《せんだッて》よく締めて居た帯を破《こわ》したんだから、お前後生だから何《ど》うぞ身につけて行っておくれな。其中にお金が少し這入ってるよ。それはお前も知ってる田舎の叔母さんがね、何か買えッて私にくれたんだよ。それから水天宮様の護符《おふだ》も這入ってるよ。それからね、大変あつかましいけれどね、」と一寸羞かしそうに笑って、「私の写真も這入ってるよ。」

「そりゃア種々《いろいろ》と有難え。帯を胴巻とは妙に思付いた。帰《けえ》って来るまで肌身を離すめえよ。其金は己《おら》アいらねえ。」

「左様《そう》いわないで私の心意気を受けておくれよ。少しばかりだけれどお前の何かの足しになったと思えば、私ア何《ど》んなに嬉しかろう。私ア知ってる通りおッ母《かア》がふんだんだから、それが無くッても少しも不自由はしないよ。」

「じゃアまあ貰って置こう。ああお前も己のようなものに掛り合ったが因果で、いろいろ気を遣わせると思やア、己《おら》ア真箇《ほん》に気の毒でならねえ。」

「其様な事はいいけれど何うぞねえ、一つ事を五月蠅《うるさ》くいうようだが、お前彼地《あッち》へ行ったら身体を大事にして、屹度《きッと》病《わずら》っておくれでないよ。何《ど》うぞ早く帰って来て、ねえ、一日でも早く喜ばせておくれ。それにしても、最《も》う直《じき》に別れなければならないかと思うと、私ア真実《ほんとう》に堪らなくなってくるよ。」

「そりゃア己《おら》だッていい心持はしねえ。」

「何だッて今日に決めちまったんだねえ。」

「其様《そん》な事を言ったッて仕様がねえ、だが喃《なア》、己アお前《めえ》というものがあるので、先方《むこう》へ行ってからも何《ど》んなに励みになるか知れねえ。言うまでもねえけれど、お前も身体を厭《いと》ってな、必ず達者で居てくんねえ。己ア行って仕舞ってからは、帰《けえ》ってお前の笑顔《わらいがお》が見られるというのが最上《いち》の楽《たのし》みだ。」

「私ア別れるのが実につらいよ。」

「最うそれを言ってくれるな。無理にも笑って見せてくんねえ。」

「何うかして最う一日延しておくれな。」

「其様な事を言っちゃア切《きり》はねえ。勝蔵親分は新橋で待合してる筈だ。最う何うにも抜差はならねえ。」

「仕様がないねえ。お前最う外に言置く事はないの。私ア言いたい事だらけだけれど、何だか胸がつかえて仕舞って……。」

「己も何だか別れともねえけれど、最う左様《そう》しちゃア居られねえ。」

「其様《そんな》に早く行っちゃア嫌だよ。」

「それだッてお前……。」

「私ア寧《いッ》そお前と一処に行って仕舞いたいよ。」

膝に縋って、お千代は泣伏す。乱れかかって居る髪と真白な首筋を梅吉はじッと見詰めて居たが、思わず知らずはらりと一雫衿元へつい振落す。お千代は濡優《ぬれまさ》る顔を上げて、

「お前も泣いてくれるのかえ。」

と涙で一杯な目に見上げたが、「お前、」と梅吉の諸手を把《と》って、

「忘れてくれちゃア聞かないよ。」

「そりゃア己も屹度頼むぜ。」

把合った手は容易に離れない。稍多時《ややしばし》は其まま言合したように顔を見詰めて居る。漸く気をかえて梅吉は遂に引離した。

「ああ、斯うして居ると何だか行きたくなくなって来る。己《おら》ア一思《ひとおもい》に出掛けるよ。じゃ

ア困らアな。よ放しねえ。」

と立上った。お千代は無言で裾を押えて居る。

「とめてくれるのは嬉しいけれど、それじゃア己ア困らアな。よ放しねえ。」

お千代は尚確《しっ》かり押えて、忍音《しのびね》に唯泣いて居る。しよう事がなく梅吉は再び坐った。

逢うの嬉しさ別れのつらさ。思う中なら道理《もっとも》ではある。だましつ賺《すか》しつ、漸くの事で納得させて、梅吉は遂に往還《おもて》へ出た。お千代はいきなり手摺の処へ駈出して手巾《ハンケチ》を噛《かみ》〆《し》めてじッと見送った。梅吉も又振仰いで、見れば思えば流石に引かされる。無言で挨拶すれば涙で答える其いじらしさには、踏出す力も一時はなくなった。

「畜生め、おつう遣るぜ。」

と車力体の男は聞えよがしに言って過ぎた。梅吉ははッと急足《いそぎあし》にきまり悪さを隠す。お千代も同じく中へ逃込んだが、細目に引開けた障子の間から、目は何処までも後姿を離れない。鴈《がん》が共音《ともね》に鳴連れて行った。

四

「そんなら父様《とッさん》。」と梅吉は出掛ける。

「うむ、最う行くのか。勇んで行きねえ。文句はいらねえが、うまく遣って来てくんねえよ。」

声尻たしかに父は元気よく言放つ。子は其顔を見詰めて居たが、

「父様、如才もあるめえが、何うぞ先刻《さッき》言った事をな。」

「うむ、呑込んで居るよ。最う何も気に掛けるな。あとへ心を残すようじゃア、先へ行って踏張った仕事は出来ねえ。己《おれ》の事は決して案じるにゃア及ばねえよ。大丈夫《でえじょうぶ》だ。目こそ不自由で些少《ちッと》ひけるが、身体はいつでもシャンと来いだ。さあ行きねえ。ぐッと景気をつけて行きねえ。」

「うむ行くよ。じゃア父様無事で。」

意を決して梅吉は行きかけたが、名残惜しさについ振返る。今まで屹《きッ》として居た平作は、様子を変えて急に立上った。

「ああ梅、」と見当の違った方を招いて、「一寸待ってくれ。」

聞くまでもなく梅吉は駈戻った。見詰める目には有余る心。

「父様、何だ。」

我知らず平作は梅吉の肩へ手をかけて、

「梅、笑ってくれるな。別れに何うかして一目手前《てめえ》を見てえが、そりゃアとても出来ねえ事だから、せめて手探りにでも能く覚えて置こうと思うんだ。梅、親の心だ、探らしてくんねえ。」

「うむ有難え。己《おら》も最う一遍よく父様を見て置こう。」

覚束ない手で平作は撫廻した。梅吉はいうに言われぬ悲しさを覚えて、鷲握《わしづかみ》にして居た手拭で窃《そっ》と目の縁を拭く。

「父様、お前《めえ》よく分るか。」

「分るとも。手前己が目の利いて居た時分と些少《ちっと》も変らねえな。ああ小気味よく肥大《ふと》ってるぜ。何うぞ此身体を瘠せさしてくれるな。」

身体を抱くようにして、見えない目で暫く見詰めた。

「梅、己ア真実《ほんとう》に手前を可愛がったぜ。」

「己だッても喃《なア》、一日もお前を思わねえ日はねえ。」

「達者で居てくれろよ。」

「お前も尚更身を大事にしてくんねえ。」

「梅……。」

「父様……。」

「ああ目が明きてえなア。」

はらはらと落つる梅吉の涙は、肩へ横にかけて居た平作の手首を濡《ぬら》した。平作は心付いてはッと引離れた。

「あははは、つい下らねえ愚痴《ぐち》になったぜ。よしねえ事をした。さあ、一つ笑って別れよう。」

梅吉は返事もせず唯顔を見て居る。

「梅、何をして居るんだ。」

「己ア最う些少《ちッと》ここに居よう。」

「ええ思切の悪い。梅、未練だ。何をぐずぐずして居るんだよ。其様《そん》な事じゃアいけねえ。最ッと威勢をつけや、な。未練だ未練だ。」

未練だという平作にも未練は十分ある。励ます口の下からも、別れともない色は穂に顕われないまでも見え透いて居る。形《かた》ばかりに二人は又別れの言葉を交した。梅吉は未だ其まま立って居る。平作は遂に手を把って外へ押出した。

「いずれ目出度く会おうぜ。」

笑って見せてピッシャリ障子を閉めて仕舞った。梅吉は無拠《よんどころな》く歩出した。

二三間踏出して礑《はた》と立止って我にもあらず振返ったが、それなり又駈戻って来た。

「父様、父様。」

平作も実は障子の蔭で、窃《ひそか》に耳を欹《そばだ》立てて居た。

「何だ。未だ其処に居るのか。何をして居るんだなア。」

とは言ったが急がわしく障子を引明けた。梅吉は直《ひた》と身を寄せて心を籠めた目にしげしげと振仰いで見た。

「父様最う一度顔を見せてくんねえ。」

五

木枯の果が帆柱の森を鳴らして、沖の鷗も何処へか見えなくなった冬の昼過、梅吉は遂に横浜を出て行った。追手の風が残る烟《けぶり》を吹撲《ふきなぐ》った跡は渺茫《びょうぼう》たる水と雲ばかり、汽笛の声も半ばは太平洋の方《かた》へ散って仕舞った。波止場の浪は寄せて返して、其後外国船は度々来たが、言った通り三年の間彼は帰って来なかった。

桑港《そうこう》へ着いてからの彼の歴史は、労働の歴史である。彼は腕の続く限り有らゆる力役《りきえき》に身を委ねた。彼が一念は天晴《あっぱれ》稼出してというより外は無い。斯くして半年余りに漸く百弗《ドル》の金を得たけれども、此《これ》ばかりの事で兎《と》ても満足しては居られない。「こんな道を拾ってちゃア仕様がねえや。」と終りに言放って、更に荒い稼ぎに目を付けた。彼は一転して猟虎船《らっこぶね》に乗組んだ。

ベーリング海の波濤はしばしば彼を呑まんとした。張りきって居る彼の気は更に危険をも感じなかった。アラスカの雪を渡って横手なぐりに吹く風に海は黒吼《くろほえ》に吼えて、寒暖計も為に凍りつめる寒《さぶ》さの中《うち》に、彼は一意奮《ふる》って事に従った。絶海の荒磯際に見るものとては何もない。耳も劈《つんざ》く怪しげな鳥の声を聞いて、遥かに浪を蹴って行く一群の鯨を眺めながら、一盞《さん》のジンに辛くも労を慰める位が山である。そればかりにも満足して、彼は飽くまで辛苦に堪えた。

幾度か彼は故郷を想起したであろう。あわれ老に臨んで明《めい》を失って、憂世の渦中に一人格闘して居る父の上を、彼は思わずには居られなかった。今一人取分けて心を惹く人が、此方《こなた》の空を見詰めて唯待焦がれて居る姿を、幾度か彼は現《うつつ》に見たであろう。されど彼は離れて居る間、よしない物思をしまいと決心した。彼は其思を紛らす為に、進んで忙しい中に身を置いた。彼はただ閑暇《ひま》を恐れた。其上にも有りと有らゆる手段を求めて、それからそれと心を移した。人の思の斯くしても止まるものではない、彼は身を休める直《すぐ》に酒を飲んだ。彼の酒量は非常に上った。酔って其儘寐てしまって、目が覚めるや否や寸時の猶予もせず飛起きて働いた。

運よくも意外の獲物は日頃の十倍に越えて、乗組員は皆多額なる配当の仕合せを喜んだ。多獲《たりょう》の船が着くという報知は早くも桑港に来て、是等水夫の上汁を吸おうという輩は、手ぐすね引いて待網を張って居た。されど梅吉は骨牌《カード》の席へも臨まなかった。紅帳《レッドカーテン》の家へも行かなかった。一瓶のブランデーに疲れを医して、醒める直《すぐ》に他の仕事を求めた。何処を伺う潜り込んだか、彼は熊坂松と綽名《あだな》された下田生れの男と共に又も或る秘密の船に傭われた。彼は並外れたる報酬にかえて、抜売《スマッグラー》の仲間へ入込んだ。

彼はそれより北米沿岸の津々浦々を航海して廻った。一行の仕事は闇の夜である。彼は最もよく其職を尽した船員の一人である。船長の満足は彼に非常の好遇を与えた。彼は其下に立って最も大胆に最も敏活に働廻った。其健腕と其勇気とは、あまねく船中の称する所であった。斯くて彼は遂に太平洋を横ぎって濠洲へと押渡った。再び桑港へ帰った時、人々は莫大の利益に従ってそれぞれの配当を得て、多くは此船を立去ったが、彼は尚留って片腕と頼まれて居た。三たび桑港へ帰った時は彼が予て定めた三年の期限であった。彼は強いて止められたけれど押して船長の許を辞した。船長は給料と利益の配当との外に餞別として更に夥しい金を贈った。上陸しても彼は長く其地に留っては居ない。彼は既に其目的を達した。かの紫繻子の胴巻の中《うち》には合せて今三万弗の手形がある。勝蔵親分の許へ行って十分の礼をして父とお千代とにと目を驚かすほどな土産物を買った後、彼は直ちに帰国の途についた。日は花やかにテレグラフ・ヒルの燈明台を射る冬の朝早く、チャイナ号は彼を載せて海原の霧を分けて行った。

船を共にして帰朝する同国人の中に両人《ふたり》の紳士がある。彼等は欧洲から廻って来た人々である。一人はグラスゴー大学出のバチェラー・オブ・サイエンスで、一人はリオン大学出のドクトル・アン・ドロアである。幾年かの修学によって得た学位と名誉とは其両肩にからまって彼等は如何にも得々として見える。されど其得々たる点に於ては梅吉も更に譲らなかった。彼は両位の紳士よりは尚大《おおい》なる艱苦《しんく》を凌いだ。愛嬌のあった彼の眼からは、人を射る鋭い光が出て、ふッくりとして笑うように見えた頰も、いつの間にか淋しくこけて仕舞った。骨折からいえば梅吉は今日の結果を此紳士達よりは或は高く買ったかも知れぬ。けれども彼は少しも其事は思わなかった。己は己だけの事を遣ってのけたんだと、彼は実に得々として居た、ああ彼が満腔の喜びは今何れほどであろう。彼は一直線に日本の空を見詰めた。波は浮いて雲は懸って見渡す限りただ縹渺として居る。チョッ、此船はべらぼうに遅いじゃねえか。

六

「し、し、し、しッ、しまった。父様《とッさん》は、あの父様は、な、な、亡くなって仕舞ったか。情ねえッ、何故死んだ、何故殺した。己《おら》ア……、己ア……、むむむむ。」

無念の歯嚙《はがみ》に身を震わせ、拳を握《つか》んで突立つ梅吉、其まま犬居《いぬい》に撞《どう》と仆《たお》れる。太助も何と慰める言葉もない。

「尤《もっとも》だ。尤だが何というにも過ぎた事だ。約束事と諦めるより外に仕方はない。お前の腹じゃア成程そりゃア済むまいが、斯《こ》ういう事が世間にもよくある。それだけ残念がって居るお前の心持で、平様《へいさん》も浮ぶというものだ。諦めなさい。諦めなさい。」

梅吉は殆ど前後不覚で、人前も構わず男泣きに泣出した。手を付けかねて太助は見て居

たが、

「そんならお前平様の事は些少《ちつと》も知らなんだか。」

哀悼の涙に乱れて梅吉は尚夢中で居る。

「父様、何故死んでくれた。何故死んでくれたよう。愚痴を言うじゃアねえけれど、三年の辛苦は何の為だ、何故我慢にも待っててくれねえ。こんな事になると知ったなら、先の長《なげ》え己の身体を、何あせって踏出すものか。く、く、口惜しい。己ア口惜しい。思うお前《めえ》を先立たして、何《ど》うして己が済むと思う。父様恨みだ、何故死んでくれたよう。ああ何故死んでくれたよう。」

又も声を挙げて正体もなく泣出した。顔は熱して火のようになって、最早拭おうとも為《し》ない涙は、滾々《こんこん》として其上を押流れる。気の毒とばかり太助は宥《なだ》め顔に、

「いくら歎いても仕様はない。取って返しの出来ない事だ。是非もない運と諦めて、喃《なア》、思切って目を拭いて仕舞いなさい。」

梅吉は漸く涙の隙《ひま》から、

「今更泣いたッて追付かねえけれど、太助さん察してくんねえ。己ア此様《こん》な筈で帰《けえ》っちゃア来ねえ。己ア此胸が実に張裂けるようだ。」と落ちかかる涙を払って、「太助さん、己《おら》が行ってから後の事をお前知って居なさるだろう。後生だから聞かせてくんなせえ。」

「それも話せば涙の種だ。然しこりゃアまあ追って話そう。此上お前の歎《なげき》を見るのも気の

毒だ。」

「構わねえから話してくんなせえ。ざッとでも可い。聞きてえから。」

「それじゃアまあ皆《みんな》打明けて話して仕舞おう。聞きなさい。斯《こ》うだ。

お前が出掛けてから当座の一年足らずというものは、何も彼も極々《ごくごく》無事でな、平様な毎日稼業に出るし、一所に居る弥太郎夫婦も、知ってる通り悪気のない人達だから、出来るだけは随分世話もする。あの儘で行けば何もないんだが、ここが平様の運の悪い処だ、恰《ちょう》度《ど》冬の取附《とりつき》だッけ、隣家《となり》の土方の処《とこ》から火事を出してな、あッという中に家は全焼《まるやけ》だ。平様は其前に出掛けて夢にも知らないで、帰って見ると着て居るものより外に何もないという始末さ。弥太郎夫婦も仕様がないので、田舎へ引込んで仕舞うという事になる。並々のものならば実に途方にくれるという処だ。だが平様は如彼《ああ》いう気性だから、『灰になりゃアそれ迄だ。惜しいと思う身代でもねえ。あはははは。』ッてお前笑ったぜ。私《わし》も心易くした中だから、『兎も角も梅様《うめさん》の処へ知らせて遣って、後の相談でもしなければ早速困るだろう。』と種々《いろいろ》言って見たが平様は一向聞入れないで、『ナニお前梅は今一所懸命に稼いでる所だ。此様《こん》な事を聞かせて余計な心配《しんぺえ》をさせたくねえ。彼奴《あいつ》はお前親思いだから、知らせて遣りゃア直に帰《けえ》って来る。左様《そう》すりゃア折角遣りかけた仕事も、中途で止めさせて仕舞わざアならねえ。此位《くれえ》な事で己ア彼奴の邪魔アするのは嫌だ。遣る所まで思うさま遣らして見てえ。真箇《ほん》によ、此処から若し声が届くものなら出来るだけ威勢をつけて遣りてえのだ。ナニ己ア一人で何《ど》うにかするよ。食いさえすりゃア、生きて居るんだ。訳はねえやな。』と斯う言ったぜ。」

「うむ、それほど迄に己を思ってくれたか。ああ父様、己アこれというほどの恩返《おんげえ》しもしねえに、お前は何うして左様《そう》己を可愛がってくれるんだ。」

とばかり重ねて目を押拭って、「うむ、それから。」と又聞きかける。

「それッきり平様《へいさん》は誰にも知らせずに、何処《どッ》かへ行って仕舞ったじゃアないか。私《わし》も一人で唯心配して居ると、それから恰度三月ばかり経ってひょッくり私の処へ訪ねて来た。驚きながらも先ず先ず安心して、何処へ行って居たと聞いたが其事は一向言わず、見れば様子もひどく窶《やつ》れて、顔の色も心細いほど悪いんだ。気になるから聞いて見たが、何ともねえとばかりで其《それ》も言わずさ、自分の苦労は全体いわない人だからと思って、慰めるようなまあ話をして居ると、『実はお前に少し頼む事があって来たんだ。』と言うから、『私のようなものだけれど、出来る事なら及ばずながら頼まれよう。』と言って私も膝を進めた。すると平様のいうには、『此様《こん》な事を言出しちゃア早まり過ぎたようで、何だか胆ッ玉の小せえようにも聞えるが、人間というものは脆《もれ》えもので、いつ何時どんな事があるかも知れねえ。己も此頃は年を取って愚痴になったよ。そこでお前に頼みと言うのは外でも無え梅の事だ。ひょッとして己の亡《ね》え後に梅が帰《けえ》って来たならばね、己の心を何うぞよく伝えてくんねえ。己アね、斯うして居ても絶間アなく思出すのは梅の事だ。実を言やア……』と言掛けたが気をかえて、『そりゃアまあいいや。梅に斯う言ってくんねえ。己ア梅が一生懸命に稼いで居てくれると思って心丈夫に其日を送って居た。処で或日の事、梅が立派に出世した夢を見て、（此夢は真実《ほんと》に見たんだ）いい心持そうに笑ったッけが、其日に目出度く往生したと、忘れずに屹度《きっと》言ってくんねえ。くれぐれもお前頼むぜ。』

　これで外に心残りもない。とばかりで直《すぐ》に帰りかけるから私は慌てて止めた。第一居処も聞かないで、それに何だか心元ない容体の儘で別れて仕舞う事は私は何うしても出来ない。そちこちして居る中に晩方《ばんがた》にもなる。兄元も危いからと漸《やッ》との事で引止めて、其晩とうとう家へ泊めたが。」

　ここまで続けて太助は俄《にわか》に言葉を止めた。暫くして鼻を詰らせながら、

「その翌朝の事だッけ、」

とばかり後を継ぎかねて、窃《そッ》と梅吉の顔を見る。聞く身の素より覚悟はして居ても、弱いは流石に子の心、梅吉は総身を我と引〆めて、声は立てないが苦しげに唸いて居る。太助は目をしばたたいて、

「私《わし》は委しく言う事は出来ない。実に其、俄の事でな、私も其時は何うしようかと思ったよ。それッというので医者の処へ人を飛ばして遣ったが、最うそれも間に合わずさ。見る中に平様は土気色になって、囈言《うわごと》のような事ばかり言って居たが、いきなり頭を持上げて、『梅を、梅を、呼んで来てくれ。早く呼んで来てくれ。』と最《も》う正気もなくなって来

た。其中に、『水を水を。』というから、急いで一杯遣るとごッくり咽《のど》へ通ったが、うんと身悶えして一尺ばかり乗出して、ほッ、ほッ、と苦しそうに息切れをさせながら、『梅や。梅や。』と二言ばかり言って、両手を出して空を掴んだ。」

「た、た、た、沢山だ。最う其《その》あとは聞かせてくんなさるな。」

庭の紅葉は心なく散って居る。堪《こら》えかねたる咽押破って、一声絞る梅吉の悲鳴に、折しも往還《おもて》を通りかかった巡査は、何事と思わず足を止めた。空もいつしか一時雨《ひとしぐれ》、其雲の色。

七

梅吉は実に暗黒の底へ投込まれた。彼は其中に埋《うま》って出ようともしない。が其暗黒の上に、闇を照すべき光明が一つある。梅吉は此世の中《うち》に今一つ慰むべきものを持って居る。愛の手は此時彼が胸の中にある琴の絃に触れて美妙の力を以て彼を喚覚《よびさ》ました。彼は初めて首を回《めぐ》らして他の方面に目を付けた。此上はただお千代に逢って、あわれ此歎を忘れんものと、漸く気を取直して、見れば憂きに堪えぬ心は苦みを免れん為に彼を駆って、直ちに三河屋へと道を急がせた。

ああ其途中である。恰度聖堂前へ差懸った時、向うから来る一群《ひとむれ》の人があった。結城の羽織に同じ小袖、腹懸股引の裾をからげて、女夫《めおと》鼻緒の草履をいなせに突掛けて居る三十恰好の男は、其群の頭分《かしらぶん》という様子で先に立って、後に付添って来る四五人の野郎共、一盃機嫌の顔を彩って、中の二人は折を下げて蹌踉々々《ひょろひょろ》して居る。小脇に一人、荒木の中に花の色を見せて、派手を裏に着飾って居るのは、此頃丸髷《まるまげ》に結ったらしい未だ年若な女、前の男に何事か話掛けて嬉しそうに莞爾《にッこり》笑った。梅吉は何心なく其女の顔を見たが、愕然として思わず歩を止《とど》めた。それは紛れもないお千代である。己《おの》れッとばかり歯を喰いしば
風采《ものごし》、容態《とりなし》、争われぬ丸髷、見る見る梅吉の腸《はらわた》は煮《に》え返る。己《おの》れッとばかり歯を喰いしばって、道の真中へ仁王立に突立った。

近づくままにお千代も心付いた。はッと流石に一足退《さが》って、我にもあらず前の男の顔を見たが、咄嗟の間に思案を定めて、態《わざ》と何気なく落付いて見せた。胸はもとより人知れず轟きながらも、平気な顔で余所見をしながら、足も慄《ふる》えず寄って来た。

「オイ、お千代さん。」

静かには言ったが、根に含む怒気を様子に見せて、梅吉は屹《きッ》とお千代を睨付《にらみつ》けた。一群の目は一斉に梅吉の上に集った。

「おや梅かえ。お前まあ何時帰ったの。先刻《さッき》生家《さと》へ寄ったけれど、其様《そん》な話は些少《ちッと》もなかったから、私ア未だ彼地《あッち》に居るとばかり思って居たよ。お前何だとねえ、彼地で綺麗なお内儀《かみさん》を貰って、大そう仲好く暮らして居たとねえ。いずれ此地《こッち》へ一処に連れて来たんだろ

う。逢いたいもんだね。」

「やいやいやい。そんな手で丸められるような梅吉じゃアねえぞ。己《うぬ》ア、よくも己の面《つら》へ泥をなすりゃアがったな。」

「お戯《ふざ》けでないよ。泥をなすったとは何だえ。人聞《ひとぎき》の悪い、大概におし。私アね亭主がある身だよ。詰らない冗談を言っておくれでない。未だ三河屋の娘だと思うと些少《ちッと》違うよ。お前なんぞに指でも差される覚えは、これんばかりも有りゃしない。体《てい》よく挨拶して遣りゃアいいかと思って、生家《さと》の父《ちゃん》の耳へでも這入ったら、お前は何んな目に遇うか知れやしない。」

其ぬけぬけとした脣からは嘗《かつ》て燃ゆるが如き情を含んだ言葉が、そもそも幾度《いくたび》出たであろう。手の裏返す冷熱は単に人前というばかりであろうか。千計万策は今お千代の脳裏を駈廻《めぐ》って居る。

「お千代、何だ。」と彼《か》の親分らしい男は問掛ける。

「姉御、何でがす。」と一人が差出るあとから、

「一体何《ど》うしたんで。」

「何ね、お前さん。」とお千代は前の親分に向って、「此《これ》アね、前に生家《さと》に使って居た梅ッて言う男なの。お前さんの思わくも有るわ、私ア口惜しくッてならない。大方いつか肱《ひじ》を喰ったのを遺恨に思って此様《こん》な事を言うんだろうが……。」

「此阿魔《あま》ア。」

梅吉は猛り立って飛掛った。見るより親分は割って這入った。

「何しやがるんでえ。」

いきなり梅吉の横ッ面をくらわせる。梅吉も気は立ちきって居る。忽ち一場の格闘が始まった。ついて居る野郎共はそれッと言うより酒の勢は十分に加わって、各自《てんで》に親分を助けて打ってかかる。拳固の雨は梅吉の真向に隙間もなく降注いだ。黒鉄《くろがね》作りの筋骨ではあるが、多勢に無勢の仕方はない、梅吉は遂に撲倒《なぐりたお》されて、息もつかれぬほど散々に打ちすくめられた。

「ざまア見やがれ。さあ行こう行こう。」

あとには塒《ねぐら》を急ぐ烏と五六人の人立。漸くに身を起した梅吉の、顔は脹上《はれあが》って衣服《きもの》は寸裂々々《ずたずた》に裂けて居る。痛むほど尚沸返《わきかえ》る無念に、血走る眼《まなこ》、逆立つ髪、嚙む脣に一筋血を引いて、最早見えぬ後影を睨詰《にらみつ》めたが、

「己《うぬ》、何《ど》うするか見やアがれ。」

八

月夜も暗い木の間を潜《くぐ》って、蔽重《おおいかさ》なる落葉を蹴散らして出て来た一人の男が、小脇に

抱えて居るものを撞《どう》と投下《なげおろ》した。此処は上野の森の裏手である。夜はしんしんと更渡《ふけわた》って遠くの梢の木兎《ずく》の鳴く声が、何となく凄味を添えて居る。

投下されたのは女である。口には猿轡《さるぐつわ》を嵌《は》められて、後手に厳しく縛《いまし》められて居る。男は衿元を取って引据えた。

「やいお千代、此処で恨を霽《はら》すんだ。付覘《つけねら》ってるとも知らねえで、うッかり遠くへ出やアがった帰《けえ》り道、捕捉《ふんづら》めえたが百年目だ。改めて言うにゃア当らねえ。己《うぬ》の胸に覚えがあるだろう。よくも心変りをしやアがったな。己《うぬ》ッ、己ッ、己ッ。」

二度三度力まかせにこづき廻して、うんと高蹴《たかけ》に蹴返した。嗚呼《ああ》これは梅吉である。やがて腰に差して居た出刃を引抜いて巻いてある手拭を解放《ときはな》した。

「やい。ここ一時《とき》が此世の別れだ。覚悟をしやアがれ。」

逆手に持って振冠《ふりかぶ》った。折しも雲間を離れた月は、磨ぎすました刃の上にきらりと宿って、同時にお千代の真向から、名残とばかり優しい光を投掛けた。四辺《あたり》はただ闃《げき》として居る。霜の砕ける音がいとど冴えて聞える。

梅吉は屹《きッ》と見下ろした。お千代は最早悪びれない。流石に顔を得上《えあ》げないで壊れた髪をがッくりと横へ曲げて哀れな姿で死を待って居る。梅吉は髱《たぶさ》を摑んで仰向かせて、再び屹と顔を見た。ああこれが寐ても覚めても忘られなかったお千代である。あわれ我が半生の幸福を分けてと、楽みに楽んで帰って来たお千代である。顔も容《かたち》も其以前命から二番目のものであったお千代と、それに付いて変りはない。梅吉は其まま暫くじッと見詰めて居た。

あわや血を貪る出刃はずんと下る。途端に梅吉の手は躊躇《ためら》った。片手はいつか髱《たぶさ》を離れて、たじたじと二足三足あとへ退ったが、出刃を捨てて撞《どう》と坐を組んだ。

月は皎々《こうこう》として高く冴渡って居る。森を揺《ゆ》す動る風は木の葉を捲いて、やがて何処へか消えて行った。夜はいよいよ深くなって最早寂寞を破るものもない。

矢庭に梅吉は立上って、ずかずかとお千代の傍へ行った。

「やい。よく聞け。手前の命は最う無えものだ。此出刃で一つ剜《えぐ》りゃア、それで此世はおさらばだが、己ア手前をな己の手にかけちゃア殺せねえ。己ア此様《こんな》に踏付けにされても、心《しん》から手前を、」と口惜しそうに涙をこぼして、「憎いと思っちゃア居ねえのかも知れねえ。ええい、其様《そん》な事ア言わなくッても可いや。さあ早く帰《けえ》れ。帰って亭主《ていし》に実を尽せ。」

手早く束縛《いましめ》を解放《ときはな》して、一寸顔を見込んだが、其まま足早に行って仕舞った。

お千代は夢に夢を見たようで茫然として稍暫《ややしばら》く佇《たたず》んで居た。初めて、心《しん》から悪かったという一念は其時さながら堤を切放したように押上って来た。我知らずばたばたと前へ駈出して、夢中になって梅吉の跟《あと》を追ったが、最う影も形も見えない。

「梅、梅さん、梅吉さアん。」

お千代は殆ど絶叫した。けれども返事は更に無かった。若し引返して来る足音もと、お千代は耳を欹立《そばだ》てた。四辺《あたり》は底の底まで闃《しん》として居る。

「梅吉さアん。梅吉さアん。」

再び声振絞って呼立てた。答えるものは風ばかりだ。木兎《ずく》が又鳴初めた。

「梅吉さアん。」

三たび根限りに呼んで見た。其声が反響《こだま》にひびくばかりだ。月はただ冴返って居る。木枯は乱れた横鬢《よこびん》を吹撲《ふきなぐ》って行った。

翌る日の朝早く、大川端にわやわやと人立がある。勝手な事を口々に言って、眉を顰《ひそ》めるものもあれば笑うものもある。物見高い市中の事、人の頭は忽ちに黒山を築いた。今しもゆくりなく通掛《とおりかか》った梅吉は、思わず其方《そなた》へ目を付けた。人々は今其処へ漂着した溺死人を、寄って群《たか》って評して居るのだ。一目見て梅吉は色を変じた。嗚呼、それはお千代の亡骸《なきがら》であった。

九

なみなみ注げば満五升、猩々倒《しょうじょうたお》しと銘を打った大盃《おおさかずき》を提げて、市中を徘徊する一人の男がある。口を開けば彼はただ、「酒だ。」という。二言めには「酒の事だ。」という。彼は到る処の酒屋へ飛込んで、其大盃に満を引いて飲んで廻った。覚めれば直に飲む。覚めずとも追掛《おっか》けて飲む。彼は酒と討死《うちじに》せんずばかりの様子で、酔って酔って酔いつぶれた上にも、尚引掛けて飽くまで飲む。二六時中彼は盃を離した事はない。彼は酒の中に其身を葬って終らんとした。彼は何者であろう。

かくて其後時を経て、彼は其大盃を枕に、大の字なりに踏反《ふんぞ》りかえった儘、最期の言葉もなく息の通いを止めて仕舞った。酒精《アルコール》中毒との診断の下に、彼は敢《あえ》なく浅はかなものにされて、程もなく只有《とあ》る寺の土となった。松吹く風は颯々《さつさつ》として居る。誰一人後を弔うものもない。消えて行く霜。

（「文芸倶楽部」明治二十七年一月）

泉鏡花（いずみ・きょうか）
一八七三・一一・四〜一九三九・九・七　石川県金沢市生まれ。本名は鏡太郎。八七年、北陸英和学校を中退後、小説家を志す。九一年に尾崎紅葉宅の玄関番となり、修業に励む。翌年、『日出新聞』に「冠弥左衛門」を連載。九五年に悲惨小説「夜行巡査」「外科室」を立て続けに発表。田岡嶺雲から絶賛され、文壇における地歩を固めた。九九年、後に妻となる芸妓と知り合う。一九〇〇年に代表作「高野聖」を発表。自然主義全盛期には不遇を余儀なくされるが、以後独自な耽美的作品世界を築く。作品に「歌行燈」「天守物語」「婦系図」他がある。

夜行巡査

泉　鏡花

一

「こう爺様《じいさん》、お前何処《めえどこ》だ。」と職人体《しょくにんてい》の壮佼《わかもの》の其傍《そのかたわら》なる車夫の老人に向いて問懸《といか》けたり。車夫の老人は年紀《とし》既に五十を越えて、六十にも間はあらじと思わる。饑《う》えてや弱々しき声の然《しか》も寒さにおののきつつ、

「何卒《どうぞ》真平御免なすって、向後屹《こうごきっ》と気を着けますする。へいへい。」

と、どきまぎして慌《あわ》て居《お》れり。

「爺様《じいさん》慌てなさんな。こう己《おれ》や巡査じゃねえぜ。え、おい、可愛想に余程《よっぽど》面食ったと見える、全体お前《めえ》、気が小さ過《すぎ》らあ。何の縛ろうとは謂《い》やしめいし、彼様《あんな》に怯気々々《びくびく》しねえで

ものことさ。俺《おらあ》片一方で聞《きい》てせえ少肝癪《すこしかんしゃく》に障って堪《こた》えられなかったよ。え、爺様《じいさん》、聞きゃお前《めえ》の扮装《なり》が悪いとって咎めた様だっけが、それにしちゃあ咎め様が激しいや、他にお前《めえ》何ぞ仕損《しそこな》いでもしなすったのか、ええ、爺様《じいさん》。」

問われて老車夫は吐息をつき、

「へい誠に吃驚《びっくり》いたしました。巡査様《おまわりさま》に咎められましたのは、親仁《おやじ》今が最初《はじめて》で、はい、もう何《ど》うなりますることやらと、人心地もござりませなんだ。いやもうから意気地がござりません代《かわり》にゃ、決して後暗《うしろく》らいことはいたしません。唯今とても別に不重宝のあった訳ではござりませんが、股引が破れまして、膝から下が露出《むきだし》でござりますので、見苦しいと、こんなにおっしゃりますへい、御規則も心得ないではござりませんが、つい届きませんで、へい、唐突《だしぬけ》にこら！　ッて喚《わめ》かれましたのに驚きまして未《いまだ》に胸がどきどきいたしまする。」壮佼《わかもの》は頻《しきり》に頷けり。

「むむ、左様《そう》だろう。気の小さい維新前《むかし》の者は得て巡的《じゅんてき》を恐がる奴よ。何だ、高がこれ股引が無えからとって、仰山《ぎょうさん》に咎立《とがめだて》をするにゃあ当らねえ。主《ぬし》の抱車《かかえぐるま》じゃあるめえし、ふむ、余計なおせっかちよ、喃爺様《なあじいさん》、向うから謂《い》わねえたって、此《この》寒いのに股引は此方《こっち》で穿きてえや、其処《そこ》が各々《めいめい》の内証で穿けねえのだ。何も穿かないというんじゃねえ。然《しか》もお提灯より見ッこのねえ闇夜《やみ》だろうじゃねえか、風俗も糸瓜《へちま》もあるもんか。汝《うぬ》が商売で寒い思をするからって、何も人民にあたるにゃ及ばねえ。糞！　寒鴉《かんからす》め。彼様《あんな》奴も滅多にゃねえよ、往来の少ない処《ところ》なら、昼だってひょぐる位は大目に見てくれらあ。業腹な、我《おら》あ別に人の褌襠《ふんどし》で相撲を取るにもあたらねえが、これが若いものでもあることか、可愛想によぼよぼの爺様《じいさん》だ。こう、腹あ立てめえよ、真個《ほんに》さ、此状《このざま》で腕車《くるま》を曳くなあ、よくよくのことだと思いねえ。チョッベら棒《ぼう》め。洋刀《サーベル》がなけりゃ袋叩にしてやろうものを、威張るのも可加減《いいかげん》にして置けえ。へむ、お堀端あ此方人等《こちとら》のお成筋《なりすじ》だぞ、罷間違《まかりまちが》やあ胴上げにして鴨のあしらいにしてやらあ。」

口を極めて既に立去りし巡査を詈《ののし》り、満腔の熱気を吐きつつ、思わず腕を擦《さす》りしが、四《よつ》谷組合《やくみあい》と記したる煤《すす》け提灯《ちょうちん》の蠟燭《ろうそく》を今継足して、力無げに梶棒《かじぼう》を取上ぐる老車夫の風采を見て、壮佼《わかもの》は打悄《うちしお》るるまで哀《あわれ》を催し、

「而《そ》して爺様稼人《じいさんかせぎにん》はお前《めえ》ばかりか、孫子《まごこ》はねえのかい。」優しく謂《い》われて、老車夫は涙ぐみぬ。

「へい、難有《ありがと》う存じます、いやも幸《さいわい》と孝行な悴《せがれ》が一人《いちにん》居《お》りまして能《よ》う稼いでくれまして、お前様《まえさん》、此《こ》様な晩にゃ、行火《あんか》を抱いて寝て居られる、勿体ない身分でござりましたが、悴《せがれ》はな、お前様《まえさん》、此秋《このあき》兵隊に取られましたので、後には嫁と孫が二人皆な快《こころよ》う世話をしてくれますが、何分活計《なにぶんくらし》が立ち兼《かね》ますので、蛙の子は蛙になる、親仁《おやじ》も旧《もと》は此《この》家業をいたして居りましたから、年紀《とし》は取っても些少《ちっと》は呼吸がわかりますので、悴の腕車《くるま》を斯《こ》うやって曳きますが、何が、達者で、奇麗で、安いという、三拍子も揃ったのが、競争をいたします

のに、私の様な腕車《くるま》には、それこそお茶人か、余程《よっぽど》後生の善いお客でなければ、とても乗ってはくれませんで、稼ぐに追着く貧乏なしとはいいまするが、どうしていくら稼いでも其日を越すことが出来《でき》悪《にく》うございますから、自然装《なり》なんぞも構うことは出来ませんので、つい巡査様《おまわりさん》にお手数《てかず》を懸けるようにもなりまする。」

最長々《いとながなが》しき繰言をまだるしとも思わで聞きたる壮佼《わかもの》は一方《ひとかた》ならず心を動し、

「爺様《じいさん》、否《いや》たあ謂《い》われねえ、むむ、道理《もっとも》だ。聞きゃ一人息子が兵隊になっているというじゃねえか、大方戦争にも出るんだろう、そんなことなら黙って居ないで、どしどし言籠《いいこ》めて隙《ひま》あ潰さした埋合せに、酒代《さかて》でもふんだくってやれば可《いい》に。」

「ええ、滅相な。しかし申訳のためばかりに、其事《そのこと》も申しましたなれど、一向お肯入《ききいれ》がございませんので。」

壮佼《わかもの》はますます憤《いか》り、一入《ひとしお》憐みて、

「何という木人参《ぼくにんじん》だろう、因業な寒鴉《かんからす》め。トいった処《ところ》で仕方もないかい。時に爺様《じいさん》手間は取らさねえから其処《そこいら》まで一処《いっしょ》に歩《あゆ》びねえ。股火鉢で五合《ごんつく》とやらかそう。ナニ遠慮しなさんな、些《ちと》相談もあるんだからよ。はて、可《いい》わな。お前《めえ》稼業にも似合わねえ。馬鹿め、こんな爺様《じいさん》を摑めえて、権突《けんつく》も凄まじいや、何だと思って居やがんでえ、こう指一本でもさして見ろ、今じゃ己《おいら》が後見だ。」

憤慨と、軽侮と、怨恨とを満たしたる、視線の趣く処《ところ》、麹町一番町《こうじまちいちばんちょう》、英国公使館の土塀のあたりを柳の木立に隠見して、角燈あり、南をさして行く。其光は暗夜に怪獣の眼《まなこ》の如し。

二

公使館の辺《あたり》を行く其《その》怪獣は八田義延《はったよしのぶ》という巡査なり。渠《かれ》は明治二十七年十二月十日の午後零時を以て……町《なにがしまち》の交番を発し、一時間交代の巡回の途に就けるなりき。

其歩行《あゆむ》や、此《この》巡査には一定の法則ありて存するが如く、晩《おそ》からず、早からず、着々歩を進めて路を行くに、身体は屹《きっ》として立ちて左右に寸毫も傾かず、決然自若たる態度には一種犯すべからざる威厳を備えつ。

制帽の庇の下に物凄く潜める眼光は、機敏と、鋭利と厳酷とを混じたる異様の光に輝けり。

渠《かれ》は左右の物を見、上下《じょうか》のものを視《なが》むる時、更に其顔を動かし、首を掉《ふ》ることをせざれども、瞳は自在に回転して、随意に其用を弁ずるなり。

然《さ》れば路すがらの事々物々、譬《たと》えば堀端の芝生の一面に白く仄見《ほのみ》ゆるに、幾条の蛇《くちなわ》の這えるが如き人の踏《ふみ》しだきたる痕《あと》を印せること、英国公使館の二階なる硝子窓の一面に赤黒き燈火《ともしび》の影のさせること、其門前なる二柱《にちゅう》の瓦斯燈《がすとう》の昨夜よりも少しく暗きこと、往来の真中に脱捨てたる草鞋《わらじ》の片足の霜に凍《い》て附きて堅くなりたること、路傍にすくすくと立《たち》併《なら》べる枯柳の一陣の北風に颯《さ》と音して一斉に南に靡《なび》くこと、遥《はるか》に彼方《あなた》にぬっくと立てる電燈局の煙筒より一縷の煙の立騰《たちのぼ》ること等《とう》、凡そ這般《これら》の些細なる事柄と雖《いえど》も一《ひとつ》として件の巡査の視線以外に免《ぬが》るることを得ざりしなり。

然《しか》も渠《かれ》は交番を出でて、路に一個の老車夫を叱責し、而《しか》して後此処《のちこのところ》に来《きた》れるまで、ただに一回も背後《うしろ》を振返りしことあらず。

渠《かれ》は前途に向いて着眼の鋭く、細かに、厳しきほど、背後《うしろ》には全く放心せるものの如し。如何《いかに》となれば背後《うしろ》は既に一旦我が眼に検察して、異状なしと認めてこれを放免したるものなればなり。

凶徒あり、白刃を揮《ふる》いて背後《うしろ》より渠《かれ》を刺さんか、巡査は其呼吸《そのいき》の根の留まらんまでは背後《うしろ》に人ありということに思い到ることはなかるべし。他なし、渠《かれ》は己が眼の観察の一度達したる処《ところ》には譬《たと》い藕糸《ぐうし》の孔中と雖も一点の懸念をだに遺し置かざるを信ずるに因《よ》れり。故に渠《かれ》は泰然と威厳を存して、他意なく、懸念なく、悠々として唯前途《ただぜんと》をのみ志すを得るなりけり。

其靴は霜のいと夜深きに、空谷《くうこく》を鳴らして遠く跫音《あしおと》を送りつつ、行く々々一番丁の曲角の良此方《ややこなた》まで進《すす》みける時、右側の唯《と》ある冠木門《かぶきもん》の下に蹲《うずく》まれる物体ありて、我が跫音に蠢《うご》めけるを、例の眼にて屹《きっ》と見たり。

八田巡査は屹と見るに、こは最寠々《いとやつやつ》しき婦人《おんな》なりき。

一個《ひとり》の幼児《おさなご》を抱きたるが、夜深の人目無きに心を許しけん、帯を解きて其幼児を膚《はだ》に引締め、着たる襤褸《らんる》の綿入を衾《ふすま》となして、少《すこ》しにても多量の暖を与えんとせる、母の心はいかなるべき。よしや其母子に一銭の恵を垂れずとも、誰か憐と思わざらん。

然るに巡査は二つ三つ婦人《おんな》の枕頭に足踏して、

「おい、こら起きんか、起きんか。」

と沈みたる、然《しか》も力を籠めたる声にて謂《い》えり。

婦人《おんな》は慌しく蹶起《はねお》きて、急に居住居を繕いながら。

「はい、」と答うる歯の音も合わず、其《その》まま土に頭《こうべ》を埋めぬ。

巡査は重々しき語気を以て、

「はいでは無い、こんな処に寝て居ちゃあ不可《いか》ん、疾《はや》く行け、何という醜態だ。」

と鋭き音調。婦人《おんな》恥じて呼吸《いき》の下にて、

「はい、恐入りましてございます。」

恁《か》く打謝罪《うちわぶ》る時しも、幼児《おさなご》は夢を破りて、睡眠の中に忘れたる、饑《うえ》と寒さとを思出し、あと泣出《なきいだ》す声も疲労のために裏嗄《うらが》れたり。母は見るより人目も恥《は》じず、慌てて乳房を含ませながら、

「夜分のことでございますから、何卒《どうぞ》旦那様お慈悲でございます。大目に御覧遊ばし

て。」巡査は冷然として、

「規則に夜昼は無い。寝ちゃあ不可《いか》ん、軒下で。」折から一陣荒《ひとしきりすさ》ぶ風は冷を極めて、手足も露わなる婦人《おんな》の膚《はだ》を裂きて寸断せんとせり。渠《かれ》はぶるぶると身を震わせ、鞠《まり》の如くに竦《すく》みつつ、

「堪《たま》りませんもし旦那、何卒《どうぞ》、後生でございます。少時此処《しばらくここ》にお置き遊ばして下さいまし。此寒さにお堀端の吹曝《ふきさらし》へ出ましては、こ、この子が可愛想でございます。種々《いろいろ》災難に逢いまして、俄《にわ》かの物貰《ものもらい》で勝手は分りませず……」といいかけて婦人《おんな》は咽《むせ》びぬ。

これを此軒《こののき》の主人《あるじ》に謂わば、其諾否未だ計り難し。然るに巡査は肯入《ききい》れざりき。

「不可《いかん》、我《おれ》が一旦不可といったら何といっても不可《いか》んのだ。譬《たと》い貴様が、観音様の化身でも、寝ちゃならない、こら、行けというに。」

三

「伯父様《おじさん》お危《あぶの》うございますよ。」

半蔵門《はんぞうもん》の方《かた》より来りて、今や堀端に曲らんとする時、一個《ひとり》の年紀少《としわか》き美人は其同伴《そのつれ》なる老人の蹣跚《まんさん》たる酔歩に向いて注意せり。渠《かれ》は編物の手袋を嵌めたる左の手にぶら提灯を携えたり。片手は老人を導きつつ。

伯父様《おじさん》と謂われたる、老人は、ぐらつく膝を蹈占《ふみし》めながら。

「なに、大丈夫だ。あれんばかしの酒《さけ》にたべ酔って堪《たま》るものかい。時にもう何時《なんどき》だろう。」

夜は更けたり。天色沈々として風騒がず。見渡す堀端の往来は三宅坂《みやけざか》にて一度《ひとたび》尽き、更に一帯の樹立《こだち》と相連《あいつらな》る煉瓦屋《れんがおく》にて東京の其局部を限れる、この小天地《しょうてんち》寂《せき》として、星のみ冷かに冴渡れり。美人は人欲《ひとほし》げに振返りぬ。百歩《ひゃくほ》を隔てて黒影《こくえい》あり、靴を鳴らして徐《おもむろ》に来る。

「あら、巡査《おまわり》さんが来ましたよ。」

伯父なる人は顧みて角燈の影を認むるより、直ちに不快なる音調を帯び、

「巡査が何《ど》うした、お前何だか、嬉しそうだな。」

と女《むすめ》の顔を瞻《みまも》れる、一眼盲《し》いて片眼鋭し、女《むすめ》はギクリとしたる様なり。

「ひどく淋しゅうございますから、もう一時前でもございましょうか。」「うむ、そんなものかも知れない、ちっとも腕車《くるま》が見えんからな。」「ようございますわね、もう近いんですもの。」

良《やや》無言にて歩を運びぬ、酔える足は捗取《はかど》らで、靴音ははや近づきつ。老人は声高に、

「お香《こう》、今夜の婚礼は何《ど》うだった。」と少しく笑を含みて問いぬ。

女《むすめ》は軽《かろ》くうけて、

「太層お美事でございました。」「いや、お見事ばかりじゃあない、お前は彼《あれ》を見て何と思

った。」

女《むすめ》は老人の顔を見たり。

「何ですか。」「嘸《さぞ》、羨ましかったろうの。」という声は嘲る如し。

女《むすめ》は答えざりき。渠《かれ》はこの一冷語のために太《いた》く苦痛を感じたる状見えつ。

老人はさこそあらめと思える見得にて、

「何《ど》うだ、羨しかったろう。おい、お香、己《おれ》が今夜彼家《あすこ》の婚礼の席へお前を連れて行った主意を知っとるか。ナニ、はいだ。はいじゃない。其主意を知ってるかよ。」

女《むすめ》は黙しぬ。首《こうべ》を低《た》れぬ、老夫はますます高調子、

「解るまい、こりゃ恐らく解るまいて。何も儀式を見習わせようためでもなし、別に御馳走を喰わせたいと思いもせずさ、ただ羨しがらせて、情なく思わせて、お前が心に泣いて居る、其顔《そのかお》を見たいばっかりよ。ははは、」口気酒芬《こうきしゅふん》を吐きて面をも向くべからず、女《むすめ》は悄然として横に背けり、老夫は其肩に手を懸けて、

「何《ど》うだお香、あの縁女《えんじょ》は美しいの、さすがは一生の大礼だ。あのまた白と紅との三枚襲《かさね》で、ト羞《はずか》しそうに坐った格好というものは、ありゃ婦人《おんな》が二度とないお晴《はれ》だな。縁女もさ、美しいは美しいが、お前にゃ星目《せいもく》だ。婿も立派な男だが、あの巡査にゃ一段劣る。もしこれがお前と巡査とであって見ろ。嘸《さぞ》目の覚むることだろう。喃《なあ》、お香、過日《いつぞや》巡査がお前をくれろと申込んで来た時に、吾《おれ》さえアイと合点すりゃ、あべこべに人を羨ましがらせ

て遣られる処よ。然もお前が（生命かけても）という男だもの、どんなにおめでたかったかも知れやアしない。しかし何《ど》うもそれ随意《まま》にならないのが浮世ってな、よくしたものさ。我《おれ》という邪魔者がおって、小気味よく断った。彼奴《あいつ》も飛《とん》だ恥を掻いたな、はじめから出来る相談か、出来ないことか、見当をつけて懸《かか》ればよいのに何も八田も目先の見えない奴だ。馬鹿巡査！。」「あれ伯父様《おじさん》」と声ふるえて、後《うしろ》の巡査に聞こえやせんと、心を置きて振返《ふりかえ》れる、眼《まなこ》に映ずる其人は、……夜目にもいかで見紛うべき。

「おや！」と一言我知らず、口よりもれて愕然たり。八田巡査は一注《いっちゅう》の電気に感ぜし如くなりき。

四

老人は吐嗟《とっさ》の間に演ぜられたる、このキッカケにも心着かでや、更に気に懸くる様子も無く、

「喃《なあ》、お香、嘸吾《さぞおれ》がことを無慈悲な奴と怨んで居よう。吾《おれ》やお前に怨まれるのが、本望だ。いくらでも怨んでくれ。何《ど》うせ、吾もこう因業じゃ、良い死様もしやアしまいが、何そりゃ固《もと》より覚悟の前だ。」

真顔になりて謂う風情、酒の業とも思われざりき。女はようよう口を開き、

「伯父様《おじさん》、貴下《あなた》まあ往来で、何をおっしゃるのでございます。早く皈《かえ》ろうじゃございませんか。」

と老夫の袂《たもと》を曳動《ひきうご》かし急ぎ巡査を避けんとするは、聞くに堪えざる伯父の言を渠《かれ》の耳に入《い》れじとなるを、伯父は少しも頓着せで、平気に、寧ろ聞えよがしに、

「彼《あれ》もさ、巡査だから、我が承知しなかったと思われると、何か身分のいい官員か、金満でも択《えら》んで居て、月給八円におぞ毛をふるった様だが、そんな賤《いや》しい了見じゃない。お前の嫌な、一所になると生血を吸われる様な人間でな、譬《たと》えば癩病坊《かったいぼう》だとか、高利貸だとか、再犯の盗人とでもいう様な者だったら、吾《おれ》は喜こんで、くれて遣《や》るのだ。乞食ででもあって見ろそれこそ吾が乞食をして吾の財産を皆な其奴《そいつ》に譲って、夫婦《めおと》にしてやる。え、お香、而《そう》してお前の苦むのを見て楽むさ。けれども彼《あ》の巡査はお前が心からすいてる男だろう。あれと添われなけれりゃ生きてる効《かい》がないとまでに執心の男だ。其処《そこ》を吾《おれ》がちゃんと心得てるからきれいさっぱりと断った。何と慾の無いもんじゃあるまいか。其処《そこ》で一旦吾が断った上は何でもあきらめてくれなければならないと、普通《なみ》の人間ならいう処だが、吾《おれ》がのはそうじゃない。阿父《おじ》さんが不可《いけない》とおっしゃったからまあ、私も仕方がないと、お前にわけもなく断念《あきら》めて貰った日にゃあ、吾《おれ》が志も水の泡さ、方《かた》なしになる。処《ところ》で、恋というものは、そんな浅墓《あさはか》なもんじゃあない。何でも剛胆な奴が危険《けんのん》な目に逢えば逢うほ

ど、一層《いっそ》剛胆になる様で、何か知ら邪魔が入れば、なおさら恋しゅうなるものでな、とても思切れないものだということを知っているから、ここで愉快《おもしろ》いのだ。何《ど》うだい、お前は思切れるかい、うむ、お香、今じゃもう彼《あ》の男を忘れたか。」

女《むすめ》は良少時《ややしばらく》黙したるが、

「い……い……え。」とぎれとぎれに答えたり。

老夫は心地好げに高く笑い、

「むむ、道理《もっとも》だ。そうやすっぽくあきらめられる様では、吾《おれ》が因業も価値《ねうち》がねえわい。これ、後生だからあきらめてくれるな。まだまだ足りない、もっと其巡査を慕うて貰いたいものだ。」

女《むすめ》は堪えかねて顔を振上げ、

「伯父様《おじさん》、何がお気に入りませんで、そんな情ないことをおっしゃいます、私は……」と声を飲む。

老夫は空嘯《そらうそぶ》き、「なんだ、何がお気に入りません？　謂《い》うな、勿体ない。何だってまた恐らくお前ほど吾が気に入ったものはあるまい。第一容色《きりょう》は可《よし》、気立は可《よし》、優しくはある、することなすことお前のことといったら飯のくい様まで気に入るて。しかしそんなことで何、巡査を何《ど》うするの、斯《こ》うするのという理屈はない。譬《たとい》お前が何かの折に、我の生命を助けてくれてさ、生命の親と思えばとても、決して巡査にゃあ遣《や》らないのだ、お前が憎い女《おんな》なら吾《おれ》もなに、邪魔をしやあしねえが、可愛いから、ああしたものさ。気に入るの入らないのと、そんなことあいってくれるな。」

女《むすめ》は少し屹《きっ》となり、

「それでは貴下《あなた》、あのお方に何ぞお悪いことでもございますの。」

佶《かく》言い懸けて振返りぬ。巡査は此時囁く声をも聞くべき距離に着々として歩し居《ほお》れり。

老夫は頭《こうべ》を打掉《うちふ》りて、

「う、んや、吾《おれ》や彼奴《あいつ》も大好《だいすき》さ。八円を大事にかけて世の中に巡査ほどのものはないと済まして居るのが妙だ。あまり職掌を重んじて、苛酷だ、思遣りがなさすぎると、評判の悪いのにも頓着なく、すべ一本でも見免さない、アノ邪慳非道な処が、馬鹿に吾は気に入ってる。まず八円の価値はあるな。八円じゃ高くない、禄盗人《ろくぬすびと》とはいわれない、まことに立派な八円様だ。」

女《むすめ》は堪らず顧みて、小腰を屈《かが》め、片手をあげてソと巡査を拝みぬ。いかにお香はこの振舞を伯父に認められじと務めけん。瞬間にまた頭を返して、八田が何等の挙動を以て我に答えしやを知らざりき。

五

「ええと、八円様に不足はないが、何《ど》うしてもお前を遣ることは出来ないのだ。それも彼奴《あいつ》が浮気もので、ちょいと色に迷ったばかり、お嫌ならよしなさい、他所《よそ》を聞いて見ますという、お手軽な処だと、吾も承知をしたかも知れんが、何《ど》うして己《おれ》が探って見ると義《よし》延《のぶ》（巡査の名）という男はそんな男と男が違う。何でも思込んだら何《ど》うしても忘れることの出来ない質《たち》で、矢張《やっぱり》お前と同一様《おなじよう》に、自殺でもしたいという風だ。ここで愉快《おもしろ》いて、ははははは。」と冷笑《あざわら》えり。

女《むすめ》は声をふるわして、

「そんなら伯父様《おじさん》、まあ何《ど》うすりゃいいのでございます。」と思詰めたる体にて問いぬ。

伯父は事もなげに、「何《ど》うしても不可《いけな》いのだ。何《ど》んなにしても不可《いけな》いのだ。とても駄目だ何にもいうな、譬《たと》い何《ど》うしても肯《き》きゃあしないから、お香左様《まあそう》思ってくれ。」

女《むすめ》はわっと泣出《なきいだ》しぬ、渠《かれ》は途中なることも忘れたるなり。

伯父は少《すこし》も意に介せず、

「これ、一生のうちに唯一度いおうと思って、今《いま》までお前にも誰にもほのめかしたことも無いが、序《ついで》だから謂って聞かす。可《いい》か、亡くなったお前の母様《おっかさん》はな。」

母という名を聞くや否や女《むすめ》は俄に聞《きく》耳立てて、

「え、母様《おっかさん》が。」「むむ、亡くなった。お前の母様《おっかさん》には、吾《おれ》が、すっかり惚れて居たのだ。」「あら、まあ伯父様《おじさん》。」

「うんや、驚くことあない。また疑うにも及ばない。其《それ》を、其母様《そのおっかさん》をお前の父様《おとっさん》に奪られたのだ。な、解ったか。勿論お前の母様《おっかさん》は、吾《おれ》が何だということも知らず、弟《おとと》もやっぱり知らない。吾もまた、口へ出したことはないが、心では、心では、実に吾やもう、お香、お前は其思遣《そのおもいやり》があるだろう。巡査というものを知ってるから。婚礼の席に連なった時や、明暮其《あけくれその》なかの好いのを見て居た吾《おれ》は、ええこれ、何《ど》んな気がしたとお前は思う。」

という声濁りて、痘痕《とうこん》の充てる頰骨高き老顔の酒気を帯びたるに、一眼《いつがん》の盲《し》いたるが最《いと》も凄きものとなりて、拉《とりひし》ぐばかり力を籠めて、お香の肩を摑み動かし、

「未だに忘れない。何《ど》うしても其残念さが消え失せない、其為《そのため》に吾《おれ》はもう総《すべ》ての事業を打棄てた。名誉も棄てた。家も棄てた。つまりお前の母親が、己《おれ》の生涯の幸福と、希望とを皆奪ったものだ。吾《おれ》はもう世の中に生きてる望はなくなったが、唯何とぞしてしかえしがしたかった、トいって寐刃《ねたは》を合わせるじゃあ無い、恋に失望したものの其苦痛《そのくるしみ》というものは、凡《およ》そ、何《ど》の位であるということを、思知《おもいし》らせたいばっかりに、要らざる生命をながらえたが、慕い合って望が合《かの》うた、お前の両親《ふたおや》に対しては、何《ど》うしても其味《そのあじ》を知らせよう手段がなかった。もうちっと長生《ながいき》をして居《い》りゃ、其内《そのうち》には吾《おれ》が仕方を考えて思知らせてやろうものを、不幸《ふしあわせ》だか、幸《しあわせ》だか、二人ともなくなって、残ったのはお前ばかり、親身といって他にはないから、其処《そこ》でおいらが引取って、これだけの女《おんな》にしたのも、三代祟る執念で、親のかわりに、なあ、お香、貴様に思知らせたさ。幸い八田という意中人《おもいもの》が、お前

の胸に出来たから吾《おれ》も望が遂げられるんだ。さ、斯《こ》ういう因縁があるんだから、譬《たと》い世界の王様に己《おれ》をしてくれるといったって、とても謂うことあ肯《き》かれない。覚悟しろ！　所詮駄目だ。や、此奴《こいつ》、耳に蓋をして居るな。」

眼に一杯の涙を湛えて、お香はわなわなふるえながら、両袖を耳にあてて、せめて死刑の宣告を聞くまじと勤めたるを、老夫は残酷にも引放ちて、「あれ！」と背くる耳に口、

「何《ど》うだ、解ったか。何でも、少しでもお前が失望の苦痛《くるしみ》を余計に思知る様にする。其内《そのうち》巡査のことをちっとでも忘れると、それ今夜のように人の婚礼を見せびらかしたり、気の悪くなる談話《はなし》をしたり、あらゆることをして意地《いじ》めてやる。」

「あれ、伯父様《おじさん》、もう私は、もう、ど、どうぞ堪忍して下さいまし。お放しなすって、え、何《ど》うしようねえ。」

とおぼえず、声を放ちたり。

少《しょう》距離を隔てて巡行せる八田巡査は思わず一足前に進みぬ。渠《かれ》は其処を通過《とおりす》ぎんと思いしならん、さりながら得進まざりき。渠《かれ》は立留まりてしばらくして、たじたじと後に退りぬ。巡査は此処を避けんとせしなり。されども渠《かれ》は退かざりき。造次《しばし》の間八田巡査は、木像の如く突立《つった》ちぬ。更に冷然として一定の足並を以て粛々と歩出《あゆみいだ》せり。ああ、恋は命なり。間接に我をして死せしめんとする老人の談話《はなし》を聞くことの、いかに巡査には絶痛なりしよ。一度《ひとたび》歩《ほ》を急にせんか、八田は疾《とく》に渠等《かれら》を通越し得たりしならん、或《ある》は故《ことさ》らに歩を

緩《ゆるう》せんか、眼界《がんかい》の外に渠等を送遣《そうけん》し得たりしならん。然《さ》れども渠《かれ》は其職掌を堅守するため、自家が確定せし平時に於ける一式の法則あり、交番を出でて幾曲《いくまがり》の道を巡り、再び駐在所に帰るまで、歩数約三万八千九百六十二と。情のために道を迂回し、或は疾走し、緩歩し、立停するは職務に尽すべき責任に対して、渠《かれ》が屑《いさぎよし》とせざりし処なり。

六

老人はなお女の耳を捉えて放たず、負われ懸《かか》るが如くにして歩行《ある》きながら「お香、斯《こ》うは謂《い》うもののな、吾《おれ》はお前が憎かあない、死《しん》だ母親にそっくりで可愛くってならないのだ。憎い奴なら何も吾が仕返をする価値《ねうち》は無いのよ。だからな、食うことも衣《き》ることも、何でもお前の好な通り、吾《おれ》や衣《き》ないでもお前には衣《き》せる。我まま一杯さして遣《や》るが唯《ただ》あればかりは何《どん》なにしても許さんのだからそう思え。吾《おれ》もう取る年だし、死だあとでと思うであろうが、そううまくはさせやあしない、吾《おれ》が死ぬ時《ひと》は貴様も一所だ。」

恐ろしき声を以て老人が語れる其最後の言を聞くと斉しく、お香は最早忍びかねけん、力を極めて老人が押えたる肩を振放し、はたはたと駆出して、あわやと見る間に堀端の土手へひたりと飛乗りたり。コハ身を投ぐる！　と老人は狼狽《うろた》えて、引戻さんとて飛行きしが、酔眼に足場をあやまり身を横ざまに霜を辷《すべ》りて、堀にざんぶと落ちたりけり。

此時《このとき》疾《はや》く救護のために一躍して馳来《はせきた》れる、八田巡査を見るよりも、「義《よし》さん。」と呼吸《いき》せわしくお香は一声呼懸けて、巡査の胸に額を埋め我をも人をも忘れし如く犇《ひし》とばかりに縋《すが》り着きぬ。蔦《つた》を其身に絡めたるまま枯木は冷然として答えもなさず、堤防の上に衝《つ》と立ちて、角燈片手に振翳《ふりかざ》し、堀を屹《きっ》と瞰下《みおろ》したる、時に寒冷謂うべからず、見渡す限り霜白く墨より黒き水面に烈しき泡の吹出づるは老夫の沈める処と覚しく、薄氷は亀裂し居れり。

八田巡査はこれを見て、躊躇するもの一秒時《いっセコンド》、手なる角燈を地上に差置き、唯見《とみ》れば一枝の花簪《はなかんざし》の、徽章《きしょう》の如《ごと》く我胸に懸れるがゆらぐばかりに動気《どうき》烈しきお香の胸とおのが胸とは、ひたと合いてぞ放れがたき。両手を静かにふり払いて、

「お退《の》き。」「え、何《ど》うするの。」

とお香は下より巡査の顔を見上げたり。

「助けて遣る。」「伯父様《おじさん》を？。」「伯父でなくって誰が落ちた。」「でも、貴下《あなた》。」

巡査は厳然として、

「職務だ。」「だって貴下《あなた》。」

巡査は冷かに。「職掌だ。」

お香は俄《にわか》に心着きまた更に蒼《あお》くなりて、

「おお、そしてまあ貴下《あなた》、貴下《あなた》はちっとも泳《およぎ》を知らないじゃありませんか、」「職掌だ。」

「それだって。」「不可《いか》ん、駄目だもう、僕も殺したいほどの老爺《おやじ》だが、職務だ！　断《あきら》めろ。」と突遣《つきや》る手に喰附《くいつ》くばかり、

「不可《いけ》ませんよう不可《いけ》ませんよう。あれ、誰ぞ来て下さいな。助けて、助けて。」と呼び立つれど土塀石垣寂《せき》として前後十町に行人《こうじん》絶《た》えたり。

八田巡査は声をはげまし、

「放さんか！」

決然として振払えば、力かなわで手を放てる、吐嗟《とっさ》に巡査は一躍して、棄《す》つるが如く身を投ぜり。お香はハッと絶入りぬ。あわれ八田は警官として、社会より荷《にな》える処の負債を消却せんが為め、あくまで其死せんことを、寧《むし》ろ殺さんとこそ欲しつつありし悪魔を救わんとて、氷点の冷《れい》、水氷《こお》る夜半《よわ》に泳《およぎ》を知らざる身の生命とともに愛を棄てぬ。後日社会は一般に八田巡査を仁なりと称せり。ああ果して仁なりや、然も一人の渠《かれ》が残忍苛酷にして恕《じょ》すべき老車夫を懲罰し、憐むべき母と子を厳責《げんせき》したりし尽瘁《じんすい》を、讃歎《さんたん》するもの無きはいかん。

（「文芸倶楽部」明治二十七年四月）

Ⅱ

前田曙山（まえだ・しょざん）
一八七二・一一・一～一九四一・二・八　東京生まれ。本名は次郎。日本英学館などで学び、兄が川上眉山の友人であった関係から、硯友社系の作家として出発。九一年、「江戸桜」を硯友社の機関誌『千紫万紅』に発表。九五年に「蝗うり」を発表し、優れた悲惨小説として評判となる。その後は暴露小説や風刺小説の方へ移行するも、作家としては沈滞し、園芸や俳句方面で活躍。一九二三年、『大阪朝日新聞』に「幕末巷談　燃ゆる渦巻」を連載。絶賛を博して大衆作家として復活。作品に「にごり水」「千枚張」（のち「腕くらべ」と改題）他がある。

蝗《いなご》うり

前田曙山

何をしても渡らるる浮世なれば、魚《うお》の腸木《わたき》の屑をさえ買う人あればとて、何処《いずこ》の親が難面《つれな》くも斯《かか》る幼なき者に行商《あきない》さして、細き煙を立てて暮すらん。雨の日にも風の日にも休むと言う事無く、板橋《いたばし》の宿《しゅく》より巣鴨《すがも》の町へ、小荷駄馬《こにだうま》の後になり前になり、同じ様なる金切声を振絞りて、『蝗《いなご》やあ、蝗』、と心細気に売来《うりく》る十歳《とう》斗《ばかり》なる女の子有り。

月頃日頃の憂苦労《うきくろう》は、思うに増して幼なき者をませては見えしむれど、年が年なれば幼《いと》稚《けな》き子心に、途《みち》走る犬の児の狂うにも見惚《みと》れ、自転車の仆《たお》れしにも気を取らるる後より、意地悪き子供の悪戯《いたずら》に逢うて、大切《だいじ》の売物に悪ささるる憂目を見ても罵しり怒る事なく、黒目勝の眼にジッと敵手《あいて》を見詰めては、継《つ》ぎはぎの袖に涙を隠し。我と同じ年頃の娘が母に甘えながら行くを見ては、思わず心を取られ。難面《つれな》き荷車曳に途《みち》の邪魔ぞと口穢《くちぎた》なく叱らるる。さるは母慕《ははなつ》かしとてか。『和女《おまえ》に母様《ははさま》は無きにや』。と涙有る人が入用《いり》もせぬ蝗を買うて遣る序次《ついで》に問えば、『否々《いえいえ》』、と頭を振りて急がわしく行過るを、最惜《いとし》の者やと見送れば、世過の種なる背の籠に、上底《あげぞこ》の一合桝の四五杯には余りぬべき蝗の、羽を挐《も》がれ脛を折られたるが、赤く干枯びたる上を吹く風愈々《いよいよ》寂し。

名も知れず住家《すみか》も知れず、口数利かねば素性さえ知る者はなけれど、何時《いつ》か噂は近辺《かいわい》に伝わりて、此小娘《このこむすめ》が来る毎に蝗は買わずとも三厘《りん》五厘の小銭《こづかい》を遣《や》る者あれば、『有りがと有りがと』、と夥多《あまたたび》礼を言えども、必らず其志を収めず。『和女《おまえ》欲しくは無いか』、と尋ぬれば、『夫《それ》でも只頂くと母様《かあちゃん》に叱られますれば』。と言うを、無理に握らすれば、蝗一把《ひとつかみ》を投ぐる様に置きて走り出づるより、育つる人の上も忍ばれて、如何なる人の成れる果にやと、小新聞の続物《つづきもの》を愛読《す》く人が、途方も無き想像《かんがえ》より様々の附会《こじつけ》をなして、吾児へ意見の端には何時《いつ》も引合に出したる虚言《うそ》は誠の噂になりて、彼《あれ》は籏下《おはたもと》の落魄《おちぶ》れたるにて、父もなく母も無く、昔の家来に引取《ひきとら》れてはあれど、夫《それ》が妻なる者の邪見《じゃけん》にて、昔の主《しゅ》を彼《あ》の様に逐《お》い遣う、如何《いか》に世が世なればとて痛わしき限《かぎり》よと、泪脆《なみだもろ》き老媼《おうな》は何事も昔を難《あり》有《がた》がる引合に言出す。されど彼《かれ》は何時《いつ》にても母様《ははさま》在《あ》りと言えば当らざりき。さるにても此《この》幼《おさ》なき小娘に苦労さする難面《つれな》き母は何処《いずこ》に隠るるにや。下板橋《しもいたばし》の宿外《しゅくはず》れなる貧乏小路《こうじ》の四軒長家に御新造様《ごしんぞさん》と綽名《あだな》されつつ、人をも世をも恨むめり。

他目《よそめ》よりすらもいじらし痛わしと言うなるに、何処《いずこ》の鬼か我児可愛からぬ者や有るべき。爪を剝《はが》し肉を醢《ひしお》にしてなりと、出来る者ならば幼なき者にいかで苦労さすべき。蝗や蝗と呼ぶ声を聞くだにも、身を刻まるる様に苦しく行商《あきない》に出でてより帰る迄の母の苦心《こころづかい》は如何斗《いかばか》りぞ、暫時《しばし》戻りの遅きにも、若《も》しや小供に打たれやしつる、悪しき犬に逐《お》われやしつると、片時《かたとき》も此胸の安らけき暇とてはなけれど、思うに任せぬ病気《いたつき》には打勝たん様も無く、僅かに家《や》の内を蠢《うごめ》き歩くのみにて、一足とて外へ踏出《ふみだ》す事もならず。肺血咯《はいけっかく》と言うは死病《しにやまい》と聞くからに、兎《と》ても角《かく》ても助かり難き者なれば、一日も早く逝きたけれど、彼《あ》の児《こ》を一人残しては、どうしても此世に思いの残りて死にきれず、さればとて長らく生きれば生きる程に、年配《としは》せゆかぬ彼《あれ》に苦労を増さす斗《ばか》りなり。其故《そのせい》か此頃は日に増し痩せて行く様なるが、朝夕見馴れたる眼にも際立ちて見ゆる事なれば、由縁《ゆかり》も無き他人が見しならば、如何斗《いかばか》り見すぼらしからん。されど此頃の様なる有様にて、如何《いか》に子供なればとて痩せずあるべきにや、よしや扮装《みなり》は賤《いや》しくとも、食べる物でも過多《ふんだん》に有る事か、食べたい盛りを僅かの芋粥や米湯《おもゆ》に我慢して、餓《ひも》じそうな顔を見せぬは、餓《ひも》じとせがまるるより幾倍増して苦しかるらん。外《よそ》の子供の様に悪戯一つ仕様ではなし、一里も二里もの途《みち》を蝗々と売歩きて嫌な顔一つだにせず。罪も慾も無くスヤスヤと眠《ねぶ》れる朝未起《あさまだき》に、何として邪権《じゃけん》に呼び覚して、蝗取りにとて露けき田甫《たんぼ》へと出《いだ》しやる事の出来ようぞ。今朝も衣服《きもの》を腰切り濡らして戻り来りしが、定めて虫に釣られて畦《あぜ》をや踏み外しつるにやと思えば、世にも難面《つれな》き人の在ればある者ぞ、如何《いか》に田甫《たんぼ》の主《ぬし》なればとて、蝗取りがどれ程の過ちしたでも無きに、穂をむしりしとか畦を踏《ふ》み破《こわ》せしとか言いて、無慈悲にも鍬《くわ》を振って逐《お》い懸けしを、子供心の恐さ怖ろしさに、夢中になりて逃げ出したる揚句に溝《どぶ》へはまりしなりとか、外《よそ》の子供の慰みにでも捕る事か、身過ぎ世過ぎに虫の命を取りて、人の寿命を養なう果敢《はか》なき活計《くらし》も世に在る事か、捕って殺して乾して煎上《いりあ》げて桝《ます》に量りて売《うり》に出づる迄を手一つに、思えば能《よ》くも出来し者ぞ、昔の廿四孝《にじゅうしこう》がどれ程感心なれば、今も誉《ほま》れを伝うる事か、参議様と言い卿様《きょうさま》と言う人が、無上に尊く無上に威厳《えらく》とも、強《いか》で彼より賢こき者が又と二人在るべきか、せめて此身体が丈夫ならば、夫程《それほど》賢こき彼に苦労させずに、人並の教育《がくもん》させしならば、女でこそあれ成人の暁に、天晴一際《あっぱれひとかど》も二際《ふたかど》も名高き人になりて、亡き彼《あれ》が父にも百倍せし名を知らす可《べ》きものを、可惜名玉《あたらめいぎょく》を暗々《やみやみ》と草莽《くさむら》の裡《うち》に埋《うも》らすとは、これぞ因果の寄合と言う者かと、病める母の優しき心は、子故の闇に黒白《あやめ》も分かず、胸せまると共に咳《せ》き入りて、ゴブリと吐き出《いだ》す一団《いちだん》の咯血に赤心《まごころ》の幾分をや籠めつらん。力弱りて夫《それ》なりに枕に倒るると共に死したるが如く、隙間を漏りて吹き入る秋風を、骨斗《ほねばか》りなる枕屏風に防がん由もなし。

若《も》しやこれなりに逝くならば一目我児を、我児恋しやと、行商《あきない》より戻り来るを待つにさえ、帰らば定めし餓《ひも》じからんと、今戸焼の丸火鉢に蓋の欠けたる雪平を載せて、米湯《おもゆ》に均《ひと》しき粥《かゆ》を温むる親の心の厚き情《なさけ》は、非情の草木をさえ感泣せしむべし、此児《このこ》なくば過去に死ぬ可《べ》き親の命なれど、此親なくば児《こ》も何楽みに生きて有るべきや。

他の病と違いて重れば重る程に、網目の如く渾身《からだ》を伝わる神経《かん》は愈々《いよいよ》鋭どくなり行けば、耳を塞ぎ眼を閉ずるとも、明らかに見明らかに聞き得べければ、松吹く風落ち来る鳥影にも心を落附かする事無く、一つの渾身《からだ》を二つにも三つにも利《たし》かせんと思えば、健康《なみ》の人の耳にも入らぬ微音《おと》をも聞き分けて、音の起りし源迄《みなもとまで》も慥《たし》かめねば、どうしても心の済まぬ程なれば、猶々渾身《からだ》は労《つか》れ行く斗《ばか》りなり。

打萎れたる枕を俄《にわ》かに擡《もた》げて、痩せ衰えし顔《おもて》を外に向けしは、何事の耳に触りけん。余《よ》の人には聞えずもあれ、強《いた》く子を思う母《おや》の耳に入《い》らざるべき。訝《いぶ》かしき歔欷《すすりなき》の声は幽かに戸の外より漏れ来《こ》しぬ。

此声を聞く時に此母の眉は緩めり、我児の無事に戻れるを知りて、今迄の杞憂《こころづかい》は消え去りぬ。されど訝《いぶ》かしき泣声に又心を傷《いた》めて、思わず蒲団の上に起直り、『梅《うめ》やお帰りかい』、と言う声音は、菩薩が微妙の声に籠れる慈愛よりも匂《にお》やかなり。

泣顔見せじと、子心にも暫時逡巡《しばしためら》いたる娘は、母の声に前後を忘れて駈け入りぬ。されど開閉《あけたて》の自在《まま》ならぬ戸なれば、音せぬ様にと心をして。

お梅は辛《かろ》うじて売尽《うりつく》したる蝗笊《いなござる》を肩より下ろし、埃に塗《まみ》れし足を拭いも了《おわ》らず。『母ちゃん病気《きいき》は快《いい》かい、母ちゃん今日は残らず売れたよ』、と言うは、母の笑顔を楽しまんと思えばなり。『オヤ左様《そう》、夫《それ》は宜《よ》かったね、梅やお腹が減《す》いたろう、母ちゃんが拵《こし》らえて置いたから早く御膳をお上り、皆《みんな》食べてお仕舞い、母ちゃんはもう済んだから』。と母は己の食を減じても、我子の口腹を充《みた》さしめんとす。『左様《そう》、夫《それ》じゃ妾《あたい》食べるよ』。と言いしが、俄《にわ》かに思出して、籠の裡《うち》より砂糖蜜を附けたる焼麵包《やきぱん》を取出し、『母ちゃん御膳済んだのなら、これをお上り、母ちゃん食べるだろうと思って、妾買て来たの《あたいかっ》』、と、己が手功《てがら》を誉められたげに差出す。貧者が一燈の志は、長者が万燈の供養に優《まさ》れり。誰一人教えもせぬに自からなる孝養心、斯《かか》る優しき事が頑是無《がんぜな》き子供にどうすれば出来る事かと、母は今や見る眼もくれて其場にワッと泣き仆《たお》れぬ。胸の裡には昔の慕わしく、今の恨めしき事などムラムラと興《おこ》りぬ。

娘は気遣し気に母を眺めながら、雪平の粥を央《なかば》食し了《おわ》りて、其辺《そのあたり》を片附け、火鉢の炭団《どん》を直しながら、改めて母に向い、『母ちゃん、妾《あたい》のお父様は無いのかね』、と問う。『ああ何故』、と軽《かろ》く反問する顔を眺め入りて、『でもね、皆が妾《あたい》にはお父様が無いッっていじめるから、本当に無いのかね、いけないね』。と喞《かこ》つは、先刻《さきほど》の歔泣《すすりなき》の源なるべし。

母泣《なか》せんとて言出せしにはあらねど、母は在るにもあられず、賢《さか》しき子児《こども》の尋ねに答えれば、徒《いたず》らに泪《なみだ》に呉るるのみなり。されど漸々《ようよう》心を励まして、『梅や能《よ》くお聞き、和女《おまえ》のお父様はね立派なお父様だったけれどね、竹橋騒動《たけばしそうどう》の時』。と言い係《か》けて、俄かに感慨に堪えぬものの如く、眼を張って何処《いずこ》とも無く睨まえぬ。『其時敢《そのときあえ》なく御亡《おな》くなりなすったの、西南《かごしま》戦争の大功《てがら》も、有難い勲章も何も皆な棄てて仕舞《しまっ》て』。『何故お父様は其様事《そんな》をしたの、何故だねえ』。と訝《た》かるお梅を見るにつけ、亡き夫《つま》が俤《おもかげ》の自ずと四辺《あたり》に現われし思いなり。『何故でも、夫《それ》は和女《おまえ》には分《わか》るまいが、男の意地で仕方が無いのだよ』。と口には男々しく言うものの、諦め難く払い難き胸の雲は、月を越え年を経るに従って愈々《いよいよ》凝《こ》りたればこそ、此病にも見入られしなれ。『夫《それ》じゃお父様は在ったのだね、嬉しいねえ』。とお梅は嬉し喜こびぬ。『在ったとも在ったとも、今お父様が現在《おいで》であろうものならば、何で此様処《こんなとこ》に居よう、和女《おまえ》に賤《いや》しい事をさせよう、通《とおり》のお医者様よりも、もっともっと立派な宅《うち》に威張て居られるのだから、誰が何と言おうと構うのじゃ有りません、そして彼様《あんな》車力や土方の子などと遊ぶのじゃ有りませんよ』。『左様《そう》、其様《そんな》にお父様は威来《えら》かったの、夫《それ》じゃ巡査様《おまわりさん》より威来《えらい》の』。『左様《そう》とも、巡査様なぞは戦争《いくさ》の時に皆な御自分の手で遣《つか》って居らしったの』。『じゃあ巡査様の大将だねえ』。『ああ左様《そう》とも』。と答えながら、犇《ひし》と斗《ばか》りに我児を抱き寄せ、諸共に蒲団の上に打仆《うちたお》れぬ。

　唯さえ苦しき病なるに、四百四病の外《ほか》なる貧苦さえ墜ち重なり、悲と言い哀と言い、忌わしき思想の代表者は悉く此親と子を捲《ま》き立てぬ。花は散り花は咲き、同じ様なる年月を幾百度累《かさ》ぬるとも、再び此奈落より浮ぶ瀬も無く、天神諸仏の慈悲の眦《まなじり》は何時《いつ》か離れて、死神の来りて手を執らるるより外《ほか》に落来る運はあらぬなり。見るもの聞くものに附《つ》けて、悲歎の種ならぬはなく苦悶の媒《なかだち》ならぬはなし、僅かに瞼《まぶた》を合して眠《ねぶ》る間のみ限り無き保養なれど、夫《それ》とても忽《たちま》ち悪《あ》しき夢に襲われて、夫《それ》なりに暁迄眠られぬ時の苦しさは、筆にも口にも述べ難く、此哀れなる病婦の外《ほか》に知る者なし。母が昔の栄花《えいが》を語りて、父の在りし事を告げられたる嬉しさと、日中の足労《くたびれ》とは、忽ち此幼なき賢しき者を駆って眠《ねぶ》らせぬ。スヤスヤと正体なく、何事か聞取れぬ寝言を言いながら、『堪忍してよう』、と叫びしは、辻の辺《あたり》にていじめられたる夢をや見つらん。同じ貧苦に有りながらも、我此渾身《からだ》の健かなりし時は、行商《あきない》に出さざりしかば、斯《か》くも恐怖《おび》える事はあらざりし、優しき寝顔の痩せて痩せて憔《やつ》れたるは、子供ながらも此頃の憂苦労に、骨をも身をも粉の如く砕けば、どうして痩せずにあるべきやと、母は我児を撫《さす》りながらさめざめと泣きしが、終《つい》には夫《それ》も是もうとうとと眠《ねぶ》りぬ。我児気遣う母の夢は雉子《きぎす》となりて焼野をや駈廻るらん。

流石子供の正体なさは、昼の労《つか》れに眠《ねぶ》りこけたり。此時計《このときばか》りが彼の楽土なれば、長き夜も一際長かれとぞ祈るなるに、何処《いずく》の心無しが敢えて寝飽るとぞ言うなる。

快よき朝日はキラキラと雲を破り始めたりと見えて、夜は早白み渡りぬ。暗く闇《くら》き夜を出でて、快広《のびろ》き蒼空を眺むる事の、如何斗《いかばか》り楽しとてか、鳥雀群れ噪《さわ》いで田園の間に啄《ついば》むなるに、我は此快広《のびろ》き蒼空を見る毎に、此いじらしき子を覚《さま》して、呵責に均《ひと》しき勤めをさせねばならぬかと思えば、心戦き唇動《ふる》えて声係《か》けん勇気もなし。

戸の隙を漏る東明《しののめ》の光は破れ障子の桟《さん》を照しぬ、されど未だ三番目の桟に薄《せま》らず、四番目の桟を僅かに越す迄なれば、嬉しや未だ此幼なき者を起さずにぞ済みぬる。時計の針は何処迄進むとも、此明りのみは何時までも此処に止まり呉《くれ》よかしと母は念ずめり、されど日は人の心の何者をも知らぬ真似して、今や漸く時を定めたる桟に近づきぬ、其間僅かに一二分《ぶ》を余すのみなれど、母は幾度か呼び覚《さま》さんとして声を呑みぬ。日は益々薄《せま》りて第三の桟に到りぬ。今は早起さねばならず、此眠《ねぶ》りを覚さしむるは、我ながら鬼の如く思わるれど、起さねば今日の食にすら差支《さしつか》ゆ。一日や二日我は食をこらゆれども、此児の餓《ひも》じからん事を思えば、今起す一時の苦しさよりも幾倍か心苦し、鬼の如く心を励ますも此児可愛《かあゆ》しとてなれば、時として鬼ともなり仏ともならんと。母は思切りて起直りしが、忽ち隣家の後より一番鶏の歌うを聞きぬ。何時も日光《ひざし》の此桟に上る時に、二番鶏の鳴くなれば、偖《さて》は未だ早かりしかと猶予《ためら》いて、四辺《あたり》の様子を覗い見しに、隣家《となり》にて已に起出でたる様なれば、今は如何にしても起さねばならず、されど母は声を係《か》くるに忍びかねて、徐《そっ》と彼の渾身《からだ》を揺《ゆすぶ》りぬ、さるは彼をして自ずと寝苦しき儘《まま》に、自ら眼を覚さしめんとしたりしなり。されど子児《こども》は尚眠りぬ。今は声を係《か》けねばならず、これが二声も三声も呼びて目さめぬ子ならば、母も斯くは苦心せじ、子供ながらも心を〆《し》めて寝ればこそ、只の一声に飛起る、其心根のいじらしさに母は幾度も猶予《ためら》いぬ。『梅や、もうお起きよ』。と思い切りて声係けし時は、喀血の苦しさよりも憂《つら》し。

母の病めるが如く、お梅は『アイ』と返事しながら飛起きぬ。起きると共に平常《いつも》の如く火を起して母へ勧むる食事の準備《したく》をなしながら、彼は雨戸を押明けて空打眺め、『母ちゃん、今日は少し寝過したから、早く行《いっ》て蝗捕《とっ》て来るよ、いいかい。』と気遣しげに母を眺めぬ、母が此頃の容体を、賢しき心に危ぶむなるべし。『ああ行《いっ》ておいで、御苦労だね』。

と泣きながら言うを後ろに聞きなして、彼は大なる袋を持て家を出でぬ。

『今日はいじめられやしない、妾《あたい》のお父様は巡査様《おまわりさん》よか威来《えらい》のだもの』。と独語《ひとりごと》しながら出行きぬ。彼は父無き事を如何斗り口惜しと思いしならん。父の高官なりし事を聴いて如何に彼は嬉しく思えるならん。思えば又も昔慕《なつ》かしとて、見送れる母は歎くめり。

辛うじて身を起して立上りたる母は、戸の隙より吾児の姿を見送りぬ。彼方も自ずと後髪曳かるる様なりや、振返り振返り田甫へ続く坂を下り行く、靄《もや》は淡《うす》く立籠めたるに、都へ通う馬逐《お》いが野鄙《やひ》なる謡《うた》は聞えたり。母は眉を蹙《ひそ》めて我児の聞かざらん事を願いぬ。三遷《さんせん》の教《おしえ》を学ばんにも、此有様にては徒《いたず》らに口惜《くや》し泣きするのみにて得可《うべ》くもあらず、人よりは賢しき子を斯《かか》る処に育てて悪しき風に染ましめなばと思えど、其子に斯る賤しき行商《あきない》さする様にてはと、我と我身を口惜みて泣く泣く再び蓐《とこ》の上に打仆《うちたお》れ、窪みたる眼交《まなざし》にて、煤《すす》ぼりたる梁《うつばり》を見上げ、細帯に手を係《かく》る事、今日迄に実に四度に余りぬれど、母は子の為に遂に死なれず。

お梅は母が斯迄《かくまで》の苦心とは知る由もなし。日課の様にせし蝗取りせんとて、日常《いつも》の坂より畦のドンドンへ出で、田甫伝いに其処や彼処《かしこ》と稲葉の上に翼《はね》の露乾す蝗を取りて袋に入れぬ、慣れし事とて子供の手にも拾うが如く、稍《やや》袋の央《なかば》を充《みた》して、尚も先へと進み行きしに、忽ち彼方の棟瓦《むながわら》有る家より、二人の女の子出来りぬ。容顔花の如きお梅に比べては、見る影も無き標致《きりょう》にて、デクデク太りて赭《あか》ら顔なる上を真白に塗り立てて、見苦しさ譬《たと》えん方なけれど、着物のみは今日を晴と着飾りぬ。田舎縞と笑う可《べ》きも、お梅の繿縷《つづれ》に比べては、雀の辺《ほとり》へ相思鳥《そうしちょう》を置けるが如し。彼は送り出せる母や祖母《ばば》を尻目に係《か》けて、己が装《なり》を誇り顔に豪然《ごうぜん》と歩み出しぬ。彼は今日の祭日に君が代を学校に唄わんとて之《ゆ》くめり。

近道をする事とて、お梅の居たる畦《あぜ》へと来りしが、行違い様に後なる娘は姉を呼びて、『姉様《ねえさん》、乞食が蝗を取て居るね。』と囁きぬ。其声《そのこえ》は小さくとも、お梅の耳には雷《いかずち》の如く響きぬ。お梅は子心にも吾暮しの貧しき事を知れり。仮令《たとえ》乞食にも劣れる装《なり》はなすとも、彼は努々《ゆめゆめ》乞食にはあらずと確《かた》く思えるなるに、彼等より此賤しき言葉を与えられて、憤然として思わず彼方を見詰めたり。されども夫《それ》を咎《とが》むる程の気力あらねば、稍《やや》暫時《しばし》茫然として居たりしが、彼も我も同じく人なるに、情《つれ》なくも斯《か》く見下げらるるは、我着物の汚なき故なり。我も何とかして彼の様なる着物を、只の一度にてよければ着て見たしと思いしが、『いやいや何だ彼様《あんな》奴、妾《あたい》のお父様は巡査様《おまわりさん》よか威来《えらい》のだもの。』と思い返して彼は再び蝗を取り始めぬ。

今日は幸に逐《お》われもせず、溢るる斗《ばか》りの収獲《えもの》を携えて、喜ばし気にお梅は帰り来りぬ。母は帰りを待ち兼て、煮え返りたる湯を取り、我児の出したる蝗の袋に澆《そそ》ぎ係《か》けぬ。中なる蝗は苦しさに堪えず、袋も破れん斗《ばか》りに荒れたりしが、暫時《しばし》も得堪《えた》えず赤くなりて死したるを、お梅は笊《ざる》にあげて日当り能《よ》き処に出して乾上《ほしあ》ぐる。虫の荒るる音を聞く時に母は顔を背向《そむ》けれども、流石お梅は哀れとも思わず。

斯《か》くて朝の食事を了《おわ》りて、昨日乾したる虫を何時《いつ》もの笊に容《い》れ、母を残して又も行商《あきない》に出でぬ。あわれ子児《こども》の足の覚束《おぼつか》なけれど、馴れし途《みち》とて兎角《とかく》して駒込《こまごみ》へと呼び来《きた》りぬ。昼を焼パン一つに極《き》めたれば、覚束《おぼつか》なき腹に渋面作りて、『蝗やあ、蝗』。と声も枯れ枯れに売り歩けど、漸々《ようよう》六七銭売りたるのみなり。宅《うち》への戻りが遅くなるとは思えど、今少し売上げんと、帰りの路を辿《たど》り辿りて、板橋なる遊女屋の前迄来りぬ。誰《た》そや買う人もがなと、声を限りに呼び歩けば、某楼と記したる家の連子窓《れんじまど》より、白き手を差出して呼ぶものあるに、お梅はいそいそ駈け寄って、『姉様《ねえさん》蝗買《かっ》て下さいな、もう少しっきゃないの、皆買て下さいな』。と言えば、中なる娼妓《じょろう》は顔見合して打笑いしが、頓《やが》て此方《こなた》を向きて、『和女《おまえ》幾つだい、年齢《とし》は』。と問う。『妾《あたい》十歳《とう》』。『左様《そう》かい本当に奇麗な子だねえ、和女《おまえ》の家《うち》じゃ何して居るの』。『家には母様《かあさま》一人切り、塩梅《きいき》が悪くって寝て居るの』。『お父様《とっさん》は』。『お父様《とっさま》は威来《えらい》人なの、巡査様《おまわりさん》よか威来《えらい》のだけれど、死《しん》で仕舞《しまっ》たからいけないの』。『和女《おまえ》蝗みんな買って遣るから踊って御覧、いいものやるよ』。と笑いさざめく、お梅は決していいものなど欲しくはなけれど、蝗を買て貰いたき斗《ばか》りに踊《おどっ》て見んとは思いぬ。されど踊りとはどうするものやら知らず、されど踊らねば買てくれまじ、悉皆《みんな》売った丈《だけ》の御銭《おあし》を持て行ったら、嘸《さぞ》母が喜こぶならんと思いければ、哀れやお梅は嬲《なぶ》らるるとは知らずに、知りもせぬ踊りを踊らんとは思いぬ。

習いもせぬ踊りを知るべきよしもなし、されど蝗を売り度斗《たきばか》りに、お梅は能《よ》く見るヤア、トコセーの真似をして見んと子心にも考えぬ。何時《いつ》か覚えし俗歌を悲し気に唄いて、何の意味も無く手足を上下して、飛んだり跳ねたりして見せる程に、始めは笑いながら見物せる娼妓《じょろう》も、いつか飽きたりしと見えて、一人立ち二人立ち、バタバタと奥の方へ駈け行きぬ。

今迄は買て呉《くれ》ると斗り思いしものが、忽ち影を隠したるに、お梅は只呆気に取られて後打眺めぬ。されど一時は驚ろきしものの、子供心に欺《だま》されしとは知らず、定めし値《あたい》を取りに行きしならんと、尚何時迄も待ち続け立ち暮したれど、再び来る人も無くて、奥には面白気に笑いさざめく声斗《ばか》りなり。お梅は悲しく心許無く、入口の所に立寄りて、『姉様買《ねえさんかっ》て下さいよう』。と覗込《のぞきこ》みて泣出さん斗《ばか》りなり。

斯《かく》と見て取る奥の方《かた》より、牛とやらん馬とやらん人に似たる男が、声聞きつけて出で来りしが、忽ち眼下に哀れなる小娘を睨め附け。『こん畜生、薄気味の悪い奴だ、昨日下駄偸《ぬす》んだは手前《てめえ》だろう』、と叫《わめ》く。『妾《あたい》盗賊じゃ無い、姉様《ねえさん》が蝗買てやると言ったの』。『何言やがる、出て行かないと、叩きなぐるぞ』。と手を振上《ふりや》げたるに、お梅はワッと戦《おのの》いて逃出す拍子に、下に置きたる籠《かご》を蹈み仆《たお》して、身は溝板《どぶいた》の上に投らるる様に転《まろば》りぬ。暫時《しばし》は疼《いた》さと驚きとにて起上りも得せぬ間に、側《かたえ》に狂い居たる小犬四五匹、能《よ》き物あれと飛び来りて、飛び散りたる蝗《いなご》を食《くら》うもあれば蹴散らすも有り、恐さを忘れて逐《お》わんとすれば、尚も狂いて側《かたえ》なる籠《かご》を咬《くわ》え様《さま》、何処《どこ》とも知らず駈け行きぬ。

災厄《まがつみ》に災厄は打重なりて、蝗を蹴散らかされたるのみならず、籠をさえ失いては、明日より行商《あきない》に出づる事ならずと、恨めし気に犬の行きたる方を見遣ると共に、俄《にわ》かに淋しく悲しくなりて、シクシクと泣きながら罵《のの》しりし男を振返り、『いいや、母ちゃんに伝告《いっけ》てやるからいいや』。と思いに余りて一言言うが精一杯、泪《なみだ》ながらに悄々《しおしお》と家路を指して辿る程に、凄涼《せいりょう》たる暮色は行手を埋《うず》みて、蕭颯《しょうさつ》として吹き起る凩《こがらし》に鄙《ひな》びたる追分節《おいわけぶし》遥かに聞《きこ》ゆ。

哀れや如何《いか》に、お梅が心を掬《く》まば人の泪《なみだ》は尽きぬべし。蝗を食われ籠を奪われ、行商《あきない》に出《いで》んにも出でられず、行商に出でねば粥を調《ととの》えん事難し。『外《よそ》では御膳というものを三度食べるというに、宅《うち》ではお粥を二度としか食べず。夫《それ》を又一度も食べなかったらどうしよう、籠を買いたいにも御銭《おあし》はなし、どうしようどうしよう』。と泣きながら歩くとはなしに帰り来る途《みち》に、種屋の角へ来係《きかか》れば、折しも主《ぬし》なくて転がりし笊《ざる》有り、見れば見る程我笊より遥かに新らしく、丈夫左様《そう》なる製作《でき》なり。『ああ彼《あ》の笊さえあれば、母ちゃんも妾《あたい》も御膳が食べられる、ああ彼《あれ》が欲しい、頼んで貰《もらお》うかしら、いや決して呉《くれ》はしまい、一層《いっそ》黙って持《もっ》て行こうかしら、盗賊《どろぼう》も同《おんな》じ様だけれど、いいや夫《それ》は悪い、然《しか》し彼《あれ》さえあれば』。とお梅は去りも得ならず行きも得ならず、行《ゆっ》ては帰り帰っては行き、二足三足歩《あり》き出したれど、転げし笊の目先に散《ちら》つきて去り難し。人の目を掠めて笊を偸《ぬす》まんとにはあらねど、母の為に唯其笊欲しく、断り言えば呉《くれ》るかも知れねど、唯内気にて人恐ろしとのみ思うお梅は、如何にしても去る事を口へ出して頼み難し。

貧困は人を愚かにすと言う。狂となり痴となるも悉《ことご》とく貧苦のなす業にて、人に侮られ賤《いやし》まれても何と言い解かん様もなし。悪人に貧少なく、善人に富める者稀《まれ》なるは、見るに聞くに快からぬ浮世なり。

籠を買う可《べ》き代《しろ》あらば、如何《いか》程頼めばとて強で斯《か》く浅ましき考を出す可き、お梅は今や眼暗み心惑うて前後を忘れぬ。身は何処に在ると言う事を知らず、何の為に立止れりと言う事を知らず、籠の外《ほか》に心無く、心の外に籠無し、素《もと》より偸《ぬす》み心有るにあらねば、四辺《あたり》に人の有無を気遣う事無く、我とも無く走り寄て、転げたる籠に手を係《か》けたる時は、いじらしき血の悉く頭脳にや上りけん。

『此盗賊《どろぼう》めえ』。と叫べる吐羅声《どらごえ》は、種物屋の店頭に起ると共に、雲衝く斗《ばか》りの大男は、忽ちお梅の上に走り懸《かか》りて、拳も荒く打仆《うちたお》しぬ。『アレ堪忍して下さいよう、あれ母ちゃん来てお呉《く》れよう』。と泣き叫ぶ。広き世界に彼《かれ》が味方と思えるは、唯一人の母有るのみ、母より外に我を助くる人有りとは夢にも思わず。

籠さえ奪われずば、斯《かか》る幼なき者を是程の難《め》に逢わせずとも済みなんものを、慈悲も情も荒呉男《あらくれおとこ》が拳の下に、眼顔も分けず打叩かるるを、何事ぞと群がる人が小気味よしと言う者はあれ、誰一人遮りて止立《とめだ》てする者無く。『彼《あ》の様な奴は思う様半死半生の目に合して遣る事でござる、小児《こども》の癖《くせ》に図太い根性な』。と私語《ささや》く、されど囁く人にこそ細《ほそ》からぬ根性の者は有るべけれ。

騒ぎは忽ち伝わりて、佩剣《はいけん》の音戞々《かつかつ》として巡査は来りぬ。群がる人は彼が裁決《さばき》を待受け顔に途《みち》を開けば、無情の主人《あるじ》も拳の手を止めぬ。

巡査を此上もなく尊く、此上も無く恐ろしき者と思えるお梅は、顫《ふる》い戦《おのの》いて声さえ出でぬを、主人は尻目に見て巡査に向い。『此奴《こいつ》は太い奴でございます、此様《こん》な奴が大きくなると万引の名人《おやかた》になるのでございます、へい旦那御覧なさいまし、其処に在る籠を此奴が取ったのでございます、へいへいこれは店で種を容れます笊で、へい手前共のでございます、へい笊斗《ざるばか》りではございません、折々種が失《なく》なりますが、矢張屹度此奴《やはりきっとこいつ》が取るのでございます』。と先刻の権幕に似もやらず、頻《しき》りに低頭平身して其次第の虚誠《うそまこと》を延《の》べ立つるを、隣近処《あたりきんじょ》の者迄が口を添えて。『彼《あ》の着物はお宅《うち》で取られたのに似て居ます』。『左様《そう》左様彼《あ》の一合桝はもし御店のじゃございませんか、本当《ほんと》に油断も隙もなりませんよ』。など言う。

哀れやお梅は巡査に引立てられぬ。『コラ歩まんか』。と訛《なま》り有る恐ろしき声に促されて、警察へと拘引されたる後には、三々五々此処彼処《ここかしこ》に人立《ひとだち》して、在りし事を語り伝う。

子供心の恐ろしさに、此先如何《いか》ならんなど思う暇は無く、命をも取らるると思える所へ拘引されたるお梅が驚きより、斯《かく》とも知らぬ母の心ぞ押量《おしはか》られぬる。

日は落ちて鎮守の森は漸々《ようよう》黒み、隣の車力も前の橐駝師《うえきや》も其日の世過《よすぎ》より戻りたり。嗚き連れたる晩鴉《ばんあ》の声さえ今は聞えずなりたるに、最愛《いと》しきお梅は未だ塒《ねぐら》に帰らず、彼《あ》の子に限りて途中に気を取られて、帰りを忘るるなどは努々《ゆめゆめ》無し、されど今迄斯《か》く遅なわりし事もなければ、いとど心に懸《かか》る斗《ばか》りなり、様子を見に行かんにも自由《まま》ならず、見に行ける程に渾身《わがみ》が愈《なお》らば、決して彼《あ》の子に苦労はさせじ、苦労させねば此様《このよう》な心痛はなし、十歳《とう》になる子の膏《あぶら》を絞りて、此様に寝て居る心苦しさ、死して無間《むげん》の苦《くるし》みは知らねど、息あればこそ斯《か》くは苦しきなれ、もう何事も思わず、唯此儘に死にたし、ならば彼《あ》の子を共に連れて。

寝て見つ起て見つ、最早《もはや》七時にやなりつらん。隔《へだ》ての壁より漏れ来る隣の明りは、早先の程点けてる様なり、彼方《あなた》には笑いさざめく声聞こゆ、浮世に何が面白くてや、笑う人の心は知れ難し。

『オイ、彼《あ》の隣の梅坊なあ』。と宿の妻に物言う隣家の主人が声は忍び音《ね》ながらも、神経《かん》の高じたる病婦の耳には、手に取る如く聞えたり。

何事かお梅の上に異変あればこそ、彼《あ》の様に事新らしく他人《ひと》の噂をするなれと、病婦は俄《にわ》かに眼の色変《かえ》て起上ると共に、耳に乱るる後れ毛を掻き上げぬ。『梅坊が、あれを遣《や》ったとよ』。と続いて主人の声聞こゆ。『何をさ』。『何をって、『《レコ》をさ、和女《おまえ》気を附けねえよ』。『オヤ呆れるね、何処でさ』。『板橋の荒物店《あらものや》で聞いたのよ、通りでやったのだって、何をやったのだか知らねえが、今しがた拘引《あげ》られたとよ』。『左様《そう》かい、道理で今日は帰らねえと思った』。と流石に隣家を憚りて私語《ささや》きぬ。

『『《レコ》をやった』、とは何事ぞ。『拘引《あげ》られた』とは何の為にぞ。『《レコ》と言い拘引《あげ》らるると言う。問わでも梅が窃盗《ぬすみ》せしと言わん斗《ばか》りなり、穢《けが》らわし、忌わし、口惜しし、と病婦は瘦せ抜いたる頬に薄紅を漲らして、蓐《とこ》の上にドッカと座し。『如何に貧に薄《せま》ればとて、梅が盗みしようとは思わず、出来心も事にこそよれ、人にこそよれ、若し食べられねば、三日でも四日でも食べずに済まさん、梅が餓《ひも》じくば此母の腕なり股なり剝ぎ取りて食べさせん、渇《かっ》しても盗泉の水を呑まずとも言うなるに、如何に困ればとて、苦しければとて、父の子なり母の子なり、賢こき子なり、強《いか》で盗みして家名を汚す事の有るべきや、及ばぬながらも日頃の教訓《おしえ》は、斯《かか》る事のなからん為なり、若《も》しお梅が盗みせしと言うが誠ならば、女大学も今川も、万《よろ》ずの教訓書《おしえ》も何かせん、此辺《このあたり》の土方や車力の子供ならばいざ知らず、いかでお梅が、お梅に限りて』。と病婦は満面に足らわぬ血を澆《そそ》いで憤りぬ。されど斯迄《かくまで》帰りの遅きより思えば、若しや万一、いや其様《そのよう》な子ではなし、屹度《きっと》角の荒物店さんへ寄りて、何か用事を頼まれて居るなるべし、屹度屹度必らず左様《そう》に違いなし。と自ら慰めても心落居ず、何事をか口の裡《うち》に呟きては、俄かに又。『左様《そう》じゃない左様じゃない』。独語《ひとりごと》して忽ち気のつきし如く、誰も居らぬに知れたる四辺《あたり》を見廻し。『あああ』、と苦痛を吐き出して横になると思えば、忽ち起上りて、古新聞に包みたる小刀《こづか》を取出し鞘を払ってためつすかしつ打眺め、右手《めて》に構《かまえ》て咽喉《のど》に当てる真似して、又破れ畳を突刺ししが、思わず身顫《みぶる》いして鞘に収むれば、忽ち彼方に投げやりて、何とも知れず歯軋《はぎし》り夥多《あまたび》、手にて枕を叩きなどして居る時は、丸でお梅の事を忘れやしたると思わるる斗りなり。

溝板《どぶいた》の上を往《ゆ》き還《かえ》る跫音《あしおと》は、幾度《いくたび》か来れども幾度か去りて、待つ其人は影もなし。稍《やや》有りて又も足音遠く聞えたるにぞ、嬉しや彼《あれ》がと待つに甲斐なく、近づくままに荒く高き靴音となりて、其《その》音は又隣家《となり》の前に止りたり。

『予《わし》は警察からじゃが、志田《しだ》お雪《ゆき》という者は此辺《このへん》に有るまいか』。と訛有る声にて問う。官は愈々《いよいよ》尊く、民は愈々賤しく、官員様とあれば小使にも平身低頭して、車力の角《かく》は恐る恐る。『ええ何でごぜえやす、其何で、お雪さんてえなあ、隣家《となり》の病人でごぜえやす、へえ差配《おおや》は八《はち》の奴の後でごぜえやす』。と言う声は、聞かじとする病婦の耳に明らかに聞えぬ。

今が今、つい今迄は、よもやよもや、あらず、必ず必ず、無根なり、無根ならざるべからずと、鉄の如く、石の如く、堅く固く思い詰めたるは、空しき仇頼みなりき、我児は盗賊《ぬすびと》を働けり、お梅は盗みをなせり、聞く迄もなく夫《それ》に相違なし、左《さ》らずは彼《あ》の様なる人が警察《たむろ》より我を尋ねて来るべき様なし、貧苦の中にも楽《たのし》みにせし清廉といえる一点の霊気も今や天の一方に去りぬ。絶望又絶望、病婦は最早警察吏の口よりは我児の悪事を聞くに忍びず、耳を塞いで此苦悶を逃れんとすれど、早靴音は荒々しく軒下を伝いて、我家の前に止まりぬ。『コラ志田雪というは此処《ここ》か、コラ開けんか開けんか』と、無礼なる口調は塞ぎたる手の甲を透して伝わりぬ。病婦は悲しく哀れなる容顔《かんばせ》に、口惜しき想《おもい》を蹈占《ふみし》めて立上りたれど、進んで戸を排《あ》けんとはせず、蓐《とこ》の上を右左に逍遥《しょうよう》なして悶《もん》を遣らんとせしが、俄《おか》かに病勢の侵し来りけん、よろよろとして打仆《うちたお》れぬ。されど彼は仆《たお》れたる儘《まま》、息を殺して死人の真似をなさんと思いぬ。死したる人には、彼は何事をも言わぬなるべしと思いたり。

いらだちて小使が戸を叩く毎に、病婦の肉は踊る斗《ばか》りなり。じっと我腕を顔に押当てて俯伏しになりし儘起上らず。戸を叩く音は益々激しくなりて、『コラ留守か、警察の差紙《さしがみ》じゃぞ』と罵《のの》しる声は、叱るが如く、又嚙み附くが如し。

車力の妻は気の毒気に出来《いでき》りて、『病人が留守の訳は有りません、旦那まあ私が這入《はい》って見ましょう』。とぎごちなき戸を無理に押明けて、『まあ如何《どう》したんだろう、燈《あかり》もつけないで、お雪さんお雪さん』。と呼立つる金切声は、耳を劈《つんざ》き脳を砕きて、病婦は愈々《いよいよ》身を縮まし、堅く目を閉じぬ。

『お雪さんどうなすったい、警察の旦那様だよ、どうしなすった、病気が悪いかい』と、病婦の渾身《からだ》を、流石《さすが》穏かにゆすぶりて言う。お雪はゆすぶらるる毎に、じりじりと命の縮み行く様にて、暫時《しばし》こそ堪《こら》えもしたれ、今は息苦しくなりて突《つ》と起立り、小使と隣の妻との顔をジット眺めて瞬《めばた》きもせず。

『コラ和女《おまえ》が志田雪か、呼出しじゃが、どうだい出頭されるか』と、言葉の調子を穏かにして言えど、取り逆せたる耳には何事も入らぬか、俄かに隣の妻の手を握りて。『お島《しま》さん、阿梅《おうめ》を御存じ有りませんか、帰って来ませんよ、ほんとに如何《どう》したのだろう、親の気も知らないで』と、一口毎に身を顫《ふる》わして、眼をさえ据えたる面差《おもざし》に、流石の小使も呆気に取られたり、隣の妻は眉を顰めてお雪を睨めぬ。

一時に取逆《のぼ》せたるが上に、身を湍《あせ》りたる事なれば、又込上る咯血《かっけつ》は唇の両端より頭に伝わりて物凄く、痩せ枯れたる手を延して、突然《いきなり》小使に飛附きて、『貴君《あなた》は一体何です、早くお帰りなさい、お梅を何処《どこ》かへ隠して、又妾《またわたし》を連れ出しに来たのだろう、左様《そう》でしょう、屹度《きっと》左様《そう》です、左様《そう》に違いない、さあお梅を何処へやりました、返して下さい、たった今返して下さい、居る処《とこ》さえ言って下されば、今から妾《わたくし》が連れに行きます、貴君《あなた》、妾《わたくし》が悪ければどの様にも詫《あや》まります、お梅の悪いのじゃ有りません、さあ妾《わたくし》を殺してお梅を活《い》かして下さい、貴君《あなた》、どうか後生ですから』と、急《せ》き立てて取縋りつつ、言う言《こと》の葉もしどろもどろ、呆れ果てたる小使の顔を穴の明く程睨めたりしが、又何事にか驚きてハッと飛び退《すさ》り、耳を塞《ふさ》ぎ膝《ひざ》を合《あわ》して畏《かしこ》まりぬ。

此様子にては何事を言うとも通じまじと、小使は隣の妻を案内《しるべ》に立てて差配《おおや》を指して出で行きたる後に、お雪はホッと一息、左の方より徐々《そろそろ》と手を放して、何の声も聞えぬに心を安んじ、グタりと蓐《とこ》の上に仆《たお》れしが、夫《それ》ならぬ跫音《あしおと》の聞ゆる毎に耳を塞ぎては又徐《またおもむ》ろに手を放し、忽ち立てよろけながら家《や》の内を歩きしが、乾し儘なる蝗を取って口に押入れ、ガリガリと噛み砕《くだき》しが、又忽ち土間へ吐き出し、絶えず口の内に何事をか呟きて、又忽ち心附きし様に俄《にわ》かに座り、衣服《きもの》の襟を噛んでシクシク泣き出しながら。『どうしよう、どうしよう』と、身をもだゆる事半時《はんとき》余りなりしが、又俄に取乱して。『梅が梅が』と言いながら、立ち上らんとす途端に、再び跫音は近《ちかづ》き来りぬ。お雪は前の如く耳を塞ぎて、訪《と》う人を避けんとしたれど、彼方《かなた》は会釈なく入り来りて。『どうだい、大分悪いかの、梅坊を送って来たぞ、梅坊は警察《たむろ》に上げられて居たのを、乃公《わし》が引取て来たのだぞ、委《くわ》しい事は明日噺《はな》すからまあ気を落ち附けるがよいよ』。と言うは、井戸端の噂に仏様と言わるる差配《おおや》なり。されど彼が言語《ことば》のみならば、お雪は決して耳にせる手を放すまじけれど、恋し床《ゆか》しと待ち兼ねたるお梅の顔を見ては、無邪気なる小児《こども》が珍らしき手遊《おもちゃ》を貰いし如く、思わず笑顔を作りてお梅を抱きよせ。『虚《うそ》だった虚だった、警察《たむろ》に居たのじゃない、此処へちゃんと帰って来たもの、ああよかった』。と言いたれど、差配《おおや》に礼を述べんともせざれば、隣の妻は見兼《みかね》たりけん、後の方より顔差出して。『お雪さん何だね、お礼をおいいよ、梅坊がね、盗賊《どろ》と言う程じゃないが、ちょいと其あれを遣《やっ》たのだとさ、夫《それ》で上げられたけれど』と言わせも果てず。『なに盗賊《どろぼう》、夫《それ》じゃ矢張《やっぱり》、ええお梅和女《おまえ》はなあ』、と矢庭《やにわ》に小さき髻《たぶさ》を引握み、怒りの余りに引伏せしが、又心附きて、『仕方が無い仕方が無い、妾《わたし》が悪いのだ』。とはっと斗《ばか》りに泣き仆《たお》れたり。

差配《おおや》は気遣《きづかい》には思えども、長居せば反《かえ》って心の休まるまじと、隣の妻と諸共に帰り去りたる後《のち》に、お梅は泣きながら片隅に蹲踞《しゃが》みつつ有れど、病婦は冷やかなる眼光《まなざし》を注がんともせず、暗き家の内を彼方此方《あなたこなた》と見廻し、歯を堅く食い緊《しば》る時に、再び戻り来りしは差配《おおや》なりき。『お雪さん、警察《たむろ》の人が余《あん》まり可愛想だと梅坊に下すった御金《おかね》だよ、慥《たし》かに届けたよ』と、銀貨幾片《いくひら》かを置いて急がわしく去りぬ。されど此貧苦の中を助くる莫大の恵みを、病婦はじっと見詰めし儘《まま》、よよと斗《ばか》りに泣き出《いだ》し、よろぼい寄るよと見えしが、銀貨を雨戸へ礑《はた》と投げ附け。『乞食じゃない』。と屹《きっ》と言放ちて、『どうしても、ああ夫《それ》がい』と続いて言いし時には、彼《かれ》が相貌《そうごう》全く変りて息遣い荒々しく、手探りに彼《か》の短刀を取寄せてキラリと抜放《ぬきはな》したる只ならぬ有様に、子心にも賢しきお梅は驚いて取縋り、声立てて人を呼ばんとするを犇《ひし》と抱きよせぬ。子は母の胸に顔を押し当て、母は子の頭《つむり》に頰を載せて、互《かた》みに動かぬ事少頃《しばらく》。

動かぬながらも右手《めて》に刃を取り直し、稍暫《ややしば》らく逡巡《ためら》いしが、俄かに決然として、アナヤと驚くお梅が咽喉《のど》の辺《あたり》を唯一突、流石に目を眠《ねぶ》って刺し徹《とお》せば、虚空を握って苦しむ間も少頃《しばらく》、声をも立てず息絶えしが、尚ビクビクと手足を動かすを、病婦はジッと見済せし時、忽ち狼狽《あわ》てふためきて、空しき死体《なきがら》を掻き抱き。『梅や梅や』と小声に呼びながら、右手《めて》にて疵口《きずぐち》を探れば、ズプりと血に染《そ》みて這入《はい》りし拇指《おやゆび》を我口にて甜《な》め取り、又其《またその》疵口に我唇を当て我頰を当てければ、半面血液《ちしお》に染《そ》みたるを、流石気味悪ければ片袖にて押拭い。『あああ』と長き溜息を泄《もら》すと共にニヤリと物凄き笑いを残して、ヨロヨロと外《おもて》へ彷徨《さまよ》い出でぬ。

此夜天闇《くら》く月黒し。

程なく貼られたる貸家札は、雨に打たれ風に晒《さら》され、再び此家に細き一縷《いちる》の烟《けぶり》だに昇りし事なし。

（「文芸倶楽部」明治二十八年九月）

田山花袋（たやま・かたい）
一八七二・一・二二〜一九三〇・五・一三　群馬県生まれ。本名は録弥《ろくや》。没落した藩士の困窮した家庭に育つも、漢詩文や英語、和歌を熱心に学ぶ。九一年、尾崎紅葉から江見水蔭を紹介され、硯友社の機関誌『千紫万紅』に「瓜畑」を発表。九六年に悲惨小説「断流」を発表（単行本未収録）。九九年、博文館に入社し、のち『文章世界』主筆となる。西洋文学の影響を受け、自然主義文学運動を推進。一九〇七年に「蒲団」を発表し、私小説の濫觴の一つとなる。作品に「田舎教師」、文壇回想記『東京の三十年』、ルポルタージュ『東京震災記』他がある。

断流

田山花袋

一

水は万山の間を流れ来て、巌石兀立《こつりつ》したる処《ところ》に激しては珠を飛《とば》し、竹声聒々《かつかつ》たる処を走りては琴を操り、更に芋畦《うけい》の中《うち》菜畝《さいほ》の傍を過ぎ、鏘然《そうぜん》鏜然《どうぜん》として白雲青松の間に見えずなりぬ。その岸に沿いて先《まず》見らるるは、杉の林の中に高く聳《そび》ゆる大《おおい》なる屋根なるが、こは此《この》村《むら》に有名なる観音寺《かんのんじ》と言える一大伽藍にて、其処《そこ》に祭れる観世音は、多く近郷の賽客《さいかく》を惹き、香煙常に数峰の雲を為《つく》り、鐘磬《しょうけい》絶えず一山の寂寞を破り、一年一度の結縁日《けちえんび》の賑《にぎや》かさ、これには都の人もこれはこれはと驚き合えるばかりなりとか。

その前を少し下りて猶《なお》二三町《ちょう》も行けば、一箇《ひとつ》の板橋弓の如く架《かか》りて、その辺《あたり》は水の流も緩《ゆるや》かに、平《たいら》かなる石、浅き淵、美しき菫《すみれ》の花など極めて遊び所には適したり。されば村の頑童等《こどもら》、終日此処に集りて、水を弄するもの石を重ぬるもの、花を流すもの、さてはその清き流《ながれ》の中に身を投ずるものなど、何《いず》れも余念なく長き日を遊び暮らすを常としたるが、今しもその平なる大なる石の上に、音無《おとな》しく遊びて居れる二人の小児《こども》あり。一人は村の呉服屋の児女《むすめ》にて、八歳を一つ越えし程の年頃なるが、その目《め》ざしいつくしく、顔は丸顔にて愛嬌多く、色は絹のように白ければ、路行く人の眼《まなこ》を惹きて、誰も振返りて見ぬは無き程なり。一人は其よりも一つか二つ年上なりと思わるる男の児《こ》にて、おなじく美しき顔と、立派なる姿とを備えたるが、こはこの観音寺の住職の親戚の子にて、父も母もなく兄弟も無く、極めてあわれなるものなる由。

二人は他の小児《こども》の争い勝《がち》なるにも似ず、音無《おとな》しく睦ましく、恰《あだか》も兄妹にてもあるように、互に譲合い楽《たの》しみ合いて、曾《かつ》て一度《ひとたび》も喧嘩らしき事を為したる事なし。今日も常の如く互に石を積み重ねて、城のようなるものを造りて居たりしが、男の児は急に振返りて、女児《おなご》の方《かた》を見、もう勝様《かつさん》のは出来たかと問いぬ。女の児も振返りて、莞爾《にこにこ》と可愛らしく、笑いながら。出来たけれどと言懸けて、前に重ね上《あげ》たる城郭らしきものを、さもさも楽し気に打見《うちみ》やりたるが、その目さしのいつくしさ、更に譬《たと》う可《べ》きものもあらず、男の児はこれを見るや否《いな》、嬉し気なる声を挙げて、出来た出来たと、覚えず知らず手を撲《う》ちつつ、勝《かつ》様《さん》私のも見てお呉れ、私のもこれこのように出来たればと、言うが儘《ままいざな》誘わるる儘《まま》、女の児も喜ばしそうなる顔色《かおつき》して、その傍に歩寄り、春雄様《はるおさん》のは私よりも余程《よっぽど》高い、私ももっと積《あ》げようと思ったなれど、もう今一箇《ひとつ》あげると破《こわ》れて仕舞うからよしたの、春雄様《はるおさん》のは好《よ》くそんなに高くなったのねと無邪気なる口付《くちつき》なり。

男の児は暫時《しばし》余念なくそれを見て居たりしが、やがて小さき足を進めて、その女児《おんなのこ》の積上げたる城郭の傍に行き、勝《かつ》さんもう破《こわ》しっこを仕ようでは無いかという。女の児は、まだ早いわ、折角積んだんだものと、その立派に積上げられたる城郭を、さも惜し気に眺めて居たり。春雄はそれにもかまわず、いいよもう破《こ》わそう、破して今度は花を採りに行こうと誘《いざな》えば、お勝も少しく気に乗りたる顔色、花を採りに、行きましょう行きましょうと言出しぬ。それでは破《こ》わしても好《い》いかえ。ああとは言えど、お勝はまだいくらか惜気《おしげ》なり。

春雄と呼ばれたる児《こ》は、その儘その傍近く行きて、その下になりたる石を一つ外せば、凄じき音して、城郭は左右前後に乱れ崩れぬ。

二人は手を拍《う》ちて喜び合いしが、お勝も同じように春雄の城郭を崩し果てて後、それでは花を採りに行きましょうと、手を組合せて此処《ここ》を立去りたる跡には、渓流白く泡を吹いて、徒《いたずら》に二人の居りたる平《たいら》かなる石を洗えり。

二の渓流に沿いて猶少し下れば、広き野原ありて、此処《ここ》には菫《すみれ》、蒲公英《たんぽぽ》など美しき花の数々、爛熳として乱れ開き、春の日はいと長閑《のどか》にその上に照《てり》わたりて、さながら錦の筵《むしろ》を敷きたらん如く見えぬ。二人は手を組合せたる儘《まま》、楽しげにその花野の中《うち》に進入りしが、双々《そうそう》たる姿はやがてとある桜の花の陰にかくれ果てぬ。二人の罪無さ。

二

胡蝶の春の野を遊ぶようなるこの二人の生活は、暫《しば》しの間いと穏かにいと静かに過行きたりしが、人間万事意の如くならず、一生《せい》五十年の間には、如何《いか》なる災難に遭遇し、如何なる困苦に接するか、一寸前は真暗闇の目に見えぬこそ甲斐なけれ。お勝の父は名を真太《しんた》郎《ろう》と呼ばれて、先祖代々指に折らるる程の物持なりしが、祖父の代よりそれとは無しに身代少しずつ衰え行きて、今は早《はや》昔のようなる景気はなく、商売の区域は狭くなり、得意の客は少くなり、さながら肺病患者の次第次第に死期に近づき行くように、いと覚束なきを見るに見兼ねて、父なる人の如何《どう》かして恢復仕たきもの、もとの通ならずとも、せめてはその三分の一程にても好ければ、取留めて基礎《どだい》を固く仕たきものと、力の有らん限り骨の続かん限り、東西南北へと奔走して、少なからず尽力したる徴《しるし》は少しばかり顕れて、黎明《しののめ》の朝日の光を見たる如く、家道少しく振い懸りしに、悪魔は人の盛ゆるを好まず、ある夜山風に引込みたる風邪の、忽地《たちまち》にして重くなり、一月経つか経ぬに枕挙らず、一子真太郎を傍に呼寄せて、わが志の成らぬを慨《なげ》き、是のみはわが一生の無念終天の遺憾、死すとも忘れ難し、されば汝《なんじ》はこの父の志を忘るる事なく怠る事なく、一生懸命に商売の道を励みて呉れよ、是より外に言うべき事なしとて、その夜恨《うらみ》を呑みたるままの往生、一家親戚のみか、村の人もいずれこれを惜まぬはなく、あの人が居らずなりては、折角振い懸りたる相模屋《さがみや》の暖簾も覚束なしと、互に私語《ささや》き合いたる言葉少しも違《たが》わず、一年二年は父の志と誠を尽して働きたれど、根がお人好の、馬鹿正直の、しかも女好きの真太郎なれば、自然と商売はおろそかになりて、漸く見え始めたる朝日の影の、再び雲に包まれたるようなる有様となりぬ。

お勝の母は夫と違いて、性質いと男々《おお》しく、負ぬ気に富みたれば、日毎日毎に之を慨《なげ》き、如何《どう》かして夫の心を奮い立しむるような手段《てだて》は無きか、如何《どう》かして家道の衰えたるを恢復し、舅御《しゅうとご》の御遺言を成遂《なしと》げるような手段《てだて》は無きかと、一にもそれ二にもそれと、心懸は殊勝の限《かぎり》なれど、女の身の藻掻《もが》いても自由にならず、諫《いさめ》ても其《それ》とも思わぬ夫の素振《そぶり》に歯噛を鳴《なら》しつつ、一日一日と暮し行くその墓《はか》なさ。それにしてもこれが男ならばと、お勝の愛らしき顔をじっと見て、これが男ならば、それを仕つけて、年頃に為らば夫に代らせて、十分力を尽させる見込もあれど、それすら思う儘にならぬ身の情無さ、何故お前は男に生れて来なかったかえと、我ながら余りの小児《こども》らしきに思わず笑えば、それだとてお母《つか》様《さん》が女に生んで下されたのではありませんか、私は男ならば、お寺の春雄《はるお》様《さん》のようで、如何《どんな》に嬉しゅうありましたものをという。お前はお寺の春雄さん春雄さんとばっかり言って御出《おいで》だが、お前はそんなに春雄様《はるおさん》が好きなのかえと顔を覗けば、まだ心無き撫子の顔をも赤らめず色をも変えず、ああ私と春雄様《はるおさん》とは仲が善《い》いから私は好きなの、お母様春雄《つかさんはるお》さんを呼んで来て好いかえと、甘えたる言葉の無邪気さ、母は不思再び笑いぬ。

それより凡そ三年程経ちて後、お勝の母は不図《ふと》したる事より病の床に臥したるが、その儘《まま》に一月二月三月と過ぎて、四月目《しかげつめ》には最早枕も挙らぬ程の病気の重さ、それに加えて夫真太郎は、この頃よりある悪き田舎の芸妓《げいしゃ》に陥《はま》りて、家《うち》を他所《よそ》に為しての放蕩、女房の病気の日毎に重るのをも気に懸けようともせず、商売の道全く絶えたるをも心に留めようともせず、余りに酷いと藻掻いても詮なきわが身の悲しさつらさ。それに就《つけ》てもわが亡き後はと、夕暮の鐘の音つくづくと悲しく、お勝も何《ど》のように為《な》って仕舞うのやら、此家も何《ど》のように為《な》って仕舞うのやらと、涙を滴《こぼ》しながら頭《かしら》を擡《もた》ぐれば、枕辺《まくらべ》にはまだ十三歳のお勝の蕭然《しょんぼり》と淋し気なる姿、可憐《いとし》や私の死んだ後は何《ど》のような難義《なんぎ》を受《うけ》るのであろう。大方継母も出来るに相違なければ、その恐しき苛責をも受ねばならぬのであろう。その上この儘に家道衰えて行ったなら、若《も》しや芸妓《げいしゃ》とか娼妓《じょろう》とかに売らるるような事は無いか。それればかりは……それればかりは無くって呉れ、無くって呉れ、神様如何《どう》ぞそれればかりは無いように、あの恐ろしい娼妓《じょろう》などには、如何《どう》あっても為《さ》れないように、お勝の一身を守って下され、ああ其にしても死《し》にたくないはわが身、倦果《あきは》てたこの世にも、長らえて居《お》りたいはお勝の為《た》め、ああ如何《どう》かして死なれぬ工夫は無きものか。

されど死すべき人は死し、生《せい》すべき人は生す。山は高く月は白く、そのめぐる日の夜、お勝の母は最愛の娘の手を握りながら、遂に悲しき処へと赴きしが、四十九日も済まぬ中に、その悪しき田舎の芸妓《げいしゃ》は、首尾好くもお勝の継母と為済《なりすま》して、盲風怪雨《もうふうかいう》、悪魔の喜び笑う声相模屋の戸内に遍《あまね》し。

三

あわれなるはお勝なり。天にも地にも只一人われを可愛がりて下されし母親には死なれ、父様《おとっさん》は何とも思って下さらぬばかりか、何処の馬の骨か素生も知れぬ田舎芸妓《げいしゃ》を引込んで、それをお母様《つかさん》と呼べとは、余《あま》りと言えば情けない仕打、衣裳の綻《ほころ》び一つ縫っても呉れず、菓子沢山に貰いながら一つ食べなとも言って呉れず、何ぞと言えばお勝お勝と、自分の生んだ子でもあるかのように、呼捨にして、それ右へ行け、左へ行け、何処に駆《かけ》って来い、彼処《かしこ》に走って来い、何を其処《そこ》にぐずぐずして居る、早く行って来ぬか、又横着を極《き》めて居《い》るのか、言う事を聴かぬと内に寄せつけぬぞと、継母になる程の女に善根《ぜんこん》なのは滅多に無く、朝に晩に口ぎたなく罵られて、お勝は悲しく情なく、今迄覚えたる事なき困難に、いとど覚束なき月日を送りぬ。

観音寺の老僧と言えるは、この近国にも聞えたる程の大智識にて、学問は勝れたるばかりではなく、誰に向いても慈悲心深く、物の哀《あわれ》を知る事世の常の僧侶に越えたるが、お勝の継母苛責《いじめ》をせらるるというを、陰ながら聞きて、此上なく不便《ふびん》に思い、何卒《どうぞ》してこれを救けて遣りたしと思いたれど、その折もなくて、春秋夢の如くに過ぎ、風烈しく落葉乱れて、新寒肌《はだえ》に徹する頃とはなりぬ。

お勝は母の死したる後も、春雄と遊ぶ事をやめず、暇《いとま》ある度毎、必ず家を駆出して、その川の傍に沿い、杉の小暗き路を過ぎ、磴級《きざはし》を十ばかり登れば、やがて見ゆるは春雄の室《へや》なり。春雄は今年十五歳の早《はや》若僧の姿優しく、髪を下ろしたる頭《つむり》寒げに、足音を聞付けて障子を開き、お勝さんかと声を懸《かく》れば、お勝は嬉々《いそいそ》して、春雄様また参りました、お邪魔では無いのと優しき声音、老僧はいつもこの隣の室に居るを常なるが、これも同じく戸を開けて、お勝坊か、よく来た、お遊びと、二人をまだ小児のように思って居れると覚し。

一室の中に入れば、老僧の思いて居れる如く、二人は真底より小児《こども》なり。

されど以前の如く、そう何時迄も緩《ゆっ》くりと遊んで居る事の出来ぬようになりしこそあわれなれ。お勝は無邪気に物語してある中にも、折々継母の恐ろしき顔付と、いぎたなき嘲罵を思出すかして、其《それ》となく顔を曇らすことあるを、春雄は直ちに見て取りて、如何《どう》か仕たのかと聞けば、お勝はうじうじしつつ否《いいえ》、何でもありませぬと隠さんとはすれど、いつも其からは話も実に乗らず、その儘家に帰って来れば、早戸口より何処へ行った、またお寺へかと罵る声、そんなにお寺に行きたくば、大黒にでも為《す》るが好《い》いとは、十四歳のまだ無邪気なる少女《おとめ》に対して、何たる情なき言《こと》の葉ぞ。

一日増しに、相模屋の家道はいよいよ衰え、得意の客も大方減じて、既に門前雀羅《じゃくら》を張るという有様なれど、父は其とも知らぬ顔の遊三昧《あそびざんまい》、継母はせめてもの心遣りに、罪も無きお勝に当り、その折檻《せっかん》常に増《まさ》りて烈しきにぞ、お勝は一刻も家に燻って居る事つらく、叱らるるとは知りながら、つい飛出して観音寺の一室に来れば、老僧の慈悲深く、可愛そうなと憐まるるより、心は愈々《いよいよ》是処《ここ》に残って、ならばいつ迄も留まって居りたき願、まして幼稚馴染の春雄様《はるおさん》との物語、これ程面白き事は無し、神様神様若し世の中に神様というがあるならば、望は要らぬ、只々家に帰らぬでも済むようにさえ仕て下されば、其にて私の望は足りまするると、あわれや小さき胸に、かかる情なき心を抱かしめたりしが、神はこれをすら受け給わず。その継母の折檻は愈々募り、その苛責は愈々増《まさ》り、最早一歩も戸外へ出すことはならぬ、黙って居れば好気《いいき》になって、朝から晩迄遊んで居る、これこのように用事のあるのを知らないか、横着にも横着、我儘にも我儘、もう黙って見ては居られぬと、撲《なぐ》って撲って撲り尽《つく》して、それからというものは、只の一歩も外には出さず、一室に押籠の夕暮の風寒く、夜は薄き蒲団に涙も氷《こお》るばかり、一日二日つくづくとわが身の不運薄命を悲《かなし》みけるが、その五日目のある夕暮、破れ懸《かか》りし戸外の門をがたりと開けて、御免下さいと入来る客あり。これはこの村にも有名なるお定と言える肝煎婆《きもいりばばあ》なり。

婆さんかえ。よく御出《おいで》だね、まあお上んなさいと継母お徳が誘えば、真さんはお宅かえと言いつつ、老婆は上框《あがりかまち》に腰を据え懸《かく》るを、まあ此処《そこ》では話が出来ぬからと、如才なく上へと誘いながら、宅《うち》かえ、宅《うち》は今少しさっき一寸《ちょっと》と言って出て行ったが、もう久しくなるから、追付け帰って来るだろうよ。まあ緩《ゆっ》くりと話して御出《おいで》、たまにゃ少しは緩《ゆっ》くり仕《し》て行っても好《い》いじゃ無いかと言えば、老婆はにやにや笑いつつ、話して行っても好いけれど、其《それ》は又この次回《つぎ》に仕《し》よう。今日此間《このあいだ》真さんから頼まれた用事に就いて、少し話し度《た》いと思って来たのだからと言懸《いいかく》るを、お徳は急に奪取って、宅《うち》の人の頼んだとは何の事だえと問返せば、なあに、お前の処《とこ》の娘子《むすめっこ》のことさという。次の間のお勝は耳を欹《そばだ》てて聞きぬ。

四

ああそうかえ、あの事かえと、継母は既にその事を合点して居《お》る様子なり。如何《どう》だったえ、好い処《ところ》が有ったかえと問えば、好い所が有ったから来たのさ。真さんの御注文では、何処《どこ》かこの近くで好い処が欲しい、余り遠い所へ遣《や》っては、まだ年若《としわか》の身の可愛そうだからと言うことだが、中々この近くでは、御注文通りに思わしい処《ところ》は無いのさ。それも娼妓《じょろう》とか妾《めかけ》とかなら、随分無い事も無いのだが、まだ年も若いし、其はあまり酷《ひど》かろうと思って、茶屋小屋を始め、村の大尽《だいじん》などを残る処なく尋ねて見たが、下女奉公はどうしても思わしい処は無い。仕方が無いさ。何でも東京、東京の事だ。少しは離れたって、郵便もあるし、電信もあるし、何も案じるには及ばない。如何《どう》だね、真さんは東京に遣る気は無いのかねと、お徳の顔を見て、言葉を留めぬ。東京だって何処だってかまいやしない、宅《うち》ではあんな事を言うけれど、どうせ役立たずの碌《ろく》でなしだから、人中に出して沢山苦労させるが好いのさ。そしてその東京なら好い処があるのかえ。

東京ならいくらも有る。殊に昨日東京から態々《わざわざ》募集に来た人が有って、十三四から十五六までの娘が欲しいと言って居たが、それはあの東京でも有名な紡績会社の女工に遣うと言うのさ。そして愈々《いよいよ》連れて行くと極《き》まると、年季を三年と極めて二十五円と、其外雑費として五円出るそうだ。そして辛抱さえすりゃ、その年季の明けた暁には、男工を夫に持たせて、何彼《なにかれ》と世話をして呉れるそうだ。随分悪くは無い話さね、それだから村の娘子《むすめっこ》達は、こんな田舎に燻《くすぶ》って居るよりか、そうして東京に行った方が好いって、我も彼も先を争うという訳だが、如何《どう》だろうね、宅《うち》の娘子《むすめっこ》は、別段異論もあるまいと思うのだがと、言懸けて煙草を捻《ひね》りぬ。

異論がある所じゃ無い。それは願ったり叶ったりだ。あれに取っても、この上もない好い事とお徳はいう。

この上もない好い事。ああ是がこの上も無い好い事か。お勝は次の間に座りて、この一《いち》伍十什《ぶしじゅう》を立聴《たちぎき》して居たりしが、悲しさ情なさ口惜しさ残念さ、むらむらと胸に集り来て、泣かじとすれど涙の溢出づるに堪えず、先《まず》この事を春雄さんに話してと、裏の戸を音せぬように開き、秘《こっ》そりと家を飛出して、その儘観音寺の方へと走り行きぬ。

紡績会社の女工！ 亡《なく》なられし母様の御出《おいで》なされし頃は、年々この村に募りに来て、貧しき人の娘、両親なき孤児《みなしご》などの之に応じて東京に行くを、あわれの者よ、可愛想の者よと言給いし事ありしが、今はそれがわが身の上になりたるか、草場の陰にて、若し母様《ははさま》の知り玉わば、如何《いか》に悲しく思いたもう事か。その上その紡績会社の女工というは、表向は至極よきようなれど、その実驚かるる程悪しき所にて、其所《そこ》に行《ゆき》たる娘の好《よ》きものになりて帰りたる例《ためし》はなしと聞きて居たりし事ありしを。わが身もまたその中《うち》に交《まじわ》りて、墓《はか》なき女子《おなご》にならねばならぬか。

寺に行きて、この一伍十什《いちぶしじゅう》を春雄にも老僧にも語りしに、春雄よりも老僧の憐れがること一方《ひとかた》ならず。それは極めて好からぬ事、極めて親たる者の義務に背きたる事、まだ十三か十四の少娘《こむすめ》を、如何に家が貧乏したりとて、如何に無慈悲の心なりとて、百里も離れたる東京へ、唯一人追放《おいはな》すとは、余りと言えば情なき事なり。これというも、大方その継母《ままはは》奴が、胸の中より出でたる事に相違なからん。好《よ》し好しお勝坊、そのように泣くには及ばぬ。実は先頃からお前の継母苛責《いじめ》なさる、という事を聞いて、いつか父様《おとっさん》に意見を仕てやろうと思うて居た。お前の元のお母様《つかさん》の居る頃には、檀家のこととて、お前の父様も好く此処《ここ》に遊びに来やって、互に心も知って居る。私《わし》が行って諌《いさ》めたなら、よもやそれでもとは言いやるまい。泣くな泣くな、何もそのように泣く事は無い。お前は好い子、素直な子、さあさあ来やれ、一所に来やれと、老僧の一徹心義に固く、白衣の上に茶色の衣ふわりと引懸け、まだ泣罷《なきや》まぬお勝を伴れて、急ぎ下町へと歩み行きぬ。

御免下されと表口より案内を乞えば、今しがた帰来《かえりきた》りし真太郎戸を開けて見て、これはこれは老僧さま、好《よ》うこそ御出下《おいでくだ》されたれ、まあ如何《どう》ぞこちらへと、馴染《なじ》める言葉優しく誘わるるままに上にあがり、戸の外に泣いて居るお勝を、これこれと傍に呼寄せ、真さん私の来たのは、外《ほか》に用事が有ってでは無い。実はこの子、この音無し勝坊の為め、お前に一言言いたい事が有ってであるが、真さんお前はこの可愛い子を、百里も隔った東京へ、只独《ただひとり》で追放《おっぱな》すそうであるが、其は本当の事であるか、もし其が本当なら、この私《わし》が達《た》っても御留め申し度《た》く、こう言っては如何なれど、実はその不心得を意見したく、それ故態々《わざわざ》参ったのであるが、真さんそれは本当か。

問われて真太郎は頭を掻き掻き、和尚様にそう言われては、まことに面目次第も無けれど、言うを奪取って、それではそれは本当と見える。真さん実は私《わし》は昔から一言お前に言おうと思った、この子の継母苛責《ままはいじ》めされるるを黙って見て居るのは何の事かと。真さんお前はこの子の苛責《いじ》めらるるを何と思いなさる。このように可愛い子を、お前は可愛いとも思わないか。如何に女房が可愛いとて、それでは余り情が無さ過ぎるというもの、その上その紡績会社の女工というは、真さん如何《どん》な処と思いなさる。私《わし》はよくその内幕を聞いて居るからその有様を知って居るが、それはそれは話にも何にも成ったものでは有りませぬぞ。年季料二十五円雑費五円と、先初《まず》めは甘《うま》い利慾を食わせて置くから、親達はそれに眼が眩《くら》んで、自分の子の事などは、更に何とも思わぬが、一人追放《おっぱな》される子供のあわれさ。誰一人知る人も無い東京の真唯中《まッただなか》、しかも丸《まる》で地獄のような処へ、一年と二年と押籠《おしこ》められ、女の節操《みさお》だの精神だのという事は、否応なしに打破ぶられ、根性もそれに仕付けられて、益々悪《あく》になり行くばかり、とてもとても其はお話にも何にもならぬ悪い所、娼妓《じょろう》に売り妾に出すのと、少しも変わった事は有《あり》ませぬわ、それに引替えて、この儘一人前《ままひとりまえ》に育てて行けば、お勝坊はこの上も無い利発な子、婿を取ろうと、嫁に遣ろうと、何程親の為めになるか知れぬ。まして真さん幾人《いくたり》と有るというで無し、唯一《たった》人の宝では無いか、何もそのように持余《もてあま》して、東京になど出すには及ばないではないか。

其は御尤《ごもっとも》なれどと、真太郎は性得《うまれつき》正直なる身の、道理に責められてその弁解に苦しむを、老僧見て取り、解りなさったか、解りさえすれば私《わし》も言甲斐が有った訳、お勝坊も東京に行かないで済む訳、それで私《わし》も満足したと言懸《いいかけ》る折も折、後の唐紙をがらりと開けて、片手に長き煙管を携えたる儘《まま》、静かにあらわれ出でたるは継母お徳なり。

五

これは始めましての初対面の会釈優しけれど、その心の穏かならざるは、額の青筋《ゆびさ》にあらわれたり。毎度これがとお勝を指し、上りまして色々お世話に為りまする。また只今奥で伺いますれば、これの身に就きて、何彼《なにかれ》と厚き御心配、可愛《かあ》いいとしいを思って下さればこそ、このように態々《わざわざ》までお出下《いで》すって、親切にも仰って下さる訳、何で仇や愚かに思いましょう。けれど和尚様、夫は仮令《たとえ》黙って居たとて、私は私の思う所を申上ねば気が済《すみ》ませぬ。今伺えば何か私が継母苛責《ままはいじめ》でも仕たような御話し、そして此度の事も私が勧めて取計ったというようなお言葉で御座んしたが、和尚様あなたは又何故あって、物好きにも他人の事迄も、彼是《かれこれ》と口嘴《くちばし》を御入《おい》れなさるか、何もと声高くなるのを、真太郎は制すれども聴かず、何も私が継母苛責を仕ようと、私が勧めて東京へ出そうと、親と親との相談話、何も和尚様に係わった事は塵埃《ちりほこり》ほども有《あり》ますまい。それを又余計なお世話にも……。

余計なお世話と言いなさるかと、老僧も堪兼《たえか》ねて睨附《にらみつ》くれば、余計なお世話ですとも余計なお世話ですとも、和尚なんぞというものは、お経を捻《ひね》くって、線香を立てて、木魚を叩いてさえ居れば其《それ》で好《い》いもの、いくら閑暇《ひま》だとて、そう無闇に他人の事に迄関係されて堪《たま》りっこがあるものかと、罵る悪魔の声鋭く、その儘夫の方に向い、貴郎《あなた》も貴郎だ、何もそのようにかしこまって、へいへい言って居るには及ばないでは無いか、和尚様だって、お坊主様だって、御扶助《ごふち》を戴いて居る訳でも有ますまい。何もそのように言うなり次第になって居る事は無いではないか、貴郎はそれだから誰にも馬鹿にされて仕舞って、何一つ立派な事は出来ないのだ。意気地の無いにも程が有りますよと、人の前をも憚《ば》らぬ罵詈讒謗《りさんぼう》、困った女もあるものなり。

老僧は思の外なる悪魔の勢に、慈悲の力も消押《けお》されて、如何に説伏《ときふ》せんかと思いたれど、一寸は好《よ》き考《かんがえ》とても起来《おこりきた》らず、暫く手持無沙汰の様なりしが、流石は一山の和尚とも仰がれ、一国の智識とも言われる丈《だけ》ありて、世の常の人々のように、怒りもせねば激しもせず、成程それは道理、如何にも和尚たるものは、経を捻って木魚を叩いて居ればそれで済む事、まことにお前様の言う通りである。が、其処《そこ》に人情と言うものが有って、是が無くては、人の人たる価値もなく、鳥獣《とりけもの》にも劣ると仕てあるので、其処《そこ》を思えばこそ、態々《わざわざ》余計なお世話とは知りながら、こうやって出懸けて来た訳、お前様《まえさん》もまた其処《そこ》を考えて、そう一図《ず》に身分《じぶん》は身分、人は人と言切って仕舞うものではありませぬ。何でも世の中は円《まる》く渡らなくっては……円《まる》くなりと四角になりと、お前様はお前様の思うなりに、勝手次第にお渡りなされ。私は私、自分は自分、そのような説法聞きたくはありませぬ。帰って下され帰って下されと、愈々《いよいよ》荒れに荒れ廻り、傍《あまわり》に小さく為《な》って居るお勝の襟首確《しっ》かと攫《つか》み、何をぐずぐずして居るのだ。一体全体この娘が悪い。何故そんな事を他人の家に迄《まで》行って吹聴したのか、これお勝、何故そんな事をお寺に迄行って饒舌《おしゃべり》したのだよ。呆れた女《あま》だ。泣きさえすれば好いかと思いやがる。あがれ、上にあがれ、お母様《つかさん》が仕置《しおき》を仕て遣るからと、その儘引ずり上げんとするを、見るに見かねて父の真太郎、まあお徳静にしろと留めんとすれば、また貴郎《あなた》は邪魔をするのか、其だから子供が言う事を聴かないで仕方が無い。まあ好《い》から私の言うなりに為《さ》せてお置きなさいと、泣くのもかまわず、藻掻《もが》くのもかまわず、その儘次《まま》の間に引ずり行きて、この娘《あま》がこの娘がと、憐れやお勝は屠所の羊。

　慈悲深き老僧の身、如何《いか》でかこれを見、これを聴くに忍ぶべき。その儘《まま》駆上って救《たす》けて遣らんと思いたれど、それも甲斐なし、これも甲斐なしああ情なきはわが修業足らず、徳行至らずして、このようなる悪魔に打勝つべき力の無き事なり。詮なし詮なしと慨嘆し、泣叫ぶ悲しき声を跡に残して、その儘に此処《ここ》を立去りしが、川原の路とぼとぼと伝いながら、それにしても可愛想なる事も有るものか、気の毒なる事もあるものか。かのまことの母の世にありし時までは、いと長閑《のどか》にいと無邪気に、苦労というもの難義というものなどは少しも知らず春雄と共にこの川原にて楽しく面白く一日を遊暮らして居りたるものを。ああまことに甲斐なきはこの世、常なきはこの世なり。之れのみならず、愈々《いよいよ》一人追放《おっはな》されて東京に出るようになりたらば、果して何《ど》のようなる生活を送り、何のようなる運命を得、何のようなる女となる事なるか、大方はこの下町のお雪《ゆき》（曾《かっ》て紡績会社に雇われて堕落したる女）のように、獣類の如くなる運命を得て、喧《かしま》しく汚くこの現世《げんせい》を渡りて行くようになるのであろう。ああ今の無邪気！　あの可愛らしき心も声も、やがてはその汚なき穢《よご》れたる浮世の影をやどす事か。

不憫不憫と、つくづくも哀《あわれ》を催して寺に帰り、春雄にこの一伍十什《いちぶしじゅう》を語れば、これも涙を流して、老僧様何《ど》うか仕様は有ませぬかという。老僧は猶《なお》さまざまに思を運《めぐ》らせしが、その末遂に一計を案出し、寺の出入なるこの村にて有名なる口聞《くちきき》を頼み、貰い料として二十五円直《ただち》に出《いだ》すべければ、養女には呉れまじきやと懸合せけれど、中々承知するようなる色も無しとの事に、此上は可愛想なれど、自然の運命に任すより外に仕方なしと、老僧も涙を揮《ふる》いて手を引きぬ。

六

相模屋の主人真太郎は老僧の親切なる意見を聞きてより、少しく思返す所ありたれど、継母は益々反対の根性を顕わし、それが為に娘を東京に遣る事が出来ぬとは、此上もなき意気地無し、私は貴郎がそういう了簡で、あの娘を何時々々迄も此家に止めて置きたいと言わるるなら、自分で身を退いて仕舞うばかり、誰があの娘と一所に居ることが出来るものかと、何ぞといえば豆殻に火を附けたように、ぺらぺらと饒舌《しゃべ》り立つるに、真太郎も今は詮方なく、それでは可愛想なれど東京に遣る事と心を定め、ある日継母の不在を窺い、お勝をわが傍《かたわら》近く呼寄せて、まことにお前には済まぬ事、親甲斐も無い父様《おとっさん》と必ず恨まるるに相違ないが、お勝お前もよく聞いて堪忍して行って呉れ。我《おれ》とて始めからお前を東京に遣る積りでは少しも無かったが、何にしても商売は繁昌せず、家《うち》は益々貧乏になり行き、つい其《それ》が為めに母様《おっかさん》もお前を苛《いじ》める気になるので、其を見て居る事がどうしても我《おれ》には出来ぬ。それ故《ゆえ》お前も東京へ行って、一二年の処、一生懸命に捗《かせ》いで呉れたなら、我《おれ》の方でも夫婦一所に火水《ひみず》になって、少しは家の商売を引起すことも出来ようと思う。お勝これ泣くな、泣くと我も悲しくなる、解ったか、よく解って呉れた。家の為め親の為めと思って、承知して呉れ承知して呉れ、お前が素直に承知して呉れると、我は助かる、我は一生懸命に働く事が出来る。お勝お前は本当に行って呉れるだろうなと顔を覗きぬ。

お勝は微かに黙頭《うなず》きたり。

承知して呉れるか、孝行孝行、其が何よりも孝行だ。其にしてもこの孝行娘にこのような難義をさせるとは、お寺の和尚様の言う通り、まことに親甲斐も無い事だ。けれど是も仕方が無い。悪い親を持ったからと、すっぱり思《おもい》あきらめて呉れ。其では言うがな、お勝その東京から募集に来たという人は、明日帰ると言うのだから、其迄《それまで》に何彼《なにかれ》と準備《ようい》を整えて置かなければならない。勿論衣類万端悉く先方で拵えて呉れるとは言うけれど、先其《まあそれ》にしても一枚や二枚は持って行って着なければなるまい。それからお母様《つかさん》の遺物《かたみ》の櫛簪《くしかんざし》も持って行くが好いぞ、其からあのあれも持って行け、是も持って行けと、今迄の悲しき様子は何処にやら、真太郎は莞爾《にこにこ》として嬉しげなる顔色《かおつき》、これは何とした事ぞ。

お勝は余義なく父の言葉に従い、何彼と準備を整えしが、其にしても東京とは恐ろしき所、油断のならぬ所といえば、どのようなる所にや。朝に夕に母様《おっかさん》に酷《いじ》めらるる心配のなくなるは嬉しけれど、最早春雄さんと一所に遊ぶ事も出来ないのか、この美しき山この清き水にも、最早別れねばならぬ事か。

猶いろいろと思迷いて居る処へ、真太郎次の室《へや》より声を懸け、それから又一つ言う事がある。用事が済んだら、母様《おっかさん》の帰って来ない中《うち》に、一寸《ちょっと》お寺に行ってお暇乞を仕て来るが好い。和尚様があの通りに言って下すったに、黙って行っては余りに酷い。行ってな、よく御礼を申してな、永々お世話になりましたと言って来な、好いか分ったかと、聴くや否《いな》、お勝は籠の戸を開けられたる小鳥のごとく、早くも戸外へとかけ出しぬ。

日は早《はや》暮方近く、山は皆雲に包まれ果てて、今にも雨にやならんと疑われぬ。お勝はその淋しき間をも、馴れたる路《みち》とて恐れもせず、その儘《まま》春雄の室《へや》の前を過ぎしが、今日は其処《そこ》より声を懸けず、直ちに老僧の居間の傍に行きて案内を乞いぬ。

老僧は戸を開けて、これはこれはお勝坊か、よく来たな、如何《どう》か仕たかと、衣服《きもの》の常に似ず美しきを見て、既に何か変りたる事ありしを知れるさまなり。お勝は常の如く上にあがりて、春雄さんはと先《まず》問えば、春雄は今日法類の寺に招ばれて行ったという。中々帰って出《いで》なされぬのかと、重ねて問えば、明後日ならではと老僧は答えぬ。

其《それ》ではもう私は逢われないと、お勝は早涙声になるを、それは又如何した訳と、愈々《いよいよ》それと知りつつ急込《せきこ》みて老僧の問えば、和尚様私はとうとう明日東京へ参りまする。長い間色々お世話になりました。実はお暇乞にと参りましたのなれどと、涙に礙《ささ》えられて暫時《しばし》は言得ず、春雄様《はるおさん》はお留守で、妾《わたし》は如何《どう》したら好《よ》う御座りましょうと、堪兼《たえか》ねて泣伏したり。

やれやれとうとう行くように成ったか。其れは其れは気の毒とも気の毒の事だ。けれどお勝坊、もう是も仕方が無い。運とあきらめて、せめては継母に苛責《いじ》められないのを幸福《しあわせ》と思って、東京に行って壮健《たっしゃ》に暮しやれ。世の中は恐ろしいと言ったとて、皆な同じ人間だから、何も別に怖るる事は無い。只《ただ》な我がお前に言って置きたいのは、決して決して世の中のあばずれ女のように、悪い根性に為らないようにして呉《くり》ゃれ。兎角若い中《うち》は、色々な事に誘惑《まどわ》されて、遂々《とうとう》そんなものに為《な》って仕舞う者であるから、是《これ》ばかりは気を注《つ》けなければならぬ。仕方が無い仕方が無いと、言懸けて傍の押入より小さき包を取出し、これは此寺の観音様の御真体《ごしんたい》、私はお前が可愛想で可愛想でならないから、是から先も如何《どう》か運の好いようにと、昨日も今日もお頼み申した。何でも是を命と思って、お守《まもり》の中《うち》に入れて置くが好い。まあ仕方が無い。何よりも身体が大事、決して寒い思などをするでは無いよ。春雄もそうと聞いたら、嘸《さ》ぞ悲しがって泣くであろうが、仕方が無い仕方が無い。

老僧はまことに残念に堪えぬようなるさまなりしが、やがて日は暮方近くなりたれば、さらばと暇を告げて、お勝龍鐘《しおしお》と立上りぬ。其《それ》では好《い》いか、先程言った事を忘れてはならないよ。何でも魂を入《いれ》かえてはいけぬ。何でも人の真似をせずに、自分は自分と、しっかりして居るのだよと重ねて言えば、お勝は溢出づる涙を押えて、唯々《はいはい》とのみ言って居たりしが、それでは和尚様もお達者で……春雄様《はるおさん》にも宜しく言って下さいまし、逢わないで別れるのは、どれ程口惜しいか知れませぬ……と跡《あと》は言得ず。

お勝はとぼとぼとして石磴《きだはし》を下り行けり。暮色は蒼然として迫り来り、雨さえぽつぽつと降出しぬ。老僧は柱に凭掛《よりかか》りて、その淋し気なる後姿を、つくづくと見てありしが、ああ可愛想にと言い懸けて、慨然《がいぜん》と雲深き前山《せんざん》の姿をあおぎ見ぬ。

あくる日の午《ひる》近く、お勝は女工募集に来《きた》りたる男に伴われて、七八名の応募者と共に、別れ難きこの故郷《ふるさと》の地に別れ行きぬ。幾重かさなる山を出でて、その日の夕暮、関山《せきやま》の停車場より直江津《なおえつ》鉄道に乗込みしが、汽車の窓より打眺《うちながむ》れば、夕暮の空に紫色《ししょく》を呈して高くあらわれたるはわが故郷の観音寺山、これにもやがて別れねばならぬのかと、お勝はまたも涙に暮れぬ。

七

隅田川《すみだがわ》の水溶々として流れ行く岸に、烟筒《えんとう》の煙黒く天にはびこり、機械の輾《きし》る音、男工女工の行通う音、時間毎には汽笛の響《ひびき》凄まじく練瓦造の大屋《たいおく》に響き渡りて、その賑かさ言わん方なく、田舎より上りたる身には、見る物聞く物、一として眼を驚かし耳を驚かしめざるはなく、世話する男に伴われて、その大《おおい》なる門を入れば、坊主の衣のようなるぴらぴらとしたる衣裳《きもの》を着けたる女工の数々、新募集生を見んとて、此処彼処《ここかしこ》の窓より首を出して差覗くもあれば、態々《わざわざ》戸外まで出でて来てじっと見詰めて居るもあり。自分もあのようなる装《なり》をせねばならぬことかと、お勝は急に悲しくなりしが、ああこれも運、あれも運、まことに観音寺の和尚様の言われた通り、世の中には鬼も無く幽霊も無ければ、何の恐ろしき事もなしと、思返されぬ程の悲哀《かなしみ》をもじっと呑込んで、十四五人の同勢と共に、機械の喧《かしま》しく運転する間を過ぐれば、其処《そこ》に労働せる五六十人の女工、色黒くして、鬼の如き者、鼻曲りて神楽の面の如き者、或は顔青白く幽霊に似たるもあれば、或は疲衰《やせおとろ》えて餓鬼の姿に似たるもあり。いずれをいずれ、皆世の常のものにはあらぬに、まして烈しき労働の徴《しるし》に、手は黒く色は煤け、黒き衣は悉く白き綿に蔽い包まれ、恰も雪の中に飛《とび》あるく烏かと疑わるるばかりに見えぬ。お勝はこの悲しく残酷なる処を右に見左に見、暗き廊下を過ぎ、飲焚場《めしたきば》の忙がしき処を通抜け、狭く汚き階子段を登り果つれば、前に西洋風の一室ありて、この上に打附けたる札には、女工事務所と鮮やかに読まれぬ。

世話する男は総勢卅五六名の新募女子を、その傍なる一室の腰掛に休ましめしが、少しこうやって待って居よ。今直きに皆なの名を呼出す程にと言直《いいお》きて、その事務所の戸を開きて中に入りぬ。跡にはいずれも年頃の女の口喧《かしま》しく、あれのこれの、それは真違《まちが》って居るの、是が本当であるの、先頃見た女は可笑しい顔を仕て居たじゃ無いか、それにあの門番の爺さんでは、何という嫌な無愛想な人だろう、あれお雪さん何をするの、人の御尻なぞを抓《つ》めってと、お多福の女が振返れば、ほほほ私じゃ有ませんよ。それはお隣のお杉さんですよ。あれ偽《うそ》、嫌なお雪さんだ。自分の癖に、人になんぞなすくって、おほほ本当に私じゃ無いのよ、お雪さんなのよと言えば、お雪も負けずに、私じゃ無いよ貴方だよ。貴方じゃ無い私だよ、否《いいえ》私じゃ無い貴方だよと、互に喧しき群雀の囀《さえずり》、そうかと思えば少し離れらる二三人の一群《むれ》は、誰が好いの彼が好いのと、また十二三の娘子《むすめっこ》の癖に、大人らしくも鈍張《どんちょう》役者の評判、私は誰の写真を持って居るの、私は誰の肖顔《にがお》を持って居るのと、極めて騒々しく罵り合いぬ。

それに引替えて、田舎娘の連中は、流石に音無しく口少く、いずれも硝子窓より顔差出して、あちこちと眺めて居りしが、過行く帆影、屋根船の三弦《さみせん》、漁師の舟歌、向う岸の白壁など皆珍らしき者のみなるに、遂に互に口を開きて、彼と評し是と語り、それからそれへと話続きて、貴方は何処の生れ、私の国は越中国《えっちゅうのくに》富山在、母様《おっかさん》が病気なのでこんな処に参りましたのと、十五歳ばかりなる色白が言えば、其は嘸《さぞ》御心配で御座りましょう。私は又この直《じき》近在の者、父母に死別れて世話して呉るる親戚もなき故、詮方なく此処の女工に雇われて参りましたと、言かけて傍なるお勝の何が悲しきか、つくづくと涙組みたるを見て、貴女、貴女は何処からお出《いで》なさったか、又何を考えてそのように悲しそうに仕てお出なさると、優し気に問懸けられしが、お勝は愈々《いよいよ》顔を背けて、墓々《はかばか》しき答も出来ず。涙の溢出づる眼を、左の袂にて押ゆる時、女工事務所の戸ぎいと開きて、越後国魚沼郡《えちごのくにうおぬまごおり》長山村杉江《ながやまむらすぎえ》お勝と呼ぶ声高し。

お勝は呼ばるる儘《まま》、独りその事務所の中に入れば、前には大なる卓子《ていぶる》を置きて、鬚武者武者と生えたる恐ろし気なる人、高き椅子に凭《よ》りかかりて居り。やがて鐘を撞くようなる大きなる声にて、お前は杉江お勝かと聞くゆえ、左様で御座りますると音無しく答うれば、つくづくとお勝の身体を左見右見《とみこうみ》、年は幾つ、種痘は済んだかと残りなく問糺《といただ》して、其を一々紙に記し、さてまたじっとお勝の顔を見、お前は一体弱いなという。別に弱くもありませぬと絶々《たえだえ》に答うれば、そうかそれでも何処となく弱々しい処が見える。到底機械の方は出来ないだろうから、暫《しばら》くの間糸繰《いとくり》の方へ廻して遣ろう。それではこの書付を以て、三号室に行くが好いと、小さき一つの書付と、規則らしき一冊の手帳とをわたされて、徴査《ちょうさ》は済みぬ。

　その手帳に記されたるは、一日十時間労働する事、一年間は無給にて業を採るべき事、衣類食物は皆此方より給すべき事、猶その勉強次第に因って、翌年より一日食料外に三銭の給料を給すべき事、其他も皆惨憺として見るに忍びざるほどの条件なり。

其の三号の室に至りて見るに、十畳の一室に十三人の女工群を為して、その狭き事言うばかりなく、牢屋にても是よりはと思わるるばかりなり。さてあくる日になれば、お勝は早くも受持の工場に遣られて、朝の六時より夕の六時まで、休む間もなく労働しけるが、少女《おとめ》の繊弱《かよわ》き身なる上、いまだ馴れざる事なれば、その夕《ゆうべ》両腕痛みて堪難かりき。

八

無邪気なる音無しきお勝の眼よりあたりを見れば、いずれも皆不思議なる事、怪し気なる事、汚き事、悪《にく》むべき事、驚くべき事のみなり。東京の女とは、かく迄に御饒舌《おしゃべり》に、かくまでに意地悪く、かく迄に根性太きものなるか。亡き母様《ははさま》のお出《いで》なされし頃、女と言うものは、何でも音無しく素直に、人の気に逆わぬようにして、成丈《なるたけ》余計な口数は聞かぬものと、かえすかえすも教えて下されし事ありしが、余りと言えばこの東京の女の人の悪さ。是でも女か、是でも人かと、一時は身の毛もよだつばかりに覚えしが、一日経ち二日経つ中《うち》には、その人の悪しき中にも、流石は人間の身の何処となく親切なる処あるをも発見し、其をせめてもの頼りにして、何事も正直に素直に日を送らば、如何に悪しき女共なりとて、よもや其でもとも言う者は無かるべしと、小さき心にも立派なる覚悟を定め、一月二月三月と、変る事なく春になり夏になり、秋風稍肌《ややはだえ》に寒く、隅田川の葦の葉をわたる音そよそよと淋しく、真帆片帆の往来する影も少くなりしが、ある日夕飯を仕舞いて後《のち》、お勝は同室の女共の汚き物語を聞かせらるるに堪兼ね、独りおのれの室《へや》を出でて、川岸づたいに桟橋を渡り、其より猶一町程行けば、葦の一面に繁りたる処ありて、一条の路は絶々《たえだえ》に其処に通じぬ。お勝はそれを真直に、その葦の茂りたる中に身を隠しぬ。

今日に限りたるにあらず。お勝は久しき前より閑暇《いとま》ある時は、いつも此処《ここ》に遁れ来て、独り楽しき空想に耽るを常としたり。此処は葦一面に茂り合いて、恰《あだか》も鳥の巣のようなる趣を呈し、只右の一方のみに纔《わず》かに溶々たる隅田の流を望むばかり、前よりも後よりも、此処に人ありと知らるる憂なく、隠場《かくれば》には極めて適当なる処なれば、お勝は此処に来て、青き空を仰ぎ、緑なる水を眺め、ちょろちょろと葦の根元に寄する流を掬《むす》び、葦の音がさがさと淋しきに耳を傾け、傍なる柳の樹に小さき身を寄懸けて、思うは何ぞ故郷の事、父の事、亡き母の事、和尚様の親切なりし事、春雄様《はるおさん》は今頃は如何にしてお出なさるるか、私の事なぞは最早思うては下さるまじなど、さまざまなる事を思出して、遂には涙の溢出づるに堪難き事も少なからざりしが、今日もいつもの如く葉枯れたる柳の根元に腰を息《やす》め、前なる白き葦の穂の風に吹かれて彼方此方へ動き合えるさまを余念もなく見やりて居れり。おりしも不意に水鳥一羽ばたばたと音して、彼方の水に落行く音聞えぬ。

お勝は座《そぞ》ろに感に堪えず、またしても流れ行く水につくづくと見入りたりしが、ああ其にしてもわが身の末は、果して如何になり行くにや。この水の行きて帰らぬように、愈々《いよいよ》困難辛苦の中《うち》に沈み果てて、最早再びと故郷のようなる長閑なる所に帰る事は出来ぬにや。この社に女工に為りたる人に話を聴けば、長い中には借財多く積りて、到底身を抜く事出来ぬようになるよしなるが、果してその様になりたらば、この身は最早再びと恋いしき国に帰ることも出来ぬことか。

猶様々に思耽《おもいふけり》たる折しも、其ともなく心附けば、自分の居たる直《じ》き葦の外に、何か男の語り合うようなる声聴ゆるに、はッと思いて知られぬようにと、体を柳の幹の陰に潜め、耳を欹《そばだ》ててよく聴けば、此処は中々景色が好いなという声、まさしく二人の男工の逍《しょう》遥《よう》と知られぬ。

早く往きて呉れよ、早くここを行過きて呉れよと、お勝は心中に祈りしその甲斐なく、おい君と高き声して、この葦の中に路が付いて居るが、行って見ようじゃ無いかという。他の一人はそんな処に行ったとて仕方が無いじゃないか、まあ其よりも彼方《あっち》に行こうという。まあ好いから来て見たまえと、前の男はすたすたとその路を伝《つたい》来《く》る気勢《けはい》。お勝は心も心ならず、如何にせんと思いしが、外《ほか》に詮方も無ければ、強いて慌てぬ様を粧い、その儘《まま》立上りて其処を出で行かんとする出会頭、ヤあ！　と驚くは男なり。

何だ何だ何事だと、遥に立ちて居たる他の一人も、急ぎて此方へと走り来ぬ。お勝はその隙を窺いて、低頭《うつむ》き勝《がち》に急ぎてその傍を走行きぬ。驚いた、驚いたと男は胸を撫《な》ずる真似をして、君驚いた、実に驚いたね、何が出るかと思ったら、君あのような別品《べっぴん》じゃ無いか。僕あ実に幽霊か何かと思ったぜ。其にしても素的な別品じゃないか、あんなのが女工の中に居ようとは今迄露ばかりも知らなかった。屹度《きっと》今度新らしく来た奴に違いないぜといえば、他の一人も同じく合槌を打って、それはそうと、君、女一人でその蘆の中に隠れて居るなんざあ、極めて怪しい訳だぞ、若しや其処《そこ》にまだ一人まごまごして居ると言《いう》んじゃないか。

何とも知れぬ。こいつは堪らないぞと、前の男は急に妬ましくなりたる様子にて、急ぎてその芦の中に進入り、皿のような眼《まなこ》して、彼方此方《あなたこなた》と捜したれど、立てる柳の影より外に、更に其らしきものも無し。先《まず》安心した、誰も居ない誰も居ないと大きなる声して叫べば、他の一人も入来りて、何もそのように安心しないでも好いじゃ無いかと冷弄《ひやか》しぬ。

其でも安心した。誰も居ないので何《ど》の位安心したか知れや仕ない。君若《も》し彼《あれ》が既に男でも拵《こしら》えて居て見ろ、其こそ一心配しなけりゃならないじゃないか。無いので安心した、大《おおき》に安心したさ。先《ま》ず先鞭を僕から附けらるるからねと笑えば、ふうん怪しからん事を言う、何が君に先を越されるものか、僕の冴えた手腕《うで》を以てすれば、如何なるお嬢様でも片《かたっ》傍《はし》から撫斬《なできり》であるという事を君は昔から知って居るでは無いか。其は知って居るさと、前《さき》の男は少しく悄気《しょげ》て、君の手腕《うで》の立派なのは僕は十分に知って居るさ。けれど君たまにゃ僕に譲って呉《く》れても好いじゃないか。そう片傍《かたっはし》から撫斬《なできり》にして仕舞って、人の為に余地を残さないとは余りに酷い。ねえ君好いかえ、此度《こんど》ばかりは僕に譲って呉れたまえ。実際僕は先程の別品に惚れたんだから。惚れた！　こいつは可笑しい、君それは真面目か。真面目とも……真面目なら譲って遣るさ。譲って遣るばかりか、君の為《た》めに一臂《ぴ》の力を添えてやろうかねと言懸けてどっと笑出せば、一人は何処迄も真面目にて、本当に君是非に力を添えて呉れたまえ、僕は実際先程の別品には惚れて惚れて惚抜いたという訳だからという。

前なる柳二葉三葉《ふたはみは》散乱《ちりみだ》れて、秋風梢に寒し。

九

お勝に惚れたりと揚言したるは、この会社の賤《いや》しき男工の職にある者にはあらで技師なる尊称を頭に戴きたる栗田勉《くりたつとむ》といえる職工長なり。かの夕《ゆうべ》ちらと見たるお勝の姿の、何となく無邪気にして可愛らしき処あるに思を懸け、如何にもして手に入れん、如何にもして玩弄物《なぐさみもの》にせんと、さまざまに心を砕き思を費し、其れか是かと考えしが、兎に角にこれは監督の老婆を懸橋にするが早道と心を決め、折を見てこの由を其となく頼込みしに、老婆はにやにや笑って、栗田さん又浮気を始めたのかね、この間の身投事件でこりごりしたとお言いなさったが、もうそのこりごりも忘れたと見えてと言懸けしが、また言葉を続《つ》ぎて、それでもあの子は余り少《ちいさ》いから、折角御目に留まっても、まだお玩弄《なぐさみ》にはなりますまいという。

今何歳《いくつ》かと、栗田は急込《せきこ》みて問いぬ。

何歳って、そう今年十六でしょうよ。それなら充分じゃないか。おほほ栗田さん沢山お惚気《のろけ》なさい。充分だなんて……と笑いながら、それは此道ばかりはね、歳なんざあ構って居られませんのさ。だがね栗田様あの子は正直で、子供気で、まだ少しもそんな気は無いのだから、余り酷《いじ》めては実は可愛想なんですよ。何かすると直《じき》おろおろと涙ばかり滴《こぼ》すから、そんなに気が小さくっては仕方が無いと言うと、愈々《いよいよ》泣出して、何《ど》うにもこうにも仕方が無いんだもの。それだから御周旋《ごしゅうせん》申しても好いけれど、余り酷めてはいけませんよ。それは酷めは仕ないさ。酷めは仕ないなんて、口は重宝ですけれど、あの身投事件なんざあ、随分酷いじゃありませんかというを暫《しば》しと押止め、まあ済んだ事は済んだ事で仕方が無しさ。それよりかと言懸けて、傍なる財嚢《さいふ》より一円紙幣二枚を出して紙に包み、是は少しばかりだが、世話料としてお前に上《あげ》るから、何分宜しく頼んだぞと他《わき》を向けば、老婆はへ、へ、へ、と三つばかり矢鱈《やたら》に頭を下げ、こんなに頂戴して可《いい》んですか、何《ど》うも是は難有う御座ります。それでは遠慮なしに頂戴して、及ぶ丈の力を尽しましょう。可愛そうだと申した処が、何《なあ》に高《たか》が女工の身分、いざと言えば何の難《むつ》かしい事も有りませんのさ。其にあの子に仕て見た処が、晩《おそ》かれ早かれ、どうせ何時《いつ》か玩弄物《おもちゃ》に為《さ》れて仕舞うのですから、貴郎《あなた》のような立派な人に思われたのも、何方《どっち》かと言えば幸福《しあわせ》なんですよ。それでは善く言聞かせて、若《も》し口で行かなかったら、如何《どう》にかこうにか欺《だま》くらかして、貴郎のお室《へや》によこすように仕ますからね、其からは如何仕《どうし》ようと斯《こ》う仕ようと、貴郎の腕にある事、どうかその積りで居て下さいと、佞弁《ねいべん》べちゃべちゃと喧《かし》ましく、頻《しきり》に頭《かしら》を下げて居たりしが、その儘《まま》立ちてこの室《へや》を去らんとするを栗田は一寸《ちょっと》と呼留めて、婆さん婆さんお前は今己《おれ》の室《へや》によこすと言ったが、己《おれ》の室《へや》では人に知られると宜《よろ》しくない、其よりもお前も知って居るだろうが、あの池に付いて右に曲ると、小さい西洋造の家《うち》が有る、その二階に寄越すことに仕て呉れ、其上かえすかえすと言うが、人に知られると困るのだから、何でも極めて秘密に分らぬように遣って呉れ、好いかと言えば、老婆は胸を指し、万事ここにと笑いぬ。

　そのようなる事ありとも知らぬ身の、お勝は一日の労働に労《つか》れ、全身白き綿を蒙《こうむ》りつつ、おのれの室《へや》に帰来《かえりきた》り、衣裳《きもの》を着改《きか》えて、夕餐《ゆうめし》の鐘の鳴るのを遅《おそ》しと待受けて、飢《うえ》たる腹を十分に作りたれば、いざ暫く散歩なりとしておのが、精神を養わんと、何時《いつ》もの如くおのれの室《へや》の戸を明けて出でんとする時、老婆は後より呼留めて、何処へ行くかと問うゆえ、一寸散歩に参りますると丁寧に辞義すれば、そうかそれでは行って来るが好いが、夜の七時頃には帰って来なさい、少し用事があるからとの事に、承《かしこま》知りましたと言懸けて戸外《おもて》に出でしが、昨日驚かされたる恐《おそれ》あれば、芦の中《うち》の隠場には行かず、あちこちと逍遥《さまよ》いし末、門番に断りて大門を出で、心の進むままに長き堤を右に二三町、梅若《うめわか》の祠《やしろ》の古跡と訪《と》い、わが身に思較べて、その昔語に涙を滴《こぼ》し、折しも登れる月の影を踏みつつ、夜の七時過、茫然としておのれの室《へや》へ帰《かえり》来《き》ぬ。

老婆は是を見るや否《いな》、お勝さん帰って来たか、遅《おそ》いからどうしたかと思った、用事と言っても別に其程《それほど》六つかしい事でも無い、実は職工長さんがお前に少し聴きたい事が有るから、夜になってからでも、婆や一寸連れて来て呉れと頼まれたゆえ、一所に行って貰おうと思ってと、悪事をすると思えばか、声も常よりも優しきに、お勝は不審に思いたれど、まさかにそのような無道の事とは思いも寄らず、左様で御座りますか、それでは直ぐに参りましょうと、二人はその儘戸外《ままおもて》に出でぬ。

月は愈々冴渡《いよいよさえわた》りて、樹の影草の影いと淋しく、隅田川《かわ》の上わたり行く水鳥の羽打《はばた》きの声も、何となく物凄く聴取られぬ。二人は一言も交さで、その所謂池の汀《みぎわ》に行きたりしが、ぐるりと廻れば早見ゆる一軒の西洋家屋、中《うち》に燈火の光のほのかに見ゆるを目的《めあて》に、やがて間もなくその前に着きぬ。老婆は此処《ここ》にてお勝に向い、私は急に小用《こよう》が足したくなりたれば、一足先にその階梯《はしご》を上って、案内して居て下されという。お勝は無邪気なる心の露《つゆ》疑わず、月光到らぬ小暗《おぐら》き階梯を、一歩々々とのぼり行く。

戸をあけて迎えたるは、遅しと待構えたる嫖蕩児《ひょうとうじ》栗田勉！

十

戸外は月光燦爛《さんらん》として白昼の如く輝きわたれど、一歩戸内は黒暗々たる暗黒界なり。ああ世界は広く人間は多し。法律を犯すもの日に幾千万、人を殺すもの日に幾千万、詐偽を行うもの日に幾千万、然《しか》も無邪気を戕《そこな》うより大《おおい》なる罪悪はまたとあるか。かの尾花を見よ、女郎花《おみなえし》を見よ。かれ等《ら》は無心なり、無邪気なり、愛すべきものなり。しかも野分の風は一朝来《きたっ》て用捨《ようしゃ》なく之を倒す。世の中にこの野分の風ほど、悪《にく》むべく罵るべく怒るべきものはあるか。又この野分の風ほど、情なく腹立しく抵抗したき者はあるか。一少女――その身は秋の野に立てる女郎花の霜に逢いて枯れんとする如く、そのさま既に憐むべき限り、痛むべき限り、吊《とむら》うべき限《かぎり》のものたるや論なし。然るを無情なる野分の風というもの、聊《いささ》かの躊躇もなく、聊かの同情もなく、冷笑して之を吹倒し、これを自由にし、これを玩弄《がんろう》せんと試む。女郎花は右によけ左に避け、繊弱《かよわ》き力を振い、微かなる声を揚げ、如何にもしてこの難義を忍び、如何にもしてこの危難を免《の》がれんものと、あせりにあせり藻掻《もがき》にもがけど、絶体の絶体絶命の絶命、いかでかこの力強きこの大なる野分の風に敵する事を得べき。あわれにも情なくも、断念してその意に従い、そのかよわき貞節と共に、縦横無尽に吹倒されて仕舞わねばならず。あああ此間の女郎花の大叫喚の声は如何にぞ、大悲鳴の声は如何にぞ。憐れ憐れああまことにあわれならずや。

夜は明けて、お勝は既におのれの室《へや》に帰りたれど、その顔の青さ血色の悪さ、ほとほと譬《たと》うべきものもあらぬ程なり。老婆は頻《しきり》にその枕元に寄添いて、何の彼《か》のと優しく言えど、お勝は之に取合わんとはせぬばかりか、却って之を嫌うようなるさまにて、只々悲し気に涙を流しぬ。

三号室の取締なるお孝《こう》と言えるは、年頃二十七八歳の矢張《やっぱり》いたずら盛《さかり》なれど、多き女の中《うち》にては、多少親切なる心を抱きて、お勝の事も何彼《なにかれ》と世話して呉るるものなりしが、今朝しもお勝の枕に着きしまま、いと覚束なき風情を見て、如何にせし事かと、枕元に寄りて親切に聞けど、只涙のみ流して、更に一言の答も無きは如何にも不審《いぶか》し、是には何か訳がある事と、老婆を別室に招きて、若しや婆さんはその所謂《いわれ》を知って居はせぬかと聞けば、老婆は耳に口を寄せて、これこれ然々《しかじか》と、一伍十什《いちぶしじゅう》を残りなく語りぬ。

それはそれはと、流石のお孝も呆れ果てて、まだあのように罪も無いものを、そのような事を為《す》るとは、栗田さんも余り酷いと、甚《いた》く男の無分別なるを怒りたるさまなりしが、さりとて別にどうにもこうにもなる訳にも行かねば、此上は只お勝の心を慰むるようにしてと枕元に戻り、自分も涙を流して、女の身の墓《はか》なき事、男というものの無情なる事、この辛き世の中を渡るには、女の貞操《みさお》などというものは、到底破らねばならぬという事、お前が心にしくは、本当に情無いに相違無けれど、何もそのように死ぬ生きるの悲《かなし》みをするには及ばぬ、高が女の貞操《みさお》を破りたりと言うばかり、どうせ一度は晩《おそ》かれ早かれ誰も破らねばならぬ者なればという事、それからそれへと、善い事やら、悪い事やら、口に任せて並べ立て饒舌《しゃべ》りつづけ、あまつさえ終《つい》にはおのれの堕落主義という説法を拡《ひろ》げ出して、女と言うものは何でも巧《うま》く男を欺さなければならない、欺さないでお前様《まえさん》のように音無しく正直にばかり仕て居ると、男の方から欺されて、遂《つい》こんな酷い目に逢わされる。何でも世の中は欺かしっこら、偽《うそ》のつきっこらをする処《ところ》、巧《うま》く欺し巧く偽を附いたものが一番勝ちという訳なれば、お前様《まえさん》もその積りで、何時迄も小児《こども》では居ず、立派な一人前《ひとりまえ》の女と為って、栗田さんが憎らしいなら、それを欺くらかして、散々酷い目に逢わせてお遣《や》り、何もそんなにぐずぐずと、泣いたり笑ったりして居る事がある者かと言懸けて、お勝さん解ったかえ、解ったらそのようにつまらなく小児らしく泣く者じゃ無い。男というものはね、自惚《うぬぼれ》ばっかり強くって、少しちやほやされると、直《じ》きに好気《いいき》に成《な》って、鼻毛を延ばして仕舞うものだから、欺くらかすのは何の造作もありゃ仕ないよ。本当に男という者は意気地のない馬鹿な者さと、何か思う所あるかの如く、じっとお勝の顔を覗き、其《それ》だからね、お勝さんお前は栗田さんを欺かして、散々仇を取ってお遣《や》り、本当に本当に私はそんな事を仕たと思うと、憎らしくって憎らしくってと、慷慨《こうがい》の情に堪えざる者の如し。

お勝は蒲団を被りしが、仇を取って遣らなくって仇を取って遣らなくってと、幾度となく心の中に独語《つぶや》きぬ。ああこの心、惜むべきはこの心の一点お勝の魂に宿りたる事なり。悪魔！　悪魔は勝《かち》に乗じて叫んでいわく、この勢にてその玲瓏たる光明界を打破し去れよと。

十一

仇を取って遣らんとすれば、是非共朋輩お孝の言いたるように、飽迄《あくまで》も男の意に従い心を迎えて、その精神を籠絡《ろうらく》し、その本性を奪い去り、人形芝居の釣人形の如く、糸さえ引けば、右にも左にも前にも後にも、自由自在になるようにせねばならず。それには身《み》先《ま》ずこの小児《こども》らしき無邪気を去り、正直なる心を捨て、このようにめそめそと泣いてのみは居ず、どうせ捨てたる女の貞節《みさお》などは、いっそ飽《あく》まで捨てて捨てて、世の中の女と共に、喧《かしま》しく語り騒がしく罵り、仕たい三昧遣りたい三昧の事を遣り尽し仕尽して、四十八手百幾手の女の手管という者を、悉く胸の中に呑込んで仕舞わねばならず。

是は余りに罪深き業《わざ》、女の女たる所謂《いわれ》を忘れたる事と、お勝一度《ひとたび》は思返したれど、どうせ我は女の女たる所以《ゆえん》を失いたる身、最早そのような立派な事を言っては居られぬ身、是というもこのように耻《はずか》しい身体《からだ》にされたりというも、詰る所は皆《みん》なあの憎らしき職工長の所業《しわざ》、せめて此上はこの怨《うらみ》の程を復《かえ》して、おのが心を安めんこそ願わしとも願わしき限《かぎり》なれ。其には一度《ひとたび》汚れたる此身《このみ》、此上如何に汚れ、如何に耻しめられ、如何に女らしからぬものになりたりとて、何の惜むに足る事かあるべき、何の歎くに足ることかあるべき。然《さ》なり然なりとお勝は蒲団をはねのけて立上りしが、死したる人の俄《にわか》に精神を得たると均しく、今迄の失望落胆《らくたん》とは打って変り顔色《がんしょく》 笑《わらい》を呈し、何となく爽然たる容体、ここへ入来りたる老婆は、このさまを見て、如何《どう》だね少しは好いかねと尋ねぬ。

もう宜《よろ》しゅう御座りますとも、何も別に是という所は有ませぬと、以前の悲しきようなる様子も見えぬに、老婆は少なからず不審の思《おもい》、もしや狂気《くるいき》にでもと、驚きてそっと眼《め》付《つき》を見たれど、そのようなる様子も為《な》し。其のみならずお勝はその儘蒲団を畳み懸けんとするを、まあそのような無理はせぬもの、今少し寐《ね》てお出《いで》と止《とど》むれば、何も寐て居たくはありませぬと、言う事を聴かずに畳んで仕舞いぬ。

老婆は少しく気を呑まれしが、声を低うして、お勝様《かつさん》元は私が悪いのだから、堪忍してお呉れという。何のそのような事は有りますものか、これというも皆私の運、私はもう断念《あきら》めて居りまするると、驚くまじき事か平気なる顔色。

その夕《ゆうべ》お勝は池の汀にて栗田勉に逢いぬ。

病気は如何《どう》したえと突如《だしぬけ》に男の問えば、何ともありませぬと、絶々《たえだえ》にお勝は答う。それでも老婆《ばばあ》が来て、お前は泣いてばかり居て仕方が無いと言ったからと早戯《はやたわむ》れかかるを、お勝は口惜《くちお》しさに堪えず、涙の溢出づるをじっと呑込み、それだとて貴郎《あなた》はあまりに酷いものをと、言葉つき覚束なし。

あまりに酷い！　と男は意気地なく嬉し気に、酷い事も何も無いのさ。あまりお前が可愛くって可愛くってならないからさと、女の肩に手を懸くれば、あれおよしなされと、お勝は少しく顔色《かおつき》を変えて、急ぎ傍へ飛退《とびの》きぬ。

そんなに慌てる事は無いと又近寄れば、それでも人が見て居るといけませぬと、一歩一歩笑うような情なきような泣きたきような顔色《かおつき》して、後退《あとず》さり行くを、それでは好《い》いか、今夜は屹度《きっと》だぞ、屹度《きっと》迎いに行くぞと男はいう。

好いか屹度だぞと、別れ際に今一度言いぬ。お勝は覚束なげに默頭《うなず》きしが、その心中の口惜しさは如何なりしぞ。

勉は其処を去りて、おのれの室《へや》に行かんとする廊下の処にて、ばったりと老婆に逢いぬ。婆さん婆さんと元気好く、如何《どう》だ僕の腕というものは凄い者《もん》だろう。あんな堅い者でも、僕に懸《かか》ってはへなへなと参って仕舞うからなと、早得々と威張り散らすを、老婆は中々承知せず、それだとてあの様に泣かしちゃ駄目さ、もう再度《ふたたび》と出来は仕ないからねと鎗《やり》を入《い》れば、婆さん何を耄碌《もうろく》して居るんだ、再度《ふたたび》と出来は仕ない！　馬鹿を言うもんじゃ無い、百度《たび》でも千度《たび》でも乃至《ないし》は万々度《たび》でも、お好《このみ》次第《しだい》に出来るから不思議だ。

偽《うそ》をおつきでないと、老婆は猶《なお》信ぜざる様子なるに、偽の事も何の事も無い、たった今其処で逢って来た、今朝は泣いて居たそうだけれど、流石この道ばかりは別なものさ、今其処で逢って見れば、にこにことして我《おれ》の傍に寄って来て、丸《まる》で行く水あらばいなんとぞ思う古歌のようさ、何と不思議では無いかと一伍《いちぶ》十什《しじゅう》を詳く語れば、老婆も少しく驚きてそれは、本当ですか、本当に本当ですか。

本当に本当ともさ、だから僕は言うんだ、どんな堅い者《もん》でも僕の手に懸るとへなへなになって仕舞《しまう》って婆さん如何だ、見事な者だろうと言えば、へへえ、へへえと愈々《いよいよ》驚きたる様子にて、成程成程と、五つばかり言って居たりしが、この道と言うものは格別なもんですねと、二人顔を見合せて大《おおい》に笑いぬ。
池の汀にて言いたる如く、一少女の黒き影は、その夜もその翌夜《あくるよ》も又その翌夜《あくるよ》も、池に附いて右に曲りたる西洋家屋の小暗き一室に伴われ行きぬ。あわれなる少女《おとめ》は、身の愈々《いよいよ》暗黒界に沈み行くを知らず。

十二

莨《たばこ》を好める人の言を聴くに、その始めや甘《うま》しと思える処少しも無く、却《かえ》りて苦く辛く、何故に他人はこの様なる者を好むか、何故にこのようなる者をやめられぬ程に好くかと、疑わぬものは無けれど、その妙味たるまことに隠微深奥《いんびしんおう》の間にありて、一服飲み二服飲み、一日飲み二日飲む中《うち》には、其となく何処となく、その面白き味甘《うま》き処あらわれ出で、是はと思いつつ飲めば飲む程吸えば吸う程、堪まらなくなりこたえられなくなり始め苦し辛しといいし言葉は、何時か何《いず》れへか忘れて仕舞い、一刻も是なくては過されぬというようになるものなるよし。是は莨のみにあらず、酒も亦然《またしか》り、色もまた然り、さればかのおう勝も始は仇を取らん仇を取らんという一心よりおのれの貞節を失うつらさも、女の女たる所以を失う悲しさを、一から十迄それが為《た》めそれが為《た》めとのみ思切り思切り、堪え難き苦悶煩悩を忍び忍んで、その小暗き階梯を上り行きたりしが、五日十日、ああ情なきはこの魔界なり、この魔道なり。お勝はいつかその栗田といえる男の万更憎らしくなくなり、いっそ可愛ゆきようなる心になり、仇を取って遣らんと思う念も少くなり、果てはわれ何故にあの時あのように泣きたりしか、何故にあのように悲しく思いたりしかと疑うようなる心になりしが、この心の一度《たび》念頭に萌《きざ》したるが最期、最早社中の莫連《ばくれん》の境遇に堕落したると同じく、女という価値は更にも無ければ、貞操などは勿論なく、仕たい三昧遣りたい三昧に身をやつし、饒舌《おしゃべり》も上手になれば、手管も上手になり、男というものをたらす手段も、男と言うものの何《どう》いう事を好むかという事も、鏡に照したるように明《あきら》かに詳しく知り、其と共に男というものの面白き味、妙なる味をも十分に味い知り、喫烟家の莨、上戸の酒に於けるが如く、一刻も無くてはと思うようになり行きぬ。

世間皆かくの如くなり。否少くとも紡績会社は皆かくの如くなれば、お勝のかく堕落したるは、更に咎《とが》むべき事にてもなく、罵るべき事にてもなく、寧ろ大《おお》に涙を揮《ふる》いて憐れまねばならざる事なり。加《くわ》うるにお勝の性質として、一度之を好めば、身を滅す迄も之を好むという寧《むし》ろ世間的ならざる掬《むす》ぶべき清き性質を有したれば、根本は既に汚れたれど、その熱情の増《ふえ》るに連れて、愈々《いよいよ》熱中の境に進み、益々《ますます》忘我の境に入り、世間は何と言おうと、人は何と評そうと、われは之に関せずと迄いうようになりたるは、大《おお》に大に極めて大に憐れまざるべからざることにはあらぬか。

然れどもこれ既に世間的にあらず。無情なる世間は、世間的ならざるものを容《い》るる事を肯《がえ》んぜず。世間的ならざるもの、多くは馬鹿として、馬鹿正直として、仕方が無き者として、無智無謀として、世間より甚しき嘲罵《ちょうば》を蒙《こうむ》るを常とす。青楼《せいろう》に遊びて情死を謀《はか》る者、情に於て寧ろ潔きものなしとせず。然も世間は之を阿房《あほう》と嘲り、之を馬鹿と言い、死んで仕舞っては何が出来るものかと罵る。しかも薄情なる者、詐偽に巧みなるもの、無神経なる者、所謂《いわゆる》才子なる者、人を突倒して己れ先に行かんとする者、人の股を潜って甘《うま》い事をする者、義なき者、勇なき者、これ等皆人の口にては伍するを耻ずという所の者なれど、しかもまた世間的なるを以て、甚だ世間に好迎《こうげい》せらる。ああ世間已《すで》に偽《ぎ》なり、陋《ろう》なり、醜なり、悪なり、何ぞ語るに足るべき。

お勝の恋は不幸にも世間的ならざる方《かた》へ進行《すすみゆ》きしが、いよいよ熱中しつつ、忘我しつつ、うるさき程に附纏いつつ、栗田勉のようなる嫖蕩児《ひょうとうじ》には、到底解らぬ程の高等なる恋をその男の上に灑《そそ》がんとしぬ。

ある日栗田はその友なる女工職工長の一室を訪《と》いぬ。栗田は笑って、本当に困《さかん》君いよいよ盛だそうだねと、友なる人は先第《まず》一に口を切りぬ。栗田は笑って、本当に困って仕舞ったのさ。実はその事について、君に頼みたい事があって来たのだが。頼みたい事、それは何だ、大方あれと夫婦約束でも仕たから、表向にするというのかと、女工職工長は笑う。

鶴亀鶴亀、夫婦になんざあされて堪《たま》るものか、其とは丸で反比例を為して居るのさ。それでも女は中々君に参って居るというじゃないか。それだから堪らないのさ、始《はじめ》の中《うち》は彼《あれ》でも些《ちっ》たあ面白かったがね、今日此頃と来たら、もう堪りゃ仕ない、丸で一生懸命で、情《しん》死《じゅう》でも仕兼ねまいという勢《いきおい》だからね、僕は実に持余して居るのさ、昨日なんざあ困って仕舞った、何時《いつ》夫婦《いっしょ》になって呉れるか、何時《いつ》家《うち》を持って呉れるかと迫って来たんだからね、と、言懸けて少し躊躇《ためら》い、其だから君、僕は手を切ろうと思んだ、処《ところ》が他の女なら何に訳もなく話合でも出来るんだが、彼《あれ》ばかりは如何《どう》してもそれは出来ない、若《も》しも自分からそんな事でも言出そうものなら、それこそ如何《どんな》に凄《すさま》じく怒り立てらるるか知れないからね、だから頼《たのみ》と言うのは此処《ここ》なんだ、君、君の力であれを其《それ》となく此処《ここ》から追出しては呉れないか。

追出して……と、女工職工長は少し首を傾け、それは追出すのは訳は無いが、それでは君随分酷いじゃ無いかと、少しく笑いかけるを好《よ》き機会にして、何《なあ》に構《かま》わないさ、それじゃ君頼んだぜ、好いかすっかり頼んだぜと言置きて、粟田は匆々《そこそこ》に此処を去りぬ。

ああ世間とはかく迄も残酷なるものなるか。あくる日お勝は女工事務所に呼ばれて、一片の書付を与えられたる儘《まま》、世話人の元へと下げられしが、その書付には不都合の事ありて女工を免ずとありて傍に借財は悉く上納すべしと、小さく朱にて記されたり。

ああその不都合なる事とは何ぞ。

世話人はこの借財五十余円を上納せしむる為《た》めに、証人という者になりて、この繊弱《かよわ》き少女《おとめ》を、千住なる貸座敷に売渡しぬ。お勝は此間如何に悲《かなし》み、如何に歎き、如何に怒り、如何に罵り、如何に怨み、如何にもがきたりしか。無情なる世間はこれを知らず、知るは只大慈大悲《ただだいじだいひ》の蒼々たる天！

十三

何処《いずく》はあれど、駅場《しゅくば》の貸座敷ほど惨憺たる暗黒なる所はあらじ。

楼主《ろうしゅ》は利慾にのみ齷齪《あくせく》して、更に人情というものを知らず、遣手婆《やりてばば》は恰《あたか》も三途川の奪衣《だつい》婆《ば》の如く、獰猛《ねいもう》にして飽《あく》までも意地悪く、夜毎に変る客は人力車夫、博奕打、馬丁《べっとう》、田舎《いなか》漢《もの》、折によりては盗賊《どろぼう》、追剝《おいはぎ》の法律に触れたる悪党《あくとう》にまでも、優しき言葉を懸け、心にも無い御世辞を遣い、何の彼のとつまらなき事を饒舌《しゃべ》り、眠むたきに眠られず、起きたきに起きられず、飯は二食、菜《さい》はしじき《じき》、親は乞食と、諺にも言わるる通りなる境遇、お勝は怒り尽《つく》し泣き尽して、わが身の不運不幸を悲しみたる結果、極めて悟《さとり》をひらきたる人間とはなりぬ。

されどそは善く悟りたるにはあらで、極めて世間的に、莫連《ばくれん》的に悟りたるにて、お勝は是を世の中の真相と思い、この獰悪《ねいあく》なる事、この残酷なる事、この薄情なる事、是皆世間の世間たる所以《ゆえん》なりと思い、われの今まで種々《いろいろ》の困難に出逢いたるに、一《ひとつ》としてわがこの身のあまりに意気地なかりしと、小児《こども》らしかりしと、馬鹿正直なりしとの自然の運なりと思いぬ。されば世間を渡るには、如何《いか》にしても今少し薄情に、残酷に、獰悪におらねばならぬもの、亡き母様《ははさま》の御諫《おいさ》めなされしような事は、到底守って居られぬものと観念したるが、其からと言うものは、涙も無く、親切もなく、心もなく、悲哀《かなしみ》もなく、これは皆わが身の自然、わが身を守るにはこういう罪悪を行いたりとて、決して罪にはならぬことと、立派なる女郎根性、嘘を嘘誠を誠と思わぬようになりしこそ是非なけれ。

紡績会社を追われたるは、国を出でたる年の翌々々年、則ちお勝の十七の春なりしが、此頃は恰もおのが色香の綻《ほころ》び始《そ》めし時にして、色白く姿優しく、鼻の高い処、目の涼しい処はどうにもこうにも言われぬと、嫖蕩児《うかれお》の魂を蕩《とら》かし、突出しの晩より、水《み》かくれし菖《あや》蒲《め》の引手多く、極めて繁昌を極めたりしかば、楼主の評判もよく、遣手の小言の味も知らず、二年三年、何の恙《つつが》もなくて、只夢の中の夢、現《うつつ》の中の現と、花も見ず月も見ず、喧《かしま》しき三絃《しゃみせん》の音に暮れては明け暮れては明けしが、長い中にはそう好い事ばかり続いては居《お》らぬ習い、いつか馴染《なじみ》というものも出来、借財という者も積り、養生もせぬ身の夜毎絶え間なき疲労《つかれ》に、めっきり身体《からだ》の弱くなりしが、かてて加えて三年目の春、運悪く客より恐ろしき瘡毒《そうどく》を受け、顔も容姿《すがた》もそれが為《た》めに著しく変りたれば、客も以前のように集まっては来ず、従って楼主の顔も悪く、遣手の小言も多く、一葉散る秋、そぞろに悲しきような心を覚え始めしは五年目の冬の事、年は二十二の早《はや》くだり阪《ざか》、せめては今の中《うち》に如何にかこうにかわが身の所置を定めねばならぬと、思うに就《つけ》ても、故郷《ふるさと》は如何になりしやら、父よりは折々の手紙ありて、互に恙《つつが》なき丈《だ》け知れてあれど、その山その川、あわれ如何になりたらんと、思えば思う程懐しくもあり恋しくもあり、引かえてわが身はと、客無き夜の雨の音しめしめと悲しく、此頃は滴《こぼ》したる事なきまことの涙に、枕の濡《うるお》うを覚えざりしが、そのあくる夜よりは、真実《まごころ》にて客を取る心になり、若し行末迄もわが身を捨てぬという人あらば、この一生を托したきものと、観音寺の和尚様より貰いたる観音様に、つくづくとお頼み申上げたれど、女郎買をする程のものに頼もしきものとてはなく、心を打明けて語るようなる首尾はなくて、その年も暮れ、明れば新玉《あらたま》の朝日の影いとのどかに松の内も過ぎしが、その頃より一度ならず二度ならず、三度四度五度と繁々《しげしげ》通い来る一人の客あり。その身装《みなり》も賤《いや》しからず、言葉つきも拙《つた》なからず、帳面には下谷《したや》なるある大尽《だいじん》の子息《むすこ》と記して、如何にもわが心の奥を聞きて呉れそうなと思うものから、お勝は一層丁寧に親切に取扱えば、先にもその心の通じてか、益々《ますます》馴近づきて、一月経ち二月経つ中《うち》には、最早隔てなき程の間柄になりたれば、この期を外してはと、ある夜の寝物語に、涙をこぼしてわが身の一代を残る処なく打明けて頼み寄りしに、客もいたく感じたる体《てい》にてそれは、気の毒なる限りなり、幸い我には未だ是と言いて定《さだま》れる妻も無ければ、それでは早造《さっそく》苦界の足を洗わせて遣らんと、親切なる言葉、お勝は雀躍《こおどり》する程に喜び、かえすかえすもその事を頼み、四月五月と猶互に心を尽して居りたりしが、一夜《あるよ》男不意に来りて、今日は幸い金を持ちて居れば、受出してやろうと思うが、その準備《ようい》をせよというに、お勝は嬉しさに胸はつかえ心は躍り、どぎまぎしている中《うち》、男は身代金百五十円借財六十円耳を揃えてすっぱりと払終《はらいおわ》り、準備《ようい》は好いか、一所に行こうと催促され、夢では無いかと、そわそわしながら、楼主遣手朋輩其他の小者に至るまで、長年世話になりたる礼やら暇乞やら、呉々《くれぐれ》と述べたる後、家の前より相乗車《あいのりくるま》のいと睦まじく、下谷仲徒士町《したやなかおかちまち》なるその家へと走らせぬ。

其処《そこ》に行きて見れば、大尽どころか、裏店《うらだな》も裏店の極めて狭くむさくろしき処なり。いたく驚きしが、先兎《まずと》に角《かく》に上にあがりて、是は如何《どう》した訳と聴けば、何《なあ》に外《ほか》に理由のあるではなし。お前を受出したからとて家《うち》には父も母も番頭もある身、直《すぐ》其処に連れて行く訳にも行かねば、一寸《ちょっと》の間其処に囲って置くとの事なり。それを知れば成程怪しき事もなく、一日二日と極めて楽しき小生涯、生れてからこのような安楽な目に逢った事は有《あり》ませぬと喜び居る処へ、こはそも如何に、その日の夕暮裏より表より前より後より、制服を着けたる巡査どしどしと入込み、御用御用の声の下に、当時有名なる大盗賊菅野伝平《おおどろぼうすけのでんべい》は、首尾よく此処に捕縛せられぬ。

十四

馬声車声絶ゆる事なき四谷《よつや》の大通を十二町、その先に紅燈夜を照し絃声《げんせい》昼を知らぬ内藤《ないとう》新宿《しんじゅく》の遊廓なるが、この境を所謂《いわゆる》大木戸《おおきど》とて、昔大門のありし処丈《ところだけ》に、殊に際立ちて賑わしく、夜店肆《よみせみせ》を連ね嫖客踵《ひょうかくくびす》を接し、鰻屋牛肉屋天麩羅屋とその繁昌一方ならず、幾軒ともなく連《つらな》れる銘酒屋には、女のぎいぎいと家鴨《あひる》の啼《な》くようなる声、へちゃへちゃとこまちゃくれたる厭《いや》な声など、いと喧しく罵り合い叫び合いて、知る知らぬの差別《しゃべつ》なく、路行く人の袂《たもと》を曳き、其処に行く容子の好い人、一寸《ちょっと》寄ってお出《いで》なさいよと言うもあれば、あれ貴郎《あなた》およしったらおよしってばねと、二本筋の兵卒に捕えられてもがくもあり。世間は万事色と酒との酔い易くうかれ易く、是でなくては夜も日も明けねば、従いてその商売の繁昌するも理《ことわり》なるべし。

その大木戸の入口の処に、一軒の理髪肆《りはつし》あり。夜は全く明けて、烏の声潔よく、此処《ここ》の親方は早起にて、八時九時と早くも二三人の客の仕事を終りしが、今しも下剃《したずり》らしき二十四五の男、親方の方を顧《かえり》みて、親方今朝も出て居るぜと言いぬ。

親方は髪剃の手を留めて、うむ成程と受けしが、やがてまた言葉を続《つ》ぎて、この頃は袷《あわせ》では寒いと見えて、先生日向ぼっこりを仕て居るんだなという。

一人の待客は横鎗《よこやり》を入れて、何だね何事だねと聞けば、親方はそのまま向傍《むこうがわ》なる銘酒屋の前を指し示《ゆびさ》したり。其処には顔蒼く体《からだ》やつれたる二十三四の一人の女、汚き腰掛に凭《よ》りかかりて居れり。ああこはかのあわれなるお勝なるが、かれは救《たす》けて呉れたる人の捕縛せられてより、途方に迷いて、かかる所に身を置かねばならぬようになりたるなるべし。

何だねあれはと、客は猶《なお》解し兼ねて問を重ぬれば、何に別に何でも有ませんがねと言いつつ、親方は客の右の頬あたりに髪剃を下しぬ。待ちたる客はじっとその銘酒屋の方をのみ見てありしが、下剃は今一度その方を見て、何んだ、眠っかけを仕て居らあという。眠っかけ！　と親方は又も手を留めて、うむ成程、こいつは可笑しい。先生昨夜大分やったと見えて、すっかり疲れて仕舞ったという筋だなと大いに笑えば、客も解らずなりに異口同音の笑《わらい》を合せぬ。

理髪肆の親方の言えるが如く、お勝は少しの閑暇《ひま》に、昨夜の労《つかれ》を休めんとて、かく横になりてありたるなるが、秋の日影は折よくもいと暖かにその痩せたる青き顔を照したれば、何となく好き心地になりて、それとなく眠り懸けんとしたるなるべし。処へ不意に出《い》で来《きた》りたるは此家の主人《あるじ》にて、これを見るや否《いな》声も高く、おい何を仕て居るんだ。真昼間居寝《いねぶり》をする奴があるもんか、横着にも程があると一言の下《もと》に叩起《たたきおこ》され、お勝は悲し気なる顔色《かおつき》して、じっと無情なる人間の顔を見ぬ。

理髪肆の中にては、親方の声として、とうとう起されて仕舞った。あの眠むそうな顔はどうだと、頻《しきり》に笑う声高く聞えぬ。

その夜は大木戸なる大黒天の縁日なり。今夜は常に変りて客の出づるに相違なければ、思う存分甘《うま》き利益を占めんものと、各銘酒屋は皆その準備《ようい》に急《いそが》わしく、何の彼《か》のとあちこちに奔走しけるが、お勝の家の主人もお勝を傍に呼寄せて、例の如く烈しき小言、お前のように心《しん》から親切にお客を取扱かわないでは、とてもお客の這入りよう筈は無い。昨夜なぞ隣では幾人家《いくたりうち》に引留めたと思う。お雪が三人、お定が四人、お梅があんな小さくってもそれでも二人、都合九人までも留めたじゃ無いか。それだのに家《うち》じゃ幾人《いくたり》だえ。えお勝、お前の腕は中々立派で、十人も留めたかねと、低頭《うつむ》きたるお勝の顔を覗込み、何も我《おれ》だってお前が精出して呉れさえすりゃ、小言なんざあ言いたくもねいが、昨夜のように、唯々《たった》二人では商売にも何にもならないじゃないか。其だからお勝今夜は、是非共一生懸命に、何でもお客が気に入るように、始終嫌な顔ばかり仕て居ないで、出来る丈精出して呉れ。好いか呉々も頼んだぞという。お勝は例の如く淋し気なる顔色《かおつき》して主人の顔を見たるばかり返答すべき勇気もなし。

彼是《かれこれ》する中《うち》夜になりて、大黒天の前には植木屋、夜店、からくり、見世物、ちょぼくれ、豌豆売《えんどううり》、どれでも一銭、易者、マッチを前に並べたる乞食婆、琴を弾く夫婦連《づれ》の盲目《めくら》など、其《それ》よ是《これ》よとまた暗くならぬ中《うち》より、喧しく騒ぎ立て罵り立て鐘を鳴す者あれば、太鼓を叩く者あり。何でい何でいと呟き呟き、蹌踉《よろよろ》と人に突当りながら歩行くは、近所の縄暖簾にて一本きこしめしたる矢大臣なるべく、肩と肩とを連ねながら、女とさえ見れば悪戯《いたずら》して、きゃっきゃっと騒ぎ散らすは、夜遊に出でたる町内の若息子連なるべし。行く処至る処、手洋燈《てらんぷ》の黒き煙あたりに満ち、何とも知らぬ悪しき香鼻を衝きて、その賑かさ騒がしさはまことに言わん方も無き程なるが、段々夜の更け行くに連れて、人出も多く遊客も多く、従って銘酒屋の女の忙《いそが》わしさ。お勝は今宵こそ少しは主人の意を満たせて、利益《もうけ》のあるような客を得たき者と、進まぬながらも店頭《みせさき》に出で、あれの是のと言いたくも無き事を囀《さえず》り散《ちら》し、一意《ひたすら》客の意に叶うようにと心を付けて網を張って居る処へ、向うより二人の書生の少しく酔いたるさまにてよろよろと歩来りたるを、好き獲物《よ》ぞと口を酸《す》くして説勧《ときすす》めたる結果、それでは行こうかと相談極まりたる横合へ、走り来りたるは隣のお定、これは箸にも棒にもかからぬあばずれなるが、あれまあお二人はと、知りもせぬに知ったか振《ぶり》、私の処へ来て下さいよと、奪取って行かんとするに、そうされて溜るものかと負ぬ気のお勝、これは私のお客と懸隔《かけへだ》つれば、私の客も何もあるものか、引張込んだものが勝ちと、一刻も猶予せず、お客様《きゃくさん》そんな野暮助の人の所よりか、私の処私の処にお出でなさいよと、無理遣に引張り行くに、お勝は愈々《いよいよ》口惜しさに堪えず、追懸《おっか》けて引戻さんとする手を、思うさまに押撲《うちたた》きたる上、馬鹿娘奴《ばかあまめ》と罵りながら、お定は二人の客を引きて、悠々と戸内へ入りぬ。

お勝は口惜しけれど泣くにも泣かれず。再びおのれの家の店前《みせさき》に戻り来て、道行く人を呼懸けつつ、貴郎貴郎《あなた》一寸《ちょっと》お寄んなさいよ。

お勝の身体は次第次第に衰え行きて、九月の末頃には、如何にしてもこの銘酒屋の女といえる忙しき地位には堪えられずなりぬ。永年の辛苦に身は驚くほど痩衰え、顔は青く手は震え、気は常に沈み勝にて、人と物語することをさえいたく嫌えば、到底いつまでもかかる所に留《とどま》りて居《お》らる可《べ》きにあらぬに、まして秋の末になりてより、いつもの如く烈しき瘡毒《そうどく》の萠《きざ》し始めたれば、銘酒屋の主人は元手の損をしても、かかる病人を家に引込んで置くよりは増しと断念して、その月の二十七日というに、お勝は又も世話したる人の許に送り返されぬ。

十五

世話したる人というも、同じく其日其日を送り行く紙屑買風情の老翁なれば、病人なるお勝をほいそれと返されては、差詰《さしづめ》この所置に困るは当然の事なれど、この翁《おきな》貧窮の中《うち》にありながらも、義に固く情に富みたる性質を備えたれば、少しも悪いようなる気色も見せず。病気とありては詮方なし。先兎《まずと》に角《かく》に療治して、治るものならば治してからと、細い身代の中より、親切にもいくらかの薬代を周旋して呉れたれば、お勝は涙を滴《こぼ》して難有《ありがた》がり、その狭き薄暗き一室に、汚く薄き蒲団を敷き翁の紙屑買に行きたる留守を唯一人、つくづくと越方行末《こしかたゆくすえ》を観《かん》し来り観し去れば、悲しき事、情なき事、恐ろしき事、腹立しき事、一々その胸に集り来り溢れ来り、わが身の不幸わが身の不運も、今更のように思出され、其に就《つけ》てもわが行末は果して如何になり行くにや。この儘《まま》に東京の墓《はか》なき人込の中《うち》に埋れて死んで仕舞わねばならぬにや。わが国を出る時、観音寺の和尚様は呉々も我を戒めて、決して了見を変えてはならぬ、世の中のあばずれ女となってはならぬと言い給いしが、今のわが身は……ああ今のわが身は、果して何《ど》のようになり居る事ぞ。あばずれもあばずれ、不了見も不了見、世の中に我ほど悪しき女になりたる者は多くはあらじ。悲しい悲しいと身を藻搔《もがい》て、泣けども歎けども詮方なく秋は一日増に愈々《いよいよ》寒くなり行けば、その病気は益々募るばかり、少しばかりの薬用の銭も尽きて、心細き身の上なり。

紙屑買の翁はかくなりても猶力を尽し情を尽して、曾《かつ》て他人がましき事を言いたる事も為したる事も無けれど、その病の少しずつ好くなるにはあらで、悪くなると聞くものから、流石に心に懸らぬにもあらず。若しや三月も四月もその儘にて居られてはと、ある日其《それ》となく病人の枕元に行き、しみじみとわがまことの心の程を語り、決して邪魔にする訳にもあらねば、又決して不親切をするという訳にもあらねど、私とて紙屑買のその日暮し、十分の手当をして上《あげ》る訳には勿論行かねば、その病気の重くならぬ中《うち》、如何にか始末して呉れる訳には参らぬものか。お前様の親類というものは、この東京に誰も居なさらぬかと尋ぬれば、お勝は痩せたる手を合わさぬばかりにして涙を滴《こぼ》し、永々のお世話、私もどれ程か難有く思うて居りまする。けれど私のこの病気いまだに治るような様子もなく、お恩報《おんがえし》も出来ぬ身と、悲しく思わぬことは片時も有りませぬ。其にまた親類は無いかとの御尋《おたずね》なれど、唯一人遠き国より東京に追出されたる私の身、親類とては誰一人も御座りませぬと悲しさに堪兼ねてか、泣伏すを翁は扶起《たすけおこ》し、それでは仕方が無し。旅費の処は私がどのようにも仕てやる程に国に帰るのが得策であろう。病気の身ではるばると越後《えちご》の国まで帰って行くは、随分やさしからぬ事ではあれど、今の中《うち》気を付《つけ》て行ったなら、よもや行かれぬことはあるまい。お前さんの家《とこ》は何処と言いましたっけ、そうそう、魚沼《うおぬま》郡《ごおり》長山村《ながやまむら》相模屋《さがみや》真太郎《しんたろう》の長女お勝、それにしても余《あんま》りなのはお前の両親、母は継母とてかまいつけぬも無理は無いが、父親たる身は如何したもの、唯一《たった》人の子を、まだ十四の年から東京へ出して、跡はどうともなりよう次第勝手次第とは、あまりに無慈悲な致《いたし》方《かた》、其でもたまには手紙でもよこす事は有《あり》ますか。えとお勝は涙を呑込み、今年の春一度音信《たより》が御座りましたが、其には家が益々悪くなって、家財道具迄も皆抵当に入って居るような始末、働いて働いて働き尽しても、最早一年とは此処《ここ》には居られぬゆえ、やがては東京に行こうと思うが、お前もその時迄辛棒して待って居て呉れろとの事で御座りました。そのような始末ですから、私がこの身体で帰りましても、居るような所はありますまい。情ない事で御座りますと、又も涙に溢るるを、其だとて此処に何時までもこうしては居られはせぬ。仮令《たとえ》どのような始末だとて、国は国、知って居る人も有ろうし、世話して呉れる人も有ろうから、先《まず》旅費の出来次第、国に帰って療治をすると仕《し》たが好い。何もそのように泣くには及ばぬ。悲しいのは世の中の習い、情ないのもまた世の中の習い、とてもこの世は自由には為《な》らぬもの、思い通りにはならぬものと、老翁も又昔の事でも思出したか、ほろほろと涙を二滴三滴こぼしながら立上りしが、其から五日ばかり経ちて後、何処《いずく》より工面して来りしか、親切にも情深くも、三円の紙幣をお勝の前に并《なら》べ、上野《うえの》から直江《なおえ》津《つ》鉄道で関山《せきやま》までの汽車賃は二円足らず、其からお前の在所までは、また七里とかあるといえば、其処を車に乗るとしても、一里六銭で六七四十二銭、差引いて剰余《あまり》はまだ七十銭程あれば、昼飯小遣には充分沢山、先《まず》これで国に帰って、どうにかこうにか方を付けるに如《し》くはない。こんな人の悪い東京に、その身体で何時までもぶらぶらして居ると、如何《どん》な酷い目に逢わされるか知れぬと言われ、お勝は今更に老翁の志難有《ありがた》く、幾重にも謝したる上、この御恩の程は死んでも決して忘れませぬと、涙と共に押戴きしが、かくと定りたる上からは、一日も世話にならぬようにと、病気の身を押してその準備《ようい》にと取懸り、折から取出す破《や》れ籠《つづら》の中《うち》より、不図《ふと》顕れ出でたる観音様の守《まもり》本尊にじっと見入りて、和尚様に私のこのようなる墓《はか》なき姿を見られたなら、どんなお顔を為さるるであろう。いっそ死なれるなら死んで仕舞いたいと、涙を滴《こぼ》せど詮方なくあくる朝の一番汽車に後《おく》れぬようにと、その夜は早寝、とろとろとするかせぬに、支度をせよと老翁に起され、其処より車にて上野の停車場に赴きしが、暗きよりどさどさと集れる人の数、多き中にも我ほど悲しき身の上は又とあるまじと思う間に時刻来り、汽笛一声上野の森に響きわたりて、千里の山河唯一飛《ただひととび》と車は進みぬ。

お勝は車窓に凭《よ》りかかりて、あたりの景色を眺めてありしが、その眼にはいつしか涙満ちて、烈しくその心頭を衝き来たる念、ああ遂々《とうとう》国に行くのか。

十六

午後三時近く、汽車は越後国《えちごのくに》に入りて、やがて関山《せきやま》の停車場に着きぬ。

お勝は此処に汽車を下り、それより一人乗の人力車を雇いて、八年一度《ひとたび》も問いたる事なきおのが故郷《ふるさと》なる長山村《ながやまむら》の方《かた》へと走らせぬ。行々《ゆくゆく》目に見ると見る物、一つとして昔の記憶を呼起さざるものなく、一つとして涙を催すの料《りょう》とならざるものなし。十四歳の時幾度か振返り振返りて悲しくも別れたる観音寺山は、汽車の窓より見たる時は、雲に隠れて見えざりしが、今しも山阪の凹凸と高低烈しき路を伝い行く程、其とはなく見上ぐれば、嬉しや奇塊突兀《きかいとっこつ》たる姿は、恰も高僧の錫 杖《しゃくじょう》を振いて突立ちたる如く、端然として高く聳え、上には一片の白雲冉々《ぜんぜん》……と棚引わたりて、その風景更に昔のさまに変らず。それにつけてもわが身はと、仰ぎやる眼もいつか涙に曇り果てて、またも袂を湿《うるお》しけるが、車は一歩毎に一歩毎に、愈々《いよいよ》山深く分入り分入り、路は愈々険しく、景色はいよいよ面白く、行くままに進むままに、紅葉の美くしさ見事さ、ほとほと言葉にも言尽されず。

山より山、谷より沢、沢より沢、嶺より嶺、見ゆる限り打わたす限り、所として紅葉ならざるなく、所として紅ならざるはなく、また所として錦を敷きたるものの如くならぬはなし。雲も今迄は少し懸り勝ちなりしが、夕日の影を帯びて、一枚剝《は》げ二枚剝げ、三枚四枚と次第次第に薄らぎ行き消え失せ行きて、今は只纔《わず》かに遥かなる山の嶺《いただき》に、浮破浮破《ふわふわ》として残れるばかり、跡は皆青絹《あおきぬ》を熨《の》したるように晴わたりて、その深碧《しんぺき》なる色の遥かに遠《えん》山《ざん》の紅葉に反映したるさま、画《え》にもかかる所あるべしとは思われず、この間を、錦もかざらぬお勝の車は、がたがたと進行きぬ。

あわれなるお勝は、如何にこの景色を見たりしか、如何にこの景色に撲《う》たれしか、八年の久しき間、東京の塵《ちり》にまみれ埃に燻《くす》ぼり、獰悪《ねいあく》、詐欺、薄情の中にのみ月日を送りたる身の、この平和なる穏かなる見事なる景色に対して、如何なる感想に動かされしか。あわれならずやかれは最早わが身という事も忘れ、罪悪という事も忘れ恥《はずか》しきという事をも忘れ、口惜し残念などという事をも忘れ、それと共に今迄の東京の喧しきという事をも忘れ果てて、ああ只美し見事なりという念より外に、その念頭に浮び来るものとてもなく、恍惚として菩薩の入定《にゅうじょう》したると均《ひと》しく、殆んど忘我の境に臨みき。

喧囂《けんごう》の極まる所平和来り、平和の極る処喧囂来る、ああ是れ天地の一大原則にあらずや。お勝の車は、この恍惚たる間に、川杉《かわすぎ》を過ぎ、堤を過ぎ、山中を過ぎ、岡辺を過ぎ、夕暮近き頃には、長山村の一ツ前なる板橋《いたばし》という所に着きぬ。

われのかく零落して飾るべき錦もあらぬに引かえて、紅葉は愈々多く、愈々赤く、いよいよ近く、いよいよ美しく、山は愈々深く、いよいよ険しく、いよいよ迫り、しかも又愈々寂し。夕日は今将《いままさ》に観音寺山の一端に隠れんとしたるが、纔《わず》かにその一抹の余光を放って、山の半面を斜に照せば、満山の紅葉只是燃えたる火の如く、人家も赤く、道路も赤く、橋梁も赤く、鳥影も赤く、松杉《しょうさん》も赤く、人顔《じんがん》も赤し。お勝の車は此処をも過ぎて、やがて一ツの阪を昇果てしが、下に見らるる一道の渓流、さながら白き布をひきたるように、紅葉重《かさな》れる間を出でて、石を嚙み、岸に激し、懸河《けんか》となり、飛瀑となり、珠を散《ちら》し、氷を削り、遂に白雲青松の間に見えずなれり。こはお勝の幼稚《おさな》き頃、春雄と共に石を拾い花を摘みし川の流なるが、之を見るや否《いな》、お勝は低頭《うつむ》きて涙を拭いぬ。少なからず心を動かされたるなるべし。

長山村に入らんとせる頃は、日も已《すで》に昏《くら》く、紫なる遠山の影も見えず見えずなりて、山よりおろす暮秋の風そよそよと肌《はだえ》に寒く、そぞろにわが身の落魄を悲みけるが、次第次第に炊烟《すいえん》も見え、丘陵も見え、渓流も見え、人家も見え、果ては観音寺の高き杉暮色の中に一際黒く顕れ出でしが、わが家の少し手前なる橋の上に、茫然として佇《たたず》み居るは、よく似たる姿。

父様《おとっさん》！　お――お勝か。

駆寄りて二人は抱き合いぬ。紅葉ははらはらと雨の如く二人の間を掠めて行けり。

十七

誰かと思ったらお勝さんか。やれやれ久しゅう見ないから、私《わし》はすっかり見忘れて仕舞った。何時《いつ》……何時帰って来なすった。私《わし》は先年人の便《たより》に、お前が娼妓《じょろう》に売られたという事を聴いたが、其でも好く壮健《たっしゃ》で帰って来た。もう東京が好くなって、帰《かえっ》てなんざあ来るまいと思ったがと、物に蟠《わだかま》りの無き優しき観音寺の老僧の声を聴きし時、お勝は穴あらば入りたき心地して、一歩二歩後退《あとじさり》しつ。

傍なる水菓子屋の女房は、お勝の答うるをも待たで、何に病気に罹《かか》って東京に居られなくなったからさねと、笑いながらお勝と老僧との顔を見較べぬ。

こはお勝の帰りてより四日目の夕暮、橋側の水菓子店の前にて起りたる出来事なり。お勝は帰郷後人に顔を見らるるを嫌いて、一歩も戸外に出でんともせず、年老いては又昔の如く邪慳ならざる継母の世話を受けて、気の毒ながらもおのれの病気の養生をのみ為して居たりしが、ちらちら聞けば、わが帰郷したりという事は、誰の口より洩るるともなく、早くも全村に語《かたり》伝えられしと覚しく、相模屋の娘は帰って来たそうだ。娼妓《じょろう》にまで為ったと言うから、如何《どんな》にあばずれになった事か。東京の女は何でも恐い者だそうだ。傍に寄って酷い目に逢うなど、情なきわが身の評判、其となく耳に入るに、お勝は愈々恥しく情なく、何故国にまで恥辱《はじ》を曝しに来たかと、後悔の心止む時なく、それが為《た》めいよいよ戸外に出ぬようになりたりしが、今日は余りに気の結ぼれて堪難《たえがた》ければ、せめては橋側の水菓子屋、これのみは昔よりわれに親切なりし人の処に行きてなりと、少しく気を晴さんと思いて来りしに、折善きか折あしきか、ばったり其処に出逢いたるは、今更に逢う顔も無き観音寺の老僧様！

二人始めて相見たる時は、互に心に蟠りのあるようにて、何となく打解けざるさまなりしが、段々その所謂《いわれ》を語り行く程に、その蟠りは間もなくとれて、老僧は曾《かつ》て世の中の辛酸を知り尽したる身の、一方ならざる同情を、憐なるお勝の身の上に加えざるを得ざるようになりぬ。

それ程に世の中はお前に残酷であったかと、老僧は涙を揮《ふる》いて、仕方が無い仕方が無い、是も皆お前の運の悪いというもの、何事も運と断念《あきら》めるのが肝心だ。私《わし》もお前の事を始終念頭に思って居た。どうかそのような運には為らぬよう、如何《どう》か立派な女子《おんな》になるようにと、絶えず観音様に祈って居た。其だからお前の娼妓《じょろう》になったと聞いた時は、どれ程悲しく思ったか、どれ程残念に思ったか知れぬ。けれどもうこれは仕方が無い。済んだ事を言うと鬼が笑うわ。だから何もその様に気兼をするにも何にも及ばぬ。世の中が悪いのだ、世の中がお前をそのような者に仕たのだ、お前の罪じゃ無い、世の中の罪だ、世の中の罪だ。けれどまあそんな事はどうでも好いさ。何でも身体が悪くては仕方が無いから、充分養生をするが好い、其には家に引込んで、あの悪い継母の気兼ばかりを仕て居ては何にもならない、何でも遊びに出るのが一番だ。わしの家《とこ》――わしの家《とこ》も面白くも無いが、昔のようには、あっあっはまだ覚えて居るだろうが、春雄と一所に遊んだ時のように、一日なりと緩《ゆっ》くりと遊びに来なされ、私《わし》もな、もう非常に耄碌《もうろく》して仕舞ったから、昨年寺を春雄に譲《ゆずッ》てな、あれも実海《じっかい》と改名してな、立派な和尚になりました。それと聞《きい》たら、あれも大層に喜ぶだろう。あれも昔馴染の時々は思出すかして、お前の事をどう仕たろうこう仕たろうと、始終気に仕て居ったからと、言懸けて不意に言葉を改め、如何《どう》だね、行くならば今からでも好いがと、老僧はお勝の痩せたる青白き顔を見ぬ。

お勝は流石に今にとも言出し兼ねて躊躇《ためら》い居るを、老僧は直ちに見て取りて、何《なあ》にそのように気兼を仕ないでも好い。けれど今日はもう遅い。病気の身体で、この寒い山風に当ったり、この深い霧の中を歩いたりしては宜しくない。もう今日は帰るとして、明日の十時頃待って居るから遣って来なさい。それでは好いか、明日の十時……

言懸けて老僧はてくてくと川に沿いたる路を、寺の方へと帰り行きぬ。お勝は茫然として佇《たたず》み居たりしが、夕霧深くかかり来て、一間先も見えぬばかりになりたれば、その儘水菓子屋の女房に暇を告げて、橋を渡りつつ、おのれの家にと帰り来ぬ。お勝は此時八年の昔にかえりて、春雄と遊びて帰来《かえりきた》れる時の心になり、またも母様《おっかさん》に叱らるるのでは無いかと危《あやぶ》まれぬ。

帰りて後も、今更にその老僧の親切なる言葉の節々思出されて、あれ程にも親切に私を思うて下さるかと、悲しくもあれば嬉しくもありて、我ながらそぞろに戦慄せらるる迄に思いたるが、その夜春雄と共にその川岸に遊びたる戯事《ままごと》の数々、いと明《あき》らかに夢に見えぬ。

あくる日の十時少し過ぎたる頃、お勝は観音寺の階級《きだはし》を登り行きぬ。

傘を張りたるような老松、瓢簞形《ひょうたんなり》の清き池、櫛形に作《つ》くられたる窓など、少しも昔に変らぬ様を見つつ、お勝は春雄の書斎なりし前を過ぎしが、そのまま玄関近く歩み行く時、向うより一人の寺男の来れるに、我より辞義しき、老僧様は入《い》らっしゃりまするかと問えば、男はじろじろと顔を見しが、やがて点頭《うなず》きて、老僧様は無拠《よんどころなき》用にて今朝他出《たしゅつ》せられたが、この路を右に行くと、大きな家屋がある、そこには和尚様が居らっしゃるとの事に、その路を伝いて少し行けば、成程其処に新らしく建《たて》そえられたる玄関らしき処あり。お勝は急ぎて其処に行き、御免下されと案内を乞いぬ。

勝様《かつさん》ですか、お上んなさいと、若々しき声中《うち》より聞《きこ》ゆ。

お勝は上るどころか、はッとして、一歩二歩退かんとせし時、前なる戸は忽地《たちまち》開きて、其処にあらわれたるは、八年前の幼稚朋友《おさなともだち》、この寺の現住なる、古今に珍らしき美僧の姿！

十八

好《よ》く御出《おいで》なされしと誘わるるまま、お勝は室《へや》の中《うち》に入る事は入りたれど、何となく耻しく手持無沙汰にて、もじもじと口も碌々《ろくろく》聞かれぬを、若僧は優しく、実は老僧も今朝お待ち申して居りたれど、生憎《あやにく》是非行って来ねばならぬ用事出来て、一寸《ちょっと》其処まで参りました。まあ緩《ゆっ》くりとお話しなされ。その中《うち》には戻って参りましょう程にと言懸《いいかけ》しが、立ちて戸棚より九谷焼の急須を取出し、緩々《ゆるゆる》と言葉を続《つ》ぎて、老僧より承れば、あなたは随分世の中の酷い目、情ない目にお逢なされし由、それに引かえて私の気楽さ、何一つ悲しいなどと言う事もなく、情ないという事もなく、自分ながら余りに運のよすぎると疑うばかり、是も皆仏の所謂《いわゆる》因縁というものなれば仕方も無い事なれどと、お勝の顔を見ぬ。

お勝は差向いて一語二語挨拶したるばかり、墓々《はかばか》しき言葉も出でず、恰《あたか》も太陽に対《むか》いたる人の眩《まばゆ》くてよくも見られぬように、充分には頭をも上げ得ざる様子なりしが、しかも若僧の一挙一動、見ざるという事なく、窺わずという事なく、茶を入れんとして、何彼《なにかれ》と周旋する隙に、その美しき顔、高き鼻、涼しげなる眼、愛嬌ある口付《くちつき》、威厳ある額《ひたえ》、すらりとしたる姿など、いたくお勝の心を奪いぬ。

あの春雄さんは、このようなる美しき人となりたるかと思懸《おもいか》けし一刹那、お勝は不思《おもわず》不知《しらず》ぞっとして戦慄したり。ああ世の中にはと、また思始めて、かかる美しき立派なる人もあるものか。我も世の中には随分もまれ、随分酷《いじ》められて、さまざまなる処に行き、さまざまなる人に逢い、さまざまなる人と語合《かたりあ》いたれど、今迄曾《かつ》てかかる美しき人を見たる事あるか。ああああの春雄さん……あの小さき春雄さんが、このようなる美しき人となりたるか。かく思いつつ、お勝は又も秘《そ》っと実海の顔を窺いたり。

不図《ふと》翻ってわが身を見れば、ああ如何に堕落し、如何に沈淪し、如何にあばずれ、如何に女らしからぬ者となりたりしぞ。紡績会社、千住の遊廓、盗賊の夫、銘酒屋の女、あわれわが身は如何に墓《はか》なき生活を送りたりしかと、海門に寄来《よせく》る潮のように、簇々《むらむら》と先《まず》それを思出して、思えば思う程恥しく悲しく情なく、このように汚れたる身を以て、よくも鉄面皮にもかく迄清き美しき人の前に出でたりしか、よくも亦無廉耻《またむれんち》にもこのようなる墓なき身を以て、幼稚馴染《おさななじみ》の人に逢おうと思いしか。

お勝はいっそ此処《ここ》を飛出して、一散におのれの家に帰らんかと思いし、帰りてわが身を一室の中に閉込め、死するまでは最早《もはや》人の顔を見まじと思いし。

かく二人の限《かぎり》なく手持無沙汰なる折しも、此処に尋来《たずねきた》りたるは一人の老婆なり。これは昔より此寺の用達にて、お勝も好くその顔を知りて居れる者なるが、表より大《おお》なる声にて、若旦那今日は何も御用は無いかねと問う。若僧は戸を開けて、町より買いて貰うべき品の数々を頼み、銭を数えて、これにて好きかよく改めて行けと言えば、老婆はじゃらじゃらと三度《たび》程数えて見て、縞《しま》の財布にしっかと納め、其では行って来やすと、其儘《そのまま》此処を立去らんとしたるが、不図《ふと》障子の陰に座れるお勝の姿を見付け、不思議そうなる顔して左見右見《とこうみ》、暫らくは分らぬさまなりしが、やがて手を拍《う》って、ようやく分った、其処に座って居なさるのは、お勝さんかねと言われお勝も詮方なく相応なる挨拶をすれば、老婆は田舎者の遠慮なく、お勝さんは娼妓《じょろう》になったそうだが、娼妓という者は、随分面白いもんだろうねという。

お勝は若僧の手前、穴あらば入りたくおもいぬ。

ああ情なきはわが身、情なきはわが身、とお勝は又も蕭然《しょうぜん》として頭《かしら》を低《た》れぬ。老婆は出でて行く、それと引違《ひきちが》えて老僧は帰り来りつ。やれやれ失礼を致しました。今少し早く帰って参る積りであったれど、何の彼のと思うようにも参らず、大層遅くなって仕舞ってと言いつつ座に就きて、如何《どう》だねお勝さん、久し振で面白い話でも有ったかね、八年も逢わないで居ては、随分珍らしい話も有っただろうと、余念なく笑いぬ。

かくて三人は、八年前に語りたる如く、猶《なお》一時間ほど、互に心隔てずいと面白く語合いしが、最早正午《ひる》近ければと、お勝は別惜《わかれお》しげに立上れば、さらばと老僧も若僧も玄関まで送り出でし、それでは又いつでも遊びにお出なされ。何でも一番身体が大事、身体さえ丈夫になれば、如何《どん》な事でも出来るほどに、耻しいなどと家にのみ引込んでは居ず、気が詰るように為《な》ったら、何時《いつ》なりと私の処に遊びに来なされと、かえすがえすも親切なる老僧の言葉、お勝は難有く礼を述べ、その儘《まま》に別を告げて、杉樹《さんじゅ》小暗き路を驀直《まっすぐ》に、仁王の立てる大門を出でたりしが、その胸には今しも一種言うに言われぬ感情簇々《むらむら》と麻のように集り来て、痒《かく》にかかれぬ靴の中のもどかしさの如く、川に添いたる路を、茫然として伝い行きぬ。

一日過ぎたれど、この感少しも減ぜず、二日経ちたれど、この感少しも減ぜず、三日四日、否《いな》永久に、この一種の感は、お勝の胸を離るることあるまじ。

十九

日影のどかに照わたりて、紅葉を誘う風もなく、近頃になき好天気という日、お勝はふらふらとわが家を出でて、その川原なる一枚石の処へ行きたり。

水はちょろちょろと紋を成して、面白く金を砕き、傍なる野原には、柞《ははそ》、楓《かえで》など一面に錦を敷きたらんように見え、遠く打渡したる山々には、一片の白雲飄々《ひょうひょう》と棚引きて、その心地よき事言わん方無かりき。

お勝は幼稚《おさな》き頃為したるように、その青く白く泡立ちたる水を両手に掬《むす》び、水底に見ゆる美しき石を二ツ三ツ拾いなどして、暫時《しばし》は余念も無かりしが、やがて身を傍なる大きなる石の陰にもたせ懸けつつ、いつとなく限なき空想に耽《ふけ》り始めぬ。

ああ情なきわが身と、不意に悲しげに呟きしが、此時涙は霰《あられ》の如くその両頬を伝い落ちぬ。ああわが身は、世の中の辛酸をも困難をも嘗《な》め尽し、罪悪とも恥辱とも行い尽したる身、人一人前の女とは言われぬ身、娼妓《じょろう》にもなり、銘酒屋の女にもなり、ある時は盗賊の妻とまでさえなり下りたる身、然るに猶かかる事を思うは、かえすかえすも罪深き業《わざ》、わが身の程を知らざる業、思うまじ思うまじ、断じて思うまじと思返して、不意に熱したる顔を挙げしが、其にしても何故にかかる優しき、かかる美しき、かかる小児《こども》らしき心の起りしか、何故にあの春雄さんを恋しいなどと思う心の起りしか。我は今迄人を恋しいなどと思いし事なく、逢いたしなどと思いし事なく、人間という者は、皆恐しく情薄く、只々《ただただ》慾をのみ命とせるものと思いしに、わが心には何故にかかる暖き心の燃え始めしか。

あの優しげなる姿、威厳ある額《ひたえ》、愛嬌ある口付《くちつき》、思出せば昔此処にて遊びし時と、更に少しも変らざるものをと、お勝は座《そぞ》ろに昔を思起しつつ、夢のようなる眼差して、流行く水に余念なく見入りたり。若《も》しや我はあの頃より、早くも恋しき人と思うては居らざりしか。

不図《ふと》何事をか思出して、お勝は莞爾《にこにこ》と笑懸けしが、その笑顔は時の間に再び悲しげなる顔色《かおつき》と変りぬ。今更に思出さるるは、墓《はか》なきわが身、情なき世の中の事どもなり。到底我はこの恋しき燃ゆるような心を成遂《なしと》ぐる事能《ことあた》わざるべく、かの優しき春雄様《はるおさん》に、この暖きわが心を告ぐる事能わざるべし。ああ如何にすべき、如何にすべきと激し来りて、お勝の胸には、清く高く美しき涙潮の如く溢れ来ぬ。

あわれなるお勝は実にかの幼稚馴染《おさななじみ》なる春雄を見たる以来、今までに覚えたる事なき程の優しき羞しき感情の琴線に触れたるなり。恋といえる美しき女神は、世の中の馬鹿を仕尽し行い尽し、零落し飄魄《ひょうはく》したる極点に於て、情なくもこのお勝の心霊の上にやどりたるなり。されどお勝はこれを如何にすべき、ああ果して如何にすべき。

もし春雄が世の常なる人にてあらんには、仮令《たとえ》地位の差異、等級の上下、其他種々の障《しょう》礙《がい》ありとも、この恋という大《おおい》なる盛《さかん》なる力によりて、それをも推破《おしやぶ》り突破りて、或はその彼岸に達することをも得べく、その志をも成遂ぐることをも得べけれど、春雄は世の常の人にはあらず、衣を墨染《すみぞめ》にし頭を円《まる》くしたる一箇の善知識なり。いかでかそのようなる世間的なる情愛に溺るるようなる事を為すべき。

仮令《たとえ》火の燃ゆるように思い、胸の裂くるほどに焦《こが》れたればとて、到底この思いの遂げらるべきにあらず、この恋しき心の満足せらるべきにあらず。ましてやお勝は世の常の人にさえ伍する事を耻らるるほど、汚くよごれたる墓《はか》なき身なり。

五日十日、この片思《かたおもい》は次第に募り行きまさり行き、到底不成就と心の底にては断念しながらも、その恋しさは愈々恋しく、その逢いたさはいよいよ逢いたく、最早一刻も堪えられぬ程、一刻も忍ばれぬ程になりて、耻しさという念も、そのようなる心を持ちてはならぬという念も、それも是も一切合切、かい捨て突捨て、出来るにも出来ぬにも、成るにも成らぬにも、わがこれ程に思って居る心、知らせでは置かじ、少しなりとも知らせでは置かじと、家を飛出して一散に走り行く寺の門、それを潜れば、悲しやその燃ゆるが如き心も、片傍《かたわき》より崩れて乱れて、只意気地なく溢出づるは千斛《こく》の涙、これは到底打明られぬ事と思切らねばならぬ悲しさつらさ。前へ一歩後へ一歩、思悩みて居る後より、勝さん何を仕て居なさる、ちっと遊びにお出なされと、優しき優しき心《しん》よりやさしきその人の声、ぞくぞくと嬉しくなりて、羞しながら振返れば、其処に立って居るは、何処までも貴く、何処までも優しく、何処までも犯されぬ若僧の姿、お勝は只無心なる小児《こども》の如く、我をも忘れ、言わんと思いし事をも忘れて、恍惚として佇《たたず》みぬ。

彼是《かれこれ》する中《うち》秋は早くも暮れて、初冬の風は烈しくも山より立ちぬ。お勝は益々恍惚の境に入り、忘我の境に入りて、愈々あわれむべきものとなれり。今は只おりおりの訪問に、優しき姿を見、嬉しき声を聞きて、纔《わず》かにその燃ゆるが如き心を慰むるのみ。

あわれこの纔《わずか》なる心の慰《なぐさみ》だに無くなりて仕舞わん時、この縷《る》の如き烟《けむり》の吹消されて仕舞わん時!

二十

お勝の継母お徳は観音寺の老僧の言いたる如く、年老いても少しも昔の心に変らず、薄情、邪慳、残酷なる根性にて、お勝の難義苦労して帰来りたるを、更に気の毒とも可愛想とも思わぬのみか、寧《むし》ろ困った厄介が舞込んだという心の中、よくまあおめおめとあの姿で帰られたもの、あの形《なり》で人の前に出られたもの、私の本当の子でないから、そのようにも言われませぬが、若《も》しあれが私の真の子で有ったなら、私は撲《なぐ》って撲って閾《しきい》の中には一歩なりとも踏込《ふみこ》ませませぬ、其であるのに、宅《うち》の人と言ったら、何か手柄でも仕て帰って来たように、それすべったの転んだのと、箸の上下《あげさ》げに迄甘い言葉、意気地の無い者は仕方が有《あり》ませんのさと、まだお勝の帰って三日と経ね中《たたうち》より、早くも近所合壁《がっぺき》に行きて悪口話をする程なれば、一月と経ち二月と経つ中には、そろそろと邪魔にするような気味も顕《あらわ》れ、言交す言葉にも蛇の舌のちょろちょろと鋭き所も見え、折々は夫真太郎を捕えて、お勝もあれでは困るではないか、何も邪魔にする訳では無けれど、家《うち》が家だから、少しは手伝位は仕て呉れても好さそうなもの、私から言うと何だか角が立っていけぬ故、お前さんから時には何とか少し位は言って下さいと言えば、真太郎は人好き性質《うまれつき》のうんうんと点頭《うなず》くばかり、まあ今少しは仕方が無い、病気が治ったなら、唯居ろと言っても居まいから、病気の治る間は、遊ばしてよく養生をさせて遣るが好いという。

病気病気って大層なと、ぶつぶつとしてお徳は立上りしが、昔酷《いじ》めたるように、そう烈しく鋭く言う事も出来ねば、仕方が無しとあきらめて、その病気の治る時を待つ程もなく、流るる如き光陰は、早くも十一月の末となりぬ。

お勝の病気は帰国して安心したる故か、山の空気の身に叶いし故か、其とも又二三の人の我に親切なりし故か、薬とて充分に飲みたるにもあらねど、衣を剝《は》ぎたるように、一日毎に全快して、血色も常のように冴々しくなり、食事もいつもの如く進むようになり、一時は幽霊かと思われたる容貌も、段々美しく麗わしく、自然の美色を備えたる身の、戸外《おもて》を行けば、人の振返る程になりたりしが、こうなれば いよいよ黙って居らぬ継母お徳の口、もう病気は治ったでは有ませんかの、いつまで遊ばして置く積りかの、そう居食《いくい》をさせてはとても私は遣り切れませぬからのと、陰にて喧しく罵り立て迫り立て、一刻も早くお勝をこの家より追出す算段にのみ屈托したり。

されどお勝は只一図に恋の海の唯中にのみ逍遥《さまよ》い居りて、今はそのようなる事を塵《ちり》ほども心に留めず、燃ゆるが如き煩悩の熱ばかり、いよいよ益々募り行きしが、ある夕暮、それとなく家を出でて、例の川原の路を伝いつつ、頭を低《た》れたるままの空想に耽り耽り、思えば思う程、恋しく恋しく、如何にしてもわが心の程を告げ知らせたく、只一口にても好《よ》ければと、一歩毎に奥深く奥深く考込みしか、今はどうにもこうにも押えられぬばかり、その熱は募りて来ぬ。

行きて語らん。お勝は遂にかく心中に絶叫したり。

走るようにして寺門を入り、目を閉じてあたりを見ず。一直線に実海の書斎の方へと進行《すすみゆ》きしか、常の如くには案内を乞わず、無遠慮に障子を明くれば、実海は仏燈の前に端然と座りたるまま、頻りに経を黙読して居れり。お勝はほとほと夢中にて、その傍へと進み寄りぬ。

春雄さんとお勝は涙を流して、春雄様《さん》今日は少し貴僧《あなた》に聞いて頂く事がと、言葉はいと絶々《たえだえ》なり。

実海は徐ろに傍《わき》を向きぬ。ああその威厳ある顔、その美しき姿、その慈悲に富みたる眼《おもむ》！　お勝はその美に撲《うた》れて、頭を下げたるまま、戦慄して暫くは言葉も出でず。

私に話す事と、実海は静かにお勝の方を見遣りつつ、私に話す事とは？私は貴郎《あなた》を。これこのように思うて居りまするとと言わんとせしが、言得ずしてお勝はワッと泣伏しぬ。実海は直ちにその意を了解したりしが、さもさも菩薩の人間を憐むかのように、いと憐れ気に其方を打見やりたり。されど黙して口を開かず。

私は貴郎を。お勝は再び言葉を重ねて、寛々《かんかん》としたる若僧の姿を仰ぎ、貴郎は私の心を知って下さるか、知って下さるかと、二語三語繰返したれど、実海は黙したるまま、猶一言の答もなし。

知って下さらぬか、知って下さらぬかと、お勝は猶二度三度言いたれど、更に答えんともせざる実海のさまを、いと悲し気に見上げしが、突《つ》いと立上りて戸外に出でぬ。

心中に泣きて泣きて泣尽して、家に帰りて見れば、父と母と何か頻《しき》りに争うようなる気勢《けはい》、聞くとも無く立聞けば、其だとて今一度東京に出して苦労をさせるのは可愛想ではないかというは父の声、可愛想も何も有るもんですか、女と生れては、誰でもその位の苦労を仕なくってはならないもの、お前さんがそのように甘いから、好気《いいき》になって何一つ手伝うとも思わないのだ。何に苦労仕たって、難義したって、其は各々の運だもの、仕方が無いと断念《あきら》めなけりゃならない。丁度好い、お沢《さわ》さんが昨日東京の吉原に好い口が有ると言って来た。だから遣る事に仕ようと私は極《き》めて遣ったが、お前さんだって別段異存はありますまい。

其《それ》だとて可愛想じゃ無いか、其が為めにあんなに病身になったのが、帰って来て漸《ようや》く此頃治ったばかり、まあ今少し待って遣れ。いけないいけない私は待つ事は承知しませんと、極めて腹立しきようなる声にて、継母お徳は叫びぬ。

これを聞しお勝の心は如何なりしか。今迄忘れて居たりし世間の罪悪、詐偽、薄情、それにつれてわが身の耻辱、放蕩、一々明らかにその心中に顕れて来ぬ。ああ我は又もその浮世の波に漂わされねばならぬのか、その悲しき情なき東京の塵埃《ちりあくた》の中に葬られて仕舞わねばならぬのか。

あわれなるお勝は、果してこれを忍び得るやいかに。

＊　　＊　　＊

一度恋の貴さと美しさとを知りたる身の、到底再びとその罪悪の海の中に巻込まるるには忍びずとて、お勝はその夜万籟《ばんらい》絶えたる時、残月の将《まさ》に観音寺山に落ちんとする時、前なる谷川の巴渦《うずまき》の中に、墓なき身をば投じて死しき。ああ春雄と石を積み花をながしたるそのおなじ谷川に。

谷川の水は石に激し岩に当り、鎧然鏘然《どうぜんそうぜん》としてその声終古かわらず。

（「文芸倶楽部」明治二十九年二月）

北田薄氷（きただ・うすらい）

一八七六・三・一四〜一九〇〇・一一・五　大阪生まれ。本名は梶田尊子《たかこ》。九二年に女子文芸学舎を卒業。この前後に小説を書き始め、春陽堂主人・和田篤太郎の紹介で尾崎紅葉に師事し、「他人の妻」を発表（「薄氷」の号は紅葉から与えられたもの）。九五年、『文芸倶楽部』に「鬼千疋」「黒眼鏡」等を発表して文壇に認められ、翌年同誌に「乳母」を発表。九八年に挿絵画家・梶田半古と結婚し、男子を出産。翌々年、腸結核で死去。春陽堂から『薄氷遺稿』が刊行される。作品に「浅ましの姿」「白髪染」他がある。

乳母

北田薄氷

一

夕暮の忙《いそがわ》しさは、早《は》や家へ帰る身なるに襷《たすき》脱《と》るのも打忘《うちわす》れて匆卒《そそくさ》と、吾妻下駄《あずまげた》の歯に小石の当りて騒がしく、前垂帯の上より締めて、小包持てるは髪結《かみゆい》なるべし、係《かか》る商売柄には似もやらぬ正直らしき顔《かお》色したる四十歳余の女、通りがてに角の豆腐屋の女房に一寸《ちょっと》会釈して、隣れる我家の格子戸啓《あ》くれば、裡《うち》より娘の優しき声して、乳母《ばあ》や、今お帰りかと言う。

乳母と言われしは、いそいそと内に入りて、はい唯今帰《もど》りました。嘸《さぞ》やお淋しゅう御座んしてしょ。燈火《あかり》の点かぬ中《うち》にと存じまして、升屋の女中衆のが済んだら、もう今日は切上げにしてと楽《たのしん》で居りましたに、生憎《あやにく》、二階に昨夜から女のお客が三人許《ばかり》旅宿《とまっ》て居るから、是非結《ゆっ》て進《あ》げてお呉れ、と内儀様《おかみさん》のお頼《たのみ》。お得意の事ではあり、真逆《まさか》に勝手な事も出来ず、島田が一つに丸髷を二つ、厭々《いやいや》結て参りました。真箇《ほん》に悪いことを言うのでは御座んせぬけれど、其お客は田舎の人達と見えまして、若い人の方なんぞの髷《まげ》の形《かた》と申しましたら、それはそれはお嬢様にお眼にかけとう御座んした。両端が押開《おっぴら》いて肝心の真中が低くって、どれ程結難《ゆいにく》う御座んしてしょ。何と申しまする形《かた》やら、あれが大方田舎形とでも申すので御座りましょう、と跡は主《しゅ》の機嫌取りた気《げ》にほほと打笑いぬ。実に話上手の元気《げ》よき女ぞかし。

娘も共に打笑い、乳母《ばあや》が又いつも面白い話ばかり。夫《それ》はお前商売だもの。稀には義理にも結わねばならぬ折のありて、思う様にならない事もあろうけれど、夜に成ると私が淋しかろうと気遣って、決して無理な事を為てお呉れでないよ。大切《だいじ》な御得意を失くして仕舞《あざ》っては、後の為にならないし、それに私はもう馴れたから、些《すこし》も恐いとは思いませぬ。麻布《ぶ》のお邸《やしき》の様に庭が何処《どこ》迄続《くっつ》いて居るか分らないで、狐や狸の泣声がしては薄気味が悪けれど、此家《ここ》は隣も裏も密接《いっ》て居て、大きな声さえ出せば何処へでも聴えるのだもの。これが恐くては真箇《ほんと》に何処へ往《い》ても居られやしませぬ。夫《それ》は然《そう》と此様《こん》なお饒舌《しゃべり》を為《し》て、乳母《ばあ》やは嘸《さぞ》お腹が空《すい》たろう。早く御飯を喰べると可い。お湯は先刻《さっき》から沸立って居るから、と鉄瓶の蓋に一寸《ちょっと》手を懸けしが、湯気に当られてお熱っと振払えば、乳母は気遣い顔に、あお嬢様、熱傷《やけど》を為《な》さりは致しませぬか、お早く倧《こ》うしてお耳へお手をお当て遊ばしませ。真箇《ほん》に勿体ない。其様《そん》なお心遣遊ばさずと、奥にじっと為て居て下さいまし。如何《どう》も恐入ました。夫《それ》ではお嬢様に煎《い》れて戴きましたお茶で、早く喰《いただ》きましょう。嘸《さぞ》やお旨《いしゅ》う御座んしょう、と勝手へ起ちしが、やがて聞ゆるお茶漬の音さらさらさら。

程なく軽く楊枝遣いながら入来《いりき》て、此家《ここ》に置くはあたら惜しとも思わるる桐の長火鉢の前に坐りて、骨休《ほねやすめ》の煙草吸いながら、つくづく主《しゅ》の顔を打守りて太息《ためいき》吐き、お嬢様、此様《こん》な家に倧《こ》うしてお居遊《いで》ばすのは、嘸《さぞ》やお厭《いや》で御座りましょう、と今更の様なる乳母の言葉に、娘は眼を円《まる》くして、又乳母《ばあや》が始まった。親とも思うお前の傍に居る事、何の厭なことがあるものかね、と如何にも懐し気に言えば、それ其様《そのよう》に仰有って下さいます程、猶私はお可憐《いと》しゅう御座んす。貴嬢様《あなたさま》も今年はもうお十七、殿様か奥様かせめてお一方《ひとかた》でもお在《な》り成さんしたら、今頃は清様《きよしさま》と御婚礼のお仕度で、大騒ぎで居らっしゃろうものを、遽《にわか》に御両親《おふたかた》共お隠れ遊ばしたばっかりに、髪結風情の此様《こん》な家《うち》へお引取られなされて、朝は蒼蠅《うるさ》くもお饒舌《しゃべり》の人が大勢見えて、嫉《ねた》みから何の彼《か》のとお噂して、中には当付けなど言う者ありてお心持を悪くお為《さ》せ申せど、お得意という弱身のあれば、左様《そう》つけつけと私が怒りも出来ず、家《うち》というたら狭くって汚くってお邸の車部屋よりも甚《ひど》く、せめてはお気晴しにと思う猫の額程の庭も、美しい花一つ咲て居るではなし、枯れかかった万年青《おもと》の鉢が横倒になって居るばかりでは御座んせぬか。私はそれを思いますと、お口にこそお出しなさらね、貴嬢様《あなたさま》のお胸の中はまあ如何様《どのよう》で居らっしゃろうかと、悲しくって悲しくって涙が滴《こぼ》れまする、と堪え兼《かね》けん膝に落す一雫、これは頼もしき乳母が真実《まこと》を籠めたる溜涙《ためなみだ》なり。

娘は何思うらん恍然《うっとり》として、差俯向ける花の姿は、乳母が秘蔵の箱に張りたる北斎画の美人も之には及ぶまじく、高島田に金糸の房々と燈火《あかり》に照り添う美しさ。乳母は見るに悲しさ増《ま》さりて、始めの元気よかりしには引かえ、いとど涙に咽《むせ》び入れば、娘は驚きて種々《さまざま》に慰む素振の優しさ。恁《かか》る嬢様《じょうさま》をお残《お》き成されて、先立ち給いし御両親《おふたかた》の、就中《とりわけ》奥様は心弱き御方の事とて、其《その》お心残りは如何程《どれほど》なりしかと、当時の様《さま》の眼に浮ぶぞ愁《つら》し。良久《やや》ありて乳母は懐出《おもいだ》したらんように、夫《それ》は然《そう》とお嬢様、とようよう涙を斂《おさ》めて乗出し、私の留守に、折々は清様からお便りは御座りまするかと問えど、返事はなくて唯打萎れ居《い》る娘の様子気遣わしく、重ねて聞けばようよう顔を挙げて、乳母《ばあ》や、清様は如何《どう》遊ばしたか。此家《ここ》へ来てよりもう余程《よっぽど》になるに、未《ま》だ一度もお便りのなきは、若《も》しや御病気ではあるまいか。夫《それ》とも彼国《あちら》の御婦人方などと御交際《おつきあい》遊ばしたれば、私のような不束者《ふつつかもの》には、もう秋風がお立《た》ちなされたのではなきか、と面羞《おもはゆ》げに言出づるも、哀れに可愛《いと》しき。

二

乳母が歎《なげ》くも道理《ことわり》や。父母だに世に在《いま》さんには、桜川家《さくらがわけ》に唯一人の秘蔵娘と冊《かしずか》れて、金屏風の内に浮世の荒き風を知らず、人喰う鬼は何処《どこ》に住むものやら、身も心も長閑《のどか》にお米の相場も得知らで暮さるるものを、憎きは病魔、満つれば欠くる世の習の是非なく、一度に杖柱の両親に逝かれてより、春の海の静けかりし家内は乱脈少からぬ財産の残れるを目的《めあて》に、常は往来も為《せ》ざりし遠縁の者迄、慾に燃え立つ声優しく、跡の片付我世話せん。娘は我子の嫁に為てと、彼方此方《あなたこなた》より蒼蠅《うるさ》く言寄りて、娘の久子《ひさこ》は中原《ちゅうげん》の鹿やらん、誰《た》が手に落つるとも分らざりけり。

然《さ》れども、久子には早や聘定《いいなずけ》の夫あり。春野《はるの》清とて秀才の風聞《きこえ》高く、一昨年大学に業を卒《お》えて、若き歳に似合わずと衆人に望を属され、文学士として立派に持囃《もてはや》さるる身を、驕らぬ心に、今一修業と英吉利《いぎりす》国に乗出し、来年は博士の月桂冠を戴きて帰る意気込の頼もしさ。此天晴《このあっぱれ》なる婿と夫婦《ひとつ》に為《し》て、並べて似合わしき姿を見ぬを何よりの心残にして、夫に別れて病付きし母親は、臨終の枕元に、外《ほか》の者は差措きて久子が乳母のお勝を呼寄せ、先立つ我身は定まれる天命の是非なさ悲しくはなけれど、唯心懸《ただこころがか》りなは彼《あの》久子、親には別れ兄妹はなし、便りに為《せ》ねばならぬ親類は数あれど、皆腹黒き者のみなれば、我亡き暁には、如何なる憂目に遇う事やら。然《さ》れば頼むは其方《そなた》ばかり。始めこそ他人なれ、其方《そなた》の乳で育ちし久子の、言わば親子も同様、渠《あれ》の為を思うて呉《く》るる志あらば、聘定《いいなずけ》の清が帰朝《かえる》迄、久子に疵《きず》の付かぬ様、世間に後指さされぬよう、守って此桜川家を立ててお呉れと、虫の息になるまで言続けての呉々の遺言なれば、お勝は確《しか》と心に占めて力を入れ、親類会議の席へも出でて、私への奥様の御遺言確と守り、お嬢様は箱入にして、錠をかけてお預り申しまするからは、誰様《どなた》もお構い下さるな、と断然《きっぱり》言て退けて一同を驚かせしが、腹黒き者の女一人と侮りてか、飽迄《あくまで》意地張りて声鋭く、其方は他人、我等は親族、義理にも桜川家の滅亡を傍観出来ぬ間柄なれば、娘は其方に預けるとしても、財産は我等管理すべし。若《も》し之にも異議あらんには、是非を法廷にて争わん、と何処迄《どこまで》も権柄ずくに威赫《おど》されて返す言葉なく、久子丈《だけ》は自由な身となりしをせめてもの取柄にして、此憐《このあわれ》なる金箔剝《お》ちたる主人を我家へ引取りしを、憎《にく》や彼方《あなた》はせせら笑いて、彼《あ》れ見よと広言吐きて、あわれ財産は誰が守るやら。遽《にわか》に別荘を新築せし人もあれば、新橋の美形に千金を投じて、手活《ていけ》の花と眺め暮す者もありとかや。

　されば、久子もようよう世の憂《うき》を知り初《そ》めて、今迄は誰も同じと思える人の心の恐ろしく、我もし彼人々に預けられたらんには、終日《ひねもす》泣暮さねばならぬものを、と懐出《おもいい》でては我知らず身の毛立ちて、優しき乳母のいとど懐しく、親なき心には夫《それ》と頼む身の、幽《かすか》に世渡りせる者に世話受くる事の心苦しさに堪えず、最早恁《か》くなりし我の外聞《みえ》も要らねば、内職とやら為《し》てなりとも手助けにせん、と賢しくも打出すを乳母は悲しく、勿躰ない。何故其様な事仰有って下さりまする。然《さ》る浅ましき事お為《さ》せ申しては、草葉の蔭の御両親《おふたかた》に申訳が御座りませぬ。来年は立派に奥様とお成り遊ばすの故、暫時《しばらく》の間御辛抱なされて、髪結風情の娘《こ》と思われぬよう、何処迄も勿躰ぶって、御主人顔に何も為なさず居て下されまし、と涙を流して引留むるに、再び言出づるよしもなく、済まぬとは心に思いながらも、唯々《あいあい》と乳母の言うがままに、お嬢様気の去らぬぞ尊し。

家《うち》は浪花町《なにわちょう》の表通にこそあれ、裏店《うらだな》と同じく手狭にはあれど、奥の六畳は出来ぬながらも奇麗にして、一閑張《いっかんばり》の机の上に和綴《わとじ》の書物は歌書と床《ゆか》しく、此間《ここ》を久子の居間と書斎に兼ねて、次の四畳半は乳母が部屋やら髪結場所やら、玄関もあらぬ家は朝早くより此処《ここ》に待合わす女輩《おんなども》の、俳優《やくしゃ》の噂、近所の男の品評《しなさだめ》、果は惚気話《のろけばなし》など声高に話し合う浅ましさ。次の間の事とて手に取る様に聞ゆるを、初心《しょしん》なる久子の打塞ぐ耳にも入りて、聞くに得堪えず、独り思わずも顔赧《あから》むる折ありき。

お勝もこれを気遣いて、朱に交れば赤くなるとやら、未だ世に馴れ給わぬ嬢様の、これより善くも悪しくならるる御身の、係《かか》る話の自然と御胸《おんむね》に染みて、万一浮きたる御心となり給う事あらんには、此乳母の顔が立たず、やがて旦那様と成りたまう清様に対しても、面目なくてお目通りも出来ねば、係る商売は止めて、何処《どこ》か山の手辺《へん》の人足繁《ひとあしげ》からぬ場所へ引移りたきものと心のみ焦れど、然《さ》る事しては活計《かっけい》に差支えて、今にも増せる苦労をお見せ申さねばならずと、身一つに主を思うて思煩うこそ、実《げ》にや殊勝なる女なりけれ。

お勝は此処に五年近く髪結してければ、根が器用なる手の進むに早く、髪結のお勝といえば日本橋随一と呼ばれて、得意の数も日に増し殖え行く程に、然《さ》のみ活計《くらし》には差支ゆる筈なく、倹《つま》しく成さんには小金も少しは溜まるべきを、我身は古布子《ふるぬのこ》着てお茶漬喰べながら、久子丈《だけ》には恥しからぬようにと、千々《ちぢ》に心を砕きつ、成《なる》べく衣《きぬ》も柔《やわ》く美しきを撰び、繁忙《いそがわ》しき中にも髪は三日に上げず奇麗に取上げて、化粧迄何呉れとなく世話焼けば、服装《みなり》こそ麁末《そまつ》なれ、姿は元の邸にあるに異《かわ》らぬ美しさ。掃溜に鶴とはあの事と近所合壁に評判高く、乳母の真心知らぬ人々は、今にお勝が左団扇の種とぞ噂しける。

聞くに情なく、我心の中を知り給わぬお嬢様にあらねど、係《かか》る事を聞給わば、娘心の唯一筋に嘸《さぞ》や味気なく思召さんと、いとどお勝は心を痛めて、然《さ》る事なきを吹聴すれど、誰とて真実《まこと》とせぬ中に、桐の家とてさる怪しげなる待合の女将、或日折入ってのお頼みというに耳を借せば、金高は何程にても苦しからねば、彼《あ》の娘を一月許《ばかり》我家へ借して呉れとは、お勝、皆まで聞かず赫《かっ》と打腹立ち、お主様《しゅさま》を勿躰ない。滅多な事をお言いなさるなと、散々に言伏せて、ふいと出しまま其家《そこ》の閾《しきい》は二度と跨がざりき。

三

衆人《ひと》の遊ぶ時程此方《こなた》は休まれぬ髪結の悲しさ。春は殊更忙しく、来る客を済して、今日も乳母はお得意へと廻り行きぬ。跡に久子は唯一人、退屈なるまま歌など詠《よ》みつづけて居たる正午《ひる》少し過ぎし頃、案内知ってか、鍵をかけたる格子戸がたつかせて、阿母様《おっかさん》、今日は珍らしく家《うち》に居るね、と声かけながら、見識らぬ男のつかつかと昇《あが》り来て、奥に見馴れぬ美しき人を訝し気に眺め居けるが、思当りけん笑顔を向けて、あ、これは失礼致しました。母かと思いまして、と慇懃に会釈為《し》てけり。

乳母がかねての話に、一人息子に定吉《さだきち》とて、今年廿五歳になるがありて、蠣殻町《かきがらちょう》の米商仲買の店に番頭を勤め居ける由を聞きしが、さては此《これ》男ぞと思えば、何となく懐しくも覚えつ、口籠りながらも初対面の挨拶行儀よく、何の気なしに打仰げば、乳母の子とは思われぬ華奢姿は父親に似てか、色くっきりと眼元優しく、口元締りて、言い《もの》わぬに愛嬌あり。衣服《きもの》も羽織も唐桟《とうざん》の対なるを着て、黒八丈の前掛狭く、鳥打帽子を持ちたる様、如何にも店者《たなもの》のちゃきちゃきと見えて、門に雪駄の音せしも、成程と思われぬ。

定吉は有繋《さすが》に商売柄とて愛想よく、人を反《そら》さぬ口前の面白けれど、他人《ひと》に揉まれぬ久子には、男と対坐の席の唯羞《ただはずか》しく、先方《さき》よりの問に否唯《いいえはい》の返事が関の山、早く乳母の帰れかしと、祈る心の穂に見えてか、将《はた》、余りの手持無沙汰なるを見兼ねやしけん、定吉は遽《にわか》に煙管筒《きせるづつ》納めて、忽卒《そこそこ》に挨拶してぞ立帰りける。

跡にて気付けば我身の歯痒さ。何故彼様《あのよう》に卒気《そっけ》なく為《せ》しか。稀《たま》に我家へ帰り来しものを、定めて親にも逢《あい》たかりしならんに、せめては小説なりとも出して、乳母の帰るまでお待ちなされと引留めざりしか。彼方《あなた》は我の余りに愛想なきを打腹立ちて、直《すぐ》に帰行きしなるべきに、万事世話になる乳母の子に悪き事為《せ》しと、久子は世に馴れぬ娘気の仇《あど》なく、種々に気を揉みて、例《いつも》の如く夜に入りて帰り来し乳母の姿を見るが否や駆け寄りて、詫るようなる言葉にて定吉の事を話せば、お勝は嬉しげにいそいそとして、いいえ何の渠《あれ》が其《その》様《よう》な事を気にかけるもので御座んすか、それは私が居ませぬ故、遠慮して早く帰ったので御座りましょう、それは然《そう》と珍らしく、まあ能《よ》く来て呉れました事、如何様《どんな》様子で御座んした、別に蒼い顔も為《し》て居《おり》ませんでしたか。眼と鼻の間に居りますけれど、昨年の夏逢いました限《きり》、もう半年余にもなるに、一度も尋ねて来ませねば、如何《どう》して居るやらと案じながらも、私が恁《こう》いう装《なり》してお店へ逢に参りましては、彼様《あん》な派出な場所に居る悴《せがれ》の、定めて肩身が狭かろうと余計な心配して、それはそれは一寸なりとも無事な顔が見たいも我慢して我慢して居りました。真箇《ほん》に親というものは、馬鹿な者では御座んせぬか。先方《さき》では夫程《それほど》に思うても居ますまいに、雨につけ風につけ、今年廿五歳にもなる大男を、未《ま》だ十一二歳の小供の様に考えられて、薄着を為《し》て風邪を引きは為まいか。常々気の荒い性分なれば、若《も》しや友達と喧嘩でもして、何処《どこ》ぞへ怪我を為はせぬかと、他人様がお聞き成されたら、お笑いなさるような事のみ思い続けて、お嬢様の御身と同じ様に、渠《あれ》の事を片時も忘れは致しませぬ。

今も親父が居て呉れましたなら、私の傍へ措《お》て一人息子で大切《だいじ》に可愛がっても遣られまするものを、親父に死なれましたばっかりに、私は此様《こん》な商売を始め、悴も奉公に出たいと申して、廿歳の年から彼店《あそこ》へ参りました。彼様《あん》な店《ところ》でなしに、如何《どう》ぞして堅気なお店へと思いましたれど、窮屈な事は大嫌な渠《あれ》が、自分に望みまして勝手に行って仕舞ましたの故、詮方《しかた》が御座りませぬ。其代《そのかわ》り身体も楽だ想《そう》で御座んすが、心配になるは夜遊《よあそび》の事、朋輩の交際《つきあい》と申しては、洲崎吉原《すさきよしわら》と浮れ歩いて、女郎の写真も何枚持って居ますやら、夫《それ》にお酒《しゅ》も過しますると見えて、幼少時《ちいさいとき》から甘い物でなくては片時も居られませんでした程の下戸が、すっかり飲馴れまして、一升位はいつでも飲《のん》で見せますると、威強《いば》って私に申す程で御座んす。真箇《ほん》に呆れまする馬鹿もの。お嬢様、嘸《さぞ》や可笑しゅう御座んしょう。それでも親の身になっては可愛くって可愛くって、不養生を為て身体を傷めてはと存じ、逢う度につかまえて、私が異見を致しますと、母様《おっかさん》見た様に其様《そん》な野暮な事言って、彼店《あそこ》に居られますものか。人間は何でも放蕩《どうらく》を為《し》ないでは垢抜《あかぬけ》がしない、堅ッくるしい事ばかり言って居る人には、とても相場などは遣《や》られないと、御主人からして仰有《おっしゃ》るものを、朋輩の手前交際を為ないでは、退物《のけもの》にされて意気地無しと思われ、後の為にも成りませぬと、彼《ああ》いう店と申しまするものは、主人からして皆夫《それ》で持切って居るものと見え、なかなか止める所では御座んせぬが、天にも地にも唯一人の大切な悴は、彼様《あん》な危険《けんのん》な店へ手放して置く程、心配な事は御座りませぬ、と息をも吐かず語り続けしが、やがて洟《はな》去《か》む振《ふり》してそッと涙を拭《のご》いながら、此頃も相変らず行《や》って居ますやら。

四

其翌日《あくるひ》復《また》も定吉は訪《と》い来ぬ。昨日の例《ためし》もあれば、久子は勉めて愛想よく接待《もてな》して、美しき顔に笑を湛えて口軽く話しながらも、此人《このひと》の性来を乳母より聞きたる身は、何となく恐ろしくてや、真底よりは打解けて見えぬを、彼方《あなた》はもどかしげに膝のみ摺寄《すりよ》せて、胸の中に何事か思うらん様子なりけり。

窓より射す日影もようよう薄らぎて、いつしか点灯頃《ひともしごろ》となれば、遽《にわか》に気付きたらん如く定吉は慌てて暇《いとま》を告げぬ。母に用事のありて来《き》しなるべしとのみ思える久子は、幾度か引留めて、程なく乳母も帰ればと言えど、今日は母に内証故、帰っても私の来た事は言うて下さるな、と堅く口止を頼むに、訝しくは思えど有繫《さすが》に嫌ともいわれず承知の色を見すれば、定吉は嬉し気に会釈して、格子戸啓《あ》けて立出でんとする出逢頭《であいがしら》に、おや定吉かえ、今帰ったよ。能《よ》くまあ来てお呉れだった。今一足後れたらば、又逢えなかった所さ、早くお上りな、と如何にも懐しげなる女の声は、嬉しや乳母の帰れるにぞありし。

久々の対面なれば、子の身になりても嬉しさはさぞと、久子の思いしには違いて、定吉は詮方なげなる頭を掻きつ、これは母様《おっかさん》か。余《あん》まり遅いから今帰ろうとした所さ、と上へ昇りて坐れば、お勝はちやほやと下へも措かぬ嬉しき顔して、昨日も来て呉れた想《そう》だが、生憎《あやにく》留守で済まなかったね。去年から以来《このかた》別に病も為ないかえ。余《あんま》り久しく来ないから、若《も》しや如何《どう》か為《し》やしまいかと案《あん》じ抜《ぬい》て居たに、よくまあ尋ねてお呉れだった。御主人の方の首尾も可《よ》いかえ。而《そ》して何か急な用でもあってかえ、と畳みかけて急《せ》わしく問うは、子煩悩なる身の、聞かぬ中は安心の成らざればなるべし。

定吉は大方に聞流して、なに別に用でも無いが、余《あんま》り久しく逢わないから、如何《どんな》様子かと思って来て見たのさ。母様《おっかさん》、臍繰金《へそくりがね》は随分溜ったろう、と言うに、お勝は打笑いて、ああああ山程溜ったよ。少しお呉れと言う謎だろう、と先を越せばこれも打笑いて、然《そう》さね、貰っても悪くはないね、と空嘯《そらうそぶ》く。困り者《もん》だねえ。相変らず浮かれ歩《あるい》て居るのかえ、とお勝が此度の問は、元気よき中にも打湿りて聞えぬ。

傍聴《かたえぎき》の久子は、木の葉の落つるを見ても可笑しき娘の癖とて、昨夜の乳母の話を懐出《おもいだ》しけん、思わずほほと笑《わらい》を洩せば、定吉は昵《じっ》と其顔見詰め居けるが、やがて何思いけん遽《にわか》に膝を正して、母様《おっかさん》、真個《ほんと》に今のは冗談だがね、此頃はもう断然《すっかり》止めて仕舞ったよ。追々年も加《とっ》て来るに、いつまで放蕩《のら》を為《し》て居《い》るでもあるまいと気が着《つい》たから、母様《おっかさん》にも安心為《さ》せようと考えて、此頃は何程《いくら》誘われても、決して行った事はないよ。思えば金銭《ぜに》を費って女郎買なんぞ為《す》るのは、真個《ほんと》に馬鹿々々しいからね。先方《さき》は欺すが商売の嘘で固めて、惚れたの好《すい》たのって真実《ほんと》らしく嬉しがらせを言うけれど、皆誰にでも規則を読《よん》で聞かせるように、同《おんな》じ事を言って居るのだもの。夫《それ》を我《おれ》にばかり言って呉れるのだと己惚《うぬぼれ》を起して、精々《せっせ》と逆上《のぼせ》て通うなんざあ、実に馬鹿の骨頂さ。私《あっし》もそれと気が付《つい》てからは、もう遊ぶのは弗々《ふつふつ》と厭《いや》になったから、今迄大切に為て居た写真なんか皆《みんな》焼《やい》て仕舞って、酒も性根を乱す種と断《たっ》た程だから、母様《おっかさん》、もう安心為てお呉れよ、と何時《いつ》の間に悟を開きけん、道理を分けたる我子の改心嬉しく、お勝は飛立つ想《おもい》して、感心に好《よ》くまあ其様《そう》いう心懸けに成《な》ってお呉《く》れだった。其上は早く精出して店でも開いて、お前の好《すい》た女房でも持って、早く私に安心を為《さ》せてお呉れ、と猶《なお》も母子《おやこ》は四方八方《よもやま》話に余念なかりき。常すら子には甘き母親の、改心と聞きてよりはいとど可愛さ増さりて、定吉が好物のあらゆる品々取寄せて、心の限り馳走しつ、十時を打たぬ中《うち》にと、此儘《このまま》帰しともなき心を励まして、態々《わざわざ》外迄見送りなどして其夜は無理に帰しぬ。

それより定吉は用もなきに三日に揚《あ》げず尋ね来つ、其都度両人《ふたり》に土産物など持て来て、今迄にあらぬ優しき情の程を見せぬ。お勝は嬉しさ胸に余りて、持病の血の道も此頃は起らず、何となく心地すがすがしきに苦を忘れて、定吉の来ぬ日は此家《ここ》の淋しく、いとど物足らぬ想《おもい》してけり。

久子も気鬆《きさく》なる面白き定吉の話に、恐ろしかりし心ようよう解け初《そ》めて、此人の帰る折は何となく名残惜しく思わるる程になりしが、定吉は初めこそ久子を主人扱にして隔《へだて》の垣を据えたれ、馴るるにつれては遠慮なく、名も知りたるままにお久《っちゃ》ちゃんお久ちゃんと呼付けて、一緒に人形町の夜店でも素見《ひやか》して来べし。今日は水天宮様《すいてんぐうさま》の縁日なれば参詣為て来ん。明日は末広《すえひろ》に上等《いい》のが懸《かか》れば、両人《ふたり》で聞きに行き給わぬか、と果は寄席行など勧むるようになりぬ。お勝は滅想なと唯一口に打消して留むれば、久《おっ》ちゃんだって若い身空の、偶《たま》には寄席位行ったとて可《い》いではないか。何も私《あっし》と一緒に歩きしとて、彼是《かれこれ》言う人もあるまじ。是非にと言うに、久子も利発なりとて未《ま》だ年端行かぬ娘心に、浮《うか》と口前に乗せられて、乳母《ばあ》や、行っても可《よ》きか、と聞く折のあるに乳母は打驚きて、ああ我は今迄気付かざりしか。子故に迷う親心は闇にて、お嬢様の為にはならぬ定吉の、日毎に来るを引留めざりしか。改心したりとはいうものの、今迄が今迄なる放蕩の渠《あれ》なれば、如何なる出来心より大切なる主人を唆《そその》かして、取返しの付かぬ事を起すやも知れじ、と思廻せば心配に堪兼ねて、可愛き我子も主人には変えられずと、涙に籠る心を鬼にして、定吉に以後禁足申付けぬ。

五

実《げ》にも定吉の日毎に母の家を訪《と》いしは、深き所存のありてなり。過ぎぬる日、主用にて浜町《はまちょう》迄行きし帰るさ、ふと通りかかる我家に立寄りて、ゆくりなくも美しき久子を一眼見てしより、恋しさ床しさの念むらむらと起りて、其面影の忘られず、男と生れし甲斐には、如何《いかに》もして我妻に貰受けたきもの、と思う心の切なるより、用もなきに足近く通いて久子に馴染初め、母の心をも取入れんと、さてこそ改心の様を装いて、孝行の心根をぞ見せしなりける。

然《さ》れども、忠義一図の母親は、我子の愛を引割《ひきさ》きて、万一の主人の身の為、世間の聞えを憚りて、お嬢様の御在《おいで》の間は、決して此家《ここ》の閾《しきい》は跨ぐまじきぞ、と堅く言渡されし上、久子には早や定まる夫ありと聞きし悲しさ。男子《おとこ》なりとて心弱き者ならんには、失望に浮世を観じて、我と命を捨つる例のあれど、根が人擦れて気の荒き定吉は、一旦思込みし事を中途に折れては、江戸ッ子の一分立たずと、要らぬ所へ力瘤入れて、此恋何処迄《どこまで》も遂げずに置くべきかとは、さても恐ろしき一念ぞかし。

然《さ》れば、母親の鋭き針も、此心を縫留むる能わざりけん、定吉は親の眼を忍びて、鬼の居ぬ間に洗濯の為所《しどころ》は昼の間と、それよりは久子が独居の隙を覗うて、相変らず以前《もと》よりは繁く通い、あらん限りの愛嬌振まきつ、只管《ひたすら》久子の意《こころ》を得んとぞ為たりける。

さりとて清浄潔白なる久子の、何とて操を曲ぐるべき。我は早や人の妻なり、と明暮心を許し居る身は、仇《あだ》し心のあるべき筈なく、唯機嫌かいにあらぬ性質《きだて》より、世話になる乳母の子と思えば、麁略《そりゃく》にはせず接待《もてな》すものの、如何にも訝しさに堪えざるは、此事母には決して言うて下さるな、との堅き口止の言葉なり。

久子は定吉の禁足されしを夢にも知らねば、我家へ来るに何遠慮あるべき。継《まま》しき母ならばいざ知らず、優しく子煩悩なる乳母の、喜びこそすれ嫌な顔する筈はなきものを、と或日夫《それ》となく打出して見しに、定吉は好機会《よきおり》と思いてか、いつもの口軽きに似合ず、諄々《くどくど》と切なる胸の思を打明けて、他国へ一緒に逃げては下さらぬか、とそれはそれは恐ろしき事言出しぬ。

余りの思懸けぬ定吉の言葉に、聞くと等しく久子は怖毛立《こわげだ》ちて、逃出しもせん様子なりしが、屹《きつ》と心を押鎮めつ、常にもあらぬ声鋭く、無念の眥《まなじり》釣上げて、私には清様とて、早《は》や定まりし夫のあるを、知らぬ其方《そなた》でもあるまじきに、何故其様な事を、と半《なかば》言わぬに打消して、それは知って居ますれど、貴嬢《あなた》の為を思うていう言葉、心を鎮めて聞き給え、此頃清様よりは少しもお便《たより》ありますまじ。それも其理《そのはず》なり。清様は彼国《あなた》に肺病に罹り給いて、去年冥土《あのよ》へ旅立たれしなり。然《さ》るを母は貴嬢に押包みて、我迄を遠ざくるは、表面《うわべ》こそ主思《しゅおもい》に見せて親切をば尽し居れ、胸には絶えず悪計《わるだくみ》のありて、今に貴嬢の眉目《みめ》よきを玉に、大金を儲けん下心の恐ろしや。恁《かか》る家《うち》に居て顕然《ありあり》知れたる憂目を見んよりは、我と共に来給え。一生大切にして、苦労は露程も為せまじければ、と言葉は巧に真実《まこと》らしき顔色《かおつき》なりけり。

あの正直なる乳母の、何とて然《さ》る恐ろしき心あるべきかと、偽《いつわり》とは思えど気にかかる清の、絶えて音信《おとずれ》なきを懐起《おもいおこ》せば、やや疑わしさも胸に衝き来て、もしこれが真実《まこと》ならんには、我は此末如何に為べきと、久子は悲しさに得堪えず、よよとばかりに泣鎮《なきしず》めば、猶《なお》も定吉は親切らしく慰めて、御身に降りかかる禍《わざわい》を逃れ参らせんには、我とて家来に変らぬ身の、何厭《いと》う事かは。明日は準備《したく》して今時分に復来《また》べければ、貴嬢《あなた》も旅用の足しに此家《ここ》の目星き物を取揃え置き給え。それと母に気取《けど》られぬように、と繰返し繰返し言聞えて、もし此事母に告げ給わんには、我は死なねばならぬ憂目に遇うなり。さすれば貴嬢は手こそ下さね、我を殺すも同然。人殺しの大罪を犯せし身は、貴嬢とて安々と末長く暮さるる事にあらず、と可憐《いと》しや何も知らぬ久子に因果を言含めて、母の帰らぬ中にと、慌てて逃ぐるようにして立出でぬ。

跡に久子は唯泣くばかり。途方に暮れし悲しさに繻袢の袖を噛み占めて、起上る気力だになき姿の哀れさ。我は何として恁《か》くは不仕合《ふしあわせ》をのみ見る事かと、沁々《しみじみ》と今《いま》は在さぬ父母の恋しく、正直なる乳母の心を疑うにはあらねど、定吉の言葉に偽なくば我は何と為ん。心待にせる清様は、最早此世《このよ》にては御眼にかかられぬとかや。あのお優しき笑顔も二度とは見られぬ事に為ったのか。然《さ》すれば、我身は此世に何の楽もなければ、生永《いきなが》らえて詮もなし。死《しん》で懐しき父様母様《ととさまははさま》と。恋しき清様のお傍へ行かるるならば、寧《いっ》そ一思《ひとおもい》に命を捨てて、差懸る明日の大事を忘れて仕舞うべし、とやがて覚悟や為たりけん、決心の面《おもて》涼しく遽《にわか》に涙を歛《おさ》めしも気遣わしき。

六

此日お勝は虫の知らせてや、仕事に出でても何となく胸安からず、いとど先のみ急がるるに、もしや留守居のお嬢様に、御恙《おつつが》でもあるのではなきかと、さまざまに打案ずる耳元には、我が行く先々の屋の棟《むね》に、喧《かしま》しく乱れ鳴く鳥の声の忌わしく聞えて、片時も落付ては居られぬ心配に堪えず、いつよりも早く切上げて帰る我家近くになりて、不図先途《ふとゆくて》を見れば、忍びやかに格子戸閉めて、彼方《あなた》へ駆け行く男の姿の、瞥《ちら》と眼に留りたるに、打驚き、熟々《つくづく》後を追うて見れば、禁足したりとはいうものの、可愛さは片時も忘られぬ我子の定吉に紛う方なし。おお定吉かと呼懸けて、懐しき顔一眼なりともと願う想は胸の裡《うち》に燃ゆれど、復《また》思返せば我子の素振合点行かず、親の眼を忍びてと気付くと共に、更に久子の案じられ、お勝は夢心地になりて、慌てて立寄る我家の窓の内に、手に取るように聞ゆるは唯《ただ》ならぬ主の泣声。こは何と為《せ》ん、訝しやと、窃《そ》と裏口へ廻りて奥を差覗けば、久子の正体もなげに泣伏したる様見るに悲しく、猶《なお》も様子を見済せば、彼方《かなた》は夫《それ》とも心付かず、力泣く泣く起上りて、鏡台の抽出より取出せしは剃刀なるらん。ぴかぴかと光るを打返し打返し眺めけるが、有繫《さすが》に心怯《こころおく》れてや、はらはらと涙を流して眼を閉じぬ。お勝は最早見るに忍びず、狂気の如くに我を忘れて駆寄りながら、お嬢様、こ、こ、……これはまあ何を為されまする。恐ろしい刃物三昧。お気が狂いは致しませぬかと声も震いつつ剃刀取上ぐれば、久子は打驚きて、これは乳母《ばあ》や、いつの間に帰ってか。私は如何《どう》でも死なねばならぬ訳がある程に、情願《どうぞ》見逃して、と言いつつわっと泣伏しぬ。

乳母は切なき溜息の下より、お嬢様のお心のお恨めしい。何故此乳母に打明ては下さりませぬ。思えば思えば恐ろしや。今少し後れて帰って来たならば、可惜《あたら》花の盛の大切《だいじ》なお主様《しゅさま》をむざむざと散《ちら》して仕舞うものを、虫の知らせたは何よりの幸福《しあわせ》。神様、仏様、有難う存じまする。夫《それ》につけても聞かぬ中《うち》は心配でなりませぬ。一体如何様《どんな》事が起ったので御座んす。膝とも談合とやら。此様《このよう》に見る影もない私なれど、貴嬢様《あなたさま》の御為には命を捨てても、始終そればかりを存じて居りますれば、お早く其訳を話して下されまし。屹度《きっと》お気の安まるよう、如何事《どんなこと》でも致しますれば、と涙ながらに掻口説《かきくど》けど、久子は猶も泣くばかり、左右《とこう》の返事も為《なさ》ざるは、定吉の言葉の恐ろしければなるべし。勿体なくも我を親と頼み給いて、日頃何事にも隔《へだて》を措《お》かれし事なきお嬢様の、我へ打明難き訳とはと思えば、我子の上の考えられて気遣わしさは弥益《いやま》さりつ、お勝は此方《こなた》より定吉の事打出して種々に問えば、久子も乳母の優しき情に絆《ほだ》されけん、泣く泣く始終を打明けぬ。

聞けばいとど驚かるる我子の挙動《しうち》。其心根の憎さは殺しても慊《あきた》らぬ奴と、切歯《はがみ》を為て口惜しがりしが、仏性《ほとけしょう》なるお勝の身には、係《かか》る子程可愛くやありけん、むらむらと起るは例の子煩悩。夫程《それほど》に恋《こが》れて居るものを、これが御主様でなくば、如何《どう》にかして渠《あれ》の望も遂げさせて遣らるるものをと、つくづく儘《まま》ならぬ浮世恨めしく、我知らず悲しくなりて涙組《なみだぐ》みしが、傍《そば》に可愛《いと》しき久子の姿を見ては、復《また》もや忠を懐出《おもいいで》て此心の愧《はずか》しく、泣き居る久子を種々に慰めて、何の御心配には及びませぬ。お便こそなけれ、清様が然《さ》る忌わしき事にお成り遊ばす筈なく、私の心も御存じで御座んしょう。夫《それ》は何も彼も定吉の作言《つくりごと》。大切なお主様を欺《だま》す悴の心憎さ、もう親とも子とも思いませぬ。明日は私がよいようにして、屹度《きっと》お心の安まるよう致しまする程に、死ぬなどと其様《そのよう》な不了簡はお起し遊ばすな。貴嬢様《あなたさま》の御身体は早や清様の物、御自分お一人のと思うて居らしては間違いまする、と笑《わらい》交《まじ》りに言うて退けて、掻挘《かきむし》らるるようなる胸の中を、勉めて隠す素振ぞ哀なる。おぼろ気ながら、久子も乳母の心を汲めばいとど胸苦しく、我が為に定吉を如何《いか》なる目に遭わす事かと思えば、心配に堪え兼ねて、乳母《ばあ》やいいようにするとは一体如何《どう》する積《つもり》、定吉にいわれた言《こと》もあれば、私は案じられてならず、と幾度か裏問えども、お勝は唯頷きて、御心配遊ばすな。親舟に乗ったお心で居らっしゃいまし、と言うばかり。外《ほか》には二言といわざりき。

七

然《さ》れば、其翌日はお勝仕事に出でず、今か今かと罠《わな》を掛けて待設《まちもう》け居るを、夢にも知らぬ定吉は、案の如く身仕度して、狐鼠々々《こそこそ》と裏口より忍び来にけり。

係《かか》る折になりても、お勝は猶異《かわ》らぬ親心に、定吉の顔を見れば恋しく、其声を聞けば懐しさに堪えねど、心弱くては叶わじと、屹《きっ》と胸を据えて、強異見《こわいけん》の数々聞かせたる末、其方《そなた》のような悪き心を持つ者は、此正直なる母の子とは為《し》て措《お》かれねば、如何《どう》でも勝手に為《す》るが可《よ》いと、涙ながらに勘当の旨言渡しぬ。

世に替掛《かけがえ》のなき唯一人の母親が、恁《か》く迄にしての異見《いけん》には、子の身に為《な》りては然《さ》こそうらかなしゅう、真底より折れて砕けて、改心すべしと思いきや、邪《よこしま》なる定吉には、さながら糠に釘程の利目《ききめ》も見えず、ふふんと空嘯きて、私《あっし》だとて男子《おとこ》だもの。一旦思立った事を後へ引ては顔が立たない。母様《おっかさん》、其様《そん》な頑固を言わずに、粋《すい》を利かして女房に為て呉れたが可い。然《そう》さえすれば何もいう事はない。逃げも隠れもせずお望通り孝行も為るさと、久子の前をも憚らず、難題の数を尽していかな立去る気色のなきに、持余してお勝は泣声になり、成りませぬ。よくよく考えても見るが可い。大切《だいじ》の主あるお主様を勿躰ない、仮にも其様な事が出来るかえ、と道理を分けて諭せども、親が許さなければ夫迄《それまで》さ。詮方《しかた》が無い。何もお前の世話にならなくっても、我《おれ》は我の心があるから、と先刻より此成行を気遣いながら、彼方《かなた》の隅に身を縮めて、震いおののける久子の手を執りつ、さあ早くお立ち成《な》さい。昨日の約束通り一緒に行きましょう。貴嬢《あなた》も彼程《あれほど》堅く承知を為て措きながら、母《おふくろ》に告げたは如何《どう》いう心。今更否《いや》というても肯《き》きませぬ。さ早くお歩き成さい。如何《どう》でも嫌というならば、貴嬢《あなた》を殺して死ぬばかり。其儘には措きませぬぞ。さ早く早く、と独り焦りて、此言葉冗談とは見えず。

久子は余りの恐ろしさに歯の根も合わず、乳母《ばあ》や助けて、と声を挙げて泣出しぬ。お勝も威嚇《おどし》とは知れど、有繫《さすが》に我子ながらも空恐ろしく、駆寄りて衝《つ》と定吉を突退け、此不孝者奴が！　最《も》う勘当したにいつまでも出て行かなければ、巡査《おまわり》さんに引渡すぞえ、と言う声も震いて憤り立てば、定吉は冷笑《あざわら》いて、こりゃ面白い。引渡すなら渡して貰おう。其代《そのかわ》り此方《こっち》にも了簡がある、と何思いけん慌しく勝手へ行きしが、やがて出刃庖丁逆手に持ち来て声荒く、さあもう恁《こ》う成っては、主人だろうが、親だろうが、何でも構わぬ。我《おれ》の言う通りにならなければ、皆殺して仕舞うぞ、と故《わざ》とぴかぴか閃《ひらめ》かしつつ、血相《きっそう》変えて狂い廻る恐ろしさ。久子は身も消え魂飛ぶように覚えて、犇《ひし》と乳母の袖に縋れる憐の姿は、露にも得堪えぬ女郎花《おみなえし》の、情《つれ》なき雨に打たれし風情にも似たらんかし。

物見高きは東京の習《ならい》、況《ま》して人足繁き場所の事とて、此騒動の外に洩れけん、お勝が家の前には、一人立ち二人立ち、果は物珍らしげに彼方此方《あなたこなた》よりの人山を築けば、折ふし見廻りの巡査も聴耳立てて、少時《しばし》様子を窺い居けるが、唯事ならじと見て取り、こりゃこりゃと声懸けながら、靴音荒く格子戸蹴開けて入来ぬ。

有繫《さすが》に定吉は我に弱点《よわみ》のあればにや、はッと打驚ける様にて、刃物を懐中に押隠しつつ、慌てふためき逃出さんと為《す》るを、お勝は力に任せて押据えながら巡査に打対《うちむか》い、定吉が悪心の始終を逐一物語りて、其処分をぞ願い出でける。

お上の所思《おもわく》、世間の手前、然《さ》りとは人情に外れはせぬかと、無き肚《はら》探らるる胸苦しさは、さながら錐で揉まるるようにはあれど、此儘《このまま》に打捨て置かんには、主人も親も見堺《みさかい》の付かぬ腹黒き悴の、仮令威赫《たといおどし》にもせよ、刃物を持出すなど、さる恐ろしき心ある以上は、折ふし如何なる悪き魔のさして、大切なる主人をむらむらと殺す気の起るやも計られじ。兎角は清様の御帰朝《おかえり》ありて、誰も手出しはならぬ高き玉の台《うてな》へ、奥様として御引渡し申すまでは、不便なれども暫時《しばし》の間、自由の利かぬ闇き所へ押込めて、お上の張番願うより外道なし。然《さ》なくば我身が仮令不寝番《たといねずのばん》して御附添申せばとて力強き男の事、如何なる業なりとも為かねまじと、主を思う一念には、我子の可愛しさも言うて居られず、包み切れぬ眼《め》の中《うち》の涙を隠してのお勝が決心を、巡査も道理《もっとも》とや思いけん定吉を懲治監《ちょうじかん》へと引連れ行きぬ。跡に久子は憐がりて、乳母の心強きを掻口説きつつ怨み泣きぬ。お勝の心の中はそも如何許《いかばかり》なるらん、悲しさはいとど想遣《おもいや》らるる。

八

恁《か》くて、貞節なる久子が清を慕う思と、子煩悩なるお勝が定吉を案ずる念とは、日々に異《かわ》る事なくて其年は暮れぬ。清様さえ御帰朝《おかえり》あらばと、主従《ふたり》が明暮胸に刻みて忘られぬ此年を迎うる嬉しさは、然《さ》ぞと思うも甲斐なしや、清は如何に為《し》たりけん、海路遥かに何千里を隔つる悲しさは、顔も見られねば口も利かれず、せめてもの気安めに久子が深く優しき想《おもい》を籠めて書送りし文は、千束《ちづか》にも余る程なれど、彼方《あなた》よりはそよとの音信《たより》もなきに、空しく西の天《そら》のみ眺めて、恨《うらみ》は永く夜毎の夢に残りつ、紅《あか》き涙は友禅の長き襦袢の袖にも置き余る可憫《いたいけ》の風情を、乳母は悲しく、慰めんにも早や詞《ことば》は尽きて、遂には共泣《ともなき》の是非もなきぞ哀なる。

鳥は歌い花は笑初めて、いつも春は長閑《のどか》に廻り来て人の心を浮立たせ、上野《うえの》に向島《むこうじま》に花見客の賑わうと聞けど、主従《ふたり》の胸は暮行く秋の佗しくも、いとど打湿りて過せる此頃、ふと春野《はるの》博士が帰朝の噂は、新聞に雑誌に其評判喧《かしま》し。

お勝は独り勇み立ちて、お嬢様、お嬉しゅう御座んしょう。待てば甘露の日和とやら。永々の御苦労を御辛抱成された甲斐ありて、此様な佳《よ》いお話をお聞き遊ばすので御座りまする。清様御帰朝《おかえり》になり次第、目出度く御祝言遊ばして、御夫婦交情《なか》睦しく、やがて一年か二年経つ内には、可愛らしいお人形様《さん》のような赤児様《あかさま》お生み遊ばして、御喜悦事《およろこびごと》の数重なるが、今から眼に見えるようで、嬉しくって嬉しくって堪りませぬ。真箇《ほん》に然《そう》なれば、私が嬉しいばかりでは御座んせぬ。御両親《おふたかた》の御位牌へ対しても申訳が立てば、世間の人達に向っても顔が立ちまする。それに、も一つ嬉しいは、悴もようよう明るい処へ出させて遣られまする。自業自得とはいえ、永い間窮屈な暮《くらし》を為《さ》して、愁《つら》さ苦《かな》しさに此母を怨んで居りましょう。あの虚飾家《おしゃれ》が嘸《さぞ》や汚なく成って居ましょうに、一日も早くと言かけて遽《にわか》に顔を背けしが、思直しや為けんやがて故《わざ》とらしき笑を絞り出して、ほほ私とした事が悪党の悴の事などを懐出して、お嬢様の御目出度に此様《こん》な話を初めまして、何たら気の利かない女で御座んしょう。それは然《そう》と屹度《きっと》清様は貴嬢様《あなたさま》を御覧なされましたら、吃驚《びっくり》遊ばしましょう。少時《わずか》の間にすッかり大人にお成り遊ばして、お見それ申す程御容色《ごきりょう》もお上りなされ、其上何時《いつ》の間にやらお口前もお上手に、口説も沢山お言い遊ばしましょう程に、真箇《ほん》に如何様《どんな》にお喜び遊ばしてお可愛がり成されますやら。乳母《ばあ》やにも少《ちっ》とあやからして下さいましなね、と如何にも楽しげに話上手の口振は、眼のあたり懐しき人に逢うようなる心地のするに、久子も顔を赧《あか》めて胸 轟《とどろか》しつ、少しは眉を開きけれども、然《さ》りとて何故一度のお便もなきにか、と疑い惑うをお勝はあれまあと打消して、夫《それ》はお嬢様、御手紙が屹度《きっと》行違になって着きませんでしたので御座りますよ。此様《こん》な家《とこ》にお在遊《いであそ》ばすので御座んすもの。彼《あ》のお優しい御方が打捨《うっちゃっ》てお措《お》き遊ばす筈が御座りませぬ、と例《いつも》の同じようなる慰め言にはあれど、久子は気の引立てる折からとて、成程左様《そう》かとも思いぬ。

清が着京の当日は、新橋停車場《すていしょん》に出迎えの人数多《あまた》集りぬ。やがて定めの時刻となれば、遠く臼を舂《ひ》くようなる音は次第に近付きて、汽笛一声車は止まりぬ。それッと人は動揺《どよめ》ける中に、清は徐々《しずしず》と無事に帰朝為《し》てけり。何時《いつ》の間にやら八字髭濃く美《うるわ》しゅう生《お》いて、燕尾服にいとど品位を備えて見えしが、一人と思いきや、睦《むつま》しげに傍に附添うは、二十二三歳のいと美しき西洋婦人なり。

折から彼方の隅にて、わッと魂消《たまぎ》る女の一声。

＊　＊　＊

それより人形町通を、一人の狂女徘徊《さまよ》いぬ。いと悲しげに声を絞りて、神様、仏様、聴えませせぬ。何故あのお可愛《いと》しいお嬢様を助けまして上げて下さりませぬ。お嬢様は立派に奥様とお成り遊ばす筈の所を毛唐人の為に清様に捨てられて御病気になり、死ぬ死ぬと仰有っては、日増《ひまし》に重くなってお在成《いでな》されまする。ああお可愛想な。此儘《このまま》に捨てて措《お》ては、終《しまい》には屹度《きっと》お逝去《かくれ》遊ばしましょう。おおお嬢様、お泣き遊ばすな。乳母《ばあ》やが今に毛唐人を殺して、清様と御夫婦《ごいっしょ》にお成りなさるように為《し》てお進《あ》げ申しますから、お気を強く持って、少しの間死なずにお待ち遊ばしませ。それ其方《そっち》へお出なすっては、大川《おおかわ》で水が一杯あって怖う御座んすに、何処迄《どこまで》も私の袖の中へ這入って居て下されまし。あれ又お嬢様が井戸端へお出《いで》なさる。誰か抱留めてお呉れなされ。真箇《ほん》に毛唐人さえ居なければ、何も彼も都合よく行きますに、ええ口惜しい口惜しい、と狂い廻る姿の憐れや、袖は千切れて肌もあらわに、きょろきょろと四方《あたり》を瞬《みまわ》しつ、巡行の巡査の袖に縋《すが》りて、毛唐人を殺して、お嬢様をお助け成されて下されまし。ええ聴えませせぬ聴えませせぬ、と声を挙げてぞ打泣くなる。されど巡査は振払いて過ぎぬ。見物人は面白げに弄《なぶ》りて笑いぬ。あわれ此狂女に涙を濺《そそ》ぐ者はなきか。

（「文芸倶楽部」明治二十九年五月）

Ⅲ

広津柳浪（ひろつ・りゅうろう）

一八六一・七・一五〜一九二八・一〇・一五　長崎県生まれ。本名は直人。父、祖父ともに医師で、「柳浪」の号は祖父のそれ（「雨香園柳浪」）に由来する。帝大医科大学予備門に入るも中退。五代友厚の助力で農商務省の官吏になるが、放蕩の末、離職。八七年、政治小説「女子参政　蜃中楼」を『東京絵入新聞』に連載。八九年に硯友社の同人となり、『残菊』を発表。九五年に発表した「変目伝《へめでん》」以降、「黒蜥蜴《くろとかげ》」「亀さん」「今戸心中」「雨」といった悲惨小説の名篇を発表し続けたが、晩年はほぼ筆を断った。作品に「河内屋」「畜生腹」他がある。

亀さん

広津柳浪

一

野州烏山《やしゅうからすやま》に一人の名物男がある。那須郡《なすごおり》に入《い》ッて、単に亀さんとさえ云えば、あの法恩寺《ほうおんじ》の息子かと、誰一人笑を含まぬ者はない。年は廿三歳であるが、身材《せい》は漸《やっ》と十三四の少年位しかない。頭が大きく、猪首で、体《たい》は豊《ゆたか》に肥えて居るが筋《きん》に緊《しまり》がなく、歩む時の肉の動きが、着服《きもの》をも波立せる程に見受けらる。首を少し前へ屈めて据えて、両手をだらりと垂《さ》げて打振り、足の土踏ずが腫《はれ》て歩き悪《にく》いかの様な歩形《あしつき》の、而《しか》も内股であって、いかにも切なそうに、一歩一歩に肩を左右に振って行く様子は、宛然《まるで》不断の脚気患者である。坊主頭を、青道心《あおどうしん》の様に奇麗に剃って居る事もあれば、又願仁坊主《またがんにんぼうず》の如く汚なく髪を伸して居る事もある。顔は大面《おおづら》で、眉《ま》毛《ゆ》は濃いが頭《さき》が丸くて且つ太い。口は大きく、厚い唇が外へ反って、締《しまり》がなくて、紫色を為《し》た歯齦《はぐき》が露《あら》見《わ》れて居る。眼も大きく、外眦《めじり》が下り眼睛《まなざし》が鈍く、上を仰ぐ時に見ゆる下瞼の裏は朱を流した様で、まことに気味が悪い。けれども、眼にも口にも、笑う時は不思議に愛嬌が出て、邪気の無い心の底までも見え透き、何人《なんびと》も能《よ》く渠《かれ》を憎み得る者はあるまい。

渠《かれ》は殆んど一度も怒った事がない。渠《かれ》が赤くなって気色ばんだ顔を、見たと云う者は未だ一人も無いのである。物を云い掛けると、答うるよりも、先ずへへへと笑うが其常《そのつね》である。嘲けられても笑い、笑われても笑う。怒るの情と悲しむの情とは、渠《かれ》には無いのであろうか。いや殆んど全《まっ》たく感情を有《も》たないのだ。と、或者《あるもの》は評した位である。故なく渠《かれ》を打うとする者があっても、先ず眼と口との例の愛嬌で迎えて、尚《な》お及ばなければ、終《つい》に走って之を避ける。而《しか》も其人《そのひと》に一点の怨情《うらみ》を留《のこ》さず、一転瞬《てんしゅん》の後は滔天《とうてん》の仇をも、全たく忘れ果てたかの如くである。

渠《かれ》は須藤亀麿《すどうかめまろ》と呼ばれ、烏山にては第一に数えらるる法恩寺の総領に生れたのであるが、経も覚えなければ、法衣も好まない。何を教えても其甲斐がない。唯笑うばかりが能であって、また其愚鈍なる性質《うまれ》をも示して居る。父の僧も我子ながら愛想を尽して、此様《こんな》子《こ》を産《うま》したのも、前世の業因でがなあろう。到底《とても》経を読ませ寺を続《つ》がすべき者でないと、幼時思棄《はやくおもいすて》てしまった。哀れな小僧さんよと、檀家の人々が気の毒がッて、亀さんの衣食の料を、毎年前段《べつだん》に寺へ納める事にしたので、朝夕《ちょうせき》の糧《たべもの》四季《おりおり》の着物は、姉の初枝《はつえ》と云うのが、母が亀さんの事を苦に病んで死んでからは、凍えず飢ざる迄に世話を為《し》て居るのである。

或年の秋、旅役者の市川《いちかわ》某一座が演劇《しばい》を興行した事があった。興行は四日間で、毎日狂言を差替《さしかえ》、妹背山《いもせやま》と天神記《てんじんき》と八百屋お七とお半長右衛門《はんちょうえもん》とを演じたのである。亀さんは此演劇を四日とも欠かさず見物した。桂川《かつらがわ》のお半も見、妹背山の雛鳥も見、賀《が》の祝《いわい》のお千代お春八重をも見、お七の火刑《ひあぶり》をも見た。春を解せず情事を知らない心には、其筋を会得する事が出来ぬので、妹背山桂川に窈窕《ようちょう》たる少女の美しさに見惚《みとれ》たが、其の悲惨《かなしみ》には少しも感じない。ふき替の首の実物でないのを認め、ころりと舞台へ投出されたのを見て、世に類なく可笑《おかし》なものとして興じたばかりである。賀の祝に三人の花嫁が、喜劇にも似た一場《じょう》の可笑味《おかしみ》は、最も面白いものとして、女の楽しく愛すべきものである事を深く思い初《そ》めた。お七が火刑に処《あ》う一場の惨劇には、上もなく怖るべき者として戦慄した。其罪の怖るべきよりも、其刑の怖るべきに面《おもて》を被うて、唯怖るべきものとして戦慄したのである。

亀さんは全《まっ》たく感情のない動物でもない。美しき物を愛するの情も、怖るべき事を怖るるの情も有って居たのである。一度演劇《しばい》を観て、人間に娘ほど美しく愛らしい者はないと知り初めてから、女の中に混ッて遊ぶのを好む様になった。加之可笑《それにおかし》いのは、演劇の娘の身振仮声《こわいろ》を覚えて、興に到ると自分一人の時《の》も、賀の祝を演じ、人に望まれれば、時も撰ばず場所も関《かま》わず、毎時《いつ》も喜んで其真似をするのである。平生愚鈍《ばか》な男に、如何《どう》して此記臆力があるのか。痴漢《ばか》も馬鹿にされぬ者よと、人々を驚かしめた。けれども、情事は尚お解し得ないので、娘の中で遊んだり踊ッたりするけれども、人も咎めず又厭いも為《し》ない。却って翫弄物《なぐさみもの》として愛されて居《な》た。

其でなくても憎気《にくげ》のない男が、一芸をさえ得たから、遊女町《しんば》の娼妓等《あそびら》には別して可愛がられる。客ある毎に招いて翫弄物《おもちゃ》にすると、客も面白がって纏頭《しゅうぎ》など与える者もある。盛場で此様《こんな》に珍重するから、烏山の近在は云うに及ばず、那須郡一円、野州にての都会《みやこ》宇都宮《うつの》迄《みや》も亀さんの名は響き渡って、名物男として知らない者はない様になったのである。

二

仲町《なかまち》に金花堂《きんかどう》と称《よ》ぶ小間物店がある。主人《あるじ》の市兵衛《いちべえ》と云うのは、東京者で江戸児《えどっこ》気質、殊に面白い気の男であるから、亀さんを又なく贔負にして居た。其娘のお清《きよ》と云う近所にての評判娘も、亀さんを面白がッて、態々《わざわざ》菓子などを買ッて置《と》いて遣る様にするから、一日の内には三度も四度も、亀さんが金花堂の閾《しきい》を跨《また》がない事はなかった。

今日も遊女町《しんば》からの帰途《かえりがけ》と見え、亀さんは金井町《かないまち》の方から仲町の方へ歩《や》ッて来た。一昨日剃った位の頭に、其素生を幽《かす》かに見せては居るが、着服《きもの》は下妻木綿の中古《ちゅうぶる》の縞物、帯は小倉の角帯を貝の口に結んで、殆んど台ばかり残ッた日和下駄を穿いて居る。例の通首《とおり》を据えて猫背になって、両手をぶらりと垂げて、肩をゆりながら歩いて来た。見た処は平生《いつも》の亀さんである。人に面《かお》を合せると、へへへへと例の如く笑う。そら又亀さんが通ると、老人も見送ッて笑えば、子供等も遠くから眺めて笑ッて居る。亀さんが通る所は、一時に福の神が門口に来たかの様に見受けられた。

亀さんは金花堂の前まで来た。此時何か考えて居るらしかったが、見向もしないで金花堂を通過ぎ様《よう》とした。店番を為《し》て居た金花堂の市兵衛は、笑いながら見て居たが、声を掛けて亀さんを呼止めた。

『亀さん、おい亀さん。如何《どう》したね。二日ばかり来なかッたじゃアないか。どうだ、お茶でも飲んでかないか。』と、市兵衛は店口へ出て行ッて、笑いながら腮《あご》で招くと、亀さんはへへへと笑って、市兵衛の顔を見詰めた。其見詰た眼が平生《いつも》とは異《かわ》って居る、何となく異《かわ》って居た。市兵衛は少し変だとは思ったが、別に気にも止めないで、また腮で招いた。市兵衛の顔を見詰めた儘《まま》、亀さんは矢張《やっぱり》何か考えて居たが、思い出した様に笑うと、急に威勢を出して、金花堂の門を入った。

市兵衛は亀さんの肩を打《たた》いて、『おい、如何《どう》したい。大層お見限《みかぎり》だね。何処《どッ》か出掛る家《とこ》が出来たと見えるね。遊女町《しんば》の方でも忙がしいのかい。』

『へヘッ、へヘッ。』と、亀さんは何とも答えないで、唯笑って居る。

『お前だから、間違《まちがい》の起りそうな事もないから、まア好《い》い様なものの、稲荷崕《いなりのがけ》のお辰《たつ》の家《とこ》へは行かないが能《い》いぜ。え、亀さん。昨日も一昨日も、御前がお辰の家《うち》へ入るのを見たてえ人があるよ。止しなせい、彼様家《あんなうち》へ行くのは。』

亀さんは市兵衛が言葉に、色を動かした様に見えたが、矢張笑って居るばかりである。

『お清さんは。』と、少時《しばらく》して亀さんは問掛けた。

『奥に居るだろうよ。』と、市兵衛が答えると、『そう。』と云って、『へへへへ。』と亀さんは笑ったが、何となく調子が平生《いつも》とは異《かわ》ッて居た。けれども、市兵衛は気も付かないで居ると、亀さんは何時《いっ》もの通り、奥のお清が所へ、体が重たそうに肩を揺ッて、両手を振りながら入って行った。

市兵衛は早く妻に死《わか》れて、娘お清の外には、店に小廝台所《こぞうかって》に下女、一家四人暮なのである。小廝《こぞう》は使に出し、下女は直ぐ那珂河向《なかがわむこう》の京野《きょうの》の宿《や》に遣ッたので、今日は親子二人の外には誰も居ない。奥には唯お清ばかりである。

『妙な坊主だ。併《しか》し、可哀想な男だ。』

市兵衛は店に在《い》て、奥は気にも為《し》ないで、斯《こ》う独語《ひとりごと》を云ッた時、『何を為《す》るんだよ。あれ、亀さん怪《おか》しな……。何だよ、此人《このひと》は。』と、やや高くなった声が聞えた。其声はお清である。如何《どう》したのかと、市兵衛が耳を澄した時、ばたばたと物音がするかと思うと、『あれーッ。家君《おとっ》さん。早く誰か。亀さんが。あれーッ。』と、急を呼ぶお清の声に、市兵衛は吃驚《びっくり》して、沖《ちゅう》を飛んで奥へ駈込んだ。

『家君《おとっ》さん、早く如何《どう》かして下さいよ。あれッ、馬鹿亀が。何をするんだよ。馬鹿、馬鹿、馬鹿、馬鹿亀ッ。』と、お清は亀さんに押付《おさえつけ》られながら、口には救《すくい》を呼び且つ罵り、手は乗掛《のしかか》る亀さんを撥返《はねかえ》そうと争そッて居たが、駈込んで来た父の顔を見るより力を得たので、『家君《おとっ》さん早く……。』と云いながら、亀さんの面《かお》を搔挘《かきむし》ッた。『あいたッ。』と、亀さんは覚えず手を寛《ゆる》める。お清は些《わず》かの隙を此処《ここ》ぞと撥返したが、尚お起上る間が無いので、すかさず這出して、漸《やっ》と立《たと》うとして及腰になった所を、亀さんは抱付《だきつこ》うとして、其手は僅かにお清の帯を攫《つか》んだ。お清は亀さんに帯を攫まれて、前へばたりと両手をついた。又起上って、又倒れた。

今しも駈込んで来た市兵衛は、其と見て走り掛《かか》ッて、頰も曲《ゆが》めと、亀さんの横面に鉄拳を加えて、兵兵《よろめ》く所を、肩も砕けよと突《つい》たので、亀さんはどーんと倒れた。

『どうした、どうした。』

市兵衛が娘に様子を問掛けた時、倒れて居た亀さんはむくむくと起上った。

『あれ起きた。家君《おとっ》さん、早く、早く、早く追い出して下さい。』と、お清が叫《さけ》ぶと、亀さんはお清の顔を睨むが如く見詰めた。

烈火の如く怒った市兵衛、お清を後へ囲いながら、一歩《ひとあし》でも進んだら、打《なぐ》り倒そうと身構えし、亀さんを睨み付けて、

『お清を如何《どう》するのだ。馬鹿坊主めッ。身動きでも為《し》やアがると打殺《なぐりころ》すぞ。恩知らずの馬鹿坊主めッ。』

お清に掻捘《かきむし》られた爪の痕は、眉間から斜めに頰へ掛けて血を吹いて居る。平生《ひごろ》は左程にも見えなかッた濃い眉、太い鼻、大きい口が何となく猛悪《もうあく》らしく、血走ッた眼が丸く太く而《しか》も輝いて、殆んど亀さんではないかの様である。

亀さんは市兵衛に罵られて、お清を見て居た眼を市兵衛へ移し、瞬《またたき》もしないで其顔を見詰めて居る。

『怪《けし》からん奴だ。何だと思ってるんだ。今の様な真似を、二度と再び為《し》ようものなら、警《けい》察《さつ》署へ引張て行くから、そう思え。馬鹿だと思って油断してると、飛《とん》でも無《ね》え馬鹿坊主だ。』

又罵る市兵衛。罵られた亀さんは、其だけの悪事を為《し》たとは思わぬ様な顔付《かおつき》。軈《やが》て、へへへと、例の如く笑い出した。

『笑事《わらいごッ》じゃアねえや。笑ッてさえ居りゃ能《い》いかとおもやアがッて、馬鹿坊主めッ。』

『へへへへ。旦那さア、吾儕《わしら》お清さア好事《ええこと》してやるだ。』

『何だと。』と、呆れる市兵衛。

『何《なん》を云うんだ、淫乱坊主めッ。私を如何《どう》するッて。家君《おとっ》さん、早く追出して下さいよ。』と、怒った眼に涙ぐむお清。

亀さんは矢張《やはり》『へヘッへヘッ。』と、笑ッて居る。

『また笑やアがるな。此様《こんな》馬鹿を相手に為たッて為様《しよう》がねえ。お清、今日の事は勘忍して遣るが能《い》いや。其代《そのかわり》にゃア、以来《これから》もう足踏もさせねえぞ。可哀想だと思ッて可愛がッて置きゃ、好気《いいき》になりゃアがッて、飛んでも無え坊主だ。おい、また打《ぶた》れねえ中《うち》に帰《けえ》りゃアがれッ。』

市兵衛引立《ひったつ》れば、亀《かめ》さんは首筋を攫まれながら、無理に顔を捻向《ねじむ》け、『私儕《わしら》何悪い事為《し》やした。如何《どう》し為なさるのけ。』と、幾度となく問《たず》ねる。

『何を云うのだ、馬鹿奴《め》ッ。もう乃公《おれ》の宅《うち》へ来るじゃアねえぞ。』と、市兵衛は亀さんを店口へ引摺行き、往来へ突放して、渠《かれ》が台ばかりの下駄をも投出した。

誰が聞き付けて誰が伝えるともなく、金花堂の店前には既《は》や黒山の様に見物人が集ッて居た。市兵衛に事の仔細を問《たず》ねる者と、亀さんの四周《まわり》を取囲《とりまい》て居る者と二派に分れて、喧々囂々《けんけんごうごう》として耳も聾《つぶ》るるばかりである。

亀さんは突放されて、踏止まり得た処に立止った儘《まま》、殆んど失神したかの如く、茫然《ぼんやり》として、少時《しばらく》は血も循環《かよわ》ぬかの様に見えた。

『お清さアをけい。』と、市兵衛に問い得た一人の男が、亀さんを見返りながら云ッた。

『其様事《そんだ》を知る訳なかッぺいに、誰か教《おせ》えた者あんべい。悪《わり》い事するでねえけ。』と、今一人の男が云ッた。

『誰が此様人《こんな》と同衾《ひとつね》する者あるもんで。私等《わしら》はア亭主と三日同住《いっしょ》に居らないでも、亀さアとなら可厭《いや》でがんすよ。おッほッほッほッほ。』と、大口を利くのは、田町《たまち》の寅《とら》が嬶《かかあ》と呼《い》う剽軽者《ひょうきんもの》。其調子と笑声が如何にも可笑《おかし》いので、傍に居た菓子屋の娘が『おほほほほ。』と、高く笑うと、其に催おされて、一同崩るるばかり笑い出して、其余波が少時《しばらく》は鎮《と》まらなかッた。

亀さんは笑声に埋められても、少しも感じがないらしい。最初《はじめ》の姿勢其儘で、眼は何処《どこ》を見るともなく、瞬《みは》ッたなりに坐《す》えて居る。『何と云う様《ざま》けい。』と、はだけた着服《きもの》の前を治して遣《や》る者があッたが、少しも知らない様である。『さア早く帰《けえ》んなさろ。』と、下駄を拾って来て、足下に置いた者もあったが、其声も耳には入らないらしい。人々は尚《な》お其四周《そのまわり》を取巻て、云いたい儘《まま》の評を為て居た。

亀さんは宛然《まるで》枯木の如くである。身も動かさない、口も利かない、眼も動かない。少時《しばらく》してから、少し首を傾げて、何か考えるらしく見えた。軈《やが》て眼を閉じて、両手をだらりと垂げた。眼を閉じたのは一瞬の間で、再び眼を開いて四辺《あたり》を見廻した時は、平日の亀さんに少しも異《ちが》わない。人々は愈《いよい》よ近く渠《かれ》を取巻いた。

『えへへへへ。』と、亀さんは故ありげに笑ッた。其顔《そのかお》は一種異様で、其声の調子も異様で、伏目に為《な》った下瞼が朱《あか》く見えて、何となく凄い。其前面《そのまえ》を囲んで居た者は、思わず逡巡して、女は多く男の後に隠れた。

人々が騒立《さわだ》つ中を、亀さんは何物か見付たかの如く屹度《きっと》睨んだ。気味の悪い其赤目の下《もと》には、彼の菓子屋の娘が人の後に避け様《よう》とするのを認めたのである。亀さんはずかずかと進んで、早くも娘の袖を攫《つか》んで、にやにやと笑ッて其顔を眺めた。

『今度はお光《みつ》さアが見込れただア。』

『はははは。面白えでねえけ。』

『なに、面白え事あんべい。お光さア早く逃げなさろ。』

『これ、何故《なんで》唯見てるだよ。早く袖放させて遣るが能《え》えでねえけ。』

傍からわッわッと騒ぎ立る。娘は顔を真赤にして、袖を振れども払えども、亀さんは両手を掛けていっかな放さず、娘が引くに随《つれ》て渠《かれ》も進んで、其手は終に娘の肩へ掛ろうとした。

『あれ、あれ、あれー。』と、娘は泣声を上げて、逃ようと身をあせる。亀さんは引寄せようと争ッて居る時、『何するだア、これ。馬鹿亀めッ。』と、亀さんを突飛ばした者がある。途端に袖付からばらりと綻びて、娘も亀さんも後居《しりい》に倒れた。娘は早くも人衆《ひとごみ》に紛れて、二三軒南の我家へ駈込んで、母に訴えたる泣声が高く聞えた。此《ここ》にも早《はや》四五個《にん》の人は集まって罵ッて居る。

亀さんもむくむくと起上ッて、娘の後姿《うしろかげ》を認めると、直ちに其を追うとした。東側の荒物屋から丸顔の愛嬌娘が、今丁度見物仕様《しよう》と往来へ出て、『亀さん、如何《どう》したけ。』と、声を掛けると、亀さんは其声に随《つれ》て顔を捻向《おもて》け、女と見るより又其方に向って進んだ、手には菓子屋の娘の片袖を打振りながら。

『姉《あね》さア、早く逃げなさろ。』と、叫《さけ》んだのは、其娘の弟《おとと》である。人々は『あれ、あれ。』と叫《さけ》んだ。何の訳か訳が解らないので、娘は呆然《ぼんやり》して立ッて居た。人々は

だ。娘は尚《な》お逃げる気は付かないのである。

亀さんは近く娘の傍に進んで、例の如くにやにやと笑って、今や娘の手を攫《つかも》うとする。阿那《あなや》と人々が叫んだ時、忽然《こつねん》として亀さんは倒れた。人々はあッと叫んだ。天秤棒を取直した娘の弟は、無理押に姉を門口から押入れ、亀さんが尚お追って来たなら、また打倒《ぶちたお》すぞと云わぬばかりに身構えて居る。

打倒された亀さんは、起きも得ないで、殆んど息も通わないかの様である。

『死んだのでねえけ。』

『打殺《ぶちころ》しちゃ悪かッぺいに。』

『なに、死なねえ、死なねえ。呼吸《いき》してるでねえけ。』

二三の人が顔を見合せながら、亀さんの頭に近付いた時、亀さんはむくむくと起上った。

『やア、起きたぞ、起きたぞ。』『これ、女は傍へ行くでねえ。また攫《つか》まるだッぺい。』
と、彼も此《これ》も亦《また》騒立てた。

亀さんは恨めしそうに左右を見廻し、細語様《つぶやくよう》に何か云ったが、誰にも能《よ》くは聞えなかった様である。再び左右を見廻しながら、二歩《ふたあし》ばかり歩むと、脚の痛さに堪えないのか、ひょろひょろと危うく見えて、終《つい》にぺたりと坐ッた。人々は又其四周《そのまわり》を取巻いた。

観者《けんぶつ》の中から、いや其背後《うしろ》からつと前へ出て、亀さんの傍へ進寄《すすみよ》った女がある。人々の眼は悉く其女に集注《あつま》った。

色白の細面で、身材《せい》がすらりとして、何処《どこ》やらに品格もある。眉つきから、鼻、口、何《いず》れも十人並で、黒味勝の目のきりりとして、利発らしく、何処《どこ》へ出しても羞《はず》かしからぬ女。年は廿五六にもなろうか。これは亀さんの姉の初枝である。如何《どう》見ても姉弟とは見えない。其で同胞《ひとつはら》の真実の姉弟で、亀さんが今日《こんにち》まで成人《ひととなッ》たのは、此女の弟思《おとおもい》の丹精と、檀家一統の慈仁《なさけ》とに依るのである。

騒立《さわだ》ッて居た人々は、初枝が来たのを見て、少時《しばし》は水を打《うっ》た様に鎮まッた。其《それ》で、初枝が何とするかと、多くは気の毒そうに眺めて居る。

初枝は坐って居る弟の傍に立寄って、呢《じッ》と其姿を見詰めた。而《そし》て其眼を転《うつ》して、怨《うらめ》しそうに荒物屋の息子を見た。再び弟を見返ッた時には、眼に一杯涙をもッて、其が潸々《はらはら》と落ち掛るのを袖で押えて、少時《しばし》は無言であッた。人々は静《しずま》り返って、亀さんの為にも、荒物屋の息子の為めにも、弁じて遣ろうとする者もない。

『亀麿や、お前は何をして、此様《こんな》目に会いやしたのけ。』と、問掛けた初枝の声は、涙をもって、顫《ふる》えて、而《しか》も何処となく鋭どかッた。

亀さんは坐った儘尚《ままな》お動かず、瞬《またたき》をするばかりで、仰いで姉の顔を見ようとも為ない。

姉は弟の顔を覗き込んで、『お前、目が見えないのけ。これ、亀麿、わしらの顔見えないのけ。これ、見なさろ、お前の姉さアでねえけ。亀麿や、亀麿や、これ亀麿、如何《どう》されたのけ。何悪い事為たか知んねえけんど、脚腰も立《たた》ねえで、眼まで見えねえ様に……。』と、声の末は泣声になって、終《つい》に怺《こら》え得ないで泣出した。

泣声の耳に入ッたのか、亀さんは泣て居る姉を眺めて、不思議そうな顔を為て居たが、

『へへへへ。』と、例の如く笑い出した。

姉は弟の笑ッた声に、顔を上げて弟を見ると、弟も亦姉を見た。見合せた眼の何《いず》れにも涙は見えたが、姉と弟との涙は何《いずれ》も思々《おもいおもい》の涙で、弟の涙は姉の涙と異《ちが》って居たのである。弟は姉と認め得ないで、其眼には単《ただ》女の顔が映ったばかりである。

亀さんは再び異《あや》しく笑って、立上るかと思うと、現在姉にひしと抱付いた。

『これ、何する。亀麿、私《わし》らを何《どう》するのけ。』と、初枝は亀さんの手をもぎ放そうとしたが、女の力に角《すま》い得ないで、危うく既に倒され様《よう》とした。

人々は又々わッわッと騒ぎ立てた。

『騒いじゃ不可《いかな》いよ。姉弟の弁別《みさかい》まで無くなるたア、考えりゃ可哀想だ。』と、人々を制しながら、早くも亀さんの片腕を攫んだのは金花堂の市兵衛である。

『市兵衛さア。如何《どう》か為て下さいやし。これ亀麿、姉だア云うに、姉だア云うに。』と、初枝は市兵衛に救《すくい》を求めて、弟の手を放そうとし、顔は真青になって、声もきれぎれに顫《ふる》えて居た。

『ようがす。私が引受けましたよ。お前さんは其方《そっち》へ退きなさるが好《い》い。さア、好《いい》かね。大層な力だ。ええッ放さねえのか。』と、市兵衛は終《つい》に亀さんを引放した。亀さんが尚おあせるのを、市兵衛は相撲の手の泉川《いずみがわ》に極《き》めつけ、『初枝さん、先にお出でなせえ。私が連れて行ッて上げやしょう。まア能《い》いさ。様子は後で話しやしょうよ。斯《こう》しといちゃア、気が上《のぼ》るばかりで為様《しよう》がない。』

『難有《ありがと》う御在《ございや》やす。お頼み申しやす。』

初枝は羞かしさも羞かし、気遣わしさも気遣わし、市兵衛に連れられ行く弟の後から、鬢の乱《みだれ》を掻上る心も付かないで、悄然たる姿は、如何にも哀れに見えた。

観者の三分の二は彼等の後を追うた。けれども、一人減り二人減り、法恩寺の門の此方《こっち》迄は、尚お二三人見送って居る者もあったが、門を入る時には、はや一人も附《つ》いて来る者はなかった。

市兵衛は漸《やっ》と法恩寺の門内へ亀さんを連込んで、先ず此で安心だと、初枝に顔を見合せた時、門の扉の蔭から出て来た者がある。市兵衛も初枝も其を認めなかったが、あせりながら体を捻向けた亀さんは早くも其《それ》を認めて、尚々《なおなお》あせり出した。それとは知らぬ市兵衛は、此《ここ》で逃られて溜るもんかと呟やきながら、益す《ますま》亀さんの腕を捻上げる。初枝は誰か呼んで来て、市兵衛に力を添えさせたいと、前《さき》へ駈抜けようとした時、背後《うしろ》から声を掛けた者がある。其声は女の声である。市兵衛も初枝も吃驚《びっくり》して振返ッた。

『おい、亀さん、お前さん如何《どう》したんだね。何て意気地のない人だろうねえ。金花堂の旦那《あんま》、余り手荒な事を為《し》ないで下さい。』

単声《ただ》を掛けられてさえ吃驚《びっくり》した市兵衛、今又思も掛ぬ言葉を聞いて、呆れ果て見詰めて居るばかりである。初枝も余り思掛けないので、吃驚して脚も縮《すく》むばかりに覚えた。

市兵衛が手のゆるんだ途端に、亀さんは振切って身を脱《のが》れて、女の傍に走って行ッて、其手を確《しか》と握ッた。

『何だろうねえ、此人《このひと》は。其様《そんな》真似を為ないで落付てお出《い》でよ。外見悪《みっともな》いじゃないかね。今日からお前さんの家に置いて貰うんだから、談話《はなし》があるなら、寛々為様《ゆっくりしよう》さ。何だねえ、まア、呼吸《いき》を都合《はずま》してさ。ほほほほほ。もう何様事《どんな》があッたッて、お前さんの傍《そば》は放《はな》れないよ。手なんか攫まないで、安心してお出でッたら。夫婦にならない中《うち》から、此様《こんな》に世話が焼けちゃ、お神《かみ》さんに為ってからが思遣られるよ。ほほほほほほ。』

女は稲荷の崖のお辰——烏山にて其腕の入墨から、蝮蛇《うわばみ》と綽号《あだな》を得《と》ッた、稲荷の崖のお辰である。

市兵衛も容易《たやすく》は手をつけ得ない。初枝は尚更である。双方睨合って、何《いず》れも無言。亀さんが嬉しそうに、へへヘッへへへッと笑うばかりである。

三

お辰の素生を知ッて居る者は、烏山に一人もない。東京者であろうとは、其言葉によって誰も疑わないのである。宇都宮から烏山《ここ》へ流れ込んだ事は、犬打童《いぬうつわらべ》も知ッて居るが、其以前は何処に居たのか。合戦場に居たと云う者もあれば、いや仙台《みやぎ》に居たと云う者もある。何《いず》れ海に千年川に千年の功の者、此烏山で山に千年の行をするのだと、渠《かれ》に手を焼いた男が口惜まぎれに悪評《わるくち》を云ッた事があるが、今日乞食同様の境界に零《おち》ても、尚《な》お烏山を去らない所を見ると、或はそうかも知れないなどと、中には真面目な顔を為て云ッた者もある。

今でこそ何人《だれ》も相手に為ない、悪魔か何ぞの様に怖気《おぞけ》を顫《ふる》うが、一時は烏山の花と迄評《までうた》われたのである。お辰が仲町の或旅店に着いた時は、天女の降臨《あまくだ》ッたかの様に目を驚かして、渠《かれ》が町中を見物して歩いたら、其後からぞろぞろと見物人の見物人が従《つ》いて歩いた位である。一月《ひとつき》ばかり居る中《うち》に、江州《ごうしゅう》の出店《でだな》の主人の外妾《めかけ》になった。其も一時で、一年ばかりの中《うち》に五人迄旦那を代《かえ》た為《た》めに、妾として見返る者が無い様になると、渠《かれ》は忽ち遊女《しん》町《ば》に左褄《ひだりづま》を取った。遊女町七軒百人の遊女《あそび》は、渠《かれ》一人の為に顔色を失ったばかりでなく、目星《めぼし》い客は忽ち蟒蛇《うわばみ》に呑み去らるるので、三月《みつき》ばかりの中《うち》に遊女町を搆《かま》われたのである。遊女町を搆われると、鍛冶町《かじまち》の酒楼に絃歌《げんか》を涌《わ》かせて、一時は遊女町に客の跡を絶せたが、其も亦一夢で、見込《みこめ》ば必らず呑む蟒蛇《うわばみ》の毒気を畏怖《おそれ》て、猫の額ほどなる土地に、彼が為めに三人迄家を破ってから、那珂河畔《なかかはん》の秋風に全盛の花は散ッて了《しま》ったのである。此時烏山を見捨てたら、今の境界には零落《おち》なかッたかも知れぬが、今一人行掛《ゆきがけ》の駄賃をと、根強く烏山に祟《たた》ろうとした報いか、渠《かれ》が全く失望して、去来《いざ》と思ッた時は、酒楼からの前借買掛りなどの為めに、身動きも出来なかった。加之《そのうえ》酒楼にも身を置き兼ぬる様になッても、誰一人彼を憐と見る者はなかった。渠《かれ》は夜眠るべき処もないので、稲荷の崖に一家死《しに》絶《たえ》た家の、尚無住であるのを僥倖《しあわせ》にして、自分勝手に其家《そこ》に住む事にしたのである。食うべき物は素より無い。けれども、流石に乞食も出来ないので、乞食よりも尚お劣ッた畑荒し、玉蜀黍甘藷《さつまいも》なぞを夜々盗んで、僅かに生命《いのち》を続《つな》いで居るのである。乞食同様と云うのよりも、乞食にも劣ッたと云う方が適当な境界に零落《おち》て了《しま》ッたのである。

お辰は今此様《こんな》身分になって居るから、遊女町へ往来《ゆきき》の町の者、又は在郷者《ざいごもの》なぞを目的《めあて》にして、金井町の焼跡へ、夜々春を売りに出る事にした。けれども、彼が顔を見ると、在郷者迄が相手に為ないので、渠《かれ》は小遣にさえ在付《ありつ》く事が出来なかった。

或夜お辰が春を売らんと、無理に焼跡へ引張込んだ男を能《よ》く見ると、法恩寺の亀さんである。渠《かれ》は鼓舌《したうち》をして、亀さんを突放した。其時渠《かれ》は不図《ふと》考得《かんがえつ》いた事があるので、終《つい》に亀さんに春を教えたのである。一たび教えた後は、再び見返ろうとも為《し》ないのである。けれども、亀さんは毎日稲荷の崕《がけ》の孤屋《ひとつや》にやって来る。朝も来る晩も来る、日に幾度となく来たけれども、渠《かれ》は門口から追返して家内《うち》へ入れなかった。三日目にも亀さんは終日お辰が門へ立って居た。けれども、渠は僅かに窓から顔を見せたばかりである。四日目には窓をも閉めて、終《つい》に顔を見せなかった。亀さんは涙を流して、恨めしそうに立去ッた。

亀さんが金花堂を騒がし、仲町を騒がしたのは、此四日目の帰途《かえり》なのである。斯《かく》の如く亀さんを弄《もてあ》そんで、終《つい》に顔さえ見せなかッたお辰が、何時《いつ》の間にか法恩寺の門内に、却《かえ》ッて亀さんを待って居様《いよう》とは……。

四

節《とき》は十一月の下旬《すえ》である。四方山に抱かれて、懐にも似た烏山ではあるが、袷《あわせ》に羽織では凌ぎ悪《にく》い程の寒さで、見ゆる程の高山の嶺《いただき》は、多くは白妙の雪の衣を重ねて居た。

今日は少し空摸様が悪く、まだ些《ち》と早過《はやすぎ》るが、或いは雪かとも思わるる雲の色。下駄の音が日中ながら冴《さ》えて、法恩寺の墓地は、霜柱で脚が堪《たま》りゃしねえと、寺男が手に息を吐掛ながら口説いたほど寒い。

庫裡《くり》の囲炉裡《いろり》に立膝して、手を翳《かざ》し居る女がある。渠《かれ》は稲荷の崖のお辰である。此寒気《このさむさ》に中形《ちゅうがた》の模様も不明《わからな》いほど、汚れて鼠色になッた明衣《ゆかた》一枚に、身も袖も裂け破れた羽織の、捻《よれ》た様な真綿の尾を引いたのを引掛けて居る。其でも地質《もの》は縮緬、其《それ》だけに又見悪《みにく》さも一層《ひとしお》である。帯も細帯の、此も縮緬の果とは見えるが、殆んど心《しん》ばかりになったのを、二重廻して前で結んで居る。髪は無雑作な櫛巻にして、脂気もなく汚れても居るが、其なりに櫛の歯だけは、流石に末《さき》まで通って居るらしい。動《やや》もすれば落掛り、而《しか》も風に弄《もてあ》そばれ勝ちの鬢《びん》の毛を、煩厭《うるさ》そうに掻上る細い指の美しく白いのよりも、尚《な》お白い瓜《うり》実《ざね》の細面は、頬がこけて顴骨《ほほぼね》も露《あらわ》である。細き鼻は痩せ過ぎ、淋しそうに見ゆる口元には、唇の色を失い、一文字の眉も末に到ッて形がくずれ、きれ長く権《けん》のある眼は陥《くぼ》んで、眉間に八字を描《よ》せて人を見る時、異様の光は射るばかりで、如何にも凄い。廿八とか九とかであるのを、廿二とか三とか知ッたか振《ぶり》の客の批評に委《まか》せて笑った年も、いつか十歳を一年に窶《やつ》れて、三十二三か四五かと見ゆる程である。

お辰は鉄火箸《かなひばし》の長いので、囲炉裡の火を撥《あせ》りながら、『おい、もっと炭を打込《ぶちこ》むが好《い》いじゃアないか。何だねえ、吝嗇《しみッた》れた真似を為《し》ないで、其処《そこ》にあるのを一俵打撒《ぶちま》きな。何だッて。叱られやすッて。ほほほほほ。どうせ元来《もともと》ロハなんだろう。坊さんの癖に、余程《よっぽど》あたじけねえんだね。其様《そんな》んじゃア、老爺《とっ》さん、お前なんぞにも好遇《よく》は為《し》なかろうね。好《いい》や、もう少時《すこし》辛棒お為《し》。私《あたし》が愈《いよい》よ亀さんのお神さんに為《な》りゃ、お前なんぞも可愛がッて上げるよ。如何《どう》したんだねえ。老爺《とっ》さん顫《ふる》えてるのかい。ほほほほ。お前を無理に抱いて寝ようと云や為《し》まいし、胴顫《どうぶるい》なんぞ為て、外見《みっとも》ないよ。早く炭を打込んでお呉れ。おお寒い。お寺なんてえもなア、どうせ陽気な事アなかろうが、いやに陰気で、いやに悪寒いもんだね。』

お辰が対面《むこう》に火に当ッて居るのは、六十ばかりの老僕《てらおとこ》である。田舎漢《いなかもの》の気が小さく、お辰が様を見るのも気味が悪いので、頭を垂れ耳を潰し、而《しか》も落付た顔をして、幾吹《いくふく》ともなく煙草を吃《の》んで居る、煙管を持った手の戦慄《ふるえ》は止まらないで。

『鳥渡《ちょっと》お貸し。』と、お辰は突然《だしぬけ》に老僕《おやじ》が手から煙管を奪った。

『遠慮なしに御馳走になるよ。もう斯《こ》うなりゃ、ねえ老爺《とっ》さん、一切親類交際《づきあい》の事さ。序《ついで》に袋も貸してお呉れ。』と、鳥渡《ちょいと》煙管に引掛けて、煙草入迄奪取《とりあ》げ、袋の中を覗いて見て、『おや、おや、昔なら山八だが、其丈《それだけ》にも吃《の》めなさそうだね。詮方《しかた》がないや、飢《ひも》じい時の不味《まずい》ものなしだね。お前に贅沢云ッたッて詮様《しょう》がないね。ねえ老爺《とっ》さん。』と、呆気にとられて居る老僕《おやじ》の顔を見ながら、一吸い吸ッたが、ペッペッと唾液《つば》を吐いて、煙管と煙草入とを老僕《おやじ》の前へ投出した。老僕《おやじ》は慌てて其を拾ッて、懐中《ふところ》へ確《しか》と押込み、お辰の顔を見詰めて呼吸《いき》も為得《しえ》ない。

『何様《どんな》に尾羽打枯したッて、お辰さんにゃ、まだ其様《そんな》葉は吃《の》めないんだよ。爺《とっ》さん、お前奥へ行ッてね、煙草を持って来てお呉れ。いくら吝嗇《しみッたれ》だッて、和尚さんのはお前のの様じゃなかろうね。水戸の雲井《くもい》と迄は行かなくッても、東在《ひがしざい》の上葉位《じょうはぐらい》は吃んでるだろう。余所行の煙草をお呉《く》んなさいッて、お前持って来てお呉れな。序《つい》でにね、金花堂の市兵衛さんにでも、亀さんの姉さんにでも――たしか初枝さんとか云《いう》んだね――、何方《どッち》にでも好《い》いから、そう云《い》ってお呉れ。何時《いつ》まで待たせなさるんですッて。早く話をつけてお呉んなさいと云ッてお呉れ。好《い》いかい。串戯《じょうだん》じゃないやね、長く待ってりゃ、如何《どう》して呉れると云うんだか。いくら惚《ほれ》てる亀さんのお神さんになりたいからッて、白痴《こけ》にされにゃ出掛ねえッて。好いかい。ほほほほ。豆を喰《くら》ッた鳩じゃアあるまいし、眼ばかりぱちくり為《さ》せてやがるよ。好かねえ老物《じじい》だよ。』

お辰は老僕《おやじ》を見送って冷笑《あざわ》らッたが、『おお寒い。』と、肩を縮めて、『とうと炭を加《つが》ないで行ッテ了《しま》やアがッたよ。』と、長火箸を伸して炭箱を引寄せ、まだ八分目ばかりある炭を、一時に囲炉裡へ打投《うちかえ》すと、炭の粉が煙の様に火気《ひのけ》に煽《あお》られる。お辰は其を頭から被《かぶ》ッて、顔を獅嚙《しか》めて、『これでも今じゃア、曠着《はれぎ》の一張羅だよ。』と、袖で払って居る。

『いやどうも、大層待たせて済まなかッたね。』と、お辰の対面《むこう》へ坐ったのは金花堂の市兵衛である。お辰はじろりと見て膝を直した。

市兵衛は直ぐに口を開かず、先《ま》ず煙草を吃んで至極落付《おちつき》を見せて居る。

お辰は冷笑《あざわら》ッて口を切ッた。

『金花堂の旦那、如何《どう》して下さる事になったんですよ。お前さんが乃公《おれ》に任せろとお云いなさるから、お前《まえ》さんなら根が江戸の人じゃアあるし、満更野暮な捌《さばき》も為《し》なさるまいと、楽《たのし》みに為《し》て待ッてたんですよ。え、金花堂さん、如何してお呉んなさるんですよ。』

市兵衛は首肯《うなず》きながら、また一吹煙草を吃んで、叉手眤《さてじッ》とお辰の顔を眺めた。

『私《わし》に任せて呉れたからにゃ、決して悪い様にゃ為ねえ積りだ。だがね、お前に能《よ》く聞分けて貰いてえ事があるんだ。お前も聞いて知ッてるだろうが、亀さんの事に就いちゃア、檀家任せで、和尚さんだッて自由にゃアされねえ事になッてるのさ。亀さんの食扶持《くいぶち》から着服《きもの》の世話まで、悉皆《みんな》檀家で為てるんだから、お前の事にした処が、和尚さんや初枝さんが勝手に如何《どう》する事も出来ねえのだ。ねえ、そう云う訳なんだから、今日此《ここ》で直《じ》きに決めると云う事にゃ、如何《どう》しても運ばれねえ。聞き分《わけ》て貰いてえと云うのは、此処《ここ》の事だ。好《い》いかね。是非私に委《まか》せろと云って、今更此様《こんな》事を云ッたら、金花堂も口ほどに無え男だと、お前に笑われるのも乃公《おれ》は苦しい。苦しいけれども、如何《どう》も檀家任《まかせ》と聞いちゃア、其《それ》に口出しは為悪《しにく》かろうじゃねえか。口出しが為悪《しにく》いからと云ッて、一旦委せて呉れろと云ッたからにゃ、乃公《おれ》が何処《どこ》までも引受けて、お前の悪い様にゃ決して為《し》ねえ。今日の処は乃公《おれ》の腹で、多分《たんと》の事も出来ねえが、多少《いくら》か何とか為様《しよう》から、気には入るめえが、も一度乃公《おれ》に任せて貰おうじゃねえか。ねえお辰さん、其で不勝《ふしょう》して貰いてえものだなア。』

左右追返《とにかくおいかえ》した上で、其からの談判《はなし》に為《し》たい。檀家一統を相手と云う事にすれば、毒婦も手の出し様に困って、談判《はなし》の結了《おさまり》も速かろうとは、市兵衛が初枝と相談した処の策である。

お辰は市兵衛が胸中を見透し得たかは知らぬ。けれども、檀家一統を相手に取るのは非常な不得策である。お辰も其を知らぬではない。市兵衛の策は、果してお辰が気勢の幾分を折《くじ》き得たのである。

お辰は態《わざ》とらしく冷笑《あざわら》ッて、

『旦那、此様《こんな》に長く待たせといて、お話はもう其《それ》ッ切りなんですかえ。』

『そうさ。お前も話の解らねえ人じゃなし、も一度私を買って貰おうじゃないかね。』

『ふん。』と、お辰は鼻で笑ッて横を向いた。

市兵衛もむかッとして、『ふんたア、何でい。乃公《おれ》の云ッた事が解らねえのか。』と、声にも稍角《ややかど》が立ッた。

『旦那、お前さん怒ったのですか。』と、お辰は市兵衛が顔を見て、『ほほほほ、気に触ったら、勘忍してお呉んなさいよ。お前さんの様でもない、怒るなア野暮じゃありませんかね。東京の人の様でもないのねえ。お前さんの云いなさる事が解らないとか、又はお前さんの顔を潰したとか云うのなら、そりゃ怒られても居ましょうさ。委せろと云いなさるから、はいはいとお前さんの顔を立てて、其で怒られちゃア、私の立瀬《たつせ》がありゃア為《し》ないよ。ねえ旦那、そうじゃありませんか。私もお前さんの顔を立てるからにゃ、お前さんも私の云う事を、一条位《ひとつ》は立《たッ》てお呉んなさるでしょうね。え、金花堂の旦那。』

『如何《どう》しろと云うんだ。』

『如何しろッたッて、解りの好い旦那の事だから、私が云わないでも、大概察して居なさるでしょうね。其とも解らないの。解らなきゃア、云いましょうかね。私を話のつく迄、此処へなり、お前さん処《とこ》へなり、引取ッてお呉んなさいと云う事さ。一吹貸してお呉んなさいよ。』と、市兵衛が煙管を取って、はたきもせずすうッと一つ吃《の》んで、『ああ、漸《やっ》と口が直ったよ。』と、澄したもの。

市兵衛はお辰が自分の煙管を口にしたのを見て、苦い顔をしながら、少時《しばらく》考えて居た。

『そうも行くめえよ。』と、市兵衛は口を開いた。『此寺《ここ》にゃア、今も云ッた通り、檀家に相談為なけりゃ、人一個でも無断じゃア置《おか》れねえのだ。また乃公《おれ》の家《うち》と云った処で、お前の以前《もと》が以前《もと》だから、と云ッちゃア、気に触るかも知らねえが、素人家《しろうとや》にゃまア不向と云うもんだ。近所の手前もあるし……。』と、お辰が顔を昵《じッ》と見て莞爾《にっこり》笑い、『どうだ、お辰さん。其様《そんな》遠廻しの謎の掛競《かけッくら》は、もう止す事にして、手取早く打明《うちあけ》るとしちゃ如何《どう》だ。若《も》し折合《おりあう》なら、今日の中に談判《はなし》を決定《きめ》て了《しま》おうじゃねえか。お前が亀さんを、ははははは、そりゃ云わねえでも知れ切ッてらア。誰が好き好んで、はははは、相手も相手によるじゃアねえか。』

『何が其様《そんな》に可笑《おかし》いんです。』と、お辰は態《わざ》と真顔《まじめ》になる。

市兵衛は尚《な》お笑いながら、『何がッて。相手も相手によるのさ。亀さんが相手じゃねえか。誰がお前実情《ほんき》で彼様人《あんな》を、はははは、大概乃公《おれ》だッて察《さっ》してるんさ。』

『おほほほ。可笑《おかし》な事をお云いなさるのね。亀さんだから、其で何ですッて。私が実情《ほんき》じゃ無いだろうと云うんですか。』

『そうさ。』

『ふふん。』と、お辰は冷笑《あざわら》い、『お前さんなんか、男振《おとこぶり》が好《よ》くッて、怜悧な人で無くッちゃア、女は惚《ほれ》ないものだと思って居なさるんだね。そりゃ素人の考えでさアね。私なんざア尖《つむじ》が曲ッてるから、其様在来《そんなありきたり》の何処《どこ》へでも落《おッ》こッてる様な男は嫌いさ。実情《ほんき》で惚れて呉れて、生命も不用《いらな》いてえ位実がありゃア、私の方だッて、自慢じゃアねえが、腕の蟒《うわ》蛇《ばみ》と列《なら》べて、其人《そのひと》の名を入墨《ほっ》て、一生連添《つれそっ》て見たいと思うんですのさ。お前さんには可笑《おかし》いか知らないが、未だ亀さんの名こそ入墨《ほら》ないけれど、私ゃ亀さんに、一生委せたんですよ。亀さんも私に惚れてるんさ。私が一所に死のうと云ッたら、亀さんは直きに死んで呉《くれ》るでしょうよ。私に惚れて呉れたから、私も惚たのさ。何も可笑い事アないじゃありませんかね、亀さんが彼様人《あんな》だからッて、余り捨てた男でもありませんのさ。余《あん》り笑《ま》ッて貰いますまいよ。男振で恋《いろ》を為《し》やアしまいし。』

『はははは。成程、所以《いわれ》を聞きゃ難有《ありがた》いが、狂言も大概にして、早く大詰《おおづめ》を見せた方が、お前の為めだろうぜ。』

『何ですッて。狂言と云いなさるのかね。』

『そうさ。狂言と云やア、如何《どう》するんだ。』

『如何《どう》も為《し》やア為《し》ないのさ。お前さんの様な人の相手に為《な》ッてる隙はないからね、お前さんは自分勝手に、何とでも熱を吹いてるが好いやね。東京の人だと言うから、些《ちっ》たア話が解るかと思ったら、矢張《やッぱり》烏山の風吹烏《かざふきがらす》で、がアがア我鳴《がなッ》てるばかりじゃア、お辰さんの相手にゃ、些《ちッ》と荷が勝ち過ぎた様だね。何の事《コッ》だ、馬鹿馬鹿しい。』

お辰が手の煙管を、市兵衛は引奪《ひったく》るより早く逆に取って、

『何だと。も一遍云って見やアがれ。』

『おほほほ。私を如何《どう》為《し》ようと云うんだね。余《あん》まり騒がれちゃア、臆病風が吹いて、お召物がお肌薄《はだうす》で居《い》らッしゃるから、風《かぜ》でも引いちゃア亀さん難儀だよ。ねえ旦那、些《ちっ》とお静かにお頼み申しますよ。乃公《おれ》を買ッて呉れ呉れッて、白痴《こけ》が商売に出やア為まいし、腕が無くッて押の強いばかりじゃア、誰が相手にするもんかね。打《ぶ》ツなら打ッて見るが能《い》いや。生身に疵《きず》でも付けて見なさい、其儘じゃ済まさないから、其積《そのつもり》で、打《ぶっ》とも突《つく》とも、さア勝手に為てお呉れ。腕の入墨《ほくろ》も伊達にゃ入れないよ。蝮蛇お辰を打ツ気なら、生殺しにされちゃ祟《たた》るかも知れねえから、息の根まで止る覚悟で、さアお打ち。何故打たないんだよ。打つのが厭なら突てお呉れ。え、市さん、如何《どう》したてえんだね。へん、そう安くは打たれまいよ。打たないのなら、ねえ旦那、煙管をも一度貸してお呉んなさいな。ああ、

口が変挺来《へんてこらい》だ。一服貸して頂戴よ。煙草と恋《いろ》たア、一度味を覚えちゃア、一生忘れられないんだとねえ。ねえ金花堂さん、ほほほほほほ。』

飽《あく》まで不敵なお辰が様子に、市兵衛も持余《もてあま》した。身分の無い者を相手にして、争う程愚なものはない。お辰を打ち据えるのは手もない事である。引摺出して門前払を喰わすのも、難《かた》い事ではない。けれども、形《かた》の如き女であるから、流石に手の付け悪《にく》い気味もないではない。兎角《とかく》は一旦機嫌を直させて、寺《ここ》を引取らせた上で、静かに相談して、旅費を与えて此烏山を去らせるのが、一番上策だと考え付いた。

市兵衛は顔色を和らげてお辰に対《むか》い、

『斯《こ》う為《な》ッちゃア、肝腎の話の方がお留守になる様な訳だから、今の言葉の行違《ゆきちがい》は、まアお互に勘忍する事として、折合の付く様な談判《はなし》を為《し》ちゃア如何《どう》だろう。』

お辰も莞爾《にッこり》と笑ッた。

『ほほほほほ。旦那がそう折れて下さりゃ、私だッて憎まれ口を利きたかアありませんやね。じゃア、早い処が、如何《どう》して下さるんですよ。』

『さア其処《そこ》なんだ。先刻《さっき》も云《いっ》た通り、檀家の方があるもんだから、今日は何《どう》も運び悪《にく》い。其で今日はまア私が、ほんのお前の顔を潰さない丈《だけ》の規模を附《つけ》るとして、明日にも明後日にも、私の方から相談に行く事に為《し》よう。余《あんま》り香《こうば》しくも無かろうが、其《それ》で今日の処は不勝《ふしょう》しといて貰いたいね。』

何と返事をするかと、市兵衛は気遣いながらお辰の顔を見詰めると、お辰は別段考える程でもなく、容易《たやす》く首肯《うなず》いた。

『そう強情ばかりも張りますまいよ。ねえ。じゃア、旦那にお委《まか》せ申しましょう。今日は今日ですがね、此限《これッきり》追払《おッぱら》いなんぞは……。』

『大丈夫だ。其様《そんな》事をするもんかね。乃公《おれ》も金花堂だ。お前が器用に承知して呉れたからにゃ、乃公《おれ》も器用と迄は行かなくとも、出来るだけの事を為《し》よう。此は余《あん》り些少《すくな》いが、ほんの規模までだ。悪く思わないで。』

市兵衛は懐中から紙包を出して、お辰に与えた。これは初枝と相談して、初めから包んで置いたのである。初めは一円であったが、市兵衛は懐中で又一円を加えて、二円にしたのである。

お辰は紙包を軽《かろ》く戴いて開いて見た。少時《しばらく》は何とも云わないで見詰めて居た、余《あま》り面白からぬ顔付《かおつき》を為ながら。

『気の毒だけれども……。』と、市兵衛は言葉を添えた。

お辰は首肯《うなず》いて懐中して、『明日にも来て下さいますね。』と、念を押した。

『明日か明後日か二日の中《うち》には屹度《きッと》行くよ。其《それ》から、亀さんは先《ま》ア当分呼ばない様に為《し》て貰いたいね。』

市兵衛が力を込めた頼みを、お辰は軽《かろ》く首肯《うなず》いて暇《いと》まを告げ、明日を約して帰ッて行ッた。市兵衛は漸《やッ》と呼吸をついた。

蔭に倫聴《たちぎ》きして居た初枝に、市兵衛は充分自分の意見を話すと、万事宜敷《よろしく》頼むとの返辞だから、亀さんは当分寺から出さない様にと、深く戒めて置いて我家へ帰ッた。

充分注意を為て居たのであるが、初枝が便所へ入ッた間に、亀さんは疾《はや》くも見えなくなッた。其は其日の夕方、燈《ひ》の点くか点かないかの頃である。

初枝は驚いて、金花堂へ駈出した。

五

先《ま》ず雪にはならなかッたが、那須山《なすざん》の雪颪《ゆきおろし》は肌《はだえ》に砭《はり》するばかりである。夕方になッては風が一層勢を増して、朔風《ふゆのかぜ》に限るひゆうッひゆうッと鳴くが如き声が、烏山を掠めて、那珂河の瀬音と互に競ッて、国見峠《くにみとうげ》の方へ消えて行く。寒さに怖れて、和泉町《いずみちょう》にも仲町にも金井町にも、烏山の南北を通して三ケ町の間に、一望全く人影《じんえい》を見ないのである。警察署と郵便局の瓦斯燈《がすとう》は、却《かえ》ッて淋しさを添え、遊女町《しんば》の楼々の軒提燈は、一団《ひとつ》の影さえ見せて居ない。

稲荷の崖は金井町の西裏の南寄なのである。直ちに那珂河に枕《のぞ》んでは居ないが、下には小川があって、其上に突出て居る高地である。三方は桑畑に囲まれて、人家と云ッては、お辰が住んで居る家より外にはないのである。平日風穏かな日でも、尚《な》お寂寞に勝《た》えないのに、況《まし》て今夜の様な時には、饑《うえ》に臨んだ狐狸《きつねたぬき》でさえ、恐らくは其棲《そのす》を出づる事は出来ないであろう。

朔風《きたかぜ》のみ吹荒るる稲荷の崖に、狐火の如き火の光が、忽ちにして明《み》え、忽ちにして滅《き》え、時々《おりおり》ぱッと燃立つ。此は彼のお辰の家より漏るるので、稲荷の崖に於《おけ》る唯一の人類の棲《すみか》である。

此火光《ひのひかり》を目的《めあて》にして、暗黒々裡《まっくらがり》を朔風を負いつつ進行《すすみゆ》く一箇《ひとつ》の黒影《こくえい》がある。それは正しく人で、手には五合徳利を提《ひっさ》げ、何やら口の内にて呟き、折々へへッへへッと笑いつつ行く。

黒影は漸《よう》やく火光の下《もと》に近づいた。家の内では早くも足音を聞付けたらしく、忽ち声を掛けた。其声は女で、これはお辰である。

『亀さんかえ。』

『へへッ、へへッ。』と、笑う声は既に家の内に聞えて、お辰の前に立ったのは、彼の法恩寺の亀さんである。

『あい、御苦労、御苦労。』と、お辰は亀さんから酒徳利を受取って、鳥渡香《ちょいとにおい》を嗅いで、指を入れて嘗めて見て、忽《たちま》ち莞爾《にっこり》と笑ッた。

『能《よ》く使《つかい》を為《し》てお呉れだッたね。それでも、用が足《たり》るから感心だよ。』

『へヘッ、へヘッ。』と、亀さんは例の如く笑ッて居る。

『また笑うよ。私ゃ厭さ、何だか気味が悪い様でね。』

『へへへへへ。』

『またかえ、気に為《な》るねえ。』と、お辰は徳利を、焚火へ火燗《ひかん》にして、『冷酒《ひや》も此様《こんな》に寒くなっちゃァ、もう燗酒の事だ。亀さん、お前向側からあたッてお出でな。今お燗が出来たら、お前にも一杯御馳走為《し》ようね。』


亀さんはお辰が傍を放《はな》れないで、既に微醺《びくん》を帯て居る上に火にあぶられて、ぽッと赤くなったお辰の横顔を眺めて現《うつつ》はない。

お辰が家は六畳二間に、広く土間が取ッてある。土間には今焚火をして居るので、其火光《あかり》で家内《やうち》を見ると、畳もなく、障子もなく、釜もなく、竈もなく、人類の住み得べき準備《ようい》は全く無いのである。壁に寄せて、堆《うずだ》かく置れた藁《わら》と、二三枚の席《むしろ》とは、お辰の起臥《きが》何《いず》れにも用いらるる、昼夜の料《りょう》らしい。此他《このほか》には真に一物をも留めない空屋である。門口は北に設けられ、其に隣りて小窓のある他には、何処《どこ》にも息抜さえ無いので、土間の焚火の煙の為めに、風が強くなかッたなら、迚《とて》も呼吸《いき》は吐けないのであろう。


お辰は既《は》や二三椀を傾け、息を長く吐いて、茶碗を亀さんに与えた。

『一杯ぎりだよ。後請《あとねだり》は真平だよ。さアお酌を為《し》てあげ様ね。其代《そのかわり》にゃ――此様《こんな》に可愛がッて遣《や》る代りにゃ、何でも私の云う通りにするんだよ。そうかい。お前は其だから可愛いんだよ。先刻《さっき》云ッた事ア、忘れやア為《し》まいね。何だね、ちびりちびり飲《のま》ないで、ぐんぐん飲んで早くお返しな。』

亀さんはにこにこしながら、お辰の命の儘《まま》、一息に飲干して、茶碗を返した。

『能《い》いよ。お前のお酌よりか、私《わたし》ゃ此方《このほう》が勝手だよ。能《い》いかい、先刻《さっき》云ッた事は忘れやしまいね。おお、そうだッた、燧木《まッち》を買ッてお出《い》でかい。』

亀さんは袂を探ッて、一箱の燧木《まッち》をお辰へ見せた。お辰は首肯《うなず》いて、亀さんをして又もや其袂へ入れしめた。

『焚付《たきつけ》は桑の枝を、裏に沢山拾ッて来てあるからね。其に玉蜀黍《とうもろこし》の幹《から》も、前の畑に沢山あるから、直きに焚《も》え付くよ。能《い》いかい。此家《このうち》さえ無くなりゃ、私ゃお前の家《うち》へ行ける様になるんだからね、其積りで本気で一生懸命に遣《や》るんだよ。能《い》いかい。お前は一遍帰ッてね、また出直してお出で。お前の宅《うち》へ帰ッたら、出て来られないと不可《いけな》いから、遊女町《しんば》の方でも少時《ちっと》の間歩いてお出でな。私ゃ其間に仕度を為《し》て、お前が又来る時分には、此処《ここ》に居ないで、お前の寺《とこ》の墓場で待ってるよ。お前はね、半鐘を打つのを聞いたら、人に目付《めっ》からない様にね。能《い》いかい。私が此家《ここ》を去《で》る時にゃ、門口をちゃんと閉《たて》て行くよ。門口が開いてたら、未《ま》だ私が居るんだよ。門口が閉《たて》てあッたら、私ゃもう居ないんだから、直に遣付《やッつけ》てお了い。ぐずぐずしてえて、他人《ひと》にでも見られると不可《いけな》いから、閉《たて》てさえあッたら、関わないで、能《い》いかい。忘れちゃア不可《いけな》いよ。私と夫婦になる気なら、本気で一生懸命にお遣《や》りよ。忘れや為まいね、閉《たて》てあッたら、能いかい。』

亀さんは忘れやア為《し》まいねと問わるる度に、返辞は為ないが首肯《うなず》いて居た。けれども、尚《なお》此家《ここ》を去ろうとは為ないで、昵《じッ》とお辰の顔を見詰《みつめ》て居る。

お辰は冷笑《あざわら》ッた。『何でお前去《い》かないかい。怪《おか》しな人だよ。私の云う事を聞かないなら、お前のお神さんにゃ為《な》らないよ。お神さんに為って貰いたきゃ、私の云う通りにお為《し》。否《いや》なら否で勝手にお為《し》。じゃア、早く去くが能《い》いじゃないかね。十時を聞いたら、来るんだよ。それから能《い》いかい。』

亀さんはお辰に迫られて渋々《しぶしぶ》と家を出た。

此時風は益《ます》す勢《いきおい》を得て、折しも吹て来た一段の疾風《ふい》に、土間の焚火は煽られて、火の粉を壁に吹付け、お辰が着服《きもの》へも被った程である。

お辰は慌てて亀さんを呼び返した。そして、門口を閉《た》てよと命じた。何《いず》れ私が出るから、鳥渡《ちょいと》の間であると言葉を添えた。

亀さんは呼返されて、命に従がッて門口を閉てた。閉る事は閉たが、風は益《ますま》す強く吹く、暗《くら》黒さは暗し、心細さは心細し、其に妙に心が動いたので、戸を今一《も》遍開けて見たくなッた。戸に手を掛けて開け様《よう》とすると、物に支える様な音がして、容易《たやすく》開かなかッた。

『まだ其処《そこ》に居るのかい。何を為《し》てるんだね。騒々しい。いくら開け様《よう》としたッて、枢《くろろ》が落ちてるんだから、無益《だめ》な事だ。早く去くが好いじゃないか。早く去ッてお了《しま》い。』

お辰が声は宛然《まるで》罵る様である。亀さんは悄然《しょうぜん》として、暗黒裡《くらやみ》を辿り出した。十歩《とあし》も行ッたかと思うと、何を考え得たのか、へヘッへヘッと笑う声が、風にも紛れないで聞こえた。

お辰は亀さんを誘《いざの》うて、稲荷の崖の家に火を掛けさせて、焼払おうと謀《はか》って居るのである。亀さんに放火《ひつけ》の罪を犯させて、其罪を云立てて、亀さんの罪に替るだけの金を、法恩寺から得ようとして居るのである。此には檀家一統も敵し得まい、況《まし》て金花堂なぞには口も利かせまいとの腹である。亀さんが無間《ぶま》を遣《や》ッて、捕えらるる事があッても、彼《あ》の痴漢《ばか》一人罪を服《き》るので、自分が教唆の弁解は何とでも為し得るものと信じて居る。首尾能く行けば、望通り金が得らるる。間違ッた処で、今日金花堂から得た二円で、喜連川《きつれがわ》なり、太《おお》田原《たわら》なり、又は遠く須賀川《すかがわ》なり、二本松《にほんまつ》なり、福島《ふくしま》なり、或は方角を変えて、水戸《みと》へなり、何処《どこ》へなりと都合次第で、飛んで行く心算《つもり》である。

亀さんを追払ッた後で、お辰は今日帰途《かえり》に買ッて来た下物《さかな》を出して、思うさま飲み且つ食《くら》ッた。久しく親しみ得なかッた酒を、前に三合後に五合、一滴も残さなかッたのである。自分は何八合位と、多寡《たか》を括って酔《よわ》ぬ積《つも》りであるが、既に酒に飲まれて、また充分火に熾《あぶ》られて居る。火力酒力は渠《かれ》を捕えて、殆んど死人の如くした。渠《かれ》は地上に倒れて、土を嘗《な》め土を攫《つか》んで、昏々《こんこん》として睡《ねむ》って了《しま》ッた。

風力は益《ますま》す猛威を逞しくして、お辰が家はゆらめきつつある。法恩寺の鐘は今しも十時を告げた。家の外には、怪しき物音が聞えつつある。

亀さんは尚お来《な》らざるか。

お辰は尚昏睡《ねい》りたるか。

土間の焚火は尚お其余燼をたもちたるか。

六

金花堂の市兵衛は初枝の報せによって、亀さんが見えなくなッた事を知り、其お辰が家へ行ッた事をも悟ッたのである。初枝の依頼《たのみ》はあり、自分も亦《また》乗掛った舟、瀬でも灘でも乗切《のッき》ッて見る積りであるから、直《すぐ》にも迎に出掛る筈であったが、無拠《よんどころない》用があッて、直にと云う訳には行き兼ねた。当人に出合うは、遅い方が却ッて便利かも知れぬと、初枝にも其意《そのこころ》を得させて、一応初枝を返して、自分も当用に掛ッて居た。

初枝が再び金花堂へ来たのは、夜の八時である。其時までは、市兵衛の用事が未だ澄まなかった。九時になり十時になり、漸《やッ》と用が片付たから、いざとばかり仲町を出たのは、十時少し過でもあったろうか。

風はますます勢《いきおいすさ》荒んで、市兵衛は半分は其力で、仲町から金井町へ吹送られた。金井町を裏へ出ると、四方吹《ふき》はらしの桑畑であるから、北風《きた》を左顔《ひだり》に受けて、耳も頬も切られる様である。

『ひどい風だな。おー寒いぞ、寒いぞ。困ッた馬鹿坊主だ。彼様悪婆《あんなあくば》に引掛けられて、乃《お》公《れ》迄大弱《おおよわり》を為《さ》せられる奴よ。一方《かたッぽう》が馬鹿で理屈がないんで、一方《かたッぽう》が蝮蛇《うわばみ》と来てるから、始末におえないや。居て呉れりゃ好いな。居なかろうものなら大事《こと》だ。また那珂河へ網を入れるの、山の中を鐘大鼓で、迷子の迷子のも下《くだ》さらないからな。何にしてもお辰が所《とこ》に居て呉れりゃ好《い》いがな。おー寒い寒い。意地悪く横面《よこッつら》へ吹つけやがる。』

市兵衛は独語《つぶや》きながら、桑畑の間を稲荷の崖へ辿ッて行く。

突然《だしぬけ》にぱちぱちと云う音が聞えた。急《にわか》に向うが明るくなッた。吃驚《びっくり》して向うを見ると、今自分が尋ねて行《ゆこ》うと云う、稲荷の崖が火事だ。外《ほか》に家はない、お辰の家が火事だ。と一散に路も撰ばず駈出した。

稲荷の崖のお辰の家は、既に門口一面の火となッて居た。門の戸はまだ焚《もえ》ぬけないが、窓は既に火に破られ、舐《ねぶ》るが如き火焔《ほのお》は舌を吐て、軒の藁葺《わらぶき》を嘗《な》め様《よう》として居る。風は益《ますま》す荒んで、見るが如き小家は、瞬間《またたくひま》も堪えまいと思われた。

市兵衛は近づく儘、一箇《ひとつ》の黒影が火焔の中を駈廻るのを見出した。愈《いよい》よ大変だ。と叫びながら駈付て見ると、彼黒影は亀さんが家の四囲《まわり》を駈廻ッて居たのである。

『亀さん、火事だな。如何《どう》したんだ、如何したんだ。』と、市兵衛が声を掛《かけ》たけれども、亀さんは一語も答えぬ。畑の高粱幹《とうきびがら》または桑の枯枝なぞを抱えて来ては、火勢を助け様《よう》と投掛けて居たのである。

市兵衛は益《ますま》す驚いて、馬鹿にしても為《す》る事が余《あんま》り馬鹿馬鹿しいと、少時《しばし》は声も出なかッた。

『おい、何をするんだ。火事を焚付《もしつけ》る馬鹿が何処の国にあるもんか。お前にも呆れて了《しま》うよ。お辰は如何《どう》したんだ。家内《なか》に居るのか。居ないのか。え、如何《どう》したんだ。亀さん、亀さん、如何したんだ。』

亀さんは尚《な》お答えない。依然として焚付《たきつけ》を運んで居る。市兵衛は放擲《うッちゃ》ッても置けないから、亀さんの腕を確《しか》と押えた。

此時金井町の警鐘《はんしょう》を打出した。亀さんは半鐘を聞《きく》と、市兵衛に執られて居た腕を振解《ふりほど》いて逃げ様《よう》とした。市兵衛は又取って押えて放さない。二人が争ッて居ると、背後《うしろ》に可怖《おそろ》しき音が聞えた。二人は吃驚《びッくり》して振返ると、門口の戸が焚抜《もえぬ》けて倒れたのであッた。途端に人の呻《うな》る声が聞えた。二人は又吃驚して能《よ》く見ると、家の内には一個《ひとり》の人が、今しも起上ろうとする所である。亀さんはあッと叫《さけ》んで、ぺたりと坐ッた。

火の中で呻ッたのはお辰である。渠《かれ》は泥酔した儘《まま》、前後不覚で居たのである。自分の身さえ知らぬのであるから、亀さんと約束した法恩寺の十時の鐘を聞き付けよう筈がない。窓や戸の隙間から、段々に吹荒む風が、一陣怒号《どごう》しつつ襲った時、焚火の余燼が八面に散乱したのも、素《もと》より知らなかッたのである。火が発したのも知らぬのである。火は内から襲い、風は外から襲い、窓を打破ッて、火気の漸く盛ならんとしたも、知らなかったのである。泥酔して地上に俯《うつむき》臥《ふ》したのは、渠《かれ》が一時の僥倖《しあわせ》で、そうでなくば疾《と》くに焦死《こげし》んで居たかも知れぬ。渠《かれ》の顔手足の幾分《いくら》かは、既に火に焙《あぶ》られて居た。而《しか》も尚《な》お死さない事を得たのは、泥酔して居る為めに熱《あつさ》を感じないから、立騒いで煙を食《くら》わないのと、顔を地に臥して火熱を吸込まなかッた故《から》である。今や渠《かれ》が運命の終《おわり》は近《ちかづ》いて、門口の戸は敢《あえ》なくも焼倒れた。疾風は遠慮なく吹込んだ。火焰は会釈もなく地を這《は》いつつ焚上《もえあ》がッた。渠《かれ》が酔も終《つい》に生《いき》ながらの焦熱地獄の苦痛には敵し得ないで、夢現《ゆめうつつ》の界《さかい》に起上ッた。けれども、火焰を横面《よこ》に被《あび》て、あッとばかり倒れた。倒れて起ようとして又倒れたので、渠《かれ》は地上に這ッて、僅かに一呼吸の安きを得たのである。

亀さんと市兵衛とがお辰を火焰の中に認め得たのは、此時である。お辰が亀さんと市兵衛とを、家外《いえのそと》に認め得たのも、亦此時である。

『亀さん助けてお呉れよう。』と、お辰は苦しき声を上げて叫んだ。

亀さんはお辰が救《すくい》を呼ぶ声を聞いて、魂魄《たましい》は天外に飛んだ。斯《かか》る時に処すべき機転は、元来渠《かれ》に皆無なのである。渠《かれ》は片手に確《しか》と市兵衛の袂を攫《つか》んで、片手にお辰を指ざした。けれども、口は宛然《まるで》唖《おし》の如くである。唯ああと叫ぶさえ如何《いか》にも切なさそうで。

市兵衛も助けて遣りたいとは思う。けれども、火中に走り入《いッ》て救うには、既に其時が後れて居た。渠《かれ》も終《つい》に施すべき策が無いのである。

火怒れば風走り、風怒れば火従う。烟《けむり》は渦の如く巻いて、藁葺《わらぶき》の片廂《かたびさし》は既に落《おち》んとして居る。

お辰は亀さんも市兵衛も、自分を救い呉るるの意なしと信ずると、忽ち一念邪推を呼び起して、眉あがり眼怒り、はたと睨んで、歯をきりきりと噛んだ。

『奴《うぬ》、能《よ》くも、欺して。市兵衛に話しやがッたな。酔ってる所を、や、や、焼殺すんだな。市兵衛、う、う、奴《うぬ》が智恵かッて、能《よ》くも……能《よ》、能《よ》くも……。』

其声は胸を刺す様で、断々《きれぎれ》に顫《ふる》えて居ただけに、大焦熱の苦も想遣《おもいや》られる。

亀さんは云う所を知らない。単手《ただて》を打振ッて他意のないのを示し、涙は頬を流れて、口はべそをかいて居る。

市兵衛はお辰の怨みの言葉が、何の意を含んで居るのか、素より知らぬ所である。けれども、此火災に就《つい》て、亀さんが何か関《あずか》り知る所があるらしく覚《さと》り得た。覚り得ると共に、非常に愕《おどろ》いて、此《これ》も口を利き得なかッた。

亀さんと市兵衛とが強《しい》ても弁解しようとする様子がないので、お辰は自分が邪推を其と愈《いよい》よ深く信じた。其は放火の一大事を、愚鈍の亀麿が市兵衛に話し、市兵衛の入智恵で、却って自分を焼殺すのだと邪推したのである。其であるから、腹が立つ、口惜しい、怨めしい、情ない、悲しいの情が一時に発して、胸は裂る様で、剜《えぐ》られる様で、何とも斯《か》とも云われたものではない、自らは非業と信じて焼殺されるのだものを。況《ま》して渠《かれ》は蝮蛇のお辰である。

渠等《かれら》が思うも語るも聞くも一転瞬の間である。転瞬、刹那、風は狂い、火は舞い、家の生命《いのち》も、屋根へ焚抜《もえぬけ》るのが終りである。其終《おわり》もはや何時《いつ》までの生命《いのち》であろう！

『ああ、切ない。ああ、だ、だ、誰か。ええッ畜生めッ。ど、ど、ど、如何《どう》するか見……。』

　お辰は既《は》や這ッて居る事も出来なくなッた。土間《ま》の隅へ逃げ様《よう》とした時、又もや狂風は怒号して吹込んで、門口の戸の半分火になりながら未だ粉砕《くだけ》ないのを、今しも逃げ様とするお辰が上へ吹被《ふきかむ》らせた。お辰は悲鳴を発して飛上ッた。火は粉砕《こなごな》になッて、頭とも云わず、顔とも云わず、着服《きもの》とも云わず、何処《どこ》にも此処《ここ》にも全身に降掛ッた。大悲鳴は叫ばれて、彼は撞《どう》と倒れた。渠《かれ》の逃げ様とする心は、尚《な》お立上ッた。髪は残らず焦げて了《しま》ッた。着服《きもの》は袖も袂も裾も焚上《もえあが》る火である。手足は殆んど見定むるを得ない。苦しむ顔は、誰が能く見る事が出来よう。

　亀さんは叫び、泣き、起ち、跪ずき、合掌し、念仏云う。

　市兵衛も覚えず合掌した。

　惨《さん》！　惨！　見るに忍びぬ、写すに忍びぬ。軈《やが》て撞《どう》と倒るる音のみ聞えた。

　市兵衛はお辰が斃《たお》れたのを見て、急《にわ》かに亀さんの手を引立てた。亀さんは殆んど歩み得ない。市兵衛は亀さんを引摺る様にして、何者にか追わるるが如く、路《みち》もない桑畑に紛れ込んだ。

人声は近づく。提灯の火は桑畑の間に散見《ちらつ》く。五ケ町の警鐘《はんしょう》は尚《な》お連打《つづけうち》に打ッて居る。

風は未だ止まない。終宵《よどおし》吹通すのであろうか。折々は尚彼の怒号の声も聞える。

＊　　　＊　　　＊

法恩寺の墓地の一隅《かたすみ》に、卒塔婆一本の新墓が出来、常時《いつも》香花の断えた事はない。墓はお辰を葬むッたので、毎日毎日参詣するのは亀さんである。必らず香花を手向けて、其眼は何時《いっ》も、うるんで居らぬ事はない。

亀さんは女の中《うち》に交らなくなッた、寧ろ厭う程である。娘を見て追掛るなぞの事は、勿論ない。狂言の仮声《こわいろ》身振も為なくなッた。無論遊女町に行く事もない様になッた。

多弁《おしゃべり》とも云われる程であッたが、殆んど唖児《おし》の如くなッた。へへッへへッと笑う事ばかりは、今も昔も異《かわ》らないのである。

人の居ない処なぞで、男と女と話でも為《し》て居ると、唖児《おし》の如き渠《かれ》の口は開かれるのである。

『へへッへへッ、危険《あぶね》えよ、危険《あぶね》えよ。』

（『五調子』明治二十八年十二月）

徳田秋声（とくだ・しゅうせい）

一八七二・二・一～一九四三・一一・一八　石川県金沢市生まれ。本名は末雄《すえお》。九一年、第四高等中学校を中退。九五年に博文館に入社し、そこで泉鏡花と親しくなる。鏡花の勧めもあって尾崎紅葉門下の一員となる（のち泉鏡花、小栗風葉、柳川春葉と共に「四天王」と称される）。翌年、悲惨小説「藪こうじ」を発表し、文壇に登場。一九〇八年発表の「新世帯」以降、自然主義的な作風を身につけ、「足迹」「黴」「あらくれ」といった傑作を生み出し、自然主義文学の代表的作家となった。作品に「順子もの」の総決算たる「仮装人物」、「縮図」他がある。

藪こうじ

徳田秋声

一

東京近辺とのみにて村の名は逸したり、又の名を穢多村というは、往昔《むかし》より人間交際《ひとづきあい》出来ざりし穢多の部落なればなるべし。革細工の出る処にて、牛馬犬猫貉《むじな》狸などの革を剝ぎて太鼓を張り革櫃《かばん》を作り、近来は又靴というものの需要益《ますます》殖《ふ》えゆくため、人の外《ほか》に置れし穢多も、新平民の称呼と共に世の中に押出し、大分の資産作りて蒼白かりし人の顔、遽《にわ》かに色めきわたり、家も新たに築き、田地も買い、学校も開けて、樹立の際より立昇る煙、昔のように穢多臭からぬも心からにや。

中にも三里南の〇〇町に移住せる輩《ともがら》頗《すこぶ》る多し、此も亦其の一なるべし、一月以前の事なり、半欧半和の厳《いかめ》しき玄関構えの邸宅町の端に起されたるが、玄関の正面には枝振おかしき雄松を根土堆《うずたか》く植え樹蔭《こかげ》より木理《もくり》麗わしき杉戸微見《ほのみ》ゆるように作りなし、門の左方には愛人《あいじん》医院と書したる新らしき札を掲げ、右方には陶器製にて医士赤木黙斎《あかぎもくさい》というを打付けたり。まだ一月半余を過したるばかりなれば、薬局の書生は匙音さすること稀に、下駄は五六足美《うる》わしきを駢《なら》べたれど、彼《あれ》は皆家族のを取出したるなりと減らず口を利《きく》ものもありとぞ。黙斎は穢多とは思われぬほど、色白の身材《たけ》高き紳士なり。肥肉《しし》づきて頬髯《ほおひげ》さえ疎《まばら》ならず、鳶色の瞳子《どうじ》を有《も》てる眼は少し大き過ぎて、梟《ふくろ》のに消《に》て恐ろしく、頽然《だらり》と下りし大《おお》なる耳朶の下に空豆程の赤痣ありて汚穢《むさく》ろしく、彼《あれ》が逭難《のがれがた》き穢多の血脈を引たる章《しるし》と、頑固《かたくな》なる老爺《おやじ》の悪口を聴きて、簡易学校に通う悪童が嘲罵の種子《たね》となるを、例の怖き目を剔出して睨まえて通れど、口惜《くや》しきことの究《きわ》みなるべし。眼に少しばかりの文字《もんじ》はありて、医術はた拙からず、従って小理窟いうに長け、自惚《うぬぼれ》も浅からず、動《やや》もすれば律義心に怒る種類の人なるが、穢多だけに世を針の穴の狭く見て、世間の広さを知らず、一概に頑陋《かたくな》と評し去らるべきにあらねど、主張の強過ぐるは此の紳士の欠点《きず》なるべし。去年《こぞ》の秋落葉劇《はげ》しく窓を敲《たた》きて凄《すさま》じかりし或日の夕《ゆうべ》、妻は冥府《よみじ》に啓行《かしまだち》して仕舞いけるより、介抱人と名のつく三十前後の左までは賤しからず醜からず、気の利《きき》たる女を傭《やとい》入れしが、此は那様《いか》にして獲たりしにや、穢多ならぬ清浄無垢の血脈を受得たる婦人にて、天地に唯一人頼みとせし夫を喪いて寄辺《よるべ》なきままに、万事は天運なりと合点し、穢多なることを識らぬ為《まね》して入来れるなりとか。名をお槙《まき》といいて何事にも思遣り深く、物のいい様、身のこなし、優しく過ぐる程なれど、鼻筋鋭く通りて、時に額に青筋を露《あら》わすは、何処《どこ》かに強きところのある女性《にょせい》なるべし、黙斎は万事冷たく暮して、黄金《こがね》を貯うる性質にて、銀行に仕舞いある金、千宛《せんずつ》数えて幾個《いくつ》か有《も》ちたれど、今に薬価は如何なる貧民にも呵責しても厳重に取立て、世間体丈《だけ》は飾れど、お槙には未だ半襟一筋灑洒《さっぱり》したるを奢らず、書生に温き飯喰わしたる例なしとぞ。

黙斎に過ぎたるもの一個《ひとつ》あり、今年十六のお礼《れい》と呼べる娘にて、穢多と思えば何処かに淋しきところあるようなれど、素性を知らぬ男子は、何人《なんぴと》と雖も其の艶容に恍惚《みと》るるならん、普通学は畢《おわ》りて、今や茶湯、裁縫《たちぬい》、琴の修業に余念なく、頭に挿《かざ》す簪さえ普通《なみ》のものは用いさせず、此の娘縹致《きりょう》は十二人並なれど、此方《こちら》に穢多という弱点《ひけ》あれば、百歩を譲りて幾許《いくら》かの持参金を付くべき間、女房に貰手あらば周旋して給わるべし、赤木の家を嗣《つ》がんという人あらば、家蔵田地一切の資産は只今にても譲りても露《つゆ》惜しからずと、其れとはなく知人《しるひと》の際《あいだ》に披露したるも、子故の親心なるべし。

常々、介抱女のお槙は、半ば追従もあるべけれど、半ばまたお礼の不憫さも取交ぜて、お礼さんのように縹致《きりょう》はよし、何も彼もお出来なさると申すんですから、世間の人が決して空手《ただ》では置きませんよ、必然《きっと》好いお養子が被入《いらっ》しゃるに相違ございません、お気遣い遊ばしますなと、口を縮《すぼ》めて朝夕黙斎を煽《おだ》つれば、嬉れしさに微笑まれながらも他《ひと》には明されぬ素性の弱点《よわみ》あれば、後は苦笑に紛らしながら、尚必然左様《きっとそう》いう都合の答の待たるる。

一日《あるひ》お槙は愈々《いよいよ》口を開きて、左様《そんな》に苦思苦思《くしくし》なさらずとも、工夫はありそうなものじゃございませんか、夫《それ》とも外《ほか》に差障りでもというように、否々《いえいえ》、差障りとては微塵もなけれど、とかく縁は長し短し、彼方《あっち》が宜ければ、此方《こっち》の間尺に合わず、思うようにはなり兼ぬるものさと鬱《ふさ》ぐ。斯《こ》うなすっては如何です、裁縫《たちぬい》のお師匠さんはお世話好きとやら、ツイ先月のうち二人もお弟子の片付いたのは、皆《みん》なお師匠さんのお口が掛ったからだと申すじゃございませんか、何《ど》うか貴方《あなた》も左様なすっては如何です、何なら妾《わたし》が好いようにお頼み申して参りましょうかと口軽《くちがる》に勧むれば、ムム成程、此《これ》はまた婦人に限る、好《よ》いところへ気がついた、では御苦労だが好いようにお前からと、愈々大事はお槙がものとはなりけり。

お礼は陰気というべき方《かた》にて顔の美しさ丈《だけ》、身の素性を恥ずること深く、衆人《ひとびと》の間に交わるは、何より辛きこととのみ思過せしが、交際《つきあ》いてみれば、人は案外無情《つれな》きものにはあらず、彼《あ》の縹致《きりょう》で穢多といわするが気毒《きのどく》なりと、一入勦《ひとしおいた》わりくるる優しの人も鮮《すくな》からず、遊びに被入《いらっしゃ》い、遊びに参りましょうかと、親しくしてくるるもの次第に殖行《ふえゆ》き、初めはお転婆《てんば》といわるる娘又は少し面《おもて》の自慢になる娘は、お礼の側には隣りて坐ることを屑《いさぎよ》しとせず、偶然《たまに》お礼の起てる後は、面を顰《ひそ》めて手を振り、不浄を清むるなど号して仲間に入れざらんことを謀《はか》りしものまで、今は睦合いて、素性談はお礼の前には提出《もちいだ》さぬよう心掛くるように成行けば、お礼が日頃の僻《ひが》みも次第に直り、独り室に閉籠りて思案に沈む病気も消失せ、笑顔みせたることとなき淋しき面にも、時には春の海の波に似て微笑を作り、総《すべ》て人に眤《なず》むようなりぬ。口重からぬお槙は時々お礼を捉えて軽口交りに己が見し世間を語聞《かたりき》かせ、又は亡き母の有りし容子《ようす》を尋ね、母の如くして優しく待遇《もてあしら》うに、側に見る黙斎まで殆んど悦に入り、娘が心の開けたるもお槙が丹精に依れりと称《たな》えける。

然るに異《あや》しき事は出来《いできた》れり。お槙は黙斎を唆《そその》かして裁縫《たちぬい》の師匠への贈物など美々しく拵《こしら》え、お礼が縁談に就き、細かに依頼するところありしが、如何にしたりけん、其の翌日より、お礼は又思案に沈む病を起し、裁縫も厭なり、茶湯、琴も厭なりとて、食事さえ慵《ものう》く、何事をか患《うれ》えはじめたる、哀れに萎れけり。

黙斎は狼狽《あわ》てて、脈を取り、舌を検《あらた》め、呼吸を測り、瞳子《どうし》を視《み》れど、内に秘めたる憂の外に現われたる験《しるし》となるべきものはあらず、病気かと問えば頭を掉《ふ》り、病気ではないのかと問えば黙して暗涙《あんるい》に眼を曇《うる》ませて了《しま》う。何《ど》うしたのかと迫れば、五月蝿《うるさ》いとて、奇麗なる眼を爛々《きらきら》させて目眦《まなじり》に劇《はげ》しき痙攣の電《いなずま》凄まじく、何故左様《なぜそんな》に鬱《ふさ》いでくれる、腹の立つこと心配事、何によらず俺に打明けて気を安めて呉れと優しく問えば、知りませんよと振袖を投り出すに、黙斎ほとほと困じ果て、これは是非お槙に限ると頼みける。

折しも雨は霏々《ひひ》として細糸《さいし》を乱せるに彷彿《さもに》たる日なり、更衣《ころもがえ》するに寒く、せざるに熱き初夏の鬱陶しさ、定めしお六《む》ずかり給うは此のお天気の故《せい》でございましょうと、仔細顔に頷きしお槙は、大分機嫌が悪い俺は今余程肱鉄砲を喰わされて来た、往《いっ》て見てはくれぬかと、黙斎の頭を掻くに、去《さ》らばと身を起しぬ。

二

此間のことなりしが、花見にとて父上の強《た》って誘い給うに伴われ往《ゆ》きしが、彼《あ》の痣を見覚えたる子供連《づれ》の背後《うしろ》より蹤来《つききた》り、五月蠅《うるさ》きほど前に廻わり後に遁《のが》れ、左右に取纏わり、彼《あれ》が穢多だとよ、彼が新平民の藪医だとよ、じゃあ彼《あれ》が痣の娘だな、道理で蒼白《なまっちろ》な顔をしていやあがる、ヤイヤイ彼方《あちら》向いたぞ、睨まえたって怖くはないぞ、立停まったな、此方《こっち》まで来られるなら来て見あがれ、貴様のような不具《かたわ》に診察は頼まないぞ、何だと大きな声で此処《ここ》まで来て言いやがれ、ワーイワーイと、後は吶喊《とき》を作って無暗《むやみ》なる挙動《ふるまい》、礫を取りて投《な》ぐるやら、棒を大地に打つくるやら、気が気にあらず、父上を促してさっさと往けば、父上は妾《わ》が手を握《にぎ》り詰《づ》め給うて、互の指掌裡《てのひら》に冷かなりき。

一人にて歩行《ある》けば、左迄《さまで》は人に罵られもせざる身ながら、向血脈《なおちすじ》の程も恥しくて、閉籠りてのみ暮せしが、女子《おんな》は又別様の気心あり、茶湯、裁縫《たちぬい》の朋輩は人並に交際《つきあ》い給いしを、心優しき友達は、共に嬉しき面容《おももち》にて、先生諸共口を揃えて妾《われ》を庇護《かば》いくれ、心直ならぬは快からず思いしにや、先生に穏かならず当りて、却りて御心を損ねし族《やから》も三人四人はありしが、先生の起給いし後は、室《へや》の隅にて常より意地悪き誰彼、頻りに我顔を凝視《みつめ》て、左《さ》も軽蔑するらしき冷笑《あざわらい》を頬に湛え、果ては潜々私語《ひそひそささやき》合いて、忍音《しのびね》に笑い倒れば、余りの人々も其に心を褫《うば》われ、意味を知らぬ人まで、雷同というものならん、一同に噴出して醜くかりしは、妾《わ》が事にてはあらじと思えど尚面眩《おもはゆ》くて席に堪えざる心地しぬ。帰路にて図らず其の人々と路を同うして打語《うちかたら》いしが、貴嬢《あなた》はお嫁に被入《いらっ》しゃるんですってね、左様《そう》ですかは優しかりしが、否《いえ》と返えすれば、眼を円《まる》くして銷魂《たまげ》たる面容《おももち》可笑しく、もう決ったってね、左様《そう》ですか、と問われ、黙って差俯《さしうつぶ》けば後辺《うしろ》からお芽出度《めでとう》と冷評《ひやか》す。御縹致《ごきりょう》が好いから何《ど》うしても口が早く掛りますのさ、とはしたなきことをも歯に衣着せぬは、裏町《うらちょう》の左官屋の娘なるべし。次第に乗地《のりじ》になりてしたたかに戯弄《からか》いし果て、誰の口からかは覚えねど、穢多ていものは縹致が美《い》いものだってね、と聞きては最早眼も眩むようなりぬ。

斯《か》る事を考えはじめては、お礼が処女心《おとめごころ》の到底衆人《ひとびと》を嫌うことを禁じ得ざりき。しくしく泣き、しみじみ悲んで、果ては我を産みし父を恨み母をも怨む気になりても見たりしが、穢多ならば矢張《やはり》穢多同士の穢多交際《づきあい》が心易かるべきに、何の業因にか、斯る大町の真中に際立ちて美々しき家を構え、着物の好み、帯の誂え、言えば更なり、櫛、笄《かんざし》、下駄に至るまで綺羅美《きらび》やかなるを選《え》りに選りて、嫌と頭を掉《ふ》るに、強いて殆んど日毎の湯浴、日毎の髪結、紅塗れの白粉着けのと、父上の待遇《もてなし》給えば、給うほど人目には憎くく思われもすべし、産付《うみつい》たる我が村に古くとも玄関の式台少し腐りて虫喰《むしば》みたる、庭に赤躑躅《つつじ》、燃ゆるばかり美事に咲きたる、彼《か》の母上の病没《みまか》り給いたる家こそ住みよけれ。もう厭なり、斯《か》る辛きことは復《また》とあるべきや、贈物など先生の此《これ》はと驚き給う程為《し》給《たも》うは、妾《わ》が身可愛しとの慈悲なるべけれど、慈悲の却りて身の仇とは今思当りぬ。人は何と言おうとも、出世など希望《のぞみ》にはあらず、人に後指ささるるは針の莚に坐るより尚心苦しと、お礼は独り思《おもい》定《さだ》めぬ。

又お鬱《ふさ》ぎの御持病ですか、何様《どう》なさいました、お裁縫《たちぬい》もお茶湯《ちゃ》もお嫌ならばお嫌で宜《よろし》いではございませんか、気散じなことして遊ぼうじゃありませんか、其とも何ぞお腹の立つことでもお有りなさるのですか、何が悲しいのですねお母さんのことでも又思出したんでしょう、ね、とお槙《しと》は優やかに側に座を占めて熟々《つくづく》お礼の俯伏《つか》せる面《かお》を覗込みしが、露の玉は白き白き頰を転《まろ》びて、一滴二滴は膝にもほろりと散りぬ。

此のお室《へや》は五畳しか敷けない、天井の低い、窓の北に向いた、而《そ》して見付か黒塀の、樹《き》共《ども》というては枯萎れた南天の一株許《もとばかり》、誰だっては気は鬱《ふさ》いで了《しま》います、お気の詰るのは当然《あたりまえ》でございます、彼方《あちら》のお座敷へ被入《いらっしゃ》いな、さあさあ往きましょう、而《そ》して悠々《ゆるゆる》訳もお聞き申しましょう、何ね、訳といっては別に無いのでしょうけれど、お聞かせ申すことがありますからさ。例の錦絵でも見せて戴こうじゃありませんか、お嫌なの、と力を籠むれば、お礼は力なげに首うな垂れ、酷くいえば、何《ど》うか放擲《うっちゃ》って置《おい》て下さい、気随《きまま》なものですから、此処《ここ》の方が居ようござります、も素気なし。

頃日《このごろ》赤木が家には一箇の波瀾起りぬ。

黙斎は樫本《かしもと》といえる一人の書生を有《も》てるが、頃日また横井鎮雄《よこいしずお》といえる書生を薬局に入れぬ、今年十六歳になりまするが、父も母もあらず、意地悪き叔父一人有《も》ちて、天涯に身を倚《よ》すべき木蔭もあらず、医書は幼少なる折より天賦《うまれついて》の嗜好《すき》なれば少しは読みたり、拠《よんどこ》ろなき事情ありて産れし村を逭《のが》れつ。雷名を聞きて来りしとの無邪気なる挨拶に少しく鈍魯《おろか》なる性質《たち》なるに似たれど、雷名というに、善き黙斎は心を褫《うば》われて、去らばと留め置きける。

一日《あるひ》薬局の隅に新聞紙を繰広げて意《こころ》なき眼を彼方此方《あちこち》と辿らせつつ読みありしが、折ふし樫本は代診とて不在なり、時計の音のみ室《へや》の寂寞を破り、耳を遮《さゆ》るものもあらず、不図《ふと》眼を畸《そばだ》つれば、薬局室の戸口に片手を凭《もたせ》掛《か》けて半身を現わし、気色至て沈みたる令嬢の大理石像かと想《おも》わるるまで、瞳子《ひとみ》を据えて、わが横顔を凝視《みつ》め居りしに、ハッと思いて心転動する機会《はずみ》、新聞は手先に無茶苦茶に揉まれ了《おわ》んぬ、慌てて姿を隠すお礼が後には、麝《じゃ》香《こう》の匂のみ馥郁《ふくいく》として薫りける。

ある雨のしょぼ降りて室《へや》のうち薄闇く、鶏《とり》の声向うの米屋より眠気に漏れ来りて、無聊《つれづれ》に堪えぬ日、腕押し、坐角力《すわりずもう》、脚相撲など、二人の書生は始めたりしが、次第に乗地《のりち》になりて、前後を弁《わきま》えず、劇《はげ》しき音させて、棚の薬瓶一時に落雷の如く墜ちしが、喧《かまびす》しかりし音収まりて寂として声なきこと少焉《しばらく》、軈《やが》て争論のブツブツは低く起りしと思う間に、罵り合う声高く響き、遂には起て組付嚙付かんまでの勢なりし。黙斎帰りて後、二人は恭しく前にゆきて、薬瓶数多《あまた》壊して、花毛氈《はなもうせん》したたかに汚せし由、樫本は喋々《ちょうちょう》しく、罪を大方は横井に被《き》するを、左《さ》までには口の利けぬ鎮雄の、血汐《ちしお》のみ面《おもて》に衝上りて胸は言甲斐なく塞《ふさが》り、黙して首を垂るる気弱さに、妾《わたし》がちゃんと見て居ました、棚に体を投付け給いしは確かに横井さんではなかったらしと、事実を告げられては、些細なることながら、稚《おさな》き心には嬉しかりき。

或時は又、出診依頼に来りし人の姓氏を、記憶好からぬ横井の忘れて、先生の小言喧しからんとする刹那、お礼は能《よ》く覚えて、其は妾が取次ぎましたと引取りくるるは優しき心の内ぞかし。着物の綻び和釦《ほたん》の墜ちたるなど、翠帳《すいちょう》の奥深く閉籠り給う令嬢が眼《まなこ》に、奇《あや》しくも止りて、人しれず慇懃なる待遇《もてなし》数々《しばしば》なりき。宝石入の指環一個、これあげましょうといいたることもありしが、此計《こればか》りは如何《いか》に強いられたればとて、気の弱き鎮雄には気は進まず、斯《こん》様な野暮なる書生に、貴嬢《きじん》めきたる此品《このしな》を有《も》ちたらば、他は泥棒とや疑わん、折々は代診にも往くなる樫本にお遣りなされたら悦《よろこ》びましょうといえば、厭《いや》なこと、是非お厭なら、此は取ておきのにしましょうと旧《もと》の手函《てばこ》の底に秘めたりし。

横井が心は初東風《はっこち》に吹かるる、春の若草の如く、いいしらぬ温気《あたたまり》に光被《こうひ》せられて、賤しき此世と、果敢《はか》なき我とを三千里外に放擲《ほうてき》して、独り花の香匂う楽園の裡《うち》に酔えるが如き心地しぬ。

或夜樫本は何処《いずこ》にてか酒を被りたる、横井を捉えて、貴様は頃日《このごろ》何うかしているのだろう、怪《け》しからぬ風姿《そぶり》が僕の炯眼に看破されてるとはお気がつかれないのか、迂闊な奴だ、一体貴様は百姓だというではないか、土掘《つちほり》の身にてありながら、分を忘れて刀圭《とうけい》社会なんど気が利過ぎていはしないか、生意気だなあ、柔弱《にやけ》た奴めがと罵られ、繙《ひもと》ける書に眼は注ぎながらも、満身の冷汗水を浴せかけられたらんが如く、わくわくする胸の動悸鎮むるに力なく、耳熱《ほて》く灼りて何とも詮術《せんすべ》を知らざりき。

脆《もろ》く折れ易き性質《たち》なれど、乗地《のりじ》になれば、駻馬《かんば》の勒《たづな》を放れし如く、樫本は意地になりて尚も激しく、こら横井返事をしないか、弁解《いいわけ》は出来ないだろうね、道理《もっとも》だ、けれど宜《よ》くないよ、無闇に優しく媚を呈するではないか、お礼さんに貴様何うかしてるだろう、骨のない男だな、白痴奴《たわけめ》と、憎らしく言かけ、右手《めて》を差伸して横井が細頸《ほそくび》を摑み、左右に揺り動さんとするを、忍び兼ねてや、弱きものの強くなりて、几上《きじょう》にありし小刀《ないふ》を攫《つか》むや否や、敏捷《すばや》く後辺《うしろ》に振廻わして、思断《おもいき》りて横井が腕を下より刺せば、乱暴だなと、顔真蒼になりし敵手《あいて》の、瞠《どう》と後辺《うしろ》に僵《たお》れて、突かれたる処を舐《なむ》れば、鮮血混々として、傷口定かに見分け難かりき。

其の翌日、横井は一封の遺書《かきおき》を黙斎に留めて、樫本に激されしか、柔弱なりしか、はた正直にして、此の辱《はずかしめ》に堪え得ざりしか、横井は飄然《ひょうぜん》赤木が家を退きぬ。

嬌羞《きょうしゅう》ということは、一般人より幾倍も勝りて有《も》てるお礼の、表に微現《ほのめ》くまで同情を表して劬《いた》わり遣り、同情を表せられたる心算《つもり》なりしに、こもまた自家独断の自惚《うぬぼれ》よりにて、指環を請取らざりしも、内々は誰かに我家の血統《ちすじ》聞き知りて、赤木の弟子といわるるが辛く、喧嘩は買いて其に托《かこつ》けたるにあらざるまでも、其をよき口実としてわれらを、横井は見棄てしにはあらざるべきかとの、邪推の、小さき胸に起り初めてより、お礼が幽鬱の病は日に添わりゆくのみなり。

頃日《このごろ》裁縫の師匠室田《むろた》に、夏の初めより頼みおきたる縁談成熟の期来《ききた》りしにや、好《よ》き人ありと言越しぬ、二三度室田も来りて黙斎も往きもしつつ、交渉頻繁なりしがお礼へは何とも沙汰せず、お槙は相変らず如才なくお礼を賺《すか》し、黙斎はお礼の病気に馴れては左迄《さまで》心を痛めず、薬局の樫本は依然として、無愛想なる素振にて終日《ひねもす》匙を動かし居り、横井が玄関に貼りたりし来診往診時間規定のみは、今尚墨痕潤いたる色を留めたれど、其人は如何にかしたりけん、其後は赤木が冷飯喰いて、樫本と喧嘩するような好奇漢《ものずきもの》も飛込まざりき。

殆んど癖になりしお槙が琴でも拝聴しようじゃありませんかは、五月蠅《うるさ》きほど繰返えされ、折々は素性を詰問するらしき口調も、狎《な》れては交りはじめて、此には如何にしても厭なる顔みするが心苦しく、宜《よ》き程に挨拶すれば、果はお母さんは何様《どん》なお面《かお》の、何様《どん》なお気質《きだて》のお方なりし、定めし縹致《きりょう》よきがうえに、優しき内気なる、丁度貴嬢《あなた》のようなるお人にや在《おわ》したらん、お病気は何なりし、お年はお幾歳《いくつ》なりし、今度のお墓参りには是非妾《わたし》も連れて戴きとうござりまする、も耳に瘤の出来るほど聞《きか》されし。

父は或日の夕景《ゆうげ》、蟬の声辛々《ようよう》収まりて、檐《のき》に吊せし、風鈴戦《そよ》ぐ風に鳴騒ぎ、十四日の紅き月、団々として大きく、木槲《もっこく》の右手《めて》より顔差出し、縁の先なる呉竹の影婆娑《ばさ》として影を伊予簾《いよすだれ》に投ぐる頃なりき、お槙が気を利《きか》したる手料理に、好きな酒膳の隅に、礼も一口呑まぬか、気の結ぼるる折ふしは、酒こそ百薬の長なれ、さあ猪口を持て、槙酌を頼む、厭だというのか、厭なら好《よ》いわ、俺が飲もう、飲めば宜《い》いのにと、独りほくほく笑壺《えつぼ》に入り、幾杯をか重ねて双の耳熱するとき、虹の如き息を吐きて、時に芽出度《めでた》いことがあるのだが、聞いてくれと、又一杯は飲み乾しぬ。

お前も、もう十六になったな、何だと知れたこと、だから好《い》い養子をと思うて内々は探していたが、堪忍してくれ、何《ど》うも好《い》いのはないもので、人並に交際《つきあい》が出来る方なら、と滑りてお槙の顔を眺め、母でも存世《ぞんじょう》の折ならば苦労はしないが、是ばかりは金の力にも及び兼ねるので、つい今になった。薄々は聞いたでもあろうが、お師匠さんのお斡旋《とりなし》で、辛々《ようよう》のこと何《ど》うか人並の婿が来てくれるような都合になったが、其は銀行の役員で年は二十五、写真も取ってある、性質も室田さんの保証だから、間違《まちがい》はなかろう、槙、写真を出して見せてくれ、勿論異論はないだろう、否《いや》だと、何《ど》ういう訳だな、否だ、羞《はずか》しいのだろう、写真なんぞ見なくとも宜《よろ》しい、何《ど》うして、嫌だから嫌だと、左様《そんな》に剛情には何時何《いつど》様《う》してなったのだなあ、お前の勝手ばかりじゃない、親を大切と思ってくれるなら、誰しも亭主を有つのは世間の法則ではないか、其でも嫌だというのか、左様《そん》なことは聴きたくない、是は御機嫌を損ねたか、と黙斎は沮喪返《しょげかえ》りぬ。

明日は結納と決めてあるのに、当人の姫様《ひいさま》が嫌だでは室田様に弁疏《いいわけ》がないではないか、彼様《あんな》に世話を焼《やか》して置《おい》て冗談ではないよ、真面目な談《はなし》だ、少しは大人の気にもなって聞かなくては、困るではないか、と酒の酔さえ何時《いつ》しか醒めしが、円《つぶ》らなる眼《まなこ》を爛々《きらきら》と閃《きらめ》かして、黙斎は娘が気色を覗《うかが》いけるが、物をもいわず差俯きたるのみ。お槙は其の後を引取って、言廻し旨く、写真を前に突付けて、好《よ》さそうなお方じゃありませんか、頭から嫌だでは道理《わけ》が判りませぬ、と優しく言宥《いいなだ》むれど、姫君《ひめ》は六《む》ずかり給うて、唯嫌だ嫌だとのみ仰せられける。

三

最初《はじめ》は唯の傭人の如く、着物の洗濯から室内の掃除、厨房の取捌《とりさば》き、又はお礼が身廻りの心づけ、真実《まめ》やかに立働き、高笑いの声苟《いやし》くも吻頭《ふんとう》より洩れしことなく、髪も身粧《みなり》も左《さ》までには奥様めいて取繕わざりしが、黙斎が心を得てしより、次第に傭女の気は棄てて、使われものの側から退《の》き、種々内幕に打込みて、家事向きの経済、近くは又縁談の参謀、元来性鈍ならぬ方なれば、言うことなすこと黙斎の心を動かし、亡くなりし妻の鏡台も出して使わぬか、笄《かんざし》も衣裳も彼様《ああ》しておけば、お礼が年ゆきての後、物の用にも立つもあるべけれど、流行癈れゆくこと迅速なる世の中なれば、蛆《むし》の喰わぬうち取出して着るべし、第一母親の気になりて娘が事を頼むとありければ、差出がましき性《さが》ならずとも、女性は其を嬉しくて、我知らず威権というものに乗るようなりゆけば、自然《おのず》に遣過す程のことも取捌きて、赤木が家の主人《あるじ》のようになりぬ。

　黙斎も娘がことを思うに切なれば、母のようにするお槙の妻君めくを憂しとも思わず、且は何事にか感じけん、慾気《よくげ》は次第に消失せて、志老いゆけば、彼《あれ》は彼様《ああ》するではない、俺は斯《こ》う考えるの、我も無くなりて頷くことを楽《たのし》みける。資財はお前に三分一を譲与《ゆずりや》るべし、お礼に然るべき養子を取らば、俺は隠居して人の脈は診ぬ気なれば、背後《うしろ》の空地に小瀟洒《こざっぱり》とした別隠居所を造りて、二人は其に引移るべく、万事は若夫婦に世話を頼み、念仏でも申して、気楽に暮すことにしよう、俺が死《しん》だなら、若夫婦の後見がてら墓参を頼むと少し風邪の気味にて咽喉《のんど》に痰を塞《つま》らせける時、脆《もろ》きことをいいける。

　此の縁談私が必然《きっと》結んで見せましょう、と疳癪《かんしやく》強き女とて真実《まこと》の娘を世話する気になれば、躍起となりて工夫は凝《こら》せしが、お礼が嫌だ嫌だには詮術《せんすべ》もなかりける。

　一週間ばかり前より、身長の高き学生らしき男、脚気の気味なりとて毎朝九時を定刻として通いけるが、何時《いつ》しか樫本と懇意になり始めて、モルヒネの分量は何程、魔睡剤は妙だの、此処《ここ》に美髯《びぜん》の厳しからむ薬を調合して呉れ給えの、肥肉《ひにく》の逞《たくま》しからん方剤はなきかなど、戯談《じょうだん》を試むる中とはなりけるが、高き笑声熾《さか》んに起りて、談興酣《だんきょうたけなわ》なる或日の朝、此処《ここ》の娘は何《ど》うしたえ、美人だ相《そう》だねと戯れられては、口軽なる樫本は得意になりて、説きはじめ、遂に横井がお礼を恋《こ》いしということまで興を添えて咄《はな》しける。

耳聡きお槙のこれを物蔭より聴取りて、鬼の首を獲《え》たらんように悦《よろこ》びしが、事実を慥《たしか》めんとて彼の男の帰るを待ちて突然樫本の側に寄り、今のお話は事実《ほんとう》でございますかと詰《なじ》りぬ。彼《あれ》は実際ですよ、必然《きっと》夫婦になるといったていのは勿論形容で偽《うそ》だが、横井は正直だったから、此様《こん》な馬鹿丁嚀な手紙まで書いてお礼さんに与《や》る心算《つもり》であったのでしょう、白《ば》痴《か》な奴もあったものだ、と手紙を抽出《ひきだし》より取出して投出しける。愛し給うかの、真心を捧ぐだの、初心らしきことを駢《なら》べけるが、此の手紙を何《ど》うしてと問えば、其《それ》は無論僕が机の中から奪取《うばいとっ》たので、彼奴《あいつ》の出たのも、多分は斯《こ》んなことの露見を懼《おそ》れてなるべし、彼《あ》の夜は徹夜《よもすがら》寝なかった容子《ようす》で、僕が寝たとおもう時分に、其処《そこ》等辺《らあたり》を狂気の様になって探していたが、到頭《とうとう》眼の覚めぬうち、逐電して了《しま》いました、と大口開いて哄笑するが此の男の癖なり。そしてお礼さんの方ではと問えば其は疑問だ、僕は存知ません、と真面目なり。

お槙は其夜黙斎を捉えて此始終を話し、何《ど》うも油断がなりませぬ、お礼さんの方では何《ど》うだか知らないが、何にしろ優しい性分で、彼様《あん》な剛情では何とも妾《わたし》は言兼ねまする、貴郎《あなた》のお考えはといえば、黙斎頭を掻きて恐入りたる様なり。

説得の方法ありと、お槙は遠廻しに横井のことを微《ほの》めかし、もし彼《あ》のようなる青年を養子にしたらば、異論はないのでしょうねと問えば、案外なりき、シクシク泣出して頭《かしら》を左右に掉《ふ》りぬ。

半ば心を探り、半ば嫐《なぶ》りて見、戯弄《からか》いて見る気にお槙はなりて、渋《しぶ》とく駄々を捏《こ》ねられては憎さげなる素振、母親がないとてお父様《とっさん》の余り愛に溺れしめ給えば、最《も》はや人並の弁別《わきまえ》もあるべき歳なるに、優しき心性《こころばえ》と初《はじめ》は思いたりしが、此頃の執拗は打《うっ》て変りし表と裏、少しく懲《こら》さずんば、第一当人の身のため良かるまじく、娘とおもいて心を焦す世話も仇にのみせられては母たるものの威なきに似たりと、お槙は屹《きっ》となりて、泣いていては判らぬではありませんか、横井が斯《あ》んな手紙を書いてた相《そう》ですが、心当りはないのでしょうか、可哀相に樫本さんに嫐《なぶ》られて、此処《ここ》を出たのを何《なん》とか推諒《おもいやり》がありそうなものじゃありませんか、など陰に心を引いて見たりしが、弥々《いよいよ》泣崩れて身をブルブルと打顫《うちふる》わしぬ。

彼《あ》のことを思うてでもなくば、何故に這度《こたび》の縁談はお厭で厶《ござ》ります、余り意地が過ぎますと、草葉の陰のお母さんの胸が、其の度毎に針一本ずつ刺さるるように痛みます、成仏することも何《ど》うすることもならず、魂魄宙宇《ちゅうう》に逍遥《さまよ》うて、此《こ》の妾《わたし》までを酷いと恨み給わんが、心苦しゅうござります、少許《ちっと》はお厭でも愚母《わたし》のこともお考えなすったって宜《い》いじゃございませんか、と果は女心の狭く、胸の中《うち》しどろに乱れて嚇《おど》してもみつ。されどお礼が執拗は日に添《そ》わりゆくのみなり。

或時は又、ありし疇昔《むかし》、われに慈悲浅からざりし母を憶出しては、暗涙の惨然として頬に冷たきを覚えず、私《ひそ》かに写真取出でて懐しげに抱きて見、懐に入れて肌に押当てても見つ。しみじみ其面を眺入りて、花の如き唇に幾度となく接吻しては座辺《ざへん》を憚《はばか》り、樹立の中の、此《これ》よりは厳しからねど、樹ども草ども春は春、夏は夏、秋冬それぞれのおかしき眺望《ながめ》、後の庭に小さき池ありて緋鯉鮒のわが影に畏《おそ》れぬまでになりしこと、小さき窓にかけたりしかなりやの可愛かりしこと、取次《とりつぎ》に昔の面影の忍ばれ、哀愁の情、種々に聯《つら》なり起りて小さき胸を掠めて至り、写真を頬に押あてて、涙の湧出づるに任せ、領伏《ひれふ》せば、後辺《うしろ》に何時《いつ》しかお槙の立居りて、此《こ》もまた亡き母を左《さ》まで恋慕う心から我を疏《うと》んずるならんとの僻心《ひがごころ》を起さする原《たね》とはなりけん、お礼を憎しとおもわねど、可愛しともおもわずなりぬ。

穢多の着古し、左《さ》まで有難しとも思わねど、仰《おおせ》のままに縫直して着たるも多し、其度毎にお礼は眼を涙に曇らせて、われを怨むようなる面容《おももち》、多分は大切の大切の母上の片身、他《ひと》に着らるるが忌わしく、われを潜上《せんじょう》なる婦人《おんな》と軽蔑《さげす》んでならん、婦人ならば、父上に先《さき》ちて此は似合いましょう、縫直してあげましょう、お召しなすっては如何、位《くらい》はいうてくれても身の品格を墜《おと》す種《たね》にもなるまじ、穢多の血脈にてありながら、汚れ一点なき妾《われ》を何処《どこ》までも賤《いやし》まんとならば、妾《われ》にも仕方ありとお槙は思い僻むようなりぬ。

多くは進まぬ酒なり、唯の猪口に一杯か二杯、父上の敵手《あいて》がてら侑《すす》め給うに辞《いな》み難く、僅かに微酔《ほろよい》機嫌となりて、眼瞼《まぶた》耳朶桜色になるまでの快楽《たのしみ》、用は其がため欠くというにあらず、居住《いずまい》の崩るるにもあらず、歯を剝出してゲロゲロ笑い、大声にて喋《しゃべ》々る癖ありというにもあらぬを、飲む毎、私《そ》と妾《わ》が顔を睨めて、いかにも不得心《ふとくしん》らしく燻《くすぶ》った顔容《かおつき》、お礼さん一ツ如何と差せば、眉を顰めて顔を背向けて仕舞う。先月の中頃なりしが、お墓参の折はと盟《ちか》いおきしを、妾《われ》を出抜き給いしは、仏に対して伴《つ》れては済まぬとの魂情《こんじょう》ありしなるべし、亡き母上のことをば此後は欠伸《おくび》にも出《いだ》すことにあらずと弥々《いよいよ》心は暗うなりゆくのみなり。

遂には、お礼さん、ございます、なさいましの綺麗なりし詞《ことば》なりしが次第に粗暴《ぞんざい》になりて、折ふしはお礼と呼棄《よびすて》にして見たり、礼やと母めかして見たり、斯《こ》うお為《し》、彼様《ああ》お為《し》、左様《そう》じゃあないよ、鈍な娘だねの小言も、黙斎の姿見えぬおりは、唇を滑りて転げ出易《いでやす》く、可愛らしき口元、綺麗に結いし髪、何も彼《か》も癪《しゃく》の種子《たね》となりて、胸に激する怒の焰消ゆる時なく、また最初のお槙にてはあらずなりぬ。

何とは理由《わけ》は判《わ》からねど、彼程《あれほど》までに劬《いた》わり給わりし母上の今は全然《てんで》妾《われ》を無きものにしての取捌き、過《あやまち》もなきに叱り罵り、咎《とが》もなきに罪を被《き》せ、斯様《こんな》に鬱《ふさ》ぐのは四百四病の難物浮気な恋からだの、横井は何《ど》うしましたろうだの、折々はまた穢多とは直接《うちつけ》に言わねど、其となく妾《わ》が血脈の世の常ならぬを嘲り、お父《とっ》さんの痣《あざ》は彼《あれ》は何、初《はじめ》は気味が悪くて怖かったが今ではもう何とも思わないのよ、彼様《あん》な痣は生来《しょうらい》なのかえ、腐りはしないだろうかね、妾《わたし》の知人《しりびと》に天刑病患者《らいびょうやみ》があったが、顔の色が白くて、唇が薄ッぺらで、眉毛が描いたように奇麗で、肌理《はだ》といったら大理石《ろうせき》見たような、それはそれはお礼さんのような美形だったが、血統《ちすじ》は争えないものね、婚礼をして二年計《ばかり》過《た》つと、段々腐爛《くさり》はじめて仕様がなかったのよ、厭ですことね、などいいて白眼に妾《われ》を凝視《みつ》むるときは、袖を払いて逃げんかとも思うなり。

迭《たがい》に独断の道理の城を築きて其に割拠すれば、接戦はじまらずして、しかも風波穏かなる日はあるべからず。一時は冷えたりし縁談熱此頃復《また》燃えいでて、九月の下旬、残暑辛々《ようよう》消《きえ》うせて人の息づく時分、室田の促すままに総ての手順を了《りょう》して婚姻は結ばれたり。

お礼が夫と侍《かし》ずくべき人は姓は白井《しらい》、名は謙吉《けんきち》とて、去る医学校を卒業して免状をも有《も》てる人なり。

隠居所は十日許《ばかり》の後、建築をはじめて一ケ月が程に落成し、間に長き廊下を造りて交通自在ならしめ、折々は黙斎も婿の留守には聴冑器《ちょうきょうき》を取り、或は医術論をも戦わして、己が経験を傲《ほこ》ることもありしが、此の夏の暑気に躰軀《からだ》痛く衰え、精根弱くなりしためにや、怖かりし眼《まなこ》の光曇《うる》みて、頬の肉《しし》恐しく落ちたり。

お槙は新らしき赤木の家主《あるじ》に、旧《もと》は傭女のと思われんことの口惜しかりしにや、力《つと》めて鷹揚なる風姿《そぶり》を粧《よそお》い、お礼への快からぬことも胸に畳みて、真実《まこと》の母らしき待遇《もてなし》、上手なりしが、周旋せし室田も家内風波の因《たね》ならんことを虞《おそ》れて口外せざりき。
其後一年余の星霜を経て、黙斎は朽木の如く死《しに》しが、赤木が家は如何なりしか、或人は謂《い》えらく、お槙と謙吉との際には明白《あきらか》には言兼ぬる程の所行ありて、お礼に酷く、資財は次第に減損して門戸傾きはじめしより、お礼は狂気となりて家出したるまま行方を知らずといい、或はお槙は分配してもらいたる、資財を提《ひっさ》げて己が生地に帰りしともいう。三年《みとせ》の星霜を経たる秋の中頃、二十歳許《ばかり》の風采秀麗なる紳士、赤木が家を訪れたる時分は、門札すでに更《かわ》りて、見越《みこし》の枯柳、丈のみ徒《いたずら》に伸びたるが、雨にそぼてる門柱を叩くあるのみなりき。

（「文芸倶楽部」明治二十九年八月）

小栗風葉（おぐり・ふうよう）

一八七五・二・三〜一九二六・一・一五　愛知県生まれ。本名は加藤磯夫。錦城中学で坪内逍遙や森田思軒の講義を聴いて文学への関心を深めるも、中退。九一年、硯友社の機関誌『千紫万紅』に「水の流」を投稿。それが尾崎紅葉に認められ、入門を許される。九六年、悲惨小説「寝《ね》白粉《おしろい》」、同「亀甲《きっこう》鶴《づる》」、翌々年にも同「恋慕《れんぼ》ながし」といった力作を次々と発表し、文壇的地位を確立。一九〇五〜〇六年、「読売新聞」に長篇「青春」を連載。大学生と女子大生の恋愛から破局までを描く。〇九年以降、郷里に隠棲。作品に「世間師」他がある。

寝白粉

小栗風葉

一

留湯《とめゆ》一切御断《いっせつおんことわり》申候《もうしそろ》、小町湯《こまちゆ》の夕暮の門《かど》を忙《せわ》しげに出行《いでゆ》く女あり。艶やかなる髪の濃く見事なるを、小さき島田髷の密《ひそか》に娘装《むすめづくり》、紫紺《しこん》の半襟に縞繻子《しまじゅす》の帯、良古《ややふ》りたる縮緬の帯揚の飛々《とびとび》ながら紅の入りたる、疎《あら》き三本格子の黄も濁れる八丈の書生羽織を裾長《すそなが》に着たる、年に比べていずれか若やかならぬはなし。見たる所二十五六の秋も稍《やや》深く、水涸《みずがれ》に闌《すが》れし朝顔も有繋《さすが》に麗しきは暁の濡色《ぬれいろ》、長湯に熱《のぼ》せし顔の瑩々《てらてら》と露の滴《た》る如く、目鼻立揃いて、生際《はえぎわ》良《やや》乱れたれども、画《えが》きたるようの三日月の眉も捨てたものならぬ容貌《かおだち》。芸者にては固《もと》より無く、茶屋女にしても野夫《やぼ》なり。矢場女《やばおんな》か、月縛《つきしばり》の妾か、此年歯《とし》にして此扮装《つくり》、よもや堅気にはあるまじ。

傍目も振らぬ急足《いそぎあし》に裾も翩々《ほらほら》と、そんじょ其所《そこ》の電信柱に附きて曲らんとする時、お桂《けい》、長いではないか、と擦違様《すれちがいざま》に声懸《か》けられて振返れば、手拭片手に兄の宗太郎《そうたろう》。年歯《とし》こそ三歳許《みつばかり》も違いたれ、争われぬは同じ胎《はら》より梅と杏の容貌《おもざし》肖《に》たれど、身装《みなり》は太《いた》くも変《かわり》胡麻柄の丈短く、襟の縒《よ》れたる綿結城の袷羽織を着て、松坂縞の布子《ぬのこ》に、角帯、前垂懸の飽《あく》まで実躰《じってい》なり。あら、兄様《にいさん》もお湯に？ と訊ぬるを、内には小僧一人店番の不用心なれば、蚤《はや》く帰らぬか、と言捨《いいすて》に急ぎて是も小町湯に入りぬ。

折から夕飯時の少時《しばし》客の絶間《たえま》、男湯は我独占《ひとりじめ》の湯槽に踏反返《ふんぞりかえ》りて、何《どう》も謂われぬ心地、南無阿弥陀仏と燗徳利を浸《つ》けたるように、身動《みうごき》もせで沈める隣の女湯には、前《さき》より二人掛合《かけあい》の饒舌《しゃべり》続けにて、何と御内義様《おかみさん》、今帰りました娘は如何《どう》で御在んす。最《も》う彼是《かれこれ》三十にもなりましょうがとあれば、彼是どころか、速《と》うに三十で御在んしょ、と癇走《かんばし》りたる声の早口に、彼《あれ》は銀杏屋《いちょうや》の万年娘とて名代《なだい》な者。真《ほん》の事、私は那《あの》銀杏屋が未だ芝に居たのを存じて在りますが、其頃最《も》う好《よ》い娘盛。それから麻布《あざぶ》、霊岸島《れいがんじま》、麹町《こうじまち》、両国《りょうごく》と経歴《へめぐ》って、今の天神前《てんじんまえ》に煙草店を出してからも彼是二年近く、毎《いつ》も赤々と九谷焼の化物のような装《なり》して、工手間《ぐでま》の懸った漆泥細工で節分の豆数を隠そうとしても、隠されぬは寄る年波、傍へ寄って見ますると、小皺の間へ溜った白粉《おしろい》の黒く染着いて、手垢の附いた白縮緬見るような、と笑えば此方《こなた》も笑いて、左《と》も右《かく》も那年歯《あのとし》で、娘姿も異変《ひょん》なものと皆まで云わせず、其《それ》は姨様《おばさん》が見慣れぬ故、大神宮様の御国《おくに》などにては些《ちつと》も稀《めずら》しゅう御在《ござ》んせぬ。其証《せい》拠には三十振袖、四十島田と伊勢音頭にも御在りまする、と是で一廉《ひとかど》洒落て退《の》けたる意《つもり》か、又も一度に高笑《たかわらい》。

聞愁《ききづら》き妹《いもと》の噂に宗太郎は長くもあらぬ湯に逆上《のぼ》せ、折節入来る客の見識らぬ男にまで顔覗《のぞ》かるる心地して、人知らぬ冷汗に湯冷の嚔《くさめ》も誰が噂よりと、着物も匆々《そこそこ》に引被《ひきか》けて我家に馳《はせ》帰りぬ。店には小僧一人孑然《ぼつねん》と座れるを訝しく、お桂は？　と問えば、二階にと聞きけるまま、階子段昇《のぼり》行《ゆ》く足音にも気着かず、出窓の下《もと》なる鏡台の前に、妹《いもと》は大肌脱《おおはだぬき》の夕化粧に余念は無かりけり。

梅は老樹《おいき》も花を忘れず、幾歳《いくつ》になるも女は修飾《みだしなみ》、鏡と操は一生捨てられぬものながら、最早寐るばかりなる身に然《さ》りとは無用の化粧三昧、恁《かか》ればこそ、仇も怨《うらみ》も無き他《ひと》にまで彼是の沙汰もせらるるなれ。姿を資本《もとで》の売色の輩なればいざ、素人の色作る事にのみ浮身を窶《やつ》すは、兄の目にも余りて、苦り切りたる気色をお桂は腑《ふ》に落ちねど、有繋《さすが》に心尤《とが》むる両肌を慌てて押隠し、大層蚤《はや》い御帰来《おかえり》と居住《いずまい》を正《なお》しぬ。お桂よ、私《わし》も這麽言《こんなこと》云いたくはなけれど、余り世間の口が懊悩《うるさ》ければ、と聞きし女湯の陰言を語りて、強《あなが》ち紅白粉を捨てよとにはあらねど、花の梢も夏は青葉に、女も二十過ぎての娘装《むすめづくり》は可厭《いや》なもの。島田も最う年明《ねんあけ》にしたらば如何《どう》だ、と日頃の兄ならぬ怨言《いやみ》の辞《ことば》に、お桂は前《さき》より溢るるばかりに涙を漾《ただえ》つつ、口惜しげに其顔を打目戍《うちまも》りしが、私とても何時《いつ》が何時まで、這麽《こんな》島田など結うていたくは御在んせぬ、と身を顫《ふる》わして泣伏したり。

二

破鍋《われなべ》にも綴蓋《とじぶた》とやら、況《まし》て容色《きりょう》十人並に勝《すぐ》れて、春は此一枝《このいっし》に騒がれし花も、ようよう散方の三十近くまで定まる縁《えにし》無くて、夏もはや実を結ぶべき頃を仍独身《なおひとりみ》の徒臥《いたずらぶし》、女の身にしては命も縮むばかりの憂目なるべし。固《もと》より姑、小姑に不満は謂《い》わず、唯似合わしき縁なればと苛《いらだ》つにつけ、売物の花やかに粧《かざ》り立てて、年歯《とし》よりは五歳六歳《いつつむっつ》、若いと云わるるを着物一枚出来たより嬉しく、今年二十六と云うに厚化粧の島田髷、日髪、日風呂、寝白粉、何の何の好《すき》で為《す》るにはあらず、年歯《とし》ほどに扮《つく》れば二度目か、と二の足踏まるるが口惜ければなり。

其を承知の兄までが不便《ふびん》と思うてはくれず、然《さ》りとは怨言《いやみ》らしい事言わるるからには、然《さ》らでも煩《うるさ》き世間の蔭言《かげごと》、然《さ》こそは口に税《ぜい》の出ぬままに、万年新造の、人魚娘の、と恩怨《うらみ》も無き者の悪口《あっこう》も愁《つら》し。左右《とかく》は此姿だに世に曝さねば、口惜き沙汰も為《せ》られで済む事なりと、それよりお桂は昼を隠れて薄黯《うすぐら》き奥の一間《ひとま》に垂籠め、人目を恥じて店にも出でず。風邪気《かざけ》にも欠かさざりし湯にさえ弗《ふっ》と行かずなりて、台所事の外《ほか》は一日を唯鬱々と暮らせば、生得の蓮葉《はすは》も遽《にわか》に陰気なる吐息の外は、物云うでもなく、日増に顔の光沢《つや》失せて、姿次第に羸《やつ》れ行きけり。

病めるにもあらねば、枕に就くにはあらず。設令《たとい》又僅《わずか》に悩ましき所あるにもせよ、此切迫《おしつま》りたる師走半《なかば》の忙《せわ》しさに、我のみ春の来れるように楽寝もならねば、お桂は畳紙《たとう》を啓《ひら》きて、嬉しからぬ春の支度も兄のやら、小僧のやら、色々溜りたる仕事を取出しては見れど、例の頭《かしら》重く、心結ぼれて針の運《はこび》も大義なり。強いて務むれど、直に根尽きて、慵《ものう》げに椽《えん》の障子を啓《ひら》けば、猫の額ほどなる庭も有繋《さすが》に末枯《うらがれ》の色、庇間《ひあわい》を洩来る日影に一株の槖吾淋《つわぶき》しゅう咲初めし傍《かたえ》に、宗太郎が縁日にて求めし山茶花《さざんか》の、根や附かで、半開の一輪散際《ちりぎわ》待たで凋《しぼ》み行く哀さの、我身の上に寄《つま》されて漫《そぞろ》悲しき四辺《あたり》の静なるにつけて、世間の忙《せわ》しさは囂々《がやがや》と手に取る如く、煤掃《すすはき》の音、餅搗《もちつき》の響、町には車の轟、喇叭《らっぱ》の声、物売の太鼓の音も聞えて、折から大小柱暦売、来年の御重宝、と声高に店頭《みせさき》を呼び過ぎぬ。聞《きく》と侔《ひとし》くお桂は胸など刳《えぐ》らるるように覚えて、此上に又一《ひとつ》歳迎らねばならぬとは、唉《ああ》！嫌なことかな、と情無き涙溢るる時、お桂お桂と呼ばれて、あいあいと走出《はせいづ》れば、店頭《みせさき》に一輛《いちだい》の車を停めて、慇懃《いんぎん》に兄と挨拶する丸髷の女あり。誰ぞと見れば己が朋輩娘の荒物屋のお清《きよ》、持って生れし不容色《ぶきりょう》に縁遠くて、未だ此頃まで我と侔《ひと》しき万年新造にてありけるが、少時《しばし》見ぬ間に思も寄らぬ内義扮《ないぎづくり》の勿躰らしゅう、御機嫌宜《よろ》しゅう御在りまするか。私も先月始、交番前の升屋と謂《い》う砂糖屋へ片附きまして、其や是やで太《いか》い御無沙汰、御変《おかわり》も御在りませぬか、未だ何《いずれ》へも御出でなされませぬか。所天《やど》はかねがね御兄様《おあにさん》とは御相識《おちかづき》の由にて、蔭ながら貴方《あなた》の事も存じておりますれば、何卒従前通《どうぞこれまで》り御心易う、御閑の折は些《ち》と御出《おい》で下されませ、と昔ながらに能《よ》く喋れど、何処《どこ》やら以前に変りて容躰振《ようたいぶり》たる口上の憎さ。何時《いつ》も手拭地の浴衣着て、金棒曳廻りし昔の嗽々《がらがら》調子の下作《げさく》なりしも、人の女房となれば倿《こう》もお高くなるものか。途次《とおりすがり》に御無沙汰の御詫とは偽《いつわり》、大方其丸髷見せに来たりしにやあらん。二言目には所天《やど》が所天がも気障なり。

妬《ねた》さ羨しさに、お桂は浅ましき僻《ひがみ》を起して、碌々《ろくろく》挨拶も為《せ》ずに奥へ引込めば、倿《こう》した筈では無かりしお清の、弔詞《くやみ》の門違《かどちが》いしたように、告別《いとまごい》も匆々《そこそこ》にして帰行きけり。何の弁《わき》別《まえ》も無き小娘ならば知らず、万事を承知したる妹《いもと》の余りなる挙止《しうち》に、宗太郎は客の帰るを待ちかねてお桂の傍に行き、然《さ》りとは女にあるまじき不愛相を責むるを、如何《いっか》な耳には入れず、這麼《こんな》恥かしい目に遭うも身の定まらぬ故。那麼《あんな》者にまで馬鹿にされるが口惜《くやし》い口惜い、と埒《らち》も無く泣立つるに、宗太郎も一度《ひとたび》は其邪推を呆れしが、是も不縁故の僻と思えばなかなか可哀《いじら》しく、頓《とみ》に辞《ことば》も無かりし間《ひま》に、お桂は涙片手に衝と起ちて、二階に又多時《しばらく》泣きたりしが、ようよう涙を払いし面《おもて》を鏡台の前に白粉して、水に映れる雨後の月の淋しき姿に頷き、其まま夜着引被《ひきかず》きて打臥せしが、それよりようよう枕に親しくなりて、身に恙《つつが》無《な》き日とては稀《まれ》にぞなりける。

三

正月七日《なぬか》夕景より、柳外居《りゅうがいきょ》に於て都々一糸入運座《いといりうんざ》相催し候付《そろつき》、万障一排《ばんしょういっぱい》して交番所前の升屋に参会したる嬉遊連《きゆうれん》の連中、梅亭苔升《ばいていがんしょう》を一座の宗匠に、春狐《しゅんこ》、秋狸《しゅうり》の徒二十余人、中《うち》に岸洒舎柳《きしのややなぎ》というは銀杏屋宗太郎が表徳《ひょうとく》なり。花に鳴く鶯、水に住む蛙、此男にも此隠芸《かくしげい》ありて、日頃算盤片手の慰《なぐさみ》に、初手は浮気で中度《ちゅうと》は何とやら、一生の道楽を此二十六字に留むれば、所好《すき》こそ物の上手に掛調《かけちょう》の名人とて、毎《いつ》の勝負附にも小結を下らず。達者なる割には嘘字の少き所より、今日も名誉の執筆に選まれて、好かぬ女の思《おもい》差《ざし》、然《さ》りとは難有迷惑と呟《こぼ》しながらも、三絃《いと》の、景のと独り忙《いそが》わしげに立廻れり。

時刻となれば、宗匠文台に着きて、題も出でぬ。軈《やが》て〆切間近となれども、何とかしけん三絃《いと》は来らず。宗太郎は清記の筆を控えて、切腹場の判官の未だか未だかと催促。主の柳外居も故々《わざわざ》皆を招きながら、此不躰裁を初舞台の力弥《りきや》、他目《よそめ》にも気毒《きのどく》なるばかり狼狽《とち》りて、頼み置きける横町の端唄の師匠の許《もと》へ幾度の早打を出しけるに、遽《にわか》に外されぬ用事起りて出懸けたれば、御気毒《おきのどく》ながらとの断《ことわり》なり。然《さ》れど半《なかば》は之を目的《あて》に参会したる三絃《いと》をば、今更抜には為《さ》れず、所為《せん》無きまま宗太郎を呼出して、今宵の始末を打明けたる上、予々《かねがね》清からも聞及びたるお桂《さん》様の三味線《さみせん》、何卒《どうぞ》手前の当惑をお助けなさると思召して、今夜披講《ひこう》の間《うち》だけ御願い申せませぬか、と主《あるじ》が余義無き頼を辞《いな》まんようもなく、左《と》も右《かく》もとて妹《いもと》を呼びに行きぬ。

東風《こち》吹くや、然《さ》れば名も無き草も萌出る春を外《よそ》に、我身一人を冬に垂籠めてのみあればこそ、恁《か》くは気も朽《く》ち、胸も結ぼるるなれ。偶《たま》には衆中《ひとなか》に出て笑いもし、騒ぎも為《し》たらんには沈勝《しずみがち》なる心も自ら引立ちて、躰の為にも良からん、と宗太郎が強《た》っての勧誘《すすめ》に、お桂は進まぬ心を励まして、卒然《いざさ》らば乱れたる髪を撫附け、糸織の小袖にフラネルを重ねて、米琉《よねりゅう》の書生羽織に海老茶の短紐《みじかひも》、心地勝《すぐ》れぬ身にも例の化粧は忘れず。喩《い》わば野分の後の女郎花《おみなえし》、久しき悩に窶《すが》れながらも仍《なお》露けき姿の妖嬈《なよなよ》と、そんじょそれ者の風情あり。

青葉に交る花の一輪、座中の目は言合わせたるように我にのみ注ぎて、真面《まとも》に照附くる燈火も眩き宗匠の次席に、お桂は曠《はれ》がましくも、三味線膝にして待間程無く開巻となれば、声自慢の一亭三升《いっていさんしょう》が披講《ひこう》にぞ選まれたる。此男俗名を三之助とて、新道に名代《なだい》の料理屋伊豆勘《いずかん》の弟息子《おととむすこ》、門前の小僧は習わぬ経を嫁も持たずに、今年三十一というに、仍《なお》女で食う気の不量見者。唐桟《とうざん》の薄綿入に更紗縮緬の下着を重ね、黒繻子の帯細仕立にして、白琥珀に彩色絵の裏地是見《これみ》よがしに羽織を脱捨て、一膝動出《ゆるぎい》でて、半開《はんびらき》の扇を口の辺《ほとり》に翳《かざ》しつつ、三光《さんこう》の奥抜一々唄上る調子の少しく甲高なると、異《おつ》に転すが可厭《いや》ながら、生得《うまれえ》ての美音は一座の耳を傾けて、喝采々々《やんややんや》。

折から宗匠にも急用出来て、宅より迎の来りければ、本意無《ほいな》くも今宵は此一順にて切上ぐる事となりぬ。奇亭薫楠子《きていくんなんし》という男が歳旦詠込《さいたんよみこみ》の、宝舟して二日の枕、逢うて嬉しき夢《ゆめ》始《はじめ》と謂うを落巻《らくかん》に、三光《さんこう》、五客《ごかく》まで景品出でて散会したる迹《あと》には、親しき間《なか》の宗太郎と三之助の二人のみ残りしが、此家《このや》の花嫁お清が例の大丸髷は、然《さ》らでも心地勝れぬお桂の気色に障りて、面白からぬままに、頼まれし役目の済むと与《とも》に告別《いとまごい》も匆々《そこそこ》に立たんとせしを、主《あるじ》夫婦は固《もと》より、今宵初見《しょけん》の三之助まで辞《ことば》を尽して曳留《ひきと》むるに、有繫《さすが》に素気無《すげな》くは払いかねて躊躇《ためら》うを、那様《あのよう》に仰有《おっしゃ》る事ゆえ、最少《もすこ》し御邪魔して、一緒に帰れとの兄の辞《ことば》に、今は是非無く旧《もと》の座に復《かえ》れば、はや酒肴《さけさかな》出でぬ。

主《あるじ》夫婦も如才なけれど、殊に女に懸けては倥無《ぬかりな》き三之助の勧上手《すすめじょうず》に、お桂は生来の下戸にも似合わず、此男に差さるる盃の何とやら受けずには措《お》かれず、同じ酌《しゃく》なれども、此男に注《つ》がれし酒は口附ける気にもなりて、何時《いつ》か紅梅一枝の微酔《ほろよい》、漫然《うかうか》時の移るも覚えざりしを、兄に促されて今更に暇《いとま》告ぐるが惜しく、心遺して立帰る途次《みちすがら》も、何かに附けて三之助の噂。それ気に障《さ》えてや、急に不興気《ふきょうげ》なる宗太郎の返辞もせざりしが、我家の門《かど》を入り際、那《あの》男には誰も一寸惚《ちょっとぼれ》して後悔するのさ。

四

始終曇勝《くもりがち》に打沈みたるお桂の、殊に此四五日は頭《かしら》重く、胸悪く、心地勝《すぐ》れずとて一間《ひとま》に籠りたるまま、何思うとしも無く物思わしげに嘆息洩して、血の所為《せい》にやあらん。三度の飯も唯膳に向うばかり、箸採るも懶《ものう》げに見えけるを、不思議や、不断塩辛《しおから》と同一《ひとつ》に見るも胸悪しとまで嫌える升屋のお清の、今朝店頭《みせさき》より一言云遺《いいお》きて返りけるより、何を嘻々《いそいそ》変れる挙止《そぶり》のさても、如何なる風や拭い行きけん、朧《おぼろ》なりける春の月の急に色さえ勝《すぐ》れて見えぬ。糠よ、石鹸《シャボン》よ、と久しく風呂にも入らざりし躰を念入に磨ける間《ま》に、永き日脚も傾きて、五時を打つと与《とも》に、黄昏を咲く夕顔のほのぼのと白う塗りし後《のち》、ようよう夕餉の支度に取懸りぬ。

軈《やが》て長火鉢の傍に同胞《きょうだい》毎《いつも》の取膳、宗太郎は菜でも気に入らぬか、常に無く艴然《むっつり》として、苦々しげに妹《いもと》の姿を眺めて在りしが、嬌飾《めかし》込んで何処《どこ》へ？ と訊ねぬ。何処へと謂《い》うて、兄様《にいさん》は三之助様《さん》の運座《うんざ》へは御出《おい》でなさらぬの？ と却て不審の面色《おももち》にて、是非今夜の三絃《いと》をと故々《わざわざ》お清様《さん》の御使《おつかい》、いずれ兄様《にいさん》も御出《おいで》なさる事と思うて、私も承知して置いて今更参らでは、先方様《さきさま》へは左も右《とかく》お清様《さん》に済まねば、と弁疎《いいわけ》がましき辞《ことば》を冷《ひややか》に打笑いて、お前が所好《すき》で行くものを無理に留めはせねど、私《わし》は止《よし》にする、と匆々《そこそこ》に箸措《お》きて宗太郎は起ちけり。

今宵に限りて不興気なる兄の心を酌《く》みかね、日頃は随分我儘なるお桂も有繋《さすが》に出難《でにく》て、今更仇《あだ》なる身刷《みじまい》を口惜しく、独 蒻 蘊《ひとりむしゃくしゃ》しながら小僧の膳 拵《ぜんごしらえ》する時、店頭《みせさき》に訪う女の声の聞えぬ。設《もし》やと思いて馳出《はせで》れば、おおお桂様《さん》、貴方《あなた》の御出《おいで》が余り遅い故、と案の如くお清が迎《むかい》に来《きた》れるなりけり。最《も》う運座も始まりまして、三之助様《さん》を始《はじめ》皆様の甚太《いか》い御待《おまち》兼《かね》、御都合好くば直《すぐ》御支度なされまし。宗太郎様《さん》、貴方も御一緒に、と言うを機《しお》にお桂は二階へ駈上りて、着物を着更え、鏡台の前に手早く顔を修《なお》して、急遽《いそいそ》引返したる店頭《みせさき》に木履《ぼくり》を穿きながら、兄様《にいさん》は？ と振返れば、唯沮色《むつかしげ》に頭《かしら》を掉《ふ》りたり。

過し七草の晩、柳外居にて催せし運座とは太く異りて、人数《にんず》も主の三之助に升屋の夫婦を合せて、少《わずか》に七人。宗匠も無く、執筆も無く、文台の代《かわり》に酒肴を置きて、一座大分酔も回りたる様子なりしが、お桂の来れるより申訳ばかりに袋 廻《ふくろまわし》を一順行いぬ。判は互撰《ごせん》に、二点以上の唄を詠主《よみぬし》自ら唄上げて、三絃《いと》はお桂とお清と交 替《かたみがわり》に弾きけり。

風流と亡者《ほとけ》の伽《とぎ》は宵のもの、と一同十時を打つを合図に打連れて帰りけるが、お桂のみは曳留められて、更に鮨《すし》など振舞われし後《のち》、ようよう告別《いとまごい》したるは十一時近く、夜更けて女の独 行《ひとりあるき》は物騒なれば、と故々《わざわざ》提燈点けて御気毒《おきのどく》な、辞《ことわ》れども肯《き》かぬに是非無く、女中に送られて我家に帰れば、店ははや戸 閾《とじまり》固く鎖《とざ》れたり。毎《いつ》も我の帰るまでは潜口《くぐり》も其ままに、小僧を寐かしても待受けて在る兄の、訝しきは今宵の早寐。我を閉出そう心か、然《さ》りとては強顔《つれな》き為方《しかた》を恨《うらみ》の拳に力入りて、思わず手暴《てあら》に打叩けば、不意に内より戸を引啓《あ》けて、騒々しいではないか、自分の所好《すき》で晩《おそ》くまで遊んで来ながら、と突慳貪《つっけんどん》に窘《たしな》むる宗太郎の息は、例《いつ》にも無く熟柿《ずくし》のように臭かりき。

五

坊主、傾城《けいせい》、仲人口とて、是誰も瞞《の》せられ易きものに昔より言做《いいな》せど、媒人《なこうど》の私よりも却て貴方の方が能《よ》う御存知の三之助様《さん》、仮令《たとい》墨を雪に言拵《いいこしら》えて、誰も飛附きそうな旨い事ばかり並べ立てたとて詮無ければ、好きも悪《あし》きも打明けての御相談。什麼《いかに》も三之助様《さん》は銭づかいの暴《あら》いが瑕《きず》なれど、其も独身の気儘なる故なり。一度《ひとたび》世帯持ちて、世渡の辛身《からみ》も身に沁みなば、如何に宵越の銭はと江戸子《えどっこ》がる男も、自ら懐緊《しま》りて、後《のち》には女房の髪結銭にまで細い穿鑿《せんさく》、米の価を知りての上の無分別は出来ぬものなり。殊に三之助様《さん》も此度坂下に伊豆勘の支店《でみせ》を出して、是よりは身も前垂懸の堅気に、飽くまで率直《じみち》に稼ぐ覚悟の由。人も一度は道楽して緊《しま》りたるは、水を潜りし炭の火持好《ひもちよ》きように、別けて酸いも甘いも嚙嚼《わ》けたる男の、亭主に持ちて肩身も広いというものなり。又私の所のように姑小姑の係累《うるさき》は無く、親兄弟の小面倒なるもあらぬ独身《ひとりみ》の、年歯《とし》も丁度似合しき縁なれば、先方《さき》の執心を幸《さいわい》、お桂様《さん》を御遣《おつかわ》しなされては如何《どう》で御在りまする、と例のお清が薄い唇を翻しての媒妁口《なこうどぐち》。宗太郎は始終苦り切りて左右《とかく》の返辞も無かりしが、何《いず》れにもせよ、当人の了簡を聞いた上ならでは、と曖昧にして其場を濁さんとするを、此方《こなた》は透《すか》さず、それではお桂様《さん》さえ御承知なされば、貴方には御違存《ごいぞん》は御在んせぬかと問詰められて、他目《よそめ》にも当惑の色は見えにけり。他人の私が要らぬ御世話なれど、お桂様《さん》も二十を越して、可惜《あたら》御容色《きりょう》を持腐《もちぐさ》りにお為せ申すは御可哀相では御在りませぬか、と口数多きは日頃の癖、格別意《こころ》有りての辞《ことば》にもあらねど、宗太郎は何と邪推してやら思わず屹《き》と目を瞪《みは》りしが、遽《にわか》に色を変えて、二十を越そうと越すまいと、他人の貴方に御指図は受けませぬ。

けんもほろろの挨拶に、お清も艴然《むっ》として還りし迹《あと》に、宗太郎は身動《みうごき》もせで深く物思う気色なりしが、旋《やが》て便所に行かんとする襖の蔭に妹《いもと》の立姿、最前《さいぜん》より爰《ここ》に一部始終を立《たち》聞《ぎき》せしなるべし。涙含《なみだぐ》める目もて怨めしげに見返りしが、其まま顔見らるるを厭うが如く、お桂と呼べど聞えぬ風して、慌忙《あわただ》しく駈上る階子段の足音は暴《あら》かりき。宗太郎も妹《いもと》の不機嫌なる理由《わけ》は察して、独《ひとり》切なげに其後影《うしろかげ》をば見送りつ。何時《いつ》まで経てども下来る気勢《けはい》は無くて、午砲《どん》間近になれど仍午餉《なおひるげ》の支度にも懸《かか》らざるに、今は捨措かれず、是非無く二階に昇りて見れば、額の辺まで搔巻引被《かいまきひきかつ》ぎて、深く寝入りたるように打臥したり。お桂お桂、と呼べども呼べども答の無きに、枕頭に行きて搔巻に手を懸けんとする時、始めて身を動かせしが、其儘衝《つい》と向面《むこうむき》に寐返りけり。

此胸気《むねき》なる所為《しかた》を宗太郎は怒らんともせず、却て腫物などに触るものの如く、又例《いつも》の僻《ひがみ》起して、私《わし》が意地悪くお前の縁談を邪魔するように勘違いしてくれては窮《こま》る。什麽《いかに》も三之助様《さん》は男振も好し、才覚も有り、万事に抜目無くて、天晴《あっぱれ》亭主に持って恥かしからぬ男。殊に今日此頃のお前の挙止《そぶり》、私《わし》も知らぬで無ければ、此方《こち》から無理に頼んでも添わせて与《や》りたいものを、況《まし》て前方《むこう》から那様《あのよう》に人橋架けての申込、二返辞《ふたつへんじ》で嫁《よめい》らして遣りたけれど、と切無《せつな》き顔を打背けつ。

六

今更事新《ことあたらし》ゅう言うまでも無けれど、お前も私《わし》も世に在る効《かい》無き穢多の同胞《きょうだい》！ 御維新前までは夜盗、野臥《のぶせり》よりも卑められて、人間並の交際《つきあい》さえも出来ざりし身上なり。今でこそ四姓の中《うち》に加えられて、人並に平民の籍には入りながら、未だ世間では新の字を附けて、依然《やはり》人間の仲間では無いような待遇《あしらい》。それは未矣《まだしも》の事なれど、一生御恩は忘れませぬの、死なば諸共の、と如何《いか》にも堅そうな口を利いた奴までが、新平民と聞くが最期忽ち白い目して、傍へ寄るも身の汚辱《けがれ》、辞交《ことばかわ》すも外聞を悪がりての愛想尽し。現にお前も知る通り、私《わし》は此十年許《ばかり》の間に前後七度の縁談、或は纏《まとまり》懸《か》けて急に先方《さき》の気の変るもあり、或は盃済んでから苦情の起るもあり、或は言諍《ことばあらそい》一つ為《せ》ざりしものの不意に遁出《にげだ》すもありしが、いずれも新平民というのが破談の原因《もと》なり。然《さ》れば一度《ひとたび》は同じ哀《あわれ》の穢多仲間より娶《もら》わんかとも思いしが、恪《かく》ては旋《やが》て出来なん子の、いずれ又同じように新平よ、穢多よと疎まれて、一生修羅を燃すが不便《ふびん》さに、此様《このよう》な神仏にまで見放されたる因果の血統《ちすじ》を世に遺すまいと覚悟して、世間から退者《のけもの》に為《さ》るれば為れよ、人にも附合わず、附合うてもらわず、却って一生独身《ひとりみ》の心安く、持って生れし寿命を一日も早く送越《おくりこ》して、昨日も無ければ明日も無く、唯《ただ》其日を夢のように暮《よ》せば可い、と此二三年脱然《すっかり》と諦めて退《の》けた。

痴呆《ばか》か、不具《かたわ》か、切《せ》めては容色《きりょう》でも悪かろうなら、未だ諦めも付こうなれど、因果か、果報か、強《あなが》ち私《わし》が肉親の欲目でもなく、他人の目にも十人並勝《すぐ》れて見ゆるお前の容《かたち》。穢多で無くば、新平で無くば、随分仕合《しあわせ》な所へ縁も有ろうものを、可哀《かあい》や！　三十近くなるに身も固まらず、可惜《あたら》容色の衰え行くを、傍《そば》に見る此兄が心の中《うち》は如何様《どのよう》なと想うぞ！　殊にお前が年中鬱々《ぶらぶら》と躰の良からぬのも、日倍《ひまし》に面《かお》の光沢《つや》の失行《うせゆ》くのも、皆青春《としごろ》を独身《ひとりみ》で居る所為《せい》と医者も云わるる。噫《ああ》！　人の力で称《かな》うものならば、私《わし》の命を縮めても、其《その》忌わしい穢多の二字をお前の体から取除けて、一日も早く好い亭主を持たせたい日頃《はた》の念願。固《もと》より今度の縁談に不承知な理《はず》は無く、又支度の要る事ならば、此身上残らず払いても嫁《よめい》らして遣りたけれど、情無《あわれ》いかな！　お前は人並の交際《つきあい》慊《かな》わぬ穢多の娘。広い世界に唯一人の、女房に来人《きて》も無き哀なる新平民の妹《いもと》なり。今こそ何も知らざれ、互の談《はなし》纏まりて、いよいよ与《や》る、娶《と》るの間際になれば、先方《さき》も一生の大礼なれば、一応此方《こち》の血統《ちすじ》から素性、身元まで細《こまか》に穿鑿《せんさく》するは定《じょう》なり。然《さ》るほどに日輪の隈《くま》無く照し給う下《もと》に、髪毛一《ひと》条《すじ》だも隠了《かくしおお》さんとするは誤《あやまり》にて、此二十年不足《たらず》の間に、芝、麻布、京橋、麴町と七八所《ななやところ》も替えたれど、何所《いずく》にても少しく尻の暖まる頃には、誰言うと無く隠せる素性を四隣《あたり》に知られて、例の口毒《くちぎたな》く沙汰せらるるが辛さに、ついぞ是まで一所《ひとところ》に三年と住着きし例《ためし》無く、萍《うきくさ》の所定めず漂うにても、実《げ》にや障子に目ある世は、何時《いつ》かは人に知らるるものを、況《まし》てそれからそれへと穿鑿せられて怎《いか》で素性の知られずに済むべきや。又此忌わしき素性を知られて怎《いか》で此縁談の纏まるべきや。当人は左《と》もあれ、怎《いか》で身内の者の黙って通すべきや。末遂げぬは目に見えたれば、憖《なまじ》いお前を喜ばせて、祝言間近のいよいよに又破談の憂目を見しょうよりはと思い、且は恥ずべき血統《ちすじ》を用無きに洗わるるが可厭《いや》さに、私《わし》も頷きたい首掉《ふ》って、お清様《さん》の折角の親切も無にし、お前の落胆《ちからおとし》も知りつつ辞《ことわ》ったが過失《あやまり》か。

嗟乎《ああ》！ 同じ人間に生を享けながら、何の因果で恁《かか》る口惜しい、恥かしい、生効《いきがい》も無い、情無い目に遭う事か。人は生れながらに恁《かか》る忌わしい穢《けがれ》の身に有るものか。あわれ此世に於て何一つ業を作りし覚無き身を、何とて世間は恁《かく》も強顔《つれな》く苛《さいな》むやら。設《もし》前世の罪業故とならば、其まま前世に如何様《いかよう》とも苦艱《くげん》を受けて埒明《らちあ》きょうものを、憖《なまじ》い此人界に曝して、罪も業も一切忘れて覚無き身を然《さ》りとては非道の神や！ 仏や！ 切《せ》めて朧気なりとも前世の科《とが》を知るならば、又何とか観念の為《し》ようも有るべきに。子として親を恨むは勿体なけれど、生中《なまなか》恁《かか》る因果な身を生んで給わらずば、縦令《よし》又生まれしまでも、物心附かぬ間《うち》に一思《ひとおもい》に殺してなりと給わらば、あわれ今日の憂目も知らで済むべきに。恁《か》く人並の分別附きたる上は、有繫《さすが》に我と我手に命を縮めもならず、産土神《うぶすなさま》にも空怖しく、草葉の陰の両親《ふたおや》にも申訳無い心地して、是程までに苦しみながら仍《なお》も此世に未練ありてか、毎《いつ》も間際に怯《おくれ》が出て、死ぬにも死なれぬとは原来《さて》も如何なる因果ぞや。唯此上は不意に梁でも落ちて来るか、雷にでも打たれるかして、一思《ひとおもい》に殺されたいが日頃の願なれど、それさえ愜《かな》わで、今日まで生疵《なまきず》一つ受けもせず、去年の赤痢にも助かりしを思えば、よくよく業の滅せぬものか。人には犬猫の死屍《しがい》のように厭《きら》われて、神仏にまで憎まれたる身の、愁《なまじ》い世間に交際《つきあい》を求むればこそ、悲しい事、恨しい事、口惜しい事の数にも遭うなれ。又夫婦と謂えば如何《いか》にも楽しい、頼もしい者のようには想わるれど、元来《もともと》他人同士の合せ物、存外離れ易くも脆いものにて、他《よそ》から見る程善くは無い者なり。それよりは伉《こう》して同胞《きょうだい》同士水入らずに、人を便らず唯二人、間和《なかよ》く一生を暮そうではないか、と兄の事理《こと》を分けたる言分も、一向《ひたぶる》恋に惴《はや》れる耳には入らで、お桂は正躰も泣伏したるまま頭《かしら》を掉《ふり》て、仮令《たとい》汚れた血統《ちすじ》なりとて、今更私を、私を嫌うような、那麼《そんな》水臭い三様《さんさま》では御在んせぬ。

七

然《さ》らぬだに恋は若駒の勇み易きものなるに、小猫も狂う春の真中を轡《くつわ》に責められ、䩞《おもがい》に繫がれて、久しく徒《あだ》にのみ心を霞《かす》む野に走らせし挙句の、一度《ひとたび》手綱を放るれば、山も見ず、水も見ず、我身をさえ忘れ果て、真一文字に心のままを狂い行くも理《ことわり》なるべし。

お桂は今年二十六の春まで、然《さ》こそとのみ夢にさえ憧れし男の味を、茲《ここ》に始めて覚えたる敵手《あいて》は折紙附の三之助、女に懸《か》けては正宗の斫味《きれあじ》、高《たか》が世間知らずの処女《うぶ》を悦ばすは七輪の火に氷を溶かすより容易く、那《どう》も怙《こう》もならぬように為向《しむ》くれば、此甘味《うまみ》骨肉に沁み て、只管《ひたすら》渇きに渇ける吭《のど》を鳴らしつつ、見苦しきまで熱上《のぼせあが》りしお桂は、目も昧《く》れ、心も眩みて、命も是ゆえには惜からず思えり。

然《さ》れば鹿を追う猟夫《さつお》の獲物にのみ心奪《と》られて、己が血統《ちすじ》を顧る遑《いとま》無く、理《ことわり》迫《せめ》たる兄の誡《いましめ》も耳には入らで、却《かえっ》て我身の縁談妬ましさの邪魔立と僻《ひが》みて、一生を独身《ひとりみ》などとは可《い》厭《や》な、可厭《いや》な、可厭《いや》な事かな！　兄様《にいさん》のように誰も嫁に来人《きて》が無ければ是非もなけれど、私には三様《さんさま》と謂《い》う歴《れき》とした人の有るものを、今更其を捨てて、是までにさえ飽々《あきあき》したる万年娘に又此後《このち》も何十年、喩《たと》えば亭主の有るに飾落《かざりおと》すよりも愚なり。縦令《よし》や穢多の娘であろうと、非人の妹《いもと》であろうと、今更私を袖に為《す》るような三様ならねば、と幾度か兄にも迫りしかど、如何《いっか》な聴入る気色は無くて、やれ御娯《おたのしみ》な事の、御羨《おうらやま》しいの、と却て悋気《りんき》らしき怨言《いやみ》をお桂は遂に怺《こら》えかねて、或夜宗太郎の風呂に出でし不在《るす》を窺い、羽織のみ着更えて男の許《もと》へと遁行《にげゆ》きけり。

二三日お桂様を御預り申しまする、と翌朝《あくるあした》三之助より一言《ひとこと》の辞《ことわり》ありけるまま、幾度《いくたび》小僧を遣りしかど妹《いもと》の帰らぬに、宗太郎の腹立《はらだち》は一方《ひとかた》ならず。蒻蘊《むしゃくしゃ》して其夜も睡られぬままに飛起き、飲めもせぬ暴酒《やけざけ》を鯨飲《あおりつ》くれば、心倍《いよいよ》激して、憎きは妹《いもと》め！　因果は同じ哀《あわれ》の身と思えばこそ、憂《うき》も愁《つらき》も己《おの》が事に斟酌《くみわ》けて、不断有らん限の与涙《ともなみだ》を濺《そそ》ぎやれる其情《そのなさけ》を思わば、一生独身《ひとりみ》と定めし我心の傷《いた》ましさをも推して、少しは気毒《きのどく》とも思うべきに。然《さ》りとは心無きお桂め、我《われ》への憚《はばかり》も無く独《ひとり》面白そうに男狂《おとこぐるい》するさえあるに、世界に唯孤独《ひとりぼち》の兄を捨てて、男の傍へ遁行《にげゆ》くなどとは、薄情にも程は有《あ》れ、畜生め！　如何《どう》して与《く》りょう、と切歯《はがみ》をしつつ再び枕に就《つき》しが、夜毎に床を並べし姿の在らぬに何となく物足らぬような心地して、何時《いつ》までも眠就《ねつ》かれず。脳は酒に乱れて、捕捉難《とりとめもな》き妄念雲の如く湧出る中《うち》に、怪しくも己が一生の妻など寐奪《ねと》られしようなる心地して、妬《ねた》さ、腹立しさの堪え難く、瞋恚《しんい》の焔《ほむら》は胸を煽りて、我にもあらで家を飛出し、物狂おしき心の闇を走りて、程遠からぬ坂下の伊豆勘の出店を叩起しぬ。

日頃より多くは口数利かぬ男の、有繋《さすが》に言いたき事の数々も大方胸に納めて、今朝より度々小僧を出しましても御返し下さらぬ故、手前が迎《むかえ》に参りました。さあ、何卒《どうぞ》妹《いもと》を御出しなされて、と言う宗太郎の血相尋常《ただ》ならず。殊に今宵は奇《めずら》しく酒気さえ帯びて、あわれ思切りたる事も為《し》かねまじき気色を心許無く、猫に小鳥を迂闊《うか》と三之助も手放しかねて、今夜は大分晩《おそ》くもあれば、明日朝早く御送り申して、詳しい御談《おはなし》も其折にと賺《すか》せば、御談も何も聞くには及びませぬ。大方お桂を女房にと仰有《おっしゃ》るので御座りましょうなれど、彼《あれ》は仔細あって上げられませせぬ。はい、何と仰有《おっしゃ》っても愜《かな》いませぬ。縦令《よし》や彼《あれ》が参ろうと申しましても此兄が不承知、と真赤になりて悍立《いきりた》つも酒の上、と躰好く遇《あしら》いて、如何《いっか》なお桂は出さざりけり。宗太郎は愈《いよいよ》辞《ことば》を尽して迫りしかど、遂には聞くも懊悩《うるさ》げに空嘯きて取合わざるに、此方《こなた》は最《いと》ど急込《せきこ》む胸を強《し》いて抑えて、殊更嘲ける如き冷《ひやや》かなる笑《えみ》を含み、貴方は何も御存知無い故、女房に与《く》れの何のと仰有《おっしゃ》るなれど、私等同胞《わしどもきょうだい》は新平で御在んすぞ、血統《ちすじ》の汚れた穢多で御在んすぞ！ さあ、それでも貴方はお桂を御曳止《おひきと》めなされまするか、と臆面も無く身の恥を打明《うちあか》して、其《それ》はと呆《あき》るる三之助の顔を然《さ》もこそと見遣りつつ、心地快《よ》げに高笑《たかわらい》する様《さま》正気の沙汰とは見えざりけり。

曩《さき》より襖の蔭に胸躍らせつつ、始終の様子を立聞くお桂は、余りなる兄の為方《しかた》の腹立たしさに、我を忘れて衝《つ》と駆出でしが、矢庭《やにわ》に宗太郎の膝に取着き、余《あんま》りな余りな、兄様《にいさん》も余りで御在んす！ と身を顫《ふるわ》して泣伏したり。何方《どちら》が余りなか後で解る事、さあ、世話やかせずと直《すぐ》帰れ。さあ、お桂と肩に懸けたる兄の手を振扡《ふりもぎ》りて、帰りませぬ、帰るは否《いや》で御在んす！ 強《た》って連れて行こうとならば、寧《いっ》そ殺して殺して、と前後も忘れて狂気の如く身を悶《もだ》えぬ。

三之助は穢多と聞きしより遽《にわか》に様子変りて、此中《このうち》にも独《ひと》思案の腕組して在《い》たりしが、旋《やが》て涙に正体無きお桂を宥《なだ》めて次の間に連行き、余《あんま》り兄様《あにさん》の云う言に逆《さかろ》うては後来《のちのち》の不為《ふため》なれば、左《と》も右《かく》今夜は一応帰って見たらば甚麼《どんな》もの？ 其内《そのうち》に改めて此方《こち》から人を出して、屹《きっ》と貰受けずには置かぬ程にと言う。始《はじめ》は承引《うけひ》く気色も無かりしかど辞巧《ことばたくみ》に種々《さまざま》賺《すか》されて、お桂も遂に其気になりけん、真《ほん》で御在んすか。那麼《そんな》巧い言仰《ことおつしや》有って万一《もしや》御見捨てなさるが最期、私は、私は生きては居ませぬぞえ、と気遣わしげに見挙《みあぐ》れば、今更捨てるの捨てぬのと、未だ此男の実意が知れぬのか。さあ、涙を拭いたり拭いたりと言う声して。

八

年歯《とし》は長《と》れども有繋《さすが》生娘の初心《おぼこ》なり。人の情は石に宿れる朝露の、淡く、儚く、消易《きえやす》きものとも知らで、己が切なる恋の身も焼くばかりなるに比べて、人も佸《こう》ぞと一図《いちず》に思定《おもいさだ》めて、過し三之助が別《わかれ》の一言を便《たより》に辛くも飛立つ心を抑えつつ、面白からぬ我家に辛抱して、待つ身は永き日の儚き鳥影にまで鼠啼《ねずみなき》、所有人寄《あらゆるひとよせ》の呪《まじない》も効《かい》無く、約束の使は未矣習《おろかそよ》との便もあらざりけり。さては少しく苦になりて、万一《もしや》と思う心の発《おこ》らぬにしもあらざれど、三様に限りてはと毎《いつ》も自ら打消しつ。然れど又男心は、と絶えぬ物思《ものおもい》に唯仮初《かりそめ》の鬱《ぶら》憂病《ぶらやまい》は嵩じて、遂には七情常無く、曖気《あいき》、痙攣、神経痛を発し、知覚所々麻痺して、歇私的里球《ヘステリきゅう》の圧上《あつじょう》をさえ覚えけるに、医者は生殖器病の反射的作用と、精神の感動より発《おこ》りし歇私的里《ヘステリア》と診断せり。

儚き一時の妬《ねたみ》より、強いて挹取《もぎと》り来りし花の次第に散り懸るを見ては、固《もと》より憎からぬ妹《いもと》の今更不便になりて、宗太郎は夜の目も寐ずに真心籠めたる介抱にも、怨《うらみ》は釈《と》けやらぬお桂の、兄の顔見るも苦々しく、辞《ことば》懸けて口を開かず。薬さえ兄の手より薦《すす》むるは、眉を顰めて唇も附けざるを情無く、宗太郎は人知れず男泣に泣きにけり。所為《せん》無くて小僧に薦めさすれば、素直に薬も服《の》み、快《こころよ》く話もして、待つは三之助の便《たより》、語るは皆《みな》其噂なるに、宗太郎は我ながら浅ましと知りつつも、嫉妬の念は勃々《むらむら》と、渾身《そうみ》の血の一時に沸返るように覚ゆる事ありき。

精神感動の変化不定にして、何を悲しともなく独《ひとり》涙に掻暮《かきく》れしお桂の、忽ち機嫌直りて、大切に左の薬指に穿《は》めたる三之助が紀念《かたみ》の指環を楽しげに弄びて、吻《す》うやら、呫《な》むるやら余念無き折から、少時《しばし》打絶えしお清の見舞に来りぬ。唯《と》見れば有りし昔の姿も情無く窶果《やつれは》てたるお桂の、頬骨高く、頤《おとがい》尖りて、細き皮膚《きめ》の玉のようなりし肌《はだえ》は、無惨に肉落ち、骨立ちて、見る影も無く痩衰えながらも、可哀《いじら》しや！　仍修飾《なおみだしなみ》は忘れず。綺麗に結える例の島田は、鬘を着けたるように一筋の乱毛《おくれげ》も無く、土色の面《おもて》に所斑《ところまだら》の厚化粧、枯《こ》柳《りゅう》霜を粧《けわ》いて物凄くも哀《あわれ》なり。お清も余りの体に呆れながら、真《ほん》に此御痩せなされた事は、と後の辞《ことば》は無かりしに、お桂は眤《じ》と其面を目戍《まも》りて、何やら言出でんとしては躊躇《ためら》う気色なりしが、あの三之助様は？　と思切りて訊ぬれば、お清は業々《ぎょうぎょう》しく顔を皺《しわ》めて、彼人《あのひと》にも真《ほん》に愛相尽《づか》しでござんす。前頃《さきごろ》も是非貴方をとの頼ゆえ、私も御宅へ一二度其御相談に上りましたなれど、今思えば、那時《あのとき》御談《おはなし》が纏らないで好い仕合《しあわせ》、此四五日前、隣の呉服屋の御内義と駈落《かけおち》しまして、と聞くよりお桂は色を変えて、え！ と乗出せしが、あの三様が？ と言いも訖《おわ》らで仰反《のけぞ》りたり。

九

楠《くす》の根のそれならねど、三之助の心は我と侔《ひと》しく時経るままに弥堅《いやかた》く、縦令《よし》や一年半歳逢わねばとて、互の間に微塵の変はあるまじ、とお桂は娘気《むすめぎ》の一筋に思凝《おもいつ》めては疑わざりしに、あるべき事か！ 主ある女と駈落と聞くより、人一倍に熱《のぼ》せたる身の、宛然《さながら》奈落の底に突落されし如く、然《さ》らでも恋は闇の心倍昧《いよいよくら》みて、世に在る効《かい》も涙のみ尽きざりけり。妬ましさに一度《ひとたび》は憎くも思いし宗太郎も、恁《かか》れば今更に不便《ふびん》の勝りて、一入真心を籠めての介抱、日頃お桂が信仰の清正公《せいしょうこう》にまで、密《ひそか》に平癒の願をぞ懸ける。

信心の功力《くりき》か、医薬の験《けん》か、左《と》にも右《かく》にも宗太郎が丹精の効《かい》ありて、お桂は次第に旧《もと》の躰に復《かえ》りぬ。ようよう心も静まると与《とも》に、如何《いか》に思断《おもいた》ちけん、三之助の名は再び噫《おくび》にも出さずなりて、那程《あれほど》大切にせし紀念《かたみ》の指環さえ何方《いずく》へやら棄遣《すてや》りて、さしもの恋も病中の一夢《いちむ》と覚果てたる如くなりける。今まで思わざりける兄の親切も自らようよう解りて、人の心は梢の花の移《うつろ》い易きを思うにつけ、何時《いつ》も変らぬは親肉《しんみ》の情、広い世間に頼もしきは実《げ》に実に兄を唯一人！

病後の疲《つかれ》に見苦しきまで薄くなりける髪も、旋《やが》て艶かに、お桂は相も変らぬ島田髷の娘《むすめ》装《づくり》なれど、是に懲りてや、僂き恋は固《もと》より、再び夫を持たんとは思わざりき。宗太郎も亦《また》女房の欲しそうなる顔もせで、互の睦《むつま》じさは夫婦かと疑わるるばかりなるより、何事も好くは云わぬ世間の根も無き浮名か、否《あらぬ》か、誰言うとしも無く銀杏屋の同胞《きょうだい》夫婦と沙汰せられて、通《とおり》の小町湯、角の浮世床、遍く町内に此噂喧《かしま》しければ、是や血統《ちすじ》の汚《けがれ》を吹聴せらるるより一倍愁《つら》く、或夜窃《ひそか》に世帯道具を二車《ふたぐるま》に纏めて、遁《に》ぐるが如く場末の唯在《とあ》る裏町へ移転《ひきうつ》りぬ。屋号のみは何とやら取変えしが、変らぬは煙草の小売商、今も仍独身《なおひとりみ》の兄妹《きょうだい》唯二人暮なり。其後宗太郎は日増《ひまし》に沈勝《しずみがち》なるに引更《ひきか》えて、お桂は鬱々病《ぶらぶらわずら》う事の絶えて無くなりければ、却て顔の光沢《つや》良く、肉緊《しま》りて姿一際見好げに、晩桜一枝《ばんおういっし》今も春方《はるべ》と匂いけるが、爰《ここ》に一つ合点行かぬは乳首の色、腹の形《なり》も次第に異《おか》し、と風呂にて見し近所の女房等《ども》が陰言。抑《そも》誰《た》が種にやあるらん、あさまし。

（「文芸倶楽部」明治二十九年九月）

Ⅳ

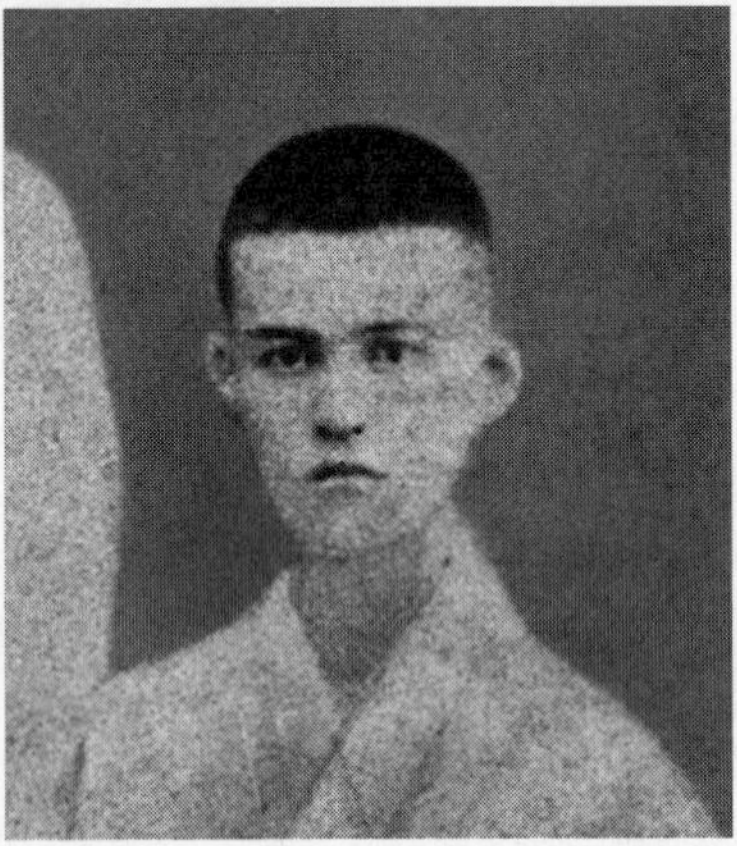

江見水蔭（えみ・すいいん）

一八六九・九・一七～一九三四・一一・三　岡山県生まれ。本名は忠功《ただかつ》。八八年に巌谷小波の紹介で硯友社の同人となり、翌年、硯友社の機関誌『文庫』に「旅画師」を連載。抒情的な作風が特徴で、川上眉山と共に詩人派と称される。九二年、江水社を自ら起こし、機関誌『小桜《こざくら》縅《おどし》』を創刊。探偵小説や冒険小説、軍事小説にも手を染める。九五年に発表した悲惨小説「女房殺し」は田岡嶺雲や内田魯庵に絶賛され、翌年発表の「泥水清水」も、その私小説的な迫真性が評価された。作品に「水錆」、文壇回想記の名著『自己中心明治文壇史』他がある。

女房殺し

江見水蔭

一

逗子《ずし》の浜辺に潮頭楼《ちょうとうろう》という海水浴舎がある。三浦《みうら》へ通う街道を前にして居るが、眺望《ながめ》は、鎌倉《かまくら》の海を隔てて江《え》の嶋《しま》が浮いた様に見え、相摸《さがみ》の山々を越して富士の山が手に取る如く見える。寔《まこと》に好《よ》い景色だと誰も言わ無い者はない。

此辺《このへん》は総《す》べて東京や横浜《よこはま》で紳士と言われる人々が建てた別荘で限られて居る。別して今年に成《な》ってからめきめき殖《ふ》えた。海水浴場としては大磯《おおいそ》より好いと言う評判で、大分此夏《このなつ》は遊客《きゃく》が入込《いりこ》んだ。

潮頭楼も客で満ちて居る。殆ど明間《あきま》が無い。飛んだ処で全盛を衒《てら》う贅客《ぜいかく》が尠《すくな》からぬ。其中に、未《ま》だ這《こ》んなに人の来ない頃から泊って居る一人の客がある。それは一番最初《はじめ》第一等の見晴《みはらし》の好《よ》い室へ通された。其後《そののち》他の客が段々加わるに従うて、次第々々に移され、変らされ、今は一番悪い部屋に案内せられて居る。則ち暗くて、風が通さなくって、二階の梯子段《はしごだん》の下で、右隣室《どなり》が洋燈部屋《らんぷべや》で、左が布団の入場《いれば》で、石炭油の香と、一種の汗臭い何《な》んとも言われぬ気を、常に鼻にして居らねばならぬ。四畳半で、三方が壁で、但し其内《そのうち》の一方に腰窓があるが、若《も》し夫《そ》れ其所《そこ》を開くと、台所の流シの溜って居る溝《どぶ》から、蠅《はい》が風より先《さ》きに飛んで来る。

これでも宿では余程遠慮して居るので、管頭《ばんとう》が揉手を仕ながら、御気毒様ですが他の家《うち》へ御移り云々を願わないだけが、まず幸福《しあわせ》と無理に思わなければ成らない。

こんな部屋へ通されて何故怒らない。此所《ここ》ばかりが宿屋ではない。避暑保養に来て斯《かく》の如き部屋、此《こ》の様《よう》な逆待《ぎゃくたい》を受ける不愉快は、避暑にも成らぬ、保養にも成らぬ、却《かえ》って苦熱と不養生とで健康を害する。こんな馬鹿な事は無い筈、好《よ》く我慢して居る事だと傍《はた》からは思われる。

しかし、聴《き》いて見ると此客人は、好んで、という訳でもないが、他の涼しい座敷に居るよりは此所《ここ》がとの望みで、それは又斯《こ》ういう事情——まさか此《この》混雑の中だから一人で一室占領とも行くまい、然らば相客《あいきゃく》をいずれ入れねば成るまいが、涼しくても相客は厭《いや》、暑い部屋でも一人が好《よ》いと言ったので、それで此所《ここ》へ移されたのだそうだ。

其《そ》客人とは如何《な》なる人か、女中達の噂では何んだか分らない不思議な男で、朝は早くから晩は遅くまで、駿河半紙《するがはんし》の綴《とじ》たのに木筆《ぼくひつ》で何か横文字を書きつづけて、少しも休むという事はなく、そうかと思うと考え込んで仕《し》まっては、殆ど死人かと思われる様な事がある。時には両手で頭を押えた儘《まま》、うウん——と言って引ッくりかえり、唐人の寐言の様な浮言を呻って居《い》る。第一分らないのが避暑に来た人が綿入を着て汗をだくだく流して居る。海水浴に来た人かと思うと、一度も海へ這入った事がない。更に尤《もっと》も不思議なのは、三度々々の食事の時で、給使の女中が居ても一言《いちごん》も声を掛けず、全くの沈黙《だんまり》で米飯《めし》を食う。茶碗を出す時に、『米飯《めし》』『茶』これぎり。それで米飯《めし》をよそって居る内には、箸で膳の上へ連《しき》りに何か書いて居る。よそって出しても受取る事を仕ないで、口の内でぶつぶつ言いながら例の通り遣《や》って居る。

宿の主人《あるじ》はあまり不思議なので、最初《はじめ》の日に誌《しる》した宿帳を出して見た。それには『東京市芝区《しばく》桜川町《さくらがわちょう》二番地田村方《たむらかた》。静岡県士族《しぞく》。近藤堅吉《こんどうけんきち》。二十三歳。数理学校生徒。脚気《かっけ》療養』としてあった。

扨《さ》ては数学を勉強して居るのか。綿入を着るのは蚊の喰うのを防ぐ為《た》めか。人が遊ぶ中《うち》にああやって独《ひとり》真面目なのは、脚気ゆえの転地療養か。今時の若さに感心な人だと初めの愚弄は後の敬服と成って、皆が気を附けて上げる様にいつしか成った。

二

過度《あまり》に勉強なされては、病気の為《た》めに好《よ》くありません。責《せめ》て日に一度位は散歩でもなさいましと、宿の主人《あるじ》も主婦も勧めた。女中の年増の一人も恐る恐る勧めた。自分の事を人に恩に着せる位な処で、やっと堅吉は日に一度の散歩をする事に成った。浜辺づたえに行くと小高い山があって、其麓《そのふもと》に木蔭の茶屋という水茶屋がある。其所《そこ》を目的に正午《ひる》の飯《はん》後《ご》から出かけて、暑い盛りを其処《そこ》で四時頃まで過して帰るという事に極《き》めた。そして其《その》間《あいだ》は矢張向《やはりむこ》うの茶屋の台の上で勉強するのは少しも変らぬ。

斯《こ》う極《き》めると極《き》めた通りに規則正しく出かけて行く。重い足をひきずりながら、草履を尚重しとして、てくりてくりと出かけて行く。蝙蝠傘を片手に、片手には駿河半紙の綴じた帳面と木筆とを持って。

木蔭の茶屋というのは、こんもりと繁った赤松の下で、寔《まこと》に涼しく好《よ》い処《ところ》だ。葦簾《よしず》張の竹の柱で、台が二つ、椅子が三つ、床几《しょうぎ》が一つ。台には古ぼけたカアペットの切《きれ》が、椅子には破れかけたアンペラが、床几には穴の明いた赤毛布《あかげっと》が、共におぼつかなく敷いてある。風で飛ばない様に、お多福が頬冠《ほおかぶり》をして居る火入や、木の根ッ子の烟草盆や、螺《さざえ》の殻なぞが上置《うわおき》に成って居る。此辺の連中が詠んだ、涼しさや、とか、清水哉《しみずかな》、とか、誌《しる》してある十七文字の聯《れん》が掛けてあって、これの対句に是非並べたいは、旅芸者の名前が書てある軒提燈《のきちょうちん》、ぶウらぶウらと下って居る。

店台には駄菓子の箱と水菓子の籠とがある。茶釜の下には裏の松林の枯葉を絶えず焚《く》べてある。此方《こちら》のテーブルの上には、色々の瓶が載せてあって、其中《そのなか》の二三個には木札が付けてある。湯出《ゆで》玉子が硝子《がらす》の皿に盛ってある。真中《まんなか》には山百合の花が挿してある。若《も》し人がコップを取って或《あ》る洋酒を所望したら、香竄《こうざん》葡萄酒とビールの他は無いというで有《あろ》う。木札は其二種を区別してあるので、其他は明瓶《あきびん》である事が此時《このとき》判然するに違いない。只此《ただこの》木蔭の茶屋で好《よ》い物は、山から引いた清水の噴水に冷してある藤沢《ふじさわ》桃と、十四ばかりの小娘の美しいのと、これが此《この》逗子での評判である。

堅吉は、小娘の美しいのが此辺の輿論である事も、桃が冷えて居て如何にも美味《うまい》という事も知らない。いつも来ては茶を飲んで、駄菓子を二ツ三ツ食《か》って、台の上で代数《アルゼブラ》や幾何《ジョウメトリー》若しくは、算術《アリスメチック》を勉強して、四時頃にはきっちりと帰える。不時《たま》には茶屋の婆《ばア》さんと僅に二口か三口は話すが、それも滅多に無い事、恰も海水浴に厭《あ》き、昼寝から起き、人々が此木蔭の茶屋へ遊びに来かかる頃には、悪魔にでも追掛けられるかの如く、あわてて帰って仕まう。

此所《ここ》の婆《ばア》さんは感心して、迹《あと》では小娘《むすめ》に向い『ほんとに今時の若さには珍らしい方だ、随分此逗子へも書生さんが見えるが、あんなに勉強する人はありは仕ない。あんな方は屹《きっ》度行末出世《とゆくすえ》なさるよ』と賞めたてる。けれども小娘《むすめ》は、いつも此《この》言葉をして老婆の独語《ひとりごと》に留めしめて、一向それには答えない。小娘《むすめ》の内職として浜辺で拾集《ひろいあつ》めた貝がらを、江の嶋から買いに来るのを待ちつつ、それを種類によって分けて居る。仕方がないから、婆さんも口の内で『ほんとに感心な方だ』をくりかえしながら、松葉を拾って釜の下を焚付《たきつ》ける。後《のち》には吹竹を口に当てるので、其繰語《そのくりごと》も此所《ここ》に終る。其内《そのうち》段々御客が来る。

三

殊に暑さ厳しき日であった。例の如く堅吉は来て、熱心に木筆を走らして居た。此方《こちら》では婆《ばア》さんも、余程暑くって体がだるかったと見えて、店の台の上に木枕を出して、団扇で顔をかくして寝て仕まい、小娘《むすめ》は何処《どこ》へ行ったか姿は見えず、如何《いか》な勉強家の堅吉も、終《つい》にはうとうとと帳面の上に顔を伏せて居眠った。蟬が一層喧《やかま》しく鳴いて、これも彼方《あちら》此方《こちら》の木にぶつかり廻って居る。

ハッと思って、起直った堅吉は、顔でも洗って来たら、少しは気が引立つであろうと、台を下りて彼の噴水の方へと歩んだ。

裏の小山つづきの岩を切った処に、葱《しのぶ》が巻いてある青竹が地に立って居て、其口《そのくち》から龍が雲を吐く如く水を五六尺の高さに吹いて居る。それが散じて落ちる四面には、真白な貝がらが敷いてあって、泉水の様な形に水が溜って居る。桃の冷してあるのは此所《ここ》で、流れない様に籠に入れてあるので、中で瑠璃色と翡翠色とが乱合《みだれあ》って居る。

其《その》岩の陰に衣服《きもの》を脱いで置いて、其岩の一個《ひとつ》滑かな上に此方《こちら》を背にして腰を掛けて居る、小娘《むすめ》、手拭を肩に冠《かぶら》せて其端《そのはじ》を乳の上に結んで居る。髪を洗ったものと見えて、黒い、濃い、長い、髪が、白い肌《はだえ》の上に懸って居る。噴水は風になびいて、さッさッと小娘《むすめ》の上に落ちて来るので、赤い腰巻の上は滝をなして居る。手には桃を持って居る。恰《あだか》も海女《あま》が龍宮で珠を取って来たかの観。

其所《そこ》へ堅吉が行ったので、小娘《むすめ》は吃驚《びっくり》したが、堅吉の方でも吃驚して、真赤《まっか》に成って、極りがわるさに引っかえして仕まった。小娘《むすめ》はそれ程でもない、手に持って居た桃を見られたのを寧《むし》ろ羞《は》じたのか、急いでそれを籠の中へ入れて、其後《そののち》ゆッたりと、髪を絞って、体を拭いて、そして衣服《きもの》を着た。

彼此《かれこれ》する内婆《ばア》さんも起きる、客も来る、堅吉はいそいそと帰って仕まった。

此日《このひ》は実に不思議な事で、堅吉は早くから寝て仕まった。蚊帳《かや》の中でうんうん呻って居たが、翌日は少しく早目に木蔭の茶屋へ行った。此日は如何《どう》したのか小娘《むすめ》は居ない。又如何したのか堅吉はいつもほど勉強仕ない。そして珍らしく、冷してある桃を取寄せて、小刀で皮を剝いて食べながら、婆《ばア》さんと話した。入牢の人が外へ出た時に歩き様《ざま》がよろめく如く、寡言《かごん》の人が話しかけると、訥《ども》らぬまでが、どぎまぎする。婆さんは又此間内《このあいだうち》から聴こう聴こうと思って居た事が有ったが、隙間が無いので躊躇して居たので、今日を幸いと切込んだ。『貴郎《あなた》の様に御勉強なすっては、それこそえらい者に御成《おな》れなさいましょう。全体何に御成《おな》んなさる御《お》つもりで……』と問うた。

『僕は理科大学の撰科へ這入《はい》って、天文学を専修したい』と答えた。大学の日本で一番えらい学校という事は知って居ても、撰科というのは正統《じょうとう》の順序を踏まぬという事は知らない老婆《ばば》。天文学と言っては昔の軍師が心得て居る、あの天文の事と思ったから、婆さん、何かなしにえらく敬服して、益々《ますます》堅吉に重きをおく。『まア好《よ》い御息子《おむすこ》さんを御持《おも》ちなさって、御両親は御幸福《おしあわせ》な事だ』と連《しき》りに賞めたてると『いや、両親があれば僕も嬉しいが』と堅吉は溜息を吐《つ》いた。『それでは、貴郎《あなた》は、一人ぼッちで居《い》らッしゃるか。やれやれまア』と気毒《きのどく》がった。直ぐと嫁に行く人には気がねがなくって好《よ》かろうと考《かんがえ》込《こ》んで、いよいよ益々《ますます》堅吉が慕わしくなる、というものは、娘の孫を持った祖母《ばば》のこれ人情。

『此所《ここ》に居た女の子はお前の孫かね。両親はあるかい』と堅吉は尋ねた。『はい、孫で御座いますが、其両親が矢張《やはり》御座いませんので。母は子供の内なくなりました。此《この》春までは父が居ましたが、これが、から、呑太郎《のんだくれ》で、困りもので御座いましたが、矢張病気《やはりびょうき》で死《な》去《く》なりまして、只今ではまア如何《どう》やら斯《こ》うやら妾《わたし》が世話を致して居りますが、もう此歳《このとし》で御座いますから、手もとどきませず、早く嫁に遣《や》るか婿を取るか致しとう御座います』

『いくつだね』と突然問出して、未《ま》だ答えぬ内続け様《さま》に『名は何というかね』と言った。

『如何《どう》もいけません』と言いかけて、『如何《どう》もいけません、俄《にわか》に萎《しお》れて、胸が詰《つま》った様《よう》な、左《さ》も苦し気な息を吐いて、そして又『如何《どう》もいけません、から子供で御座いますが……』

これぎりで会話《はなし》は止《や》み、例の如く堅吉は木筆を手に取った。

其翌日《そのよくじつ》は昨日にかえて婆《ばア》さんが居《お》らず、お柳一人《ひとり》で店に居た。堅吉は身体《からだ》を石の様にして、いつもに倍して勉強して、加之《しかも》お柳には一口も発しない。お柳は又ぼう──ッとして、うからうからと番をして居た。帰途《かえりがけ》に堅吉漸《ようや》く一言《いちごん》『お婆《ばア》さんは如何《どう》した』『お婆さんは心持《こころもち》が悪いと言って寝て居ます』『それではお前心細いだろう、両親は無し、たよる婆さんが病気では……』『いんえ、そんなに重い病気ではありません』と軽く答えた。それにも関《かま》わず堅吉は『僕にも両親が無いんだぜ』と真赤《まっか》に成って言って、蝙蝠傘をサッと開いて、顔を隠して、重い足ながら早めて去った。

四

今までの勉強家は此頃《このごろ》何となく怠けはじめた、怠けはじめて見れば、今まで見向きも仕なかった、此逗子の夏、遊客《ゆうかく》の様、それが能《よ》く分る。殊に両親の無い、世を淋しく送る身には、同じ宿に泊って居る他の家族の和合という事や、夫婦の親密という事が目に着く。

おのれも早く一家を成したいという念は、むらむらと起る。一方には、目的の天文学をおさめて、星界《せいかい》の面白味を知ろうという念も起る。自分がもう理学士に成って、社会に天文家として名を知られ、一家を構えたかの空想も起る。其時《そのとき》に両親あらば、如何《いか》に喜び給うであろうかという事も考えられる。其両親も両親だが、同じく残惜《のこりお》しいのは、許嫁《いいなずけ》であった娘、それも死んで仕まったという事も思出《おもいだ》される。其許嫁を思出すに連《つ》れて、何処《どこ》やらお柳が似て居る様な、如何《どう》も似て居る様な、という事も浮んで来て、彼《あれ》を妻に仕たらばと斯《こ》ういう早や恋の念が加わって、勉強の凝結がそろそろ解けて、更に恋愛が固まり始めた。極端から極端へ走りやすく、数学《マスマチック》の頭が零《ゼロ》に成って、恋《ラブ》の脳が無限大《インフィニチー》。彼は吾《わが》妻《つま》に成り得べきやの疑問点《インタラゲエション》が、常に記されない事は無い。

天文家の玉子が人界《じんかい》に立戻って見ると、暗い室は矢張厭《やはりいや》で、暑苦しい部屋は矢張厭で、臭い喧しい狭い処に居るのは、全く好もしくなくなった。

それでなくっても、如何《どう》しても堅吉は此潮頭楼を去らねばならぬ事に成った。それは新《あらた》に此家《このや》に来《きた》った客人がある、其《その》客人を非常に堅吉は嫌うて居るので。其人《そのひと》は以前堅吉の父と同じ役所に勤めて居たが、堅吉の父は正直一図《いちず》の人、其男は長官に摩込《すりこ》むのが上手、いつでも説は合わなくって、或日激論を仕た末、潔く父は辞職し、其男は後に遺って居たが、段々出世して今では某省の参事官と成って居る。堅吉は父が常に其男の事を言って居たのを、子供ながら耳にして居たので、それが頭にあるから、其男に顔を合わすのが、厭で厭でならぬ。これを以て早速転宿とは決定したが、扨《さ》て何処《どこ》へ移ったら好《よ》いものか、こんな事には不経験だから、先ず木蔭の茶屋の婆《ばア》さんに謀《はか》った。但し只室《ただしつ》が、暑くって、暗くって、如何《どう》も騒々しくって、というのを口実にした。婆さんは信切に引受けて、それなら妾《わたし》の家へお入来《いで》なさい、何も別に御構《おかま》い申しませんが、汚《むさ》くはあっても、見晴《みはらし》は好《よ》し、風通しは好し、いつぞや矢張《やはり》書生さんが御逗留なさった事がありました。昼間は妾《わたし》達《たち》二人は此茶屋へ参りますから、誰も居ませんで尚静閑《なおしずか》、妾《わたし》も戸を締めて出るよりは用心に好《よ》う御座いますからとの事で、堅吉には願ってもない幸福《しあわせ》、喜んで左《そ》う極《き》めた。

極《き》まると直《す》ぐに荷物を婆《ばア》さんの家《うち》に運んだ。堅吉の感は、恰も、地獄をさえ去らば満足であった亡者が、望外の極楽に引取られた時の様で、いよいよ以て勉強は出来はせぬ。婆《ばア》さんは丸《まる》で養子でも仕《し》た気で、これも連《しき》りに喜んで居る。お柳は左程喜びも仕ない、かわりに又厭がりも仕ない。

丁度堅吉が移った晩、二人も茶店から帰って来て、行水をして、夕飯を食べて居る処《ところ》へ、慌だしく潮頭楼の女中が来て『お美代婆《みよばア》さん、御内《おうち》かえ』と言って閾《しきい》を跨《また》いだ。これは常に堅吉を偏屈だ偏屈だと言って嗤って居た一人で、お鉄《てつ》と言う渡り者のあばずれ、何しに来たのか、堅吉の遺失品《わすれもの》でも持って来たのかと思うと、左《そ》うではなくって『おう、お柳ちゃんも居るね、まア好《よ》かった。妾《わたし》は又居ないかと思って心配したのだよ。それはいいが、ちょいとお婆《ばア》さん、急用だよ、耳を貸しておくんなさい、喜ばせる事があるんだよ、内所話《ないしょばなし》なんだから』とわめく。『なんだねえ、誰《たれ》も遠慮する様な人は居やア仕《し》ないのに、其処《そこ》でお話な』『でもさ、内所《ないしょ》だから耳を借りたいんだアね』と無理に年寄を引張《ひっぱ》って、ややしばらく呟《ささや》いた。お美代婆さんは連《しき》りに首を振って場《ば》に戻りながら『いやいやもう折《せっ》角何《かくな》んですが、それは御免だ。あの時はあの時。妾《わたし》が手にお柳を引受けてからは、如何《どう》して如何してそんな事が……全体親父《おやじ》が彼《あ》の通りの無慈悲《むじひ》で……いくら御金子《おかね》をならべられても、好《よ》しんば先様が東京でえらい御役人様だッても、これは又別な事だから、もうもう御免御免、如何《どう》かよろしく其所《そこ》のところを断って被下《くださ》い』と言切って、腹立し気に茶漬をさらさらと搔込《かきこ》んだ。

『でもお前さん、そんな事を言っても仕ようがない、何んだッて当世でさアね、それも今度が初めてならですけども、一度何があッたんですから』と女中は言った『それは死んだ親父《おやじ》が不心得で、これの知った事ではありません。第一世の中にこんな無慈悲な事は又とあった事ではない』『それはもう左《そ》うに違いないが、其処《そこ》が先方様では大枚の御金子《おかね》を御《お》出《だ》しなさる処《ところ》でさアね』『お鉄どん、止《よ》してお呉《く》れよ。奥には御客もあるし、又柳《またこれ》の前でそんな事を』『だから初め耳を借りたんでさアね』『それしきに貸す耳はありませんから』『おやおや大変な御立腹だね、けれども、それでは御美代さん、お前さんの為《た》めに成りますまいよ。今の茶店を出すに就《つ》いても、家《うち》の旦那にお前願った事があったじゃアないか。それを急に催促されたら、まアさ、そんなに三円や四円のはしたをね、催促なさる様な家《うち》の旦那ではないが、もしもの時には大まごつきを仕なくッちゃアならないよ。それよりは薄井《うすい》様の御座敷へお柳さんを……』『もう止《よ》してお呉《く》れ、奥には御客があるよ』『へん、其《その》御客なら横文字癲癇《てんかん》と綽名《あざな》のある人だろう』『失礼な事を御言いでないよ』『まア何《な》んでもいいやね、それなら、それと、其事《そのこと》を内《うち》へ帰って言うばかしさ。おやかましゅう』と下駄音高く引《ひ》っかえして去った。

お柳は最前から米飯《めし》を食うのを中止して、祖母とお鉄との対話を聴いて居たが、去った時には又箸を取って、さらさらと食べ始めた。祖母《ばば》は胸をつまらして、涙含《なみだぐ》んで、まばらの歯を喰《くい》〆《し》めて、じッとお柳の顔を見た。お柳は常にかわらず、そろりと箸を置いて『薄井様が入《い》らッしゃッたのですか』と聴いた。『そうだとさ』と祖母《ばば》は答えた。

これを奥の一間《ひとま》で、海に向う縁側で、団扇《うちわ》をつかいながら、とびとびに聴いて居た堅吉――何んだかチッとも分らないが、薄井というのが耳に入った、其薄井というのは加之《しかも》父の敵同然の名前である、其《その》薄井が如何《どう》したというのか、それが聴きたさにずかずかと二人の傍まで進んで行って『薄井というのを知って居るの』と聴いた、時に、お美代婆《ばア》さんは真青《まっさお》に色が変じて、急には答えなかった。お柳は何か考えて居る様で、堅吉の方へは目も配らなかった。婆さんはやっとお茶を一口飲んで『なアに、只御《ただご》ひいきになるばかしで御座います』

五

此《この》一週間というものは堅吉に取りては如何《いか》に楽しくあったろう。何も為《せ》ず、茶屋へ行ったり、内へ帰ったり、夜はお柳が貝殻撰《よ》りの手つだいを恐る恐る仕て居る。綿入なぞは決して着ないで、髪も櫛《くしけず》り、髯《ひげ》も剃《そ》る。お美代婆《ばア》さんは、これでも未だ堅吉の勉強家たるを信じて動かない。此頃は少し息抜きをして居らッしゃるのだと言って居る。それに堅吉は既にお柳に恋して居ても、ちッとも表面に出さないで、好《よ》しや貝よりの手伝いをしても、其所《そこ》に少しの厭味が無いので、これを茶店に張りに来る書生連に競《くら》べて見ると大変な相違ではある。

＊　　＊　　＊

老婆は未《ま》だ茶屋へ行かず、人は未だ海水に浴せぬ朝《あした》。霧が浜辺を封じて居る中を、寐間《ねま》衣《き》の儘《まま》で散歩して居る男がある。四十余歳、髯あり、頭少しく禿《は》げ、でッぷりと太り、左も左も剛愎に歩《ほ》して居る。これを縁側から、ちらと見た堅吉の目には、其《その》某省の参事官、薄井巌なる事を認《みとめ》た。今日は朝から不愉快であると感《かんじ》た。やがて其常《そのつね》に見さえすれば堅吉に不快感を与える姿は、霧の中に没して仕《し》まった。不図《ふと》考えて見ると、今朝其《その》方角の浜辺に、お柳は貝がらを拾いに行って居る筈だ。如何《どう》いうものか堅吉は、それが心配で心配で成らない、如何《どう》しても内《うち》にじッとして居《い》られぬ。直《す》ぐと草履を穿いて、出て、浜辺に向った。彼《か》の薄井の足跡は、汐《しお》が引いたばかりで未だ濡れて居る砂の上に、大きく印されてある。小さなのは先きにお柳が歩いた跡か、此他《このほか》には未だ誰も踏まぬと見える。堅吉も亦《また》霧の中を分けて、おのれの足跡を遺しながら行く程に、其大小の足跡が、非常に乱合《みだれあ》うて居る所があって、其から先きは又並行に進んで、先きの方へ歩いて行って居る。其先きは干《かわ》いた砂の中に没して、行方分からず。此時堅吉は身体中の血を絞取《しぼりと》られた様な心持に成った。しばらく茫然として直立した。それは霧がすッかり晴れて仕《し》まったのも知らずに居た。

不図《ふと》向うを見ると、引揚げられてある漁船の脇に屈《かが》んで居る娘がある。見定むればお柳だ。彼《かれ》は余念なく貝がらを拾《ひろ》うて居た。薄井の姿は霧と共に何処かへ消えて見えない。堅吉は我知らずお柳の傍へ行って『お前は最先《さっき》から此所《ここ》に居たのか』と尋ねた。『はい、居ました』『それでは薄井という人に会ったか』『はい、会いました』此答《このこたえ》を聴いて、堅吉は溜息を吐きながら、船に倚《よ》りかかって、しばらくは無言。お柳は首を上げて『近藤さん、貴郎《あなた》も拾って頂戴』『それでは薄井も手伝って拾ったのか』と思込んで言った。『二ツ三ツ拾って被下《くださ》いましたが……』『お柳さん、お前は薄井という人を何《な》んと思うね』『東京で好《よ》い御役を御勤めなさる方だそうです……』『お前は薄井に連れられて東京へ行きたくはないか』『薄井さんとは厭《いや》ですが、東京へは行きとう御座《ござ》います』『それでは僕とは』と思切《おもいき》って言った。『ほほほ』と笑って『連れて行って被下《くださ》いますなら、いつでも参ります』と言った。

この言葉で酷《ひど》く安心した堅吉は、一層勇気を出して言って仕《し》まおうと、思いは、思ったが、扠《さ》て舌が動かないで、ためらって、でも今言わなければ言う時は無いと、遠廻しの秘伝知らぬ身の、真向《まっこう》から切込んで『お柳さん』『はい』『僕が東京へ連れて行くと言ったら、行きますか』『それは祖母《ばア》さんが行けと言いましたら』『祖母《ばア》さんも一所《いっしょ》に僕が東京へ引取《ひきとろ》うと言ったら、来るかね』と厳然《げんぜん》として言った。此時《このとき》初めてお柳が真赤《まっか》に成って、それは珍らしく真赤に成って『だって……だって……』と口籠って、全く下を向いて仕まって『だって、妾《わたし》は行かれやア仕ません』『何故行かれない』と激した。『何故でも……貴郎《あなた》、知って居ながら、妾《わたし》をからかっては厭ですよ。妾の事を知って居ながら……』『何んだか僕は知らない』『うそですよ、知って居て、それで貴郎《あなた》は……』と言いつつ立上って、そして莞爾《にっこり》と笑うたが、此所《ここ》を去るでもない、語気の強い程怒ったのでもない。

六

一日大嵐で海は荒れ、外へ出られぬ事があった。雨戸をしめて今日は三人、一間に集った。時に堅吉は言った。『僕も大変御世話に成ったが、もう脚気も好し、学校も始まって居るから、東京へ帰《かえろ》うと思う』これを聴いたお美代婆《ばア》さんは、吃驚《びっくり》した顔で『それは寔《まこと》に御名残惜しい事で……しかし、御病気が快《よ》く御成んなすッた上に、学校が始まって居ますのなら、無理にお留め申す事も出来ませんが……』何《な》んだか言悪《いいにく》そうにして居る。堅吉も何んだか言いたい事があるようにして居る。流石《さすが》は年寄で到頭お美代婆さんは切出した。『こうやって貴郎《あなた》が妾《わたし》の内《うち》に御逗留なさったのも、何かの因縁で御座いましょうが、此上《このうえ》は如何《どう》かいつまでも御懇意に願いたいもので……』『それは僕も望む処《ところ》だ。実に僕は自分の家《いえ》の様に思って居て、失敬ばかり仕《し》ました』『妾《わたし》も親類の息子が来て居る様《よう》に思って居ましたが……如何《どう》かまあいつまでも御懇意に願いたいもので』と同じ様な事を繰返して言って居るが、未《ま》だ此他《このほか》に言いたい事が、如何《どう》もあるらしく、奥歯の奥の其《その》奥の方に何んだか噛《かみ》〆《し》めて居て吐出さずに居る様に見える。『本統《ほんとう》にねえ、貴郎《あなた》の様な御方を……』と、やっと言出して『御若いのに珍らしい貴郎《あなた》の様な御方を、親類に持ちましたら』と謎の様にいう。最《も》う大概なら読めて居るのだが、其処《そこ》が、堅吉で、如何《どう》も切出して好いのやら、悪いのやら、解する事が出来ないで、まごまごとして苦しむ。『若《も》しねえ、貴郎《あなた》の様な方に、柳《これ》を差上げましたら、どんなに妾《わたし》が嬉しいか知れません』と思切《おもいき》って婆さんは言って、間違ったら串戯《じょうだん》に仕《し》ようと、いつもにない高調子で笑出《わらいだ》した。堅吉は真面目で、加之《しかも》青筋を出さぬばかりに一生懸命の色をあらわした。怒るのかと思ったら『若《も》し僕が貰うと言ったら如何《どう》します』と言った。これで安心して、婆さんも真面目に成って『それは二《ふた》ツ返辞で差上げますが、何《な》んと申しても田舎娘で迚《とて》も貴郎方《あなた》の』と歎息する。『いや、僕だって今は書生の身分だから、今が今とは行《ゆ》かんが、大学の撰科へ入学して、卒業するまでには、未《ま》だ三四年あるから、其間《そのあいだ》に充分教育したらいいが、それでは待つのがいやだろう』と益々《ますます》堅くなって此所《ここ》を先途と言った。『いえいえそれが本統《ほんとう》で御座いますなら、四年は愚か、五年が十年待ちました処《ところ》で、柳が二十四、好《よ》しや妾《わたし》が七十に成りましても、お待ち申して居《お》りまする』と乗地《のりじ》に成って答えた。

『本統に呉《く》れますか』とあらたまった。あまりにあらたまったので、お柳はじろじろ堅吉の顔を見て居る。『否《いな》やがあったもんじゃア御座いません』とお美代は勇む。『本統に呉れますか』『此方《こちら》から願ってもない事で……』『それなら僕が出世するまで、しッかりとお婆さんにあずけておくよ』

もっと談判が手間取れる、いや談判を開くまでには至らずして止むであろうと思って居た堅吉が、望外の返事を得たので、何んだか力抜けがして、これで大丈夫か知らんと後《のち》の事を案じて、ぴしりぴしりと駄目を押して『しッかりとあずけたよ』という言葉を力を入れ力を入れ入れられるだけの力を入れて繰《くり》かえした。

七

扨《さ》ていよいよ堅吉は楽しかりし逗子を見捨《みす》て、東京へ帰らねばならぬ。手垢の付いた算術書や、クリスターの代数書、ショウブネーの幾何学等を、鞄へ詰めて『逗子の勉強』の紀念《きねん》なる駿河半紙の横帳——多くは潮頭楼で書散らしたのを、これもすッかり畳込んで、奇怪がられた綿入衣服すら鞄の中に納めた。尚此他《このほか》にはお美代が勧めてお柳から呉《く》れた美しい様々の貝殻である、それも綿入の中にくるんで、音のせぬように、砕《こわ》れぬ様に、左《さ》も左も大事に仕まってある。これで一寸《ちょっと》歩きばえのある停車場《すていしょん》まで、お美代婆《ばア》さんとお柳とに送られて、いよいよ堅吉は出立した。其《その》鞄は婆さんと娘とが代り代り持って呉れた。堅吉は停車場で其なつかしきお柳の手に重かりし鞄を受取って持つ時まで『しッかり預けたよ』という意味の言葉を、いろいろの言方《いいかた》で絶えずあらわして居た。停車場では流石《さすが》に人が居るので言わなかったが、尚《なお》其心配気なる相《そう》は、其事をうるさくも語って居た。

切符を買う。汽車は横須賀《よこすか》の方から来る。人々は争《あらそ》うて改札所を出る、堅吉は一番遅く出た。出ても振向いて二人を見ては、言いたげにして居た。終《つい》にもう再び言葉を交す間もなく、汽車に乗込んだ。せわしく汽車は出発した。なつかしき海も浜辺も家も人も瞬く内に見えなくなった。もう他の景色は堅吉の眼中に入来《いりきた》らぬ。恐ろしく考込んで仕《し》まった。お柳は許嫁《いいなずけ》の死んだ娘に似て居る、但しそれは外面だ。A若しBならばCはDなりと規範定理の仮定と終決では、如何《どう》しても幾何通りに確定が出来ぬ。さりながら、全くお柳が我を思うの力を有して居らぬとも、我と婆《ばア》さんとが相懐《あいおも》うの和《か》で打勝つ事が出来るだろう、なぞと、そんな事ばかり研究して、来がけには下等室の押合う中をも厭わずに、三次方程式をカルタニスの解法で遣《や》って、其運算の厄介なのを苦しんで居る内、程《ほど》ケ谷《や》の隧道《とんねる》へ這入って吃驚《びっくり》したという熱心は、何処《どこ》へやら行って仕《し》まって、微分積分でも解し得られぬ『恋』の一字に迷うて居て、大船《おおふな》の乗かえを知らずに居た位。

東京へ帰って、桜川町《さくらがわちょう》の下宿屋に落付いても、三四日は此通りであった。近藤さんは逗子へ行って、脚気は快《よ》くおなんなすッたかも知れませんが、他に病気を持って入らッしゃりはせぬかと、女中なぞは言って居た。

が、再び学校へ通う様に成っては、又元《またもと》の勉強家に復した。或は元に何倍したかの勉強家に成った。机の上には美しい貝殻が置いてある。

越えて一年、首尾好《よ》く大学の撰科へ這入《はい》れた。其休暇の中《うち》、堅吉は又逗子へ行くべく新橋から発した。脚気の為《た》めではない、勉強の為めでもない、前夜銀座《ぎんざ》の勧工場《かんこうば》で買うた、かんざしと半襟とを持って。但し年頃はこれこれ、其年頃に似合うのは、どんな物がよいかと店番に尋ねた揚句の果と知るべし。

八

心配する程ではなかった。お美代婆《ばア》さんは、しッかりとお柳をあずかって居た。加之《しかも》お柳をして堅吉を慕わしめるべく馴《なら》されてあった。彼《か》の金釵《かんざし》と半襟とを見た時には、別してお柳は喜んだ。

見晴しの好《よ》い一間で、三人鼎座《かなえざ》に成って、いろいろの物語。一年間の出来事を、彼《かれ》話し、此《これ》語り、中々尽きなかった。しかし其内に、堅吉は斯《こ》ういう事を知った。今年も亦《また》彼の潮頭楼には、薄井巌が来て居る事。仔細あって、木蔭の茶屋は出さぬ事、此《この》二件である。何故水茶屋を出さぬかというに、これは薄井に関係して居る事で、今年も潮頭楼へ薄井が来るや、否や、彼《か》のあばずれのお鉄が来て、是非お柳を借りたいと言った。それを断った結果は、潮頭楼から借りた金の催促と成って、止《や》むを得ず店を畳んだとの事である。実に彼《か》の店を夏場張らなければ、一年中の生活《くらし》がむつかしいと、酷《ひど》く婆さんは苦心して居る処《ところ》、堅吉の来たのは誠に幸いである。

如何《どう》したら此後《このあと》が行かれると言う問題に向って、好い式を作らねばならぬ。けれども別に好い方法はない。唯只《ただただ》時期《とき》は少し早いが、一家二人《ににん》を東京へ引取って、自分も下宿を止めて、静岡の親類が保管して居る、わずかばかりの財産——と言っても、いくらもない、家作が一二軒、それを売って貰って、それと紡績会社から来る利子、それとで以て東京へおぼつかなくも一家を構え、そして三年間理科大学の撰科へ通うて、卒業したらば、何処《どこ》かへ勤める。それから後は腕次第、勉強次第、それで一生埋木《うもれぎ》に成るか、大学者に成るか、此《この》二ツだ。妻子の係累が出来ては、得て大学者に成りにくい、況《いわ》んや書生中から一家をなしては、末がおぼつかないと思わぬでもないが、さりとて如何《どう》しても彼《か》のお柳を見捨てる事が出来ないので、大学者に成らなくってもよい、如何《どう》でも好い、彼《あれ》と夫婦に成ッて食ってさえ行かれれば好いという極端まで考込んで、一方から薄井という悪魔に何となく、追掛けられるように思って、急いで以て二人を引取る事に決定した。

これほど迄に、熱心に、堅吉はお柳を思うて居る。それをお美代婆《ばア》さんに話した時に、その喜びさ加減というものはなかった。それに如何《どう》いうものか、其喜びの内に、悲しみを含んで居る。此疑問は初めて堅吉に解し得らるるの時期は来《きた》った。

『貴郎《あなた》、本統《ほんとう》にお柳を奥様にして被下《くださ》いますか。貴郎、本統で御座いますか』とお美代はあらたまって。今更何故あらたまったのか、堅吉は不思議な顔をして『お婆《ばア》さん、それが如何《どう》したね、虚言《うそ》も本統もないではないか』『いえ、あまり嬉しゅう御座いますから……ですが、貴郎《あなた》はお柳の身上《みのうえ》を御承知の上で御座いますか……いや、それは御存じではありますまい。御存じないのを此方《こちら》からも申さずに、話が纏《まとま》りました後で、どうのこうのという事がありましては、誠に妾《わたし》が申訳がありませんから、斯《こ》うなりましたら何もかも申しますが、それを御聴《おき》きなさいました上で、如何《どう》かおいやなら御遠慮なく、御断《おことわ》りなすッて被下《くださ》いまし。決して御怨み申しは致しませぬ。御断りなさるのが、これは御道理《ごもっとも》と思いますから……』と言いさして、はらはらと婆さんは泣いた。そして急いで涙を拭きながら『お柳、お前はあちらへおいで……』と言った。けれどもお柳は去らない。再三再四言った時に、お柳は立上って行った。次の間で手習《てならい》を始めるべく机に向うて硯《すずり》を取出した。正しく其手本は、此春婆さんの注文に応じて、堅吉が贈った帖《じょう》だ、仮名の手本だ。

お美代は殆ど顔を得上げないで『まことに妾《わたし》の口から此様な事を申すのは、申し悪《にく》い事で御座いますが、柳《これ》の父と申しまするのは、もうもう仕方の無い呑太郎《のんだくれ》で御座いましたが、柳《あれ》の母が亡くなりましてからと申すものは、一層酒喰いが増長致しまして、家《うち》も何も皆呑んで仕まいましたが、揚句のはてには……飛んでもない事を……』と此所《ここ》まで言って咽《むせ》んだ。

『お柳が十三の時で御座います、彼《あ》の潮頭楼へ手伝いに遣って居りますと、貴郎《あなた》、ある御客が、不憫《かあい》そうに、あれが目に留《とまっ》たと見《みえ》まして、あられもない事を言出しまして、宿の主人《あるじ》から親父《おやじ》へ掛合いまして、未《ま》だ十三の小娘を、無理に貴郎、おどかしまして肩揚《かたあげ》を綻《ほころ》びさしたので御座います。親父は急に参拾円という大金が這入《はい》ったので、大喜び、彼《あれ》は何も知らないもんですから、到頭《とうとう》言うなり次第に成りまして、一生汚れた身体《からだ》に成って仕まいました。其時妾《わたし》さえ居りましたら、そんな事は致させるのでは御座いませなんだが、如何《どう》も残念で成りません』と手拭を顔へ当《あて》て咽入《むせびい》った。

堅吉は慄然として、思わず立上《たちあがろ》うとして、又座って、腕を組んで、一時に歎息だか何《な》んだか知れない息を吐いた。実に鋭利なる鎗の穂先で、脳天から足の裏まで貫かれたかの如く感じて、少時《しばらく》は茫《ぼう》と成って居た。其《その》茫として居る中から『腹が立つ』『残念だ』『悲しい』『情けない』『如何《どう》したら好《よ》かろう』『仕様はなかろうか』なぞの念が一皮々々《ひとかわひとかわ》生じて来て、判断力を包む。其内で一番厚い皮が『情けない』という念である。次いでは『如何《どう》したら好かろう』である。

実に情けない親父だ。如何《どう》も情けない親父だ。してして此花の如く美しく、雪の如く清い少女を、誰が蕾の内に散らしたか、未《ま》だ積らざるに汚したか、悪《にく》むべき天下の罪人、大罪人、社会の大罪人、極重悪人、大々悪魔、未だ情を解せぬものを、神聖の恋情でなく、一時の好奇心で、金子《かね》の力で、犯したとは、獣心、人面、獣心、寸断に切《きり》さいなんでも厭《あ》き足らぬ。如何《どう》しても厭き足らぬ。金力でバアヂニチーを破る、此位な惨酷は他に決して無い。人あり、刀《とう》を持って人を殺し、腹を割きて、其 腸《そのはらわた》を攫《つかみ》出《だ》し、眼《まなこ》をくじりて、其眼玉をえぐり出し、其頭を立割りて、脳味噌を出したりとせんか、それよりも、我は、金力を以て処女の操を破りたる者を、一層の上に惨酷の度を置くべしと、堅吉は思詰めた。余《よ》所《そ》の話、知らぬ少女を、これこれに仕《し》たと聴いてさえ、此位に思うべき堅吉、それがおのれの生命を犠牲に供してまでもと思込んで居るお柳の上に於て見る、苦しさ、つらさ、腹立しさ、味気なさ、情けなさ、というものは、実に非常で、其非常の結果として、此所《ここ》に居たたまれない様になって、不意と飛出した。しかせざれば、堅吉は、慥《たし》かに卒倒する場合であったのだ。

夜だ、外は闇だ、潮頭楼の間毎々々《まごとまごと》には燈火が綺麗に輝いて居る。海白く、空黒く、今にも夕立が来そうで、遠雷か、それとも潮声か、ぴかりぴかりと電光は山の後《うしろ》で雲をつんざく。寒い程涼しい晩だ、堅吉にはそれが蒸暑く感じられて、身体の置所《おきどころ》が無い様になって来た。海へ飛込もうかと思った、何度となく海へ飛込《とびこも》うと思った、しかしながら斯《こ》う思いながら、足はそれに向わず、いつしか知らず小山の麓へ行った。其所《そこ》は木蔭の茶屋のあった処、今は何もない。唯山から引いた噴水が、筧《かけひ》に木の葉でも詰ったのか、先程の勢いはなく、只ちょびちょびと吹出して居る。以前は濡れて居た岩、今は噴水が届かぬので、昼間の日に焦《や》けたほとぼりが冷めぬ岩、これに彼《か》のお柳が腰を掛けて桃を手にして居た事もあったのだ。堅吉はこれにどッかと腰を掛けた時に、少しは落付いて物を考える事が出来るようになった。

如何《どう》しよう、如何したら好《よ》かろう、お柳を貰うまいか、止して仕《し》まおうか、お柳より他にお柳と寸分違わぬ女があれば好いが、無い。死んだ許嫁《いいなずけ》とお柳とがいくら好《よ》く似て居ても、どッか違うて居るだけそれだけお柳以外にお柳はない。お柳より他に眼中女がない。其《その》お柳には如何《いか》にしても消滅しがたい汚点がある。知らねば格別、知って貰うて如何《どう》であろう。口惜しい、其汚点は、決して消滅しないのである。何もそんな者を、好んで、急いで、女房《にょうぼ》にしなくッてもよい。といって他に、それなら気に入ったお柳同様な女があるか。無い。決して、無い。それと思込んだら眼中他に女が無い。世界に唯一人の恋人であるのだから、有るべき道理がない。一生孤独で暮すなら格別、妻とするなら彼《あ》のお柳が好《よ》い。彼《あ》の笑う処《ところ》が好い。こせつかぬ処が好い。何を言っても怒らない処が好い。言葉の通りに従う処が好い。何かなしに好い。如何《どう》しても好い。今日まで欠点はなかった。初めて聞いて驚くべき欠点のある事を知った、其欠点《その》——先ずこれを研究せねばならぬ、其上で我《おれ》はどちらかに極《き》めよう、斯《こ》う堅吉は考えた。

そして出来るだけ弁護すべき方面から、お柳の身上《みのうえ》を研究した。自分では公平のつもりで。

お柳は未《ま》だ稚《おさな》かった。好《よ》しや身体《からだ》は発育して居ても、実に通常の脳力は供《そな》えて居なかった。親父《おやじ》が悪かった、端《はた》の者も悪かった、第一望《のぞみ》を属した者が悪かった。お柳は何も知らぬ内に汚点を付けられたのである。不憫《ふびん》な者である。今は其《その》おのれのきず物である事を知って謹しんで居る。老婆は殊にそれを恥《はじ》て居る。何《な》んとそれを嫁《めと》るのは義俠ではないか、仁徳ではないか、又我がそれほどまでに思うて居るのを彼《かれ》が知ったら、此後《このの ち》を如何《いか》に彼《かれ》が謹しむであろうか。必らず前の汚点をつぐなうだけの事は為《す》るに相違ない。イヤそれは為《せ》ずとも好《よ》し、再び他の汚点を印する事は決してあるまい……此所《ここ》まで考えて堅吉は、少時《しばらく》ためらって、彼の数学の難問題を考える時の様に、両手を持って頭を抱えて、うんうんと呻って居た。忽ち悟る処《ところ》があったか、岩からはなれて立上った。丸で其響《そのひび》きが伝って然るかの如く、木の葉で出の悪くなって居た噴水の口は、更に勢《いきおい》好《よ》く水を数尺の高さに吐《ふき》始めた。

『いや、これは考えたのが我《おれ》の過失《あやまち》だ。好《よ》しやどんな汚点がお柳にあろうとも、構わぬ。愛の極はそんな事で躊躇するのではない』と堅吉は口走った。閃影瞬一時、今まで心づかなんだが、不意と飛出した堅吉の行方を心配して、お美代婆《ばア》さんはお柳を此所まで従わしめた。お柳はだんまりで最先《さっき》から此所《ここ》に来て居た。今の光りで堅吉は認めた。そして吃驚《びっくり》してたじたじと成った。

『近藤さん、御迎いに参りました』とお柳は言った。堅吉は走寄って、其両手をシッかりと握って、屹度《きっと》其顔を見詰めた時に、又もや一閃、ありありと其神女の如き美しい顔は照された。

『お柳さん、僕はもう極《き》めた、お前を引取る事に極めた。何《な》んにも言わずにお前を女房にするだけそれほど僕はお前を思うて居るんだから、其《その》つもりでお前も来て呉れねばならぬ。そんな事もあるまいが、僕の家《うち》へ来てから万一の事があったなら、好《よ》いか、そんな事は決してあるまいが、僕ア了簡《りょうけん》仕《し》ないよ』と言った。折悪しく電光は達しなかったが、此時たしかにお柳の目には感謝の涙が溢れて居たろう。無言で只お柳は立って居る、堅吉も両手を握った儘《まま》立って居る。

此《この》二人は恰《あだか》も連理の樹の様に立って居たが、噴水の飛沫の他にぽつりぽつりと落ちかかった夕立の為めに、二人はいつまでも此所に立っては居られぬ。余所《よそ》が降った土気の香と、前ぶれの風とに送られて、家《うち》へ帰った。間もなく恐るべき大雷雨は来って、三人は一ちぢみに蚊帳の中へ入って仕まった。

九

牛込神楽坂《うしごめかぐらざか》の近傍は物価の安き処とて、軍人、安官員、書生なぞが多く住む。近藤堅吉は、初めて一家を作《な》す為《た》めに、此辺《このへん》で貸家を尋ねた。新小川町《しんおがわまち》に適当なのを見出して、桜川町の下宿から、自分の荷物を運んだ。世帯道具は何《な》んにもない。お美代婆《ばア》さんとお柳と三人で出かけて、勧工場でぼつぼつと買う。隣家《となり》の内《うち》で米屋を聴いて、月払いの件を極《き》めて居る内、酒屋の御用は、すかさず帳面を持って来て、得意先きをこしらえるに抜目はない。魚は毘沙門前《びしゃもんまえ》の魚屋に夕河岸が着きますから、それを買いに行くと御恰好《ごかっこう》で御座いますと、井戸端で向うのおさんどんの忠告するのを聴いて来て、漁村を離れた不自由を二人共に今更感じる。お美代は両三度東京へ来て知って居るゆえ、左程《さほど》にまごつかぬが、お柳は何を見ても珍らしく、窓から一日外をながめて暮して居る。堅吉は此所《ここ》から毎日大学へ通う、三年間切って嵌《は》めた学費やら、家《うち》の生活費《くらしむき》やらで、それが経過すれば売った家の代《しろ》はなくなり、紡績の僅かの利子ばかり当《あて》にする勘定。一々それは御手《おて》の物でちゃんと計算が出来て居る。故にお柳をして、充分に東京見物をさせ、又好む物を着せ味わせる余裕はない。勿論、お美代もお柳もそれは承知であるので、後《のち》の出世を楽しんで居る。堅吉は何処《どこ》までも書生で、短い袴、古い帽、少しも扮装《みなり》に構うては居らぬ。友人も亦堅吉が便宜上一家を持った、それは両親がないゆえ、傭婆《やといばア》さんをした、其婆さんは美しい娘を連れて居るという事を知って居ても、其娘が後には堅吉の妻に成るという事は知りはせぬ。さればお柳は東京に居て東京を知らず、牛込に居て只神楽坂の縁日のみを知って暮して居る。堅吉は自分の勉強の他に、お柳の教育をせねばならず。随分忙がしい。習字をさしたり、読本《とくほん》を教えたりすれど、如何《どう》もはかばかしく進まぬ。一層縫物でも稽古さしたらと、近所の教授所へ遣《や》るに、これは如何《どう》やら斯《こ》うやら針が運ぶので、此方を重《おも》にして、他は時々にして居る。

お柳は如何《どう》も東京より逗子の方が好《よ》いように見える。次第次第に面白くなった、けれども末が楽しみだと思うて、口へも出さず、言わばうからうからと日を暮して行く。婆《ばア》さんは安心して暮して行く。堅吉は無上の愉快を以て暮して行く。変化が無いとて、恐らく此位《このくらい》変化の無い一家はない。極穏かに三年を過して、堅吉は理科大学の撰科を卒業した。

此時《このとき》あらためてお柳と堅吉は結婚の式を揚げた。お美代婆《ばア》さんの喜びはたとえるに物がない程。堅吉の喜びはそれよりも尚幾十倍である。お柳とても喜ばない事は無い、末の楽しみが来《きた》った時と思った故に。

それに付けても彼《か》の汚点さえなくば、と浮んで来る堅吉の胸には、それをしも忍んで、我は汝を娶《めと》ったという——何も恩に着せるのではないが、それが説明したくて成らぬ。説明せねば、否、説明しても充分お柳には其所《そこ》のありがたみが分って居るまいと思われてならぬので、時々其事を言う。夫婦と成ってからは益々言う。お柳はそれを聴くのを嫌うて、いつも逃げて仕《し》まう。実に二人の仲の一点の雲は是《これ》だ。愛の度が高まれば高まるだけ、彼《か》の事を悲しむの度が高くなる。其事をうるさく言われる度に、お柳の方では其《その》恥かしいというのが段々と馴れて来て、左程に感じなくなるのは、扨《さ》ても止むを得ぬ結果か。

此様にして、一月立ち、二月過ぎるに、切ってはめた家の代《しろ》は、全く尽きて、紡績の利子とても日清戦争の影響で、少ない上に余程少なく、望む口はなくて、浪々《ろうろう》で居《お》らねばならぬ。学術の研究どころではない、家内三人の口を糊《ぬら》す方法を講ぜねばならぬ。末、末、と、末に重きをおいて居たのに、此様《このよう》では困った事と、婆さん少しく考えぬでもない。しかし、引目のあるお柳の身ゆえ、これでも結構と思わねばならぬと、年寄だけ勘弁も付けるが、お柳は何となく面白くなくて、未《ま》だ東京見物させせぬとつぶやく事もある。

堅吉の友人が勧めるには、数学に達して居るこそ幸い、陸軍参謀本部の傭員となって、遼東半嶋《りょうとうはんとう》の測量隊に加り、彼地《かのち》へ行って来ては如何《どう》か。帰って来るまでには、天文台の方の口が出来ないでもなかろうとの事。

堅吉は決心して、それに従うた。則ち最愛の妻と妻の祖母とに別れて、清国《しんこく》へ行く事になった。一家を畳んで帰《か》えるまでは、二人共逗子へ行き、田舎で生活して居る方が経済というので、左《そ》う極《き》めた。幾度となくお美代に向いて『しッかりお柳をあずけましたぜ』の言葉を繰りかえす事、彼《か》の逗子の停車場《すていしょん》で別れた四年前の時と同じであった。別してお柳には『お前の汚れた身体《からだ》を知って居ながら、お前を嫁にした、それほど、我《おれ》はお前を思うて居る』をつづけて『もしも留守中に不都合があったら、其時は決してゆるさぬ』と噛んで含める如く言った。

此時《このとき》は流石にお柳もしみじみと嬉しく感じて、蒼蠅《うるさ》いとも思わず、道理に責められて、泣いて、其留守を堅固に暮すべく答えた。

十

昔の家は人手に渡って居る。他の小家を借りて逗子の生活を続けた、お美代にお柳。昔馴染の人々に顔を合せるのが何となく極《きま》りの悪い位。殊にお柳は東京へ行って居て、東京の話の出来ないのを恥辱と心得て、たまたま人から話しかけられると、いつも此《この》返辞にためらって居た。

茲《ここ》に不幸なるはお美代で、堅吉から堅く托されたお柳を、見捨て、名もなき老の病のためにぽッくりと逝って仕《し》まった。

お柳の悲しみ、悲しみよりは驚き、如何《どう》して好《よ》いやら、うろうろとして居る。知合《しりあい》の人々は来て呉《く》れても、それは手を貸して呉れるばかりで、入用《にゅうよう》の方の相談敵手《あいて》とては一《いち》人《にん》も無い。良人《おっと》は戦地に在り、急の間には合わず。殆ど途方に暮れて居た。

突然遣《や》って来たのが彼《か》のお鉄で、虚言《うそ》か、真実《まこと》か、涙をこぼして、いろいろ口上を並べた末に、一段声をひめて、若《も》し御金子《おかね》が入《い》るようなら、妾《わたし》の方で都合して上げようから、遠慮なしに言えとの甘言。此急な場合で、お柳は助け船の好悪を問うの暇はない。迂闊《うか》と乗った。直ぐと十円間に合わされた。喜んで葬送を出して、これもお鉄さんの御蔭とお柳は酷《いた》く喜んだ。折も折、此節又彼《このせつまたか》の薄井巌が潮頭楼へ来て居る。お柳はそれを少しも知らぬ。お鉄は又それを少しも語らぬ。

初七日の晩、一人さびしく仏壇に向うて、御念仏を唱えるでもなく、唱えぬでもなく、物案じの絶間々々に、御線香を上げて居る、お柳。行末を考えれば、只何《ただなに》となく悲しくなって、早く良人《おっと》が帰ってくれれば好《よ》いと、身の淋しさをかこちつ、又は祖母の存命中の事など懐出《おもいだ》しつして居る処へ『御免なさい』と入来《いりきた》ったのは彼《か》のお鉄だ。斯《こ》ういう晩には、誰が来て呉れても嬉しいので、死《しな》れた婆《ばア》さんが嫌う程お柳はお鉄を厭《いや》がりはせぬ上に、困った場合に十円という金子《かね》を工風して来て呉れた女の事ゆえ、決してなおざりには取扱わぬ。

『時にお柳さん、此間はあんな場合であったから、別に委《くわ》しくは話さなかったが、それ、お前さんに用立《ようだて》た御金子《おかね》の事さ、彼《あれ》は少し仔細《わけ》があるので、急に入るというのでもないから、お前さん無理をして算段をするには及ばないよ。それを一寸《ちょっと》言っておこうとは思っても、知っての通り此頃は忙がしいものだから、つい今日まで来なかったのさ』『如何《どう》も御蔭で助かりました。いずれ家《うち》のが戦地《あちら》から帰りましたら……』『いいさ帰ったからッて、帰らないからッて、そんな事は如何《どう》でもいいやね。だが、お前さんが、彼《あ》の人を家《うち》のと呼ぶ様に成ったとは、実に不思議だねえ。彼《あ》の人との最初からを知ってるのは妾《わたし》だが——妾《わたし》も考えて見ると、今の処に随分永く足を留めて居るねえ。彼家《あすこ》の内《うち》の女中では、古狸だよ。おほほほほ、けれども古いだけ御客《おきゃく》の内にも知った方が出来て、お鉄々々とおおきに持てるのさ。知った方といえば、彼《あ》のお柳さん、そら、あの、そら、お忘れじゃアあるまいね、あの薄井さんねえ』と切出した。

『薄井さん』とお柳は問返した。『ああ薄井さんさ、彼《あ》の方もねえ、以前《もと》とは違って大層勢いが抜けてねえ、年の所為《せい》とは言いながら、もうもう昔の様な元気は無くなったよ。何さ、何もそんなに極《きま》りを悪がらなくってもいいやな。妾《わたし》だもの。今度も来て入《い》らッしゃるが、丸《まる》で人が違ったように成っておいでなさるよ。それで、此間《こないだ》もね、お前さんの話がまア出たとお思いな。そうすると大きな溜息を吐いて、アア我《おれ》は悪い事を仕た、飛んでもない事を仕た為《た》めに、彼《あ》の子は一生きず物で暮さす事かと思ったら、でもまア好《よ》いあんばいに、そんな好《よ》い処《ところ》へかたづいたッて、大層喜んでおいでなさッたよ』と言いかけて、じッとお柳の顔色を見入った。『左《そ》うですか、薄井さんは入らッしゃッて居ますか』と冷淡に答えた。一寸《ちょっと》は儀式的に極《きま》りの悪い顔も見せたが、後《のち》には更に気に留めない様子。お鉄は重ねて『お前さんが此頃《このごろ》、此方《こちら》へ戻って居る事や、御婆《おばア》さんのなくなった事をお話し申したらね。そうかい、さぞ好《よ》い細君に成って居るであろう、一度逢って見たいものだなんて言って居らッしゃッたよ』と言って、又同じく様子を窺うに。お柳は相変らず冷々淡々『左《そ》うですか』と軽《かろ》く答えた。此石《このいし》動くべきか、動かざるべきか、お鉄は判断に苦しむ的《てき》挙動《きょどう》で、其《その》てれかくしにお先煙草と出かけた。其虚《そのきょ》に話は飛んだ処《ところ》へ走った。『妾《わたし》もねえ、お婆《ばア》さんは此通りだし、家《うち》のはいつ帰って来るのやら分らないし、斯《こ》うやって一人ぼッちに成って、本統《ほんとう》に心細くって……』と相談柱に立てかけた。

失策《しま》った、取逃しかけたと、大いに驚いた。お鉄はこれでは成《な》らぬと話口を捕えて『ほんとに心細いだろうねえ、お前さんを一人にして逝ったお婆さんも邪見だが、全体旦那もあんまりだねえ……』と言った。蓋《けだ》し、これは、さぐりの針を一本打込んだのだ。『本統《ほんと》ですよ、早く帰って呉れればいいんですが、困って仕《し》まいますよ』とこれは真《しん》から困ったらしく言った。お鉄は此所《ここ》ぞと『全体お前さんは今の旦那を如何《どう》思っておいでだい』『如何《どう》って、別に……』

正しくお柳は別に如何《どう》という深き考えはないのである。善とも悪とも考えては居《お》らぬ。唯良人《おっと》だと思うて居るのである。如何《どう》って別により、別に言い様は無いのである。

もどかしがってお鉄は真向から切込んだ。『如何《どう》だね、お柳さん、お前さんも御婆さんに別れて唯一人此所《ここ》に居ても、何《な》んだろうから、潮頭楼へ遊び半分、手伝いに来たら好《い》いだろうにねえ。それで以て旦那の帰るのを待って居た方が、余程《よっぽど》好かろうと妾《わたし》は思うよ』とこれから至極巧く理屈を合せて、如何《どう》してもそれが好い様に説立てた。迂濶《うか》と乗る。諦《し》めたと喜んで益々説立てるお鉄の弁に、くるくるとくるめられて、それじゃア何分と言う事になった。

＊　　＊　　＊

けれども流石に薄井の居る部屋へは行かなかった。再三再四《なんどもなんども》お鉄が勧めたけれど行かなかった。後には手を引張って連れて行こうとしたけれど行かなかった。

＊　　＊　　＊

十円の出処《でどころ》は薄井からだという事をお鉄が明かした時に、お柳は閉《ふさ》いだ。此義理に責められて、止む事を得ず、薄井の部屋に行った。

＊　　＊　　＊

薄井が帰京する時に、停車場《すていしょん》まで送って行くべく、お柳はお鉄に引張《ひっぱ》られて行った。急に、東京見物に連れて行って遣《や》るというので、無理無体にお鉄と薄井とに引張られて、汽車に載せられた。如何《どう》もお柳には、これを拒む事が出来なかった。

十一

其《その》留守に堅吉は帰って来た。加之《しかも》一度は東京へ着いた。けれども、お柳が薄井の屋敷に来て居ようとは、神ならぬ身の何《な》んで知ろう。急いで逗子へ来て見た。家は錠を下されて住む人無し。お美代婆《ばア》さんは死んで黄泉《あのよ》の人、お柳は東京へ、誰《たれ》と、何しに、其処《そこ》は知れねど、行って居る事は近所の人から聴いて知れた。不審で不審で成《な》らぬ。仕方なく引帰《ひっかえ》して東京へとも思った。何《なん》にしても解す可《べか》らざる事だ。何事でお柳は東京へ行ったろう、誰《たれ》に誘《さそわ》れて行ったのだろう、手紙を二三度出して帰期《かえり》を知らしてあるのに、如何《どう》したのか。

遼東半嶋を彼方此方《あちらこちら》、幾多の困難を堪忍《たえしの》んで、測量の事業を終り、恙《つつが》なく帰って見れば、此《この》有様。浦嶋《うらしま》が感に似て居る。

旅にやつれ、つかれつかれて、色も黒く、体も瘠せた。其《その》やつれ、其つかれ、それは片時も忘れぬ最愛の妻を見るの楽しみで癒すべく、帰って来て見れば、老婆《ばば》は死し、妻は居《お》らぬ。

赫《かっ》と上《のぼ》せて眼前の物を弁ぜぬ様に成った。好《よ》しや如何《いか》なる用向があったにしろ、お柳が東京へ行った事に就《つい》ては、一点のゆるす処が無い。見当り次第撲斃《なぐりたお》さねば腹が治まらぬ様に成った。

直《す》ぐ東京へ引帰《ひっかえ》して、心当りを捜さねばならぬ。自分がこれ程に苦労をして帰《かえっ》たのに、まア如何《どう》したのだなアと胸が張裂ける程疳癪《かんしゃく》を起して、又停車場《すていしょん》へ立戻った時は夢中であった。切符を買ったのも、汽車に乗ったのも、丸で知らず。

大船の乗《のり》かえの時に、遇《あ》った、それは向うから来た旅客の中に、お柳とお鉄とが——見る間にお鉄は姿を隠して仕《し》まった。お柳は喜んで、急いで、此方《こなた》へ駈《か》けて来る、堅吉もずかずかと駈寄る、衝突した、突如《いきなり》お柳の胸倉を取って撲《なぐろ》うとした。不図《ふと》人中《ひとなか》という事に気が着いた。撲《なぐ》れもせず、撲られない無念さを怒った眼の恐ろしい光に加えて、ぐッと睨《にら》んだ。お柳は全く弱って仕《し》まって、其弱切《そのよわりき》った揚句が、如何《どう》なるものかと覚悟をした体《てい》だ。此所《ここ》では仕方がないと、乗移《のりうつ》るべき汽車に二人共乗らず。構外の茶屋へ行って、二階の一間へ通った。此間《このあいだ》は無言であった。

『如何《どう》したのだなア』と詰問の声は顫《ふるえ》て居る。『寔《まこと》に済《す》みません』と応答の声も顫《ふる》えて居る。『如何《どう》したのだア』『済みません、妾《わたし》が悪う御座いました』『如何《どう》したのだなア』と激して来た。『寔《まこと》に済みません』と言って下を向いて仕まった。其《その》向いた処《ところ》で、突如其髷《いきなりそのまげ》を攫《つか》んで引倒しながら、五ツ六ツ撲《なぐ》った。撲られながらも『済みません済みません』を口にして居た。

『如何《どう》したのだなア』と突放した時に又言った。お柳は泣伏《なきふ》しながら『寔《まこと》に済みません』より他には言わない。それを言わないですら此位だ、其実を白状したら殺されるだろう、殺されるのは立派に分って居る、けれど、言わずにおけるものでない、言わさずには又置かれない、必らず問詰《といつ》められるに相違ない、とは知れども、其問詰められるまで、如何《どう》も言いたくない。悪かった、悪かった、皆自分が悪かった、彼《か》の汽車へ無理に載せられた時に、舌でも喰切《くいき》って何故死《しな》なかッたろう。東京へ着いた時に、何故死なかったろう。薄井の屋敷へ入った時に、何故死なかったろう。何故うかうかと東京を見物して来たろうか、まア如何《どう》してお鉄に引張り廻《まわ》されたろうかと、今始めてお柳は目が醒めた。

『何《な》んだな、これには屹度《きっと》深い仔細《わけ》があるのだろうな』と堅吉は言った。終《つい》にお柳は覚悟を定めて、幽《かす》かな声で白状した。『悪い事を致しました』

これを聴いた時の堅吉は、再びお柳の髪を攫んで、畳の面《おもて》に摩付《すりつ》けたが、血の涙をはらはらと落《おと》して『好《よ》く聴け、お柳、我《おれ》はお前を娶《めと》る時に何《な》んと言った。忘れたか、忘れたのか、これ忘れたのか。我《おれ》はお前のきず物を承知で、それで女房に仕《し》たぞ……もう其時《そのとき》に我《おれ》の面《つら》は汚《けが》れて居《い》るのだが、此上に未《ま》だ足《た》らいで、今度の様な、ちぇッ、ちぇッ、情けない事をして呉れたなア。我《おれ》は何んの為めに支那《しな》へ行った、何んの為めに風に吹《ふき》さらされ、雪の中に埋められて来た。皆お前を可愛《かあゆ》いと思えばこそだぞ。これほどまでに我《おれ》はお前を愛して居るのに、まア如何《どう》したら好《よ》いか。ちぇッ、残念だ、飛んだ事を仕たなア。我《おれ》の愛が足らぬからかッ、我《おれ》の愛が足らぬからか、情けないじゃアないか、情けないじゃアないか、天文学上何《な》んの発見する処《ところ》もなく、碌々《ろくろく》として今日《こんにち》……測量隊と成って支那へ行く、こんな意久地の無い人間としたのは、誰《たれ》だ、誰だ。意久地を無くしたのは矢張我《やはりおれ》が悪いのとしても、あ、あんまり情けないお前の、今度の、お前の、今度の……』と男泣きに泣入《なきい》った。

殺されるよりは一層つらい此言葉《このことば》。お柳はもう心が米顆《こめつぶ》ほどに縮んで仕《し》まった。身も共に縮んで消えて呉《く》れぬかと祈った。如何《どう》して妾《わたし》は這《こ》んなであろう、もう良人《おっと》に殺されても仕方がないと自ら見捨て、今更におぼえられる良人の真の、真の、真情、これもまア何故早く知らなかったか、妾《わたし》は馬鹿だ、何一ツ取柄の無い馬鹿だ、早く殺されて此苦《このくる》しみを救われたいとまで思いつめた。

堅吉は死人の如く、真青に成って、考込《かんがえこ》んで居た。お柳も其通り泣沈《なきしず》んで居た。『仕方がない、もう仕方がない、これから此不愉快を忘れる為《た》めに、直《す》ぐと箱根《はこね》へ行こう。久しぶりでもあるし、旅のつかれもあるから』此語《このご》は一時間余も過ぎた後《のち》、如何《いか》にも軽く出た堅吉の言葉。

意外も意外、大雷鳴《おおがみなり》かと思いの他、優しい琴の音だ。思わず知らず、お柳は顔を上げて『それでは妾《わたし》の罪をゆるして被下《くださ》いましたの』『仕方がないからもうゆるしたのだ。さアさア今度の列車で箱根へ行こう』と言われるだけ猶更面目なくて、お柳は頓《とみ》に立ちも得せず、又も袖に溢れる紅涙は、感謝の涙!!

十二

汽車は出る、国府津《こうづ》までの切符を買うた堅吉お柳の二人は、これに乗って大船を発した。まア好《よ》かったとお柳は安心した。

国府津から鉄道馬車に乗って、酒匂《さかわ》、小田原《おだわら》を過ぎ、湯本《ゆもと》で降りた。福住《ふくずみ》に二三日逗留して、滝の前や早雲寺《そううんじ》などへ遊びにゆき、それから塔《とう》の沢《さわ》にも二三日、宮《みや》の下《した》、底倉《そこくら》、堂《どう》ケ島《しま》と、箱根の七湯《しちとう》は更なり、大地獄《おおじごく》、小地獄《こじごく》、芦《あし》の湖《こ》なぞへも遊び、旅のつかれと彼《か》の不快の念とを勉《つと》めて忘れるべく仕て居た。一言《いちごん》も大船での事を口に出さぬのみか、ついに見た事のない堅吉が此頃の嬉し気。お柳は益々心を落付けて、もうもうこれからは良人《おっと》を大事に大事に仕ましょうと心に期して居た。

此《この》箱根の生活は二人の未《ま》だ曾《かつ》て味《あじわ》うた事の無い極楽の境であった。天人天女の逍遥であった。

でも時々思出《おもいだ》したようにお柳は考える。彼《か》の大罪を本統《ほんとう》にゆるして被下《くださ》ったのであろうかと。

けれど、良人《おっと》が余念なくおのれを愛する処を見ると、全くゆるして被下《くださ》ったに相違ないと安心する。其《その》安心は又時々破れるが、破れた跡から繕うて行く。離縁されるものなら大船で、殺されるものなら彼時《かのとき》に。それが左《そ》うで無いのを見ると、全くあの罪はゆるされたのだ。

堅吉は真に彼の大罪《だいざい》をゆるしたろうか。

箱根に一月《ひとつき》の余も居て、それから、小田原、大磯の海水浴を経て、江の嶋まで来た時には、戦地で貯えた金子《かね》が大方尽きた頃であった。それは、お美代婆《ばア》さんとお柳と三人、平和の生活を続け様《よう》と思って溜《た》めたのであった。

其金子《そのかね》の尽きかかッたのも、戦地に携えて行った護身の短刀、それを鞄の荷物の底に隠して持って居る事も、お柳は知らぬ。

江の嶋の亀の屋《かめのや》という宿屋に泊った。それは寔《まこと》に見晴《みはらし》の好《よ》い家《いえ》で、七里《しちり》ケ浜《はま》、稲村《いなむら》ケ崎《さき》、鎌倉の入江、逗子も見える。もう逗子へ帰ったようなものだ、逗子の夏は昔、今は江の嶋の夏である。

此所《ここ》にも二人は三日ばかり逗留した。曾《かつ》てお柳が拾集《ひろいあつ》め、堅吉も手伝うて撰分《よりわ》けて遣《や》った貝がら、其金釵《そのかんざし》や細工物を売る店が沢山にある。思出《おもいだ》せば今昔の感に堪えぬ。

翌日《あす》は逗子へ一先《ひとま》ず帰るという晩、珍らしく堅吉は酒を呑《の》んだ。鮑《あわび》の水貝、黒鯛《くろだい》のあらいに米海苔のあしらい。酌はお柳の優しき手。

酌を仕《し》ながらお柳は、行末の事を二言三言問掛《といか》けた。それは極単純な問題で、逗子に永《なが》く居るか、東京へ行くか、それから如何《どう》して暮して行く、なぞであった。

堅吉は酔《よ》って居《い》るのか、何かこれには答えぬ。『まアいいい』と蒼蠅《うるさ》がって、連《しき》りに酒をがぶがぶと飲んだ。軈《やが》て堅吉は立上って、これから童ケ淵《ちごどうふち》の方へ散歩に行こうという。月は好《よ》し、涼しくはあるしと、頻《しき》りに勧めた。お柳は如何いうものか、お止《よ》しなさい、と言《いっ》て、如何《どう》も行きともない風情。堅吉は無理に引張って出た。

＊　＊　＊

堅吉は真にお柳の罪をゆるしたのか。然らず。大船に於て、もう腹の中で宣告を仕た、それは死刑。

今日まで手を下さぬのは、彼が遼東半嶋で苦労に苦労を重ねて居る内、一日片時も忘れはせぬ、それはお柳と箱根へ行って、一月ばかり楽々と暮して、遠征の疲労を休めようという理想、それを実行せんが為《た》めであった。今日其実行《こんにち》の終局に於て、いよいよ死刑を宣告仕《し》ようと決心したのである。

月は好《よ》し、風は涼しく、二人は宿の同じ模様の貸浴衣で出て行った。堅吉はお柳に知らせず、短刀を持出した。お柳は、今自分は殺されに行くというのを知らぬ。団扇を持ちてうからうからと歩いて行く。其後から堅吉は、血走った眼をして歩いて行く。

堅吉はお柳が悪《にく》くって悪くって成《な》らぬ。それは世の常の悪《にく》さとも違うて、不憫、可愛、が混じて居る悪《にく》さで、まア何故《なぜ》あんな事を仕《し》て呉《く》れたろうという感を含む事多しだ。死刑——それは憤怒の極ではない、矢張《やはり》愛情の極である。犯した罪は一生不滅。これも無教育の弊《へい》、彼は我《おれ》が思う程の大罪とは思うて居らぬ。全く罪を犯しても、それを知らぬ如き極めて平気な心で居る。我から責められて悪いと知る。詫れば其罪は消えると思うて居る。至極無邪気？　否、無能力である。それと知って娶《めと》ったのが此方《こちら》の失策《しくじり》、何《な》んの彼《あれ》の生れた漁村では、這《こ》んな事は何《な》んでもないのであろう。故に殺す程の事は無いのであるが、只《ただ》離縁して仕《し》まえば好《よ》いのであるが、如何《どう》も其《その》離縁して、手放して、人手《ひとで》に彼《かれ》を渡す、仮令《たとえ》ば薄井の如き奴に渡す事が、如何《どう》も出来ぬのである。というて、罪を犯した彼を矢張《やはり》妻にして置く事は出来ぬのである。彼《かれ》が再び薄井に汚されたという事、それから来る痛苦は、迚《とて》も我をして此世に堪えざらしむ。何故彼等の悪計に載せられて、うかうかと東京へ行ったろうか、歯掻い様な。如何《どう》も如何も歯掻い様な、一口に言えば、唯情けない事をして呉れたお柳。殺しでもせねば腹が癒《い》えぬ。それは憤怒ではない、不憫だからだ、我《おれ》も死ぬ、彼《かれ》を殺して死ぬ、心のこりは無い、それで初めて人間の安心が出来る。斯《こ》う考えながら――いや疾《とく》にもう考えて居たのを、再び今繰返して歩んで行く。

　中《なか》の宮《みや》の石段を上って、それから外人の住んで居る屋敷の前を通って、一遍上人成就《いっぺんしょうにんじょうじゅ》水《すい》の石棒のある処《ところ》を過ぎて、山二ツから鉄の鳥居を過ぎる時には、堅吉の種々《いろいろ》の感覚《かんがえ》は最《も》う失せて、唯只《ただただ》お柳をこれから殺しに行く、我《おれ》も死に行くという念より他には無い。

　お柳は何も知らぬ。両側の木の枝のこんもりと繁って居て、貝細工店の今は一人も居らぬ処、月の光は飛々《とびとび》に敷石を照して居るのを踏んで行くので、お柳は心細くなって、しッかりと堅吉の手を握って、そして足下を気を着けながら歩いて行く。

今は全く堅吉の足下は、しどろだ。上気《のぼせ》て何事も弁じない。唯これからお柳を殺しに行くのだ、そして我《おれ》も死ぬのだという事より他には知らない。幾度か石や木の根につまずき、倒れんとするをいつもお柳に支えられて居る。丸《まる》でお柳に引かれて行くのだ。お柳は酒の所為《せい》と思って居る。

上《かみ》の宮《みや》を過ぎ、又石段を危《あやう》くも踏んで、次第次第に降って行く。夜は人の居らぬ茶店に入って、お柳は休もうと勧めた。けれど堅吉は一語も発せぬ。ぐんぐんと降りかける、お柳も仕方なく降りて行く。

童《ちご》ケ淵《ふち》、龍燈《りゅうとう》の松、三天《さんてん》の岩の上の石燈籠の処まで行って、此所《ここ》で初めて腰を休めた。相摸伊豆《さがみいず》の山々は消えなんとして尚《なお》姿を留め、海の色はハッキリと明《あきら》かである。月は浪《なみ》に砕け、浪は岩に砕けて居る。風は天の星と海の篝火《かがりび》とを一所《いっしょ》に吹寄せ、離れて居る堅吉の袖とお柳の袖とを後の石燈籠に吹付けて居る。

『ああ涼しい』とお柳は言って、何の心もなく海原を見渡して居る。堅吉は唯お柳を殺すのだ、おれも死ぬのだ、と思って居ても、思って居るばかりで、今手を下すべき時であるという事は考えて居《お》らぬ。

一歩《ひとあし》踏出した絶壁の下には、凄じい音で浪が砕けて居る。益々《ますます》耳がガンガン鳴出して、堅吉の思慮は全く無い。余程しばらく此儘《このまま》で此所《ここ》に居たが、お柳は退屈して、恐る恐る切出した。『もう帰ろうではありませんか、何《な》んだか寒くなって来ましたから』と。言うたので、突《とつ》と気が着き、殺すも死ぬるも今だ——今だとあわてて短刀引抜いて、驚くお柳の乳《ち》の下を。お柳は一声《いっせい》、風笛の鳴った様な悲叫《ひきょう》を揚げて、堅吉の首にしッかりとかじり付いた。堅吉は突込《つっこ》んだ刀を深く深く尚《なお》力に委《まか》せて深く突込んだ。もうそれぎりでお柳はばッたりと岩の上に倒れた。尖先《きっさき》は抜出て岩の上で折れた。堅吉も一所《いっしょ》に倒れて少時《しばらく》は起上らなかった。

＊　　　＊　　　＊

『我《おれ》はお柳に何か言聴《いいき》かせて、それから殺したか知らん、何も言わなかったか知らん』起上った堅吉は、斯《こ》うつぶやいた。そしてそれを考《かんがえ》出《だ》す為《た》めに又少時《しばらく》沈んで居た。浪も、風も、おとろえて来た。月も影暗く雲の中に隠れた。堅吉の脳中は氷の入《い》った如く冷《すず》しくなって来た。お柳の死骸をつくつく見て『お前をこんなに殺すまで、愛の度が高まって居たという事を一言《いちごん》、いうのを忘れたと思う。今我《おれ》も後を追うて行く』と言って未《ま》だ突立って居た短刀を引抜いて、其血《そのち》を其儘拭きもせぬ。我とわが喉を貫こうとした。折から流星長く飛んで西方に消ゆ。『おう、流星か。……彗星が地球と衝突すれば人類此時滅す。おそかれ、はやかれ、死は人の上に来るのだ』と放ちたるが、堅吉の最後の言、折重《おりかさ》なってお柳の上に血を流して死んだ。

（「文芸倶楽部」明治二十八年十月）

樋口一葉（ひぐち・いちよう）

一八七二・五・二〜一八九六・一一・二三　東京生まれ。本名は奈津。八三年、青海学校小学高等科第四級を首席で修了するも、家事修業を勧める母の反対で中退。八六年に中島歌子主宰の歌塾・萩の舎《や》に入門。姉弟子・田辺花圃の作家デビュー（『藪の鶯』）に刺激を受け、半井桃水の指導の下、小説を執筆。九二年、桃水主宰の『武蔵野』に「闇桜」を発表。九四年の「大つごもり」以降、「にごりえ」「たけくらべ」といった不朽の名作を世に送り出し、田岡嶺雲や森鷗外から絶賛される。九六年、肺結核で死去。作品に「十三夜」他がある。

にごりえ

樋口一葉

一

おい木村《きむら》さん、信《しん》さん、寄ってお出《いで》よ、お寄りといったら寄っても宜《い》いではないか。又素通りで二葉《ふたば》やへ行く気だろう。押《おし》かけて行って引《ひき》ずって来るからそう思いな。ほんとにお湯《ぶう》なら帰りに吃度《きっと》よってお呉《く》れよ、嘘っ吐《つ》きだから何を言うか知れやしない。と店先に立って、馴染らしき突《つッ》かけ下駄の男をとらえて小言をいうような物の言いぶり。腹も立たずか言訳しながら、後刻《のち》に後刻に。と行過《ゆきすぎ》るあとを、一寸《ちょっと》舌打しながら見送って、後にも無いもんだ、来る気もない癖に。本当に女房もちに成っては仕方がないね。と店に向って閾《しきい》をまたぎながら一人言をいえば、高《たか》ちゃん大分御述懐《ごじっかい》だね、何もそんなに案じるにも及ぶまい。焼棒杭と何とやら、又よりの戻る事もあるよ。心配しないで呪《まじない》でもして待つが宜《い》いさ。と慰さめるような朋輩の口振《くちぶり》。力《りき》ちゃんと違って私《わた》しには技倆《うで》が無いからね、一人でも逃しては残念さ。私《わた》しのような運の悪《わ》るい者には呪も何も聞きはしない。今夜も又木戸番か、何たら事だ、面白くもない。と肝癪《かんしゃく》まぎれに店前へ腰をかけて、駒下駄のうしろでとんとんと土間を蹴るは、二十の上を七つか十か、引眉毛《ひきまゆげ》に作り生際《はえぎわ》、白粉べったりとつけて唇は人喰う犬の如く、かくては紅も厭《い》やらしき物なり。お力と呼ばれたるは中肉の背恰好《せいかっこう》すらりっとして、洗い髪の大嶋田《おおしまだ》に新わらのさわやかさ、頸《えり》もと計《ばかり》の白粉も栄えなく見ゆる天然の色白を、これみよがしに乳《ち》のあたりまで胸くつろげて、烟草《たばこ》すぱすぱ、長烟管に立膝の無作法さも、咎める人のなきこそよけれ。思い切ったる大形《おおがた》の裕衣《ゆかた》に、引かけ帯は黒繻子と何やらのまがい物、緋《ひ》の平《ひら》ぐけが背の処《ところ》に見えて、言わずと知れし此《この》あたりの姉さま風なり。お高《たか》といえるは、洋銀《ようぎん》の簪《かんざし》で天神がえしの髷の下を掻きながら、思い出したように、力ちゃん、先刻《さっき》の手紙お出しか。という。はあ、と気のない返事をして、どうで来るのでは無いけれど、あれもお愛想さ。と笑って居るに、大底におしよ、巻《まき》紙二尋《がみふたひろ》も書いて二枚切手の大封じが、お愛想で出来る物かな。そして彼《あ》の人は赤坂以来《あかさかから》の馴染ではないか、少しやそっとの紛雑《いざ》があろうとも、縁切れになって溜る物か。お前の出かた一つで何《ど》うでもなるに、ちっとは精を出して取止めるように心がけたら宜《よ》かろ。あんまり冥利がよくあるまい。と言えば、御親切に有《あり》がとう。御異見《ごいけん》は承り置《おき》まして、私はどうも彼《あ》んな奴は虫が好かないから、無き縁とあきらめて下さい。と人事のようにいえば、あきれたものだの。と笑って、お前なぞは其我ままが通るから豪勢さ。此身《このみ》になっては仕方がない。と団扇を取って足元をあおぎながら、昔しは花よ。の言いなし可笑しく、表を通る男を見かけて、寄ってお出で。と夕ぐれの店先にぎわいぬ。

店は二間《にけん》間口の二階作り、軒には御神燈さげて、盛《も》り塩《じお》景気よく、空壜か何か知らず、銘酒あまた棚の上にならべて帳場めきたる処《ところ》も見ゆ。勝手元には七輪を煽ぐ音、折々に騒がしく、女主《あるじ》が手ずから寄せ鍋、茶椀むし位はなるも道理《ことわり》、表にかかげし看板を見れば、子細らしく、御料理《おんりょうり》とぞしたためける。さりとて仕出し頼みに行たらば、何とかいうらん。俄《にわか》に今日《こんにち》品切れもおかしかるべく、女ならぬお客様は手前店へお出かけを願いまする、とも言うにかたからん。世は御方便や、商売がらを心得て、口取り、焼肴とあつらえに来る田舎ものもあらざりき。お力というは此家《このや》の一枚看板、年は随一若けれども客を呼ぶに妙ありて、さのみは愛想の嬉しがらせを言うようにもなく、我まま至極の身の振舞、少し容貌《きりょう》の自慢かと思えば小面が憎《に》くいと蔭口いう朋輩もありけれど、交際《つきあ》っては存の外《ほか》やさしい処《ところ》があって、女ながらも離れともない心持がする。ああ心とて仕方のないもの、面《おも》ざしが何処《どこ》となく冴えて見えるは彼《あ》の子の本性が現われるのであろう。誰しも新開《しんかい》へ這入《はい》るほどの者で、菊《きく》の井《い》のお力を知らぬはあるまじ。菊の井のお力か、お力の菊の井か、さても近来まれの拾いもの、あの娘のお蔭で新開の光りが添《そ》わった、抱え主は神棚へささげて置いても宜い、とて軒並びの羨やみ種《ぐさ》になりぬ。

お高《たか》は往来《ゆきき》の人のなきを見て、力ちゃん、お前の事だから何があったからとて気にしても居《い》まいけれど、私は身につまされて源《げん》さんの事が思われる。夫《それ》は今の身分に落ぶれては、根っから宜《い》いお客ではないけれども、思い合うたからには仕方がない。年が違《ちが》おが子があろがさ、ねえ左様《そう》ではないか、お内儀《かみ》さんがあるといって別れられる物かね。構う事はない、呼出してお遣《や》り。私《わた》しのなぞといったら野郎が根から心替りがして、顔を見てさえ逃げ出すのだから仕方がない。どうで諦め物で別口へかかるのだが、お前のは夫《そ》れとは違う。了簡一つでは今のお内儀さんに三下り半をも遣《や》られるのだけれど、お前は気位が高いから、源さんと一処《ひとつ》になろうとは思うまい。夫《それ》だもの猶の事、呼ぶ分に子細があるものか、手紙をお書き、今に三河やの御用聞きが来るだろうから、彼《あ》の子僧に使いやさんを為《さ》せるが宜《い》い。何の、人お嬢様ではあるまいし、御遠慮計申《ばかりもうし》てなる物かな。お前は思い切りが宜《よ》すぎるからいけない。兎《と》も角《かく》手紙をやって御覧、源さんも可愛そうだわな。と言いながらお力を見れば、烟管掃除に余念のなきは俯向《うつむき》たるまま物いわず。

やがて雁首《がんくび》を奇麗に拭いて、一服すってポンとはたき、又すいつけてお高に渡しながら、気をつけてお呉れ、店先で言われると人聞きが悪いではないか。菊の井のお力は土方の手伝いを情夫《まぶ》に持つなどと考違《かんちが》えをされてもならない。夫《それ》は昔しの夢がたりさ。何の今は忘れて仕舞《しまっ》て、源とも七とも思い出されぬ。もう其話《そのはな》しは止《や》め止め。といいながら立あがる時、表を通る兵児帯の一むれ、これ、石川《いしかわ》さん、村岡《むらおか》さん、お力の店をお忘れなされたか。と呼べば、いや、相変らず豪傑の声かかり、素通りもなるまい。とてずっと這入るに、忽ち廊下にばたばたという足おと、姉さんお銚子。と声をかければ、お肴《さかな》は何を。と答う。三味《さみ》の音《ね》景気よく聞えて、乱舞の足音これよりぞ聞え初ぬ。

二

さる雨の日のつれづれに表を通る山高帽子の三十男、あれなりと捉《と》らずんば此《この》降りに客の足とまるまじと、お力かけ出して袂にすがり、何《ど》うでも遣《や》りませぬ。と駄々をこねれば、容貌《きりょう》よき身の一徳、例になき子細らしきお客を呼入れて、二階の六畳に三味線《さみせん》なしのしめやかなる物語。年を問われて、名を問われて、其次《そのつぎ》は親もとの調べ、士族か。といえば、夫《そ》れは言われませぬ。という。平民か。と問えば、何《ど》うござんしょうか。と答う。そんなら華族。と笑いながら聞くに、まあ左様《そう》おもうて居て下され。お華族の姫様《ひいさま》が手ずからのお酌、かたじけなくお受けなされ。とて波々《なみなみ》とつぐに、さりとは無作法な、置《お》つぎという が有る物か。夫《そ》れは小笠原《おがさわら》か、何流ぞ。というに、お力流とて菊の井一家の左法《さほう》。畳に酒のまする流《りゅう》気《ぎ》もあれば、大平《おおひら》の蓋であおらする流気もあり、いやなお人にはお酌をせぬというが大詰めの極《きま》りでござんす。とて臆したるさまもなきに、客はいよいよ面白がりて、履歴をはなして聞かせよ。定めて凄まじい物語があるに相違なし。唯《ただ》の娘あがりとは思われぬ。何《ど》うだ。とあるに、御覧なさりませ、未《ま》だ鬢《びん》の間に角も生えませず、其ように甲羅は経ませぬ。とてころころと笑うを、左様《そう》ぬけてはいけぬ。真実《しんじつ》の処《ところ》を話して聞かせよ。素性が言えずば目的でもいえ。とて責める。むずかしゅうござんすね、いうたら貴君《あなた》びっくりなさりましよ、天下を望む大伴《おおとも》の黒主《くろぬし》とは私が事、とていよいよ笑うに、これは何《ど》うもならぬ。其ように茶利《ちゃり》ばかり言わで、少し真実《しん》の処《ところ》を聞かしてくれ。いかに朝《ちょう》夕《せき》を嘘の中に送るからとて、ちっとは誠も交る筈。良人《おっと》はあったか、それとも親故か。と真《しん》に成《な》って聞かれるに、お力かなしく成《な》りて、私だとて人間でござんすほどに、少しは心にしみる事もありまする。親は早くになくなって、今は真実《ほん》の手と足ばかり。此様《こん》な者なれど女房に持とうというて下さるも無いではなけれど、未《ま》だ良人《おっと》をば持《もち》ませぬ。何《ど》うで下品に育ちました身なれば、此様《こん》な事して終るのでござんしょ。と投出したような詞《ことば》に無量の感があふれて、あだなる姿の浮気らしきに似ず、一節《ふし》さむろう様子のみゆるに、何も下品に育ったからとて、良人《おっと》の持てぬ事はあるまい。殊にお前のような別品《べっぴん》さんではあり、一足《そく》とびに玉の輿にも乗れそうなもの。夫《そ》れとも其《その》ような奥様あつかい虫が好かで、矢張《やはり》伝法肌の三尺帯が気に入るかな。と問えば、どうで其処《そこ》らが落《おち》でござりましょ。此方《こちら》で思うようなは先様が嫌なり、来いといって下さるお人の気に入るもなし。浮気のように思召《おぼしめし》ましょうが、其日送りでござんす。という。いや、左様《そう》は言わさぬ。相手のない事はあるまい。今、店先で、誰れやらがよろしく言うたと、他の女が言伝《ことづて》では無《な》いか。いずれ面白い事があろう、何とだ。というに、ああ、貴君《あなた》もいたり穿索なさります。馴染はざら一面、手紙のやりとりは反古の取《とり》かえっこ。書けと仰《おっ》しゃれば起証《きしょう》でも誓紙でもお好み次第さし上ましょう。女夫《めおと》やくそくなどと言っても、此方《こち》で破るよりは先方様《さきさま》の性根なし。主人もちなら主人が怕《こわ》く、親もちなら親の言いなり、振向いて見てくれねば、此方《こちら》も追いかけて袖を捉らえるに及ばず、夫《それ》なら廃《よ》せとて夫《そ》れ限《ぎ》りに成ります。相手はいくらもあれども一生を頼む人が無いのでござんす。とて寄る辺なげなる風情、もう此様《こん》な話しは廃《よ》しにして、陽気にお遊びなさりまし。私は何も沈んだ事は大嫌い、さわいでさわいで騒ぎぬこうと思います。とて、手を扣《たた》いて朋輩を呼べば、力ちゃん、大分おしめやかだね。と三十女の厚化粧が来るに、おい、此娘《このこ》の可愛い人は何という名だ。と突然《だしぬけ》に問われて、はあ、私はまだお名前を承りませんでした。という。嘘をいうと、盆が来るに焰魔様《えんま》へお参りが出来まいぞ。と笑えば、夫《そ》れだとって、貴君《あなた》、今日お目にかかったばかりでは御坐《ござ》りませんか。今改めて伺いに出ようとして居ました。という。夫《そ》れは何の事だ。貴君のお名をさ。と揚げられて、馬鹿馬鹿、お力が怒るぞ。と大景気、無駄ばなしの取りやりに調子づいて、旦那のお商売を当《あて》て見ましょうか。とお高がいう。何分《なにぶん》願います。と手のひらを差出せば、いいえ、夫《それ》には及びませぬ、人相で見まする。とて如何にも落《おち》つきたる顔つき、よせよせ、じっと眺められて棚おろしでも始まっては溜らぬ。斯《こ》う見えても僕は官員だ。

という。嘘を仰《おっ》しゃれ、日曜のほかに遊んであるく官員様があります物《もの》か。力ちゃん、まあ何でいらっしゃろう。という。化物《ばけもの》ではいらっしゃらないよ。と鼻の先で言って、分った人に御褒賞《ごほうび》だ。と懐中《ふところ》から紙入れを出せば、お力笑いながら、高ちゃん失礼をいってはならない。此お方は御大身《ごたいしん》の御華族様、おしのびあるきの御遊興さ。何の商売などがおありなさろう、そんなのでは無《な》い。と言いながら、蒲団の上に乗せて置きし紙入れを取あげて、お相方の高尾にこれをばお預けなされまし、みなの者に祝義でも遣わしましょう。とて答えも聞かずずんずん引出すを、客は柱に寄かかって眺めながら小言もいわず、諸事おまかせ申す。と寛大の人なり。

お高はあきれて、力ちゃん大底におしよ。といえども、何宜《なにい》いのさ、これはお前に、これは姉さんに、大きいので帳場の払いを取って、残りは一同《みんな》にやっても宜《い》いと仰しゃる。お礼を申《もうし》て頂いてお出で、と蒔散《まきち》らせば、これを此娘《このこ》の十八番に馴れたる事とて、左《さ》のみは遠慮もいうては居ず、旦那、よろしいのでございますか。と駄目を押して、有《あり》がとうございます。と掻きさらって行くうしろ姿、十九にしては更《ふ》けてるね。と旦那どの笑い出すに、人の悪《わ》るい事を仰しゃる。とてお力は起って障子を明け、手摺りに寄って頭痛をたたくに、お前はどうする、金は欲しくないか。と問われて、私は別にほしい物がござんした。此品《これ》さえ頂けば何より。と帯の間から客の名刺をとり出して頂くまねをすれば、何時《いつ》の間に引出した、お取かえには写真をくれ。とねだる。此次《このつぎ》の土曜日に来て下されば御一処にうつしましょう。とて、帰りかかる客を左《さ》のみは止めもせず、うしろに廻りて羽織をきせながら、今日は失礼を致しました。亦《また》のお出《いで》を待《まち》ます。という。おい、程の宜《い》い事をいうまいぞ、空誓文《そらせいもん》は御免だ。と笑いながら、さっさと立って階段を下りるに、お力帽子を手にして後《うしろ》から追いすがり、嘘か誠か九十九夜の辛棒をなさりませ。菊の井のお力は鋳型に入った女でござんせぬ、又形《またなり》のかわる事もありまする。という。旦那お帰りと聞て朋輩の女、帳場の女主《あるじ》もかけ出して、唯今《ただいま》は有《あり》がとう。と同音の御礼。頼んで置いた車が来しとて、此処《ここ》からして乗り出せば、家中《うち》表へ送り出して、お出《いで》を待《まち》まする。の愛想。御祝義の余光《ひかり》としられて、後には力ちゃん大明神様、これにも有《あり》がとうの御礼山々。

三

客は結城朝之助《ゆうきとものすけ》とて、自ら道楽ものとは名のれども、実体《じってい》なる処《ところ》折々に見えて、身は無職業、妻子なし、遊ぶに屈強なる年頃なればにや、是《こ》れを初めに一週には二三度の通い路、お力も何処《どこ》となく懐かしく思うかして、三日見えねば文をやるほどの様子を、朋輩の女子《おんな》ども岡焼《おかやき》ながら弄《から》かいては、力ちゃんお楽しみであろうね。男振《おとこぶり》はよし、気前はよし、今にあの方は出世をなさるに相違ない。其時《そのとき》はお前の事を奥様とでもいうのであろうに、今っから少し気をつけて、足を出したり湯呑であおるだけは廃《や》めにおし。人がら悪いやね。と言うもあり。源さんが聞いたら何うだろう、気違いになるかも知れない。とて冷評もあり。ああ、馬車にのって来る時都合が悪るいから、道普請からして貰いたいね。こんな溝板のがたつく様な店先へ、夫こそ人がらが悪くて横づけにもされないではないか。お前方も最う少しお行義を直して、お給仕に出られるよう心がけてお呉れ。とずばずばというに、エエ、憎くらしい。其もののいいを少し直さずば奥様らしく聞えまい。結城さんが来たら思うさまいうて、小言をいわせて見せよう。とて、朝之助の顔を見るより、此様な事を申して居まする。何うしても私共の手にのらぬやんちゃなれば、貴君から叱って下され。第一湯呑みで呑むは毒でござりましょう。と告口するに、結城は真面目になりて、お力、酒だけは少しひかえろ。との厳命、ああ貴君のようにもない、お力が無理にも商売して居られるは、此力と思し召さぬか。私に酒気が離れたら、坐敷は三昧堂のように成りましょう。ちっと察して下され。というは、成程成程。とて結城は二言といわざりき。

或る夜の月に下坐敷へは何処やらの工場の一連れ、丼たたいて甚九かっぽれの大騒ぎに大方の女子は寄集まって、例の二階の小坐敷には結城とお力の二人限りなり。朝之助は寝ころんで愉快らしく話しを仕かけるを、お力はうるさそうに生返事をして、何やらん考えて居る様子。何うかしたか、又頭痛でもはじまったか。と聞かれて、何、頭痛も何もしませぬけれど、頻に持病が起ったのです、という。お前の持病は肝癪か。いいえ。夫では何だ。と聞かれて、何うも言う事は出来ませぬ。でも他の人ではないか。いいえ。血の道し、僕ではないか。何《ど》んな事でも言うて宜《よ》さそうなもの、まあ、何の病気だ。というに、病気ではござんせぬ。唯こんな風になって、此様《こん》な事を思うのです。という。困った人だな。種々《いろいろ》秘密があると見える。お父《とつ》さんはと聞けば、言われませぬという。お母《つか》さんはと問えば、夫《そ》れも同じく、これまでの履歴はというに、貴君《あなた》には言われぬという。まあ嘘でも宜《い》いさ、よしんば作り言にしろ、こういう身の不幸《ふしあわせ》だとか、大底の女はいわねばならぬ。しかも一度や二度あうのではなし、其位《そのくらい》の事を発表しても子細はなかろう。よし口に出して言わなかろうとも、お前に思う事がある位、めくら按摩に探《さ》ぐらせても知れた事、聞かずとも知れて居るが、夫《そ》れをば聞くのだ。どっち道同じ事だから、持病というのを先《さ》きに聞きたい。という。およしなさいまし、お聞きになっても詰《つま》らぬ事でござんす。とて、お力は更に取あわず。

折から下坐敷より杯盤を運びきし女の、何やらお力に耳打して、兎も角も下までお出《いで》よ。という。いや、行《ゆ》き度《たく》ないからよしてお呉《く》れ。今夜はお客が大変に酔いましたから、お目にかかったとてお話しも出来ませぬと断っておくれ。ああ困った人だね。と眉を寄せるに、お前それでも宜《い》いのかえ。はあ宜《い》いのさ。とて膝の上で撥《ばち》を弄べば、女は不思議そうに立ってゆくを、客は聞《きき》すまして笑いながら、御遠慮には及ばない、逢って来たら宜《よ》かろう。何もそんなに体裁には及ばぬではないか。可愛《かわい》い人を素戻しもひどかろう。追いかけて逢うが宜《い》い、何なら此処《ここ》へでも呼び給え。片隅へ寄って話しの邪魔はすまいから。というに、串談《じょうだん》はぬきにして結城さん、貴君《あなた》に隠《か》くしたとて仕方がないから申《もうし》ますが、町内で少しは幅もあった蒲団やの源七《げんしち》という人、久しく馴染でござんしたけれど、今は見るかげもなく貧乏して、八百屋の裏の小さな家《うち》に、まいまいつぶろの様になって居ます。女房もあり子供もあり、私がような者に逢いに来る歳ではなけれど、縁があるか、未《いま》だに折ふし何《なん》の彼《か》のといって、今も下坐敷へ来たのでござんしょう。何も今さら突出すという訳ではないけれど、逢っては色々面倒な事もあり、寄らず障《さわ》らず帰した方が好《い》いのでござんす。恨まれるは覚悟の前、鬼だとも蛇《じゃ》だとも思うがようござります。とて、撥《ばち》を畳に、少し延びあがりて表を見おろせば、何と姿が見えるか。と嬲《なぶ》る。ああ、最《も》う帰ったと見えます。とて茫《ぼ》然として居るに、持病というのは夫《そ》れか。と切込まれて、まあ其《そ》様な処《ところ》でござんしょう。お医者様でも草津《くさつ》の湯でも。と薄淋しく笑って居るに、御本尊を拝みたいな、俳優《やくしゃ》で行ったら誰れの処《ところ》だ。といえば、見たら吃驚《びっくり》でござりましょう。色の黒い、背の高い、不動さまの名代。という。では心意気か。と問われて、此様《こん》な店で身上はたくほどの人、人《ひと》の好《い》いばかり、取得とては皆無でござんす。面白くも可笑《おか》しくも何ともない人。というに、夫《そ》れにお前は何《ど》うして逆上《のぼ》せた。これは聞き処《どころ》。と客は起かえる。大方逆上《のぼせ》性なのでござんしょう。貴君《あなた》の事をも此頃は夢に見ない夜はござんせぬ。奥様のお出来なされた処《ところ》を見たり、ぴったりと御出《おいで》のとまった処《ところ》を見たり、まだまだ一層《もっと》かなしい夢を見て、枕紙がびっしょりに成《な》った事もござんす。高ちゃんなどは夜る寐るからとても、枕を取るよりはやく鼾の声たかく、宜《い》い心持らしいが、何《ど》んなに浦山《うらやま》しゅうござんしょう。私はどんな疲れた時でも床へ這入《はい》ると目が冴えて、夫《それ》は夫《それ》は色々の事を思います。貴君《あなた》は私に思う事があるだろうと察して居《い》て下さるから嬉しいけれど、よもや私が何をおもうか、夫《そ》れこそはお分りに成りますまい。考えたとて仕方がない故、人前ばかりの大陽気《おおようき》、菊の井のお力は行《ゆき》ぬけの締りなしだ、苦労という事はしるまいと言うお客様もござります。ほんに因果とでもいうものか、私が身位《みくらい》かなしい者はあるまいと思います。とて潸然《さめざめ》とするに、珍らしい事、陰気のはなしを聞かせられる。慰めたいにも本末《もとすえ》をしらぬから方がつかぬ。夢に見てくれるほど実があらば、奥様にしてくれろ位いいそうな物だに、根っからお声がかりも無いは何《ど》ういう物だ。古風に出るが袖ふり合うもさ。こんな商売を嫌だと思うなら、遠慮なく打明けばなしを為《す》るが宜《い》い。僕は又、お前のような気では、寧《いっそ》気楽だとかいう考えで浮いて渡る事かと思ったに、夫《そ》れでは何か理屈があって、止《や》むを得ずという次第か。苦しからずば承りたい物だ。というに、貴君《あなた》には聞いて頂こうと此間《このあいだ》から思いました。だけれども今夜はいけませぬ。何故何故。何故でもいけませぬ。私が我まま故、申《もう》すまいと思う時は何《ど》うしても嫌《い》やでござんす。とて、ついと立って椽《えん》がわへ出るに、雲なき空の月かげ涼しく、見おろす町にからころと、駒下駄の音さして行《ゆき》かう人のかげ分明《あきらか》なり。結城さん。と呼ぶに、何だ。とて傍へゆけば、まあ此処《ここ》へお坐りなさい。と手を取りて、あの水菓子屋で桃を買う子がござんしょ、可愛《かわい》らしき四つ計《ばかり》の。彼子《あれ》が先刻《さっき》の人のでござんす。あの小さな子心にも、よくよく憎《に》くいと思うと見えて、私の事をば鬼々といいまする。まあ、其様《そん》な悪者に見えまするか。とて、空を見あげてホッと息をつくさま、堪えかねたる様子は五音《ごいん》の調子にあらわれぬ。

四

同じ新開《しんかい》の町はずれに八百屋と髪結床が庇合《ひあわい》のような細露路、雨が降る日は傘もさされぬ窮屈さに、足もととては処々に溝板《どぶいた》の落し穴あやうげなるを中にして、両側に立てたる棟割長屋、突当りの芥溜《ごみため》わきに、九尺二間の上り框《がまち》朽ちて、雨戸はいつも不用心のたてつけ、流石に一方口にはあらで、山の手の仕合《しあわせ》は三尺斗《ばかり》の椽《えん》の先に草ぼうぼうの空地面、それが端を少し囲って青紫蘇、えぞ菊、隠元豆《いんげんまめ》の蔓などを竹のあら垣に搦《から》ませたるが、お力が所縁《しょえん》の源七が家なり。女房はお初《はつ》といいて二十八か九にもなるべし。貧にやつれたれば七つも年の多く見えて、お歯黒はまだらに、生え次第の眉毛みるかげもなく、洗いざらしの鳴海《なるみ》の裕衣《ゆかた》を前と後を切りかえて、膝のあたりは目立ぬように小針のつぎ当《あて》、狭帯《せまおび》きりりと締めて蟬表《せみおもて》の内職、盆前よりかけて暑さの時分をこれが時よと、大汗になりての勉強せわしなく、揃えたる籐を天井から釣下げて、しばしの手数も省かんとて、数のあがるを楽しみに、脇目もふらぬ様あわれなり。もう日が暮れたに太吉《たきち》は何故かえって来ぬ。源さんも又、何処《どこ》を歩いて居るかしらん。とて仕事を片づけて一服吸《すい》つけ、苦労らしく目をぱちつかせて、更に土瓶の下を穿《ほじ》くり、蚊いぶし火鉢に火を取分けて三尺の椽《えん》に持出し、拾い集めの杉の葉を冠《かぶ》せてふうふうと吹立《ふきたつ》れば、ふすふすと烟《けぶり》たちのぼりて、軒《のき》端《ば》にのがれる蚊の声凄まじし。太吉はがたがたと溝板《どぶいた》の音をさせて、母《かか》さん、今戻った。お父《とっ》さんも連れて来たよ。と門口から呼立《よびたつ》るに、大層おそいではないか。お寺の山へでも行《ゆき》はしないかと何《ど》の位案じたろう。早くお這入《はいり》。というに、太吉を先に立てて源七は元気なくぬっと上る。おや、お前さんお帰りか。今日は何《ど》んなに暑かったでしょう。定めて帰りが早かろうと思うて、行水を沸かして置《おき》ました。ざっと汗を流したら何《ど》うでござんす。太吉もお湯《ぶう》に這入《はいり》な。といえば、あい。と言って帯を解く。お待《まち》、お待《まち》、今加減を見てやる。とて流しもとに盥《たらい》を据えて釜の湯を汲出《くみいだ》し、かき廻して手拭を入れて、さあお前さん、此子《このこ》をもいれて遣って下され。何をぐたりと為《し》てお出《いで》なさる。暑さにでも障りはしませぬか。そうでなければ一杯あびて、さっぱりに成《な》って御膳あがれ、太吉が待って居《い》ますから。というに、おお、左様《そう》だ。と思い出したように帯を解いて流しへ下りれば、そぞろに昔しの我身が思われて、九尺二間の台処で行水つかうとは夢にも思わぬもの、ましてや土方の手伝いして車の跡押にと親は生《うみ》つけても下さるまじ。ああ詰《つま》らぬ夢を見たばかりにと、じっと身にしみて湯もつかわねば、父《とっ》ちゃん、脊中を洗ってお呉《く》れ。と太吉は無心に催促する。お前さん、蚊が喰いますから早々《さっさっ》とお上りなされ。と妻も気をつくるに、おいおい。と返事しながら太吉にも遣わせ、我れも浴びて、上にあがれば洗い晒せしさばさばの裕衣《ゆかた》を出して、お着かえなさいまし。と言う。帯まきつけて風の透く処へゆけば、妻は能代《のしろ》の膳のはげかかりて足はよろめく古物に、お前の好きな冷奴にしました。とて、小丼に豆腐を浮かせて青紫蘇の香たかく持出せば、太吉は何時《いつ》しか台より飯櫃取おろして、よいちょいよっちょいと担《かつ》ぎ出す。坊主は我《お》れが傍に来い。とて頭《つむり》を撫でつつ箸を取るに、心は何を思うとなけれど舌に覚えの無くて、咽《のど》の穴はれたる如く、もう止《や》めにする。とて茶椀を置けば、其様《そん》な事がありまする物か。力業《ちからわざ》をする人が三膳の御飯のたべられぬと言う事はなし。気合いでも悪うござんすか、夫《そ》れとも酷《ひど》く疲れてか。と問う。いや、何処《どこ》も何とも無いようなれど、唯たべる気にならぬ。というに、妻は悲しそうな眼をして、お前さん、又例のが起りましたろう。夫《それ》は菊の井の鉢肴《はちざかな》は甘《うま》くもありましたろうけれど、今の身分で思い出した処《ところ》が何となりまする。先は売物買物《うりものかいもの》、お金さえ出来たら昔しのように可愛《かわい》がっても呉《く》れましょう。表を通って見ても知れる、白粉つけて美《い》い衣類《きもの》きて、迷うて来る人を誰れかれなしに丸めるが、彼《あ》の人達が商売。ああ、我《お》れが貧乏に成ったから構いつけて呉れぬなと思えば、何の事なく済《すみ》ましょう。恨みにでも思うだけが、お前さんが未練でござんす。裏町の酒屋の若い者知ってお出《いで》なさろう。二葉やのお角《かく》に心《しん》から落込んで、かけ先を残らず使い込み、夫《そ》れを埋めようとて雷神虎《らいじんとら》が盆筵《ぼんござ》の端についたが身の詰り、次第に悪《わ》るい事が染みて、終《しま》いには土蔵やぶりまでしたそうな。当時《いま》男《おとこ》は監獄入りして、もっそう飯たべて居ようけれど、相手のお角は平気なもの、おもしろ可笑しく世を渡るに咎める人なく、美事《みごと》繁昌して居まする。あれを思うに商売人の一徳、だまされたは此方《こちら》の罪、考えたとて始まる事ではござんせぬ。夫《それ》よりは気を取直して稼業に精を出して、少しの元手も拵えるように心がけて下され。お前に弱られては私も此子《このこ》も何《ど》うする事もならで、夫《それ》こそ路頭に迷わねばなりませぬ。男らしく思い切る時あきらめて、お金さえ出来ようなら、お力はおろか、小紫《こむらさき》でも揚巻《あげまき》でも、別荘こしらえて囲うたら宜《よ》うござりましょう。最《も》うそんな考え事は止めにして、機嫌よく御膳あがって下され。坊主までが陰気らしゅう沈んで仕舞《しまい》ました。というに、みれば茶椀と箸を其処《そこ》に置いて父と母との顔をば見くらべて、何とは知らず気になる様子。こんな可愛い者さえあるに、あのような狸の忘れられぬは何の因果かと、胸の中かき廻されるようなるに、我れながら未練ものめと叱りつけて、いや、我《お》れだとて其様《そのよう》に、何時《いつ》までも馬鹿では居ぬ。お力などと名計《なばかり》もいって呉れるな。いわれると以前《もと》の不出来《ふでか》しを考え出して、いよいよ顔があげられぬ。何の此《この》身《み》になって、今更何をおもう物か。飯がくえぬとても、夫《そ》れは身体《からだ》の加減であろう。何も格別案じてくれるには及ばぬ故、小僧も十分にやって呉《く》れ。とて、ころりと横になって胸のあたりをはたはたと打《うち》あおぐ、蚊遣の烟《けむり》にむせばぬまでも、思いにもえて身の熱げなり。

五

誰《た》れ白鬼とは名をつけし。無間地獄のそこはかとなく景色づくり、何処《どこ》にからくりのあるとも見えねど、逆さ落しの血の池、借金の針の山に追いのぼすも手の物ときくに、寄ってお出でよと甘える声も、蛇くう雉子《きぎす》と恐ろしくなりぬ。さりとも胎内十月の同じ事して、母の乳房にすがりし頃は、手打手打《ちょうちちょうち》あわわの可愛げに、紙幣《さつ》と菓子との二つ取りには、おこしをお呉《く》れと手を出したる物なれば、今の稼業に誠はなくとも、百人の中の一人に真からの涙をこぼして、聞いておくれ、染物やの辰さんが事を。昨日も川田やが店で、おちゃっぴいのお六めと悪戯《ふざけ》まわして、見たくもない往来へまで担《かつ》ぎ出して打ちつ打たれつ、あんな浮いた了簡で末が遂げられようか。まあ、幾歳《いくつ》だとおもう、三十は一昨年、宜《い》い加減に家《うち》でも拵える仕覚《しがく》をしてお呉れ、と、逢う度に異見《いけん》をするが、其時限り、おいおいと空返事して、根っから気にも止めては呉れぬ。父《とっ》さんは年をとって、母《はは》さんと言うは眼の悪《わ》るい人だから、心配をさせないように早く締《しま》ってくれれば宜《い》いが、私はこれでも彼《あ》の人の半纏《はんてん》をば洗濯して、股引のほころびでも縫って見たいと思って居るに、彼《あ》んな浮いた心では、何時《いっ》引取って呉れるだろう。考えるとつくづく奉公が厭《いや》になって、お客を呼ぶに張合もない。ああくさくさする。とて、常は人をも欺す口で人の愁《つ》らきを恨みの言葉、頭痛を押えて思案に暮れるもあり。ああ、今日は盆の十六日だ。お焔魔様《えんまさま》へのお参りに連れ立って通る子供達の、奇麗な着物きて小遣いもらって嬉しそうな顔してゆくは、定めて定めて、二人揃って甲斐性のある親をば持って居るのであろ。私が息子の与太郎《よたろう》は今日の休みに御主人から暇が出て何処《どこ》へ行って何《ど》んな事して遊ぼうとも、定めし人が羨しかろ。父《とと》さんは呑《のみ》ぬけ、いまだに宿とても定まるまじく、母《はは》は此様《こん》な身になって恥かしい紅白粉。よし居処が分ったとて、彼《あ》の子は逢いに来ても呉《く》れまじ。去年向島《むこうじま》の花見の時、女房づくりして丸髷に結って朋輩と共に遊びあるきしに、土手の茶屋であの子に逢って、これこれと声をかけしにさえ、私の若く成《なり》しに呆れて、お母《つか》さんでございますか。と驚きし様子、ましてや此《この》大島田に、折ふしは時好《じこう》の花簪さしひらめかして、お客を捉らえて串《じょう》談《だん》いう処を聞かば、子心には悲しくも思うべし。去年あいたる時、今は駒形《こまかた》の蠟燭やに奉公して居《い》ますする。私は何《ど》んな愁《つ》らき事ありとも必らず辛抱しとげて一人前の男になり、父《とと》さんをもお前をも今に楽をばお為《さ》せ申《もうし》ます。何《ど》うぞ夫《そ》れまで、何なりと堅気の事をして、一人で世渡りをして居《い》て下され。人の女房にだけはならずに居《い》て下され。と異見《いけん》を言われしが、悲しきは女子の身の寸燐《まっち》の箱はりして一人口過《すぐ》しがたく、さりとて人の台処を這うも柔弱の身体なれば勤めがたくて、同じ憂き中にも身の楽なれば、此様《こん》な事して日を送る、夢さら浮いた心では無けれど、言甲斐のないお袋と、彼《あ》の子は定めし爪はじきするであろう。常は何とも思わぬ島田が今日斗《ばかり》は恥かしい。と夕ぐれの鏡の前に涕《なみだ》ぐむもあるべし。菊の井のお力とても、悪魔の生れ替りにはあるまじ。さる子細あればこそ此処《ここ》の流れに落こんで、嘘のありたけ、串談《じょうだん》に其日を送って、情《なさけ》は吉野紙の薄物に、蛍の光ぴっかりとする斗《ばかり》。人の涕《なみだ》は百年も我まんして、我ゆえ死ぬる人のありとも、御愁傷さまと脇を向くつらさ他処目《よそめ》も養いつらめ。さりとも折ふしは悲しき事恐ろしき事胸にたたまって、泣くにも人目を恥れば、二階座敷の床の間に身を投《なげ》ふして忍び音の憂き涕。これをば友朋輩にも洩らさじと包むに、根性のしっかりした、気のつよい子という者はあれど、障れば絶ゆる蛛の糸のはかない処《ところ》を知る人はなかりき。七月十六日の夜は何処《どこ》の店にも客人入込みて、都々一、端歌の景気よく、菊の井の下座敷にはお店者《たなもの》五六人寄集まりて、調子の外れし紀伊の国、自まんも恐ろしき胴間声に、霞の衣衣紋坂《いもんざか》と気取るもあり。力ちゃんは何《ど》うした、心意気を聞かせないか。やったやった。と責められるに、お名はささねど此坐の中に。と普通《ついッとおり》の嬉しがらせを言って、やんややんやと喜ばれる中から、我恋は、細谷川の丸木橋、わたるにゃ怕《こわ》し渡らねば、と謳いかけしが、何をか思い出したように、ああ、私は一寸《ちょっと》失礼をします。御免なさいよ。とて、三味線《さみせん》を置いて立つに、何処《どこ》へゆく、何処へゆく、逃げてはならない。と坐中の騒ぐに、照《てー》ちゃん、高《たか》さん、少し頼むよ、直《じ》き帰るから。とてずっと廊下へ急ぎ足に出《いで》しが、何をも見かえらず店口から下駄を履いて、筋向うの横町の闇へ姿をかくしぬ。

お力は一散に家を出て、行かれる物なら此ままに、唐天竺《からてんじく》の果までも行って仕舞《しまい》たい。

ああ嫌だ嫌だ嫌だ、何《ど》うしたなら人の声も聞えない、物の音もしない、静かな、静かな、自分の心も何もぼうっとして、物思いのない処《ところ》へ行《ゆ》かれるであろう。つまらぬ、くだらぬ、面白くない、情ない悲しい心細い中に、何時《いつ》まで私は止められて居るのかしら。これが一生か、一生がこれか、ああ嫌だ嫌だと道端の立木へ夢中に寄かかって暫時《しばらく》そこに立《たち》どまれば、渡るにゃ怕《こわ》し渡らねば、と自分の謳いし声を其まま、何処《どこ》ともなく響いて来るに、仕方がない、矢張《やっぱ》り私も丸木橋をば渡らずばなるまい。父《とと》さんも踏かえして落《おち》てお仕舞なされ、祖父《おじい》さんも同じ事であったという。何《ど》うで幾代もの恨みを背負て出た私なれば、為《す》る丈《だけ》の事はしなければ、死んでも死なれぬのであろう。情ないとても、誰《た》れも哀れと思うてくれる人はあるまじく、悲しいと言えば、商売がらを嫌うかと一ト口に言われて仕舞《しまう》。ええ、何《ど》うなりとも勝手になれ、勝手になれ。私には以上考えたとて、私の身の行き方は分らぬなれば、分らぬなりに菊の井のお力を通してゆこう。人情しらず義理しらずか、其様《そん》な事も思うまい。思うたとて何《ど》うなる物ぞ。此様《こん》な身で、此様な業体《ぎょうてい》で、此様な宿世《すくせ》で、何《ど》うしたからとて人並みでは無いに相違なければ、人並の事を考えて苦労する丈《だけ》間違いであろ。ああ陰気らしい、何だとて此様《こん》な処《ところ》に立って居るのか、何しに此様《こん》な処《とこ》へ出て来たのか、馬鹿らしい、気違《きちがい》じみた、我身ながら分らぬ。もうもう皈《かえ》りましょうとて、横町の闇をば出はなれて、夜店の並ぶにぎやかなる小路を気まぎらしにと、ぶらぶら歩《あ》るけば、行《ゆき》かよう人の顔小さく小さく、擦れ違う人の顔さえも遥《はるか》とおくに見るよう思われて、我が踏む土のみ一丈も上にあがり居る如く、がやがやという声は聞《きこ》ゆれど、井の底に物を落したる如き響きに聞《きき》なされて、人の声は、人の声、我が考えは考え、と別々に成《な》りて、更に何事にも気のまぎれる物なく、人立《ひとだち》おびただしき夫婦《めおと》あらそいの軒先などを過ぐるとも、唯我れのみは広野の原の冬枯れを行くように、心に止まる物もなく、気にかかる景色にも覚えぬは、我れながら酷く逆上《のぼせ》て人心のないのにと覚束《おぼつか》なく、気が狂いはせぬかと立《たち》どまる途端、お力、何処《どこ》へ行く。とて肩を打つ人あり。

六

十六日は必らず待《まち》まする、来て下され。と言いしをも何も忘れて、今まで思い出しもせざりし結城の朝之助に不図出合《ふとであい》て、あれ、と驚きし顔つきの例に似合ぬ狼狽《あわて》かたがおかしきとて、からからと男の笑うに少し恥かしく、考え事をして歩いて居たれば、不意のように惶《あわ》てて仕舞ました。よく今夜は来て下さりました。と言えば、あれほど約束をして、待《まっ》てくれぬは不心中《ふしんじゅう》。とせめられるに、何なりと仰《おっ》しゃれ、言訳は後にしまする。とて手を取りて引けば、弥次馬がうるさい。と気をつける。何《ど》うなり勝手に言わせましょう、此方《こちら》は此方《こちら》。と人中《ひとなか》を分けて伴いぬ。

下座敷はいまだに客の騒ぎはげしく、お力の中座したるに不興《ぶきょう》して喧《やかま》しかりし折から、店口にて、おや、お皈《かえ》りか。の声を聞くより、客を置ざりに中座するという法があるか。皈《かえ》ったらば此処《ここ》へ来い、顔を見ねば承知せぬぞ。と威張《いば》たてるを聞流しに、二階の座敷へ結城を連れあげて、今夜も頭痛がするので御酒《ごしゅ》の相手は出来ませぬ。大勢の中に居れば御酒の香に酔うて夢中になるも知れませぬから、少し休んで其後《そののち》は知らず、今は御免なさりませ。と断りを言うてやるに、夫《そ》れで宜《い》いのか、怒りはしないか、やかましくなれば面倒であろう。と結城が心づけるを、何のお店ものの白瓜《しろうり》が、何《ど》んな事を仕出《しいだ》しましょう。怒るなら怒れでござんす。とて小女に言いつけてお銚子の支度、来るをば待かねて、結城さん、今夜は私に少し面白くない事があって気が変って居ますほどに、其気《そのき》で附合《つきあっ》て居て下され。御酒を思い切って呑みまするから止めて下さるな。酔うたらば介抱して下され。というに、君が酔ったを未だに見た事がない。気が晴れるほど呑むは宜《い》いが、又頭痛がはじまりはせぬか。何が其様《そん》なに逆鱗にふれた事がある。僕らに言っては悪《わ》るい事か。と問われるに、いえ、貴君《あなた》には聞《きい》て頂きたいのでござんす。酔うと申《もうし》ますから驚いてはいけませぬ。と嫣然《にっこり》として、大湯呑を取よせて二三杯は息をもつかざりき。

常には左《さ》のみに心も留まらざりし結城の風采《ようす》の、今宵は何となく尋常《なみ》ならず思われて、肩巾《かたはば》のありて脊《せ》のいかにも高き処《ところ》より、落ついて物をいう重やかなる口振り、目つきの凄くて人を射るようなるも、威厳の備われるかと嬉しく、濃き髪の毛を短かく刈あげて、頸足のくっきりとせしなど今更のように眺られ、何をうっとりして居《い》る。と問われて、貴君《あなた》のお顔を見て居ますのさ。と言えば、此奴《こやつ》めが、と睨みつけられて、おお、怕《こわ》いお方。と笑って居るに、串談《じょうだん》はのけ、今夜は様子が唯でない。聞《きい》たら怒るか知らぬが、何か事件があったか、ととう。何しに降って沸いた事もなければ、人との紛雑《いざ》などは、よし有ったにしろ、夫《そ》れは常の事、気にもかからねば、何しに物を思いましょう。私の時より気まぐれを起すは、人のするのでは無くて、皆心がらの浅ましい訳がござんす。私は此様《こん》な賤しい身の上、貴君《あなた》は立派なお方様《かたさま》、思う事は反対《うらはら》に、お聞きになって汲んで下さるか下さらぬか、其処《そこ》ほどは知らねど、よし笑い物になっても私は貴君《あなた》に笑うて頂き度《たく》、今夜は残らず言いまする。まあ、何から申そう、胸がもめて口が利かれぬ。とて、又もや大湯呑に呑む事さかんなり。

何より先に、私が身の自堕落を承知して居て下され。もとより箱入りの生娘ならねば、少しは察しても居て下さろうが、口奇麗な事はいいますとも、此あたりの人に泥の中の蓮とやら、悪業《わるさ》に染まらぬ女子があらば、繁昌どころか見に来る人もあるまじ。貴君《あなた》は別物、私が処《ところ》へ来る人とても、大底はそれと思しめせ。これでも折ふしは世間さま並の事を思うて、恥かしい事、つらい事、情ない事とも思われるも、寧《いっそ》九尺二間でも極《き》まった良人《おっと》というに添うて身を固めようと考える事もござんすけれど、夫《そ》れが私は出来ませぬ。夫《そ》れかと言って、来るほどのお人に無愛想もなりがたく、可愛いの、いとしいの、見初《みそめ》ましたのと、出鱈目のお世辞をも言わねばならず。数の中には真《ま》にうけて、此様《こん》な厄種《やくざ》を女房にと言うて下さる方もある。持たれたら嬉しいか、添うたら本望《ほんもう》か、夫《そ》れが私は分りませぬ。そもそもの最初《はじめ》から私は貴君《あなた》が好きで好きで、一日お目にかからねば恋しいほどなれど、奥様にと言うて下されたら何《ど》うでござんしょか。持たれるは嫌なり、他処《よそ》ながらは慕わしし。一ト口に言われたら浮気者でござんしょう。ああ、此《こ》様な浮気者には誰れがしたと思召《おぼしめす》。三代伝わっての出来そこね、親父《おやじ》が一生もかなしい事でござんした。とてほろりとするに、其親父さんは。と問いかけられて、親父は職人、祖父《じじ》は四角な字をば読んだ人でござんす。つまりは私のような気違いで、世に益のない反古紙をこしらえしに、版をばお上から止められたとやら、ゆるされぬとかにて、断食して死んだそうに御座《ござ》んす。六十にあまるまで仕出来《しでか》したる事なく、終《おわり》は人の物笑いに、今では名を知る人もなしとて、父が常《じょう》住《じゅう》歎いたを子供の頃より聞知《ききし》って居《お》りました。私の父というは、三つの歳に椽《えん》から落《おち》て片足あやしき風になりたれば、人中《ひとなか》に立《たち》まじるも嫌《い》やとて居職に飾《かざり》の金物をこしらえましたれど、気位たかくて人愛《じんあい》のなければ贔屓にしてくれる人もなく、ああ、私が覚えて七つの年の冬でござんした。寒中、親子三人ながら古裕衣《ゆかた》で、父は寒いも知らぬか、柱に寄って細工物の工夫をこらすに、母は欠けた一つ竈《べっつい》に破《わ》れ鍋《なべ》かけて、私に去る物を買いに行けという。味噌こし下げて、端《はし》たのお銭《あし》を手に握って米屋の門までは嬉しく駆けつけたれど、帰りには寒さの身にしみて手も足も亀《かじ》かみたれば、五六軒隔てし溝板の上の氷にすべり、足溜りなく転《こ》ける機会《はずみ》に手の物を取落して、一枚はずれし溝板のひまより、ざらざらと翻《こぼ》れ入れば、下は行水《ゆくみず》きたなき溝泥《どぶどろ》なり。幾度も覗いては見たれど、是《こ》れをば何として拾われましょう。其時私は七つであったれど家の内《うち》の様子、父母の心をも知《し》れてあるに、お米は途中で落しました、と空《から》の味噌こしさげて家《うち》には帰られず、立《たっ》てしばらく泣いて居たれど、何《ど》うしたと問うて呉れる人もなく、聞いたからとて、買《かっ》てやろうと言う人は猶更なし。あの時近処に川なり池なりあろうなら、私は定《さだめ》し身を投げて仕舞《しま》いましたろ。話しは誠の百分一、私は其頃から気が狂ったのでござんす。皈《かえ》りの遅きを母の親案じて、尋ねに来てくれたをば時機《しお》に、家《うち》へは戻ったれど、母も物いわず、父親《てておや》も無言に、誰《た》れ一人私をば叱る物もなく、家の内森《しん》として、折々溜息の声のもれるに、私は身を切られるより情なく、今日は一日断食にしよう、と父の一言いい出すまでは、忍んで息をつくようで御座《ござ》んした。

いいさして、お力は溢《いづ》れ出る涙の止め難ければ、紅《くれな》いの手巾《はんけち》かおに押当て、其端を喰いしめつつ、物いわぬ事小半時、坐には物の音もなく、酒の香したいて寄りくる蚊のうなり声のみ高く聞えぬ。

顔をあげし時は、頰に涙の痕はみゆれども淋しげの笑みをさえ寄せて、私は其様《そのよう》な貧乏人の娘、気違いは親ゆずりで折ふし起るのでござります。今《こん》夜も此様な分《わか》らぬ事いい出して、嘸《さぞ》貴君《あなた》御座《ござ》迷惑で御座んしてしょ。もう話しはやめまする。御機嫌に障ったらばゆるして下され。誰《た》れか呼んで陽気にしましょうか。と問えば、いや遠慮は無沙汰。その父親《てておや》は早くに死《な》くなってか。はあ、母《かか》さんが肺結核というを煩《わずら》って死《なく》なりましてから、一週忌《しゅうき》の来ぬほどに跡を追いました。今居りましても未《ま》だ五十、親なれば褒めるでは無けれど、細工は誠に名人と言うても宜《よ》い人で御座んした。なれども名人だとて上手だとて、私等《わたしら》が家《うち》のように生れついたは、何にもなる事は出来《でき》ないので御座んしょう。我身の上にも知られまする。とて物思わしき風情。お前は出世を望むな。と突然《だしぬけ》に朝之助に言われて、えッ、と驚きし様子に見えしが、私等《わたしら》が身にて望んだ処《ところ》が味噌こしが落《おち》、何の玉の輿までは思いがけませぬ。という。嘘をいうは人に依《よ》る。始めから何も見知って居るに、隠すは野暮の沙汰ではないか。思い切ってやれやれ。とあるに、あれ、其《その》ようなけしかけ詞《ことば》はよして下され、何《ど》うで此様《こん》な身でござんするに。と打《うち》しおれて、又もの言わず。

今宵もいたく更けぬ。下坐敷の人はいつか帰りて、表の雨戸をたてると言うに、朝之助おどろきて帰り支度するを、お力は、何《ど》うでも泊《とま》らする。という。いつしか下駄をも蔵《かく》させたれば、足を取られて幽霊ならぬ身の戸のすき間より出《いづ》る事もなるまじとて、今宵は此《こ》処《こ》に泊る事となりぬ。雨戸を鎖《とざ》す音一しきり賑わしく、後には透きもる燈火のかげも消えて、唯《ただ》軒下を行《ゆき》かよう夜行の巡査の靴音のみ高かりき。

七

思い出したとて今更に何《ど》うなる物ぞ、忘れて仕舞《しま》え、諦めて仕舞えと思案は極《き》めながら、去年の盆には揃いの浴衣をこしらえて、二人一処《しょ》に蔵前《くらまえ》へ参詣したる事なんど、思うともなく胸へうかびて、盆に入りては仕事に出る張《はり》もなく、お前さん、夫《そ》れではならぬぞえ。と諫《いさ》め立てる女房の詞《ことば》も耳うるさく、エエ、何も言うな、黙って居ろ。とて横になるを、黙って居ては此日《このひ》が過《す》ぐされませぬ。身体《からだ》が悪るくば薬も呑むがよし、御医者にかかるも仕方がなけれど、お前の病いは夫《そ》れではなしに、気さえ持直《もちなお》せば何処《どこ》に悪い処があろう。少しは正気に成《な》って勉強をして下され。という。いつでも同じ事は耳にたこが出来て、気の薬にはならぬ。酒でも買《かっ》て来てくれ、気まぎれに呑んで見よう。と言う。お前さん、其《その》お酒が買えるほどなら、嫌《い》やとお言いなさるを無理に仕事に出て下されとは頼みませぬ。私が内職とて、朝から夜にかけて十五銭が関の山、親子三人口おも湯も満足には呑まれぬ中で、酒を買えとは能《よ》く能《よ》くお前、無茶助《むちゃすけ》になりなさんした。お盆だというに、昨日らも小僧には白玉一つこしらえても喰べさせず、お精霊さまのお店《たな》かざりも拵えくれねば、御燈明一つで御先祖様へお詫びを申《もうし》て居るも、誰《た》が仕業だとお思いなさる、お前が阿《あ》房《ほう》を尽《つく》してお力づらめに釣られたから起った事、いうては悪《わ》るけれど、お前は親不孝子不孝、少しは彼《あ》の子の行末をも思うて真人間になって下され。御酒を呑《のん》で気を晴らすは一時、真《しん》から改心して下さらねば心元《こころもと》なく思われます。とて女房打《うち》なげくに、返事はなくて吐息折々に太く、身動きもせず仰向《あおのき》ふしたる心根の愁《つら》さ。其身《そのみ》になってもお力が事の忘れられぬか。十年つれそうて子供まで儲けし我れに心かぎりの辛苦をさせて、子には襤褸《ぼろ》を下げさせ、家とては六畳一間の此《こん》様な犬小屋。世間一体から馬鹿にされて別物《べつもの》にされて、よしや春秋の彼岸が来ればとて、隣近処に牡丹《ぼた》もち、団子と配り歩く中を、源七が家へは遣《よ》らぬが能い、返礼が気の毒な。とて、心切《しんせつ》かは知らねど十軒長屋の一軒は除け物。男は外出がちなれば、いささか心に懸るまじけれど、女心には遣る瀬のなきほど切なく悲しく、おのずと肩身せばまりて、朝夕《ちょうせき》の挨拶も人の目色《めいろ》を見るようなる情なき思いもするを、其《そ》れをば思わで、我が情婦《こい》の上ばかりを思いつづけ、無情《つれな》き人の心の底が夫《そ》れほどまでに恋しいか、昼も夢に見て独言《ひとりごと》にいう情なさ、女房の事も子の事も忘れはてて、お力一人に命をも遣る心か、浅ましい口惜しい愁《つ》らい人。と思うに、中々《なかなか》言葉は出《いで》ずして、恨みの露を眼の中《うち》にふくみぬ。

物いわねば狭き家の内も何となくうら淋しく、くれゆく空のたどたどしきに、裏屋はまして薄暗く、燈火《あかり》をつけて蚊遣りふすべて、お初は心細く戸の外をながむれば、いそいそと帰り来る太吉郎《たきちろう》の姿、何やらん大袋を両手に抱えて、母《かか》さん、母《かか》さん、これを貰って来た。と莞爾《にっこ》として駆け込むに、見れば新開の日の出やがかすていら。おや、此《こん》様な好《い》いお菓子を誰れに貰って来た。よくお礼を言ったか。と問えば、ああ、能《よ》くお辞義をして貰って来た。これは菊の井の鬼姉さんが呉《く》れたの。と言う。母は顔色をかえて、図太い奴めが。是《こ》れほどの淵に投げ込んで、未《ま》だいじめ方が足りぬと思うか、現在の子を使いに、父《とと》さんの心を動かしに遣《よこ》し居《お》る。何というて遣《よこ》した。と言えば、表通りの賑やかな処《ところ》に遊んで居たらば、何処《どこ》のか伯父《おじ》さんと一処に来て、菓子を買ってやるから一処にお出《いで》といって、我《おい》らは入《い》らぬと言ったけれど、抱いて行って買って呉れた。喰べては悪《わ》るいかえ。と流石に母の心を斗《はか》りかね、顔をのぞいて猶予《ゆうよ》するに、ああ、年がゆかぬとて、何たら訳の分らぬ子ぞ。あの姉さんは鬼ではないか。父《とと》さんを怠惰者《なまけもの》にした鬼ではないか。お前の衣類のなくなったも、お前の家のなくなったも、皆あの鬼めがした仕事、喰《くら》いついても飽き足らぬ悪魔に、お菓子を貰《もら》った、喰べても能《い》いかと聞くだけが情ない。汚い穢《むさ》い此様《こん》な菓子、家《うち》へ置くのも腹がたつ。捨《すて》て仕舞《しまい》な、捨《すて》てお仕舞《しまい》。お前は惜しくて捨てられないか、馬鹿野郎め。と罵りながら、袋をつかんで裏の空地へ投出《なげいだ》せば、紙は破れて転《まろ》び出る菓子の、竹のあら垣打《うち》こえて溝の中にも落込むめり。源七はむくりと起きて、お初。と一声大きくいうに、何か御用か。と、尻目にかけて振むこうともせぬ横顔を睨んで、能《い》い加減に人を馬鹿にしろ。黙って居れば能《い》い事にして、悪口雑言は何の事だ。知人《しったひと》なら菓子位子供にくれるに不思議もなく、貰《もろ》うたとて何が悪い。馬鹿野郎呼わりは太吉《たきち》をかこつけに我《お》れへの当《あて》こすり、子に向って父親《てておや》の讒訴《ざんそ》をいう女房気質《かたぎ》を誰《た》れが教えた。お力が鬼なら手前は魔王、商売人のだましは知れて居れど、妻たる身の不貞腐れをいうて済むと思うか。土方をしようが車を引こうが、亭主は亭主の権がある。気に入らぬ奴を家《うち》には置かぬ。何《ど》処《こ》へなりとも出てゆけ、出てゆけ。面白くもない女郎《めろう》め。と叱りつけられて、夫《そ》れはお前無理だ、邪推が過る。何しにお前に当《あて》つけよう。この子が余《あん》り分らぬと、お力の仕方が憎《に》くらしさに思いあまって言った事を、とッこに取って出てゆけとまでは惨《むご》う御座《ござ》んす。家《うち》の為《ため》をおもえばこそ、気に入らぬ事を言いもする。家を出るほどなら、此様《こん》な貧乏世帯の苦労をば忍んでは居《い》ませぬ。と泣くに、貧乏世帯に飽きがきたなら、勝手に何処《どこ》なり行って貰おう。手前が居ぬからとて乞食にもなるまじく、太吉が手足の延ばされぬ事はなし。明けても暮れても我《お》れが店《たな》おろしかお力への妬み、つくづく聞き飽きてもう厭《い》やに成《な》った。貴様が出ずば何《どち》ら道同じ事、おしくもない九尺二間、我《お》れが小僧を連れて出よう。そうならば十分に我鳴《がな》り立《たて》る都合もよかろう。さあ、貴様が行くか、我《お》れが出ようか。と烈《はげ》しく言われて、お前はそんなら、真実《ほんとう》に私を離縁する心かえ。知れた事よ。と、例《いつも》の源七にはあらざりき。

お初は口惜しく悲しく情なく、口も利かれぬほど込上《こみあぐ》る涕《なみだ》を呑込んで、これは私が悪う御座んした。堪忍をして下され。お力が親切で志して呉れたものを捨て仕舞ったは、重々悪う御座いました。成程《なるほど》お力を鬼というたから、私は魔王で御座んしょう。モウいいませぬ、モウいいませぬ。決してお力の事につきて此後《このご》とやかく言いませず、陰の噂しますまい故、離縁だけは堪忍して下され。改めて言うまでは無けれど、私には親もなし兄弟もなし、差配《さはい》の伯父さんを仲人なり里なりに立てて来た者なれば、離縁されての行き処《どころ》とてはありませぬ。何《ど》うぞ堪忍して置いて下され。私は憎かろうと、此子《このこ》に免じて置いて下され、謝ります。とて手を突いて泣けども、イヤ何《ど》うしても置かれぬ。とて、其後《そのご》は物言わず、壁に向いてお初が言葉は耳に入らぬ体。これほど邪慳の人ではなかりしをと女房あきれて、女に魂を奪わるれば是《こ》れほどまでも浅ましくなる物か。女房が歎きは更なり、遂《つ》いには可愛《かわゆ》き子をも餓え死させるかも知れぬ人、今詫びたからとて甲斐《かい》はなしと覚悟して、太吉、太吉。と傍へ呼んで、お前は父《とと》さんの傍と母《かか》さんと何処《どちら》が好《い》い、言うて見ろ。と言われて、我《おい》らはお父《とっ》さんは嫌い、何にも買って呉れない物《もの》。と真正直をいうに、そんなら母《かか》さんの行く処《ところ》へ、何処《どこ》へも一処に行く気かえ。ああ行くとも。とて何とも思わぬ様子に、お前さんお聞きか、太吉は私につくといいまする。男の子なればお前も欲しかろうけれど、此子はお前の手には置かれぬ。何処《どこ》までも私が貰って連れて行きます。よう御座んすか、貰いまする。というに、勝手にしろ。子も何も入らぬ、連れて行き度《たく》ば何処《どこ》へでも連れて行け。家《うち》も道具も何も入らぬ。何《ど》うなりともしろ。とて、寐転びしまま振向んともせぬに、何の家《うち》も道具も無い癖に、勝手にしろもないもの。これから身一つになって、仕《し》たいままの道楽なり何なりお尽しなされ。最《も》ういくら此子《このこ》を欲しいと言っても返す事では御座んせぬぞ、返しはしませぬぞ。と念を押して、押入れ探《さ》ぐって何やらの小風呂敷取出し、これは此子《このこ》の寐間着の袷《あわせ》、はらがけと三尺だけ貰って行《ゆき》まする。御酒の上というでもなければ、醒めての思案もありますまいけれど、よく考えて見て下され。たとえ何《ど》のような貧苦の中でも、二人双《そろ》って育てる子は長者の暮しといいまする。別れれば片親、何につけても不憫なは此子《このこ》とお思いなさらぬか。ああ、腸《はらわた》が腐《くさっ》た人は、子の可愛さも分りはすまい。もうお別れ申ます。と風呂敷さげて表へ出れば、早くゆけ、早くゆけ。とて呼《よび》かえしては呉れざりし。

八

魂祭《たままつ》り過ぎて幾日、まだ盆提燈のかげ薄淋しき頃、新開の町を出し棺二つあり、一つは駕《かご》にて、一つはさし担《かつ》ぎにて、駕は菊の井の隠居処よりしのびやかに出《いで》ぬ。大路に見る人のひそめくを聞けば、彼《あ》の子もとんだ運のわるい詰《つま》らぬ奴に見込れて可愛そうな事をした。といえば、イヤ、あれは得心《とくしん》ずくだと言いまする。あの日の夕暮、お寺の山で二人立ばなしをして居《い》たという、確かな証人もござります。女も逆上《のぼせ》て居《い》た男の事なれば、義理にせまって遣《や》ったので御座《ござ》ろ。というもあり、何のあの阿魔《あま》が義理はりを知ろうぞ。湯屋の帰りに男に逢うたれば、流石《さすが》に振《ふり》はなして逃る事もならず、一処に歩いて話しはしても居たろうなれど、切られたは後袈裟《うしろげさ》、頬先のかすり疵《きず》、頸筋の突疵《つききず》など色々あれども、たしかに逃げる処《ところ》を遣《や》られたに相違ない。引《ひき》かえて男は美事《みごと》な切腹、蒲団やの時代から左《さ》のみの男と思わなんだが、あれこそは死花《しにばな》、えらそうに見えた。という。何にしろ菊の井は大損であろう。彼《あ》の子《こ》には結構な旦那がついた筈、取《とり》にがしては残念であろう。と人の愁《うれ》いを串《じょう》談《だん》に思うものもあり。諸説みだれて取止めたる事なけれど、恨《うらみ》は長し人魂か何かしらず、筋を引く光り物の、お寺の山という小高き処《ところ》より、折ふし飛べるを見し者ありと伝えぬ。

（「文芸倶楽部」明治二十八年八月）

文学者の使命

解説　齋藤秀昭

1

明治期の文学は、現代文学の見地から眺めれば、表現としての不自然さや思想的な奥行きの乏しさといったものが目につくかもしれない。しかしそうした文学表現としての洗練度の不足は、逆に、ダイヤモンドの原石にも似た作品の魅力（可能性の束）を有しているとも言えよう。本書に収録された、深刻小説、悲惨小説、観念小説と並称される作品群は、硯友社文学から自然主義文学への「過渡期文学」（伊狩章『後期硯友社文学の研究』）と見なされ、その範囲内でのみ評価されて来た嫌いがある。それゆえ、特に川上眉山や広津柳浪、小栗風葉、江見水蔭といった作家たちは、文学史上において不当に過小評価されて来たと、私には思われてならない。

その根本的な原因は、これまでの文学史が、自然主義文学を日本近代文学における「確立期」として固定化し、そこから全てを遡及的に説明するような型を踏襲して来たことにある。確かに、自然主義文学に近代文学の成熟が見られるにしても、それをもってして、悲惨小説に筆を振るった作家たちの先駆的な存在意義を、「草創期」と「確立期」との谷間に埋もれさせてはなるまい。今年（二〇一六年）歿後百年の夏目漱石は、西洋をいたずらに模倣する愚行について常に警鐘を鳴らし続けて来た作家であるが、浪漫主義から自然主義へと単線的に移行する西欧的近代文学史観の日本における適用を否定しており、双方が共に影響し合いながら消長と平衡の関係を反復すると考えていた（「創作家の態度」他）。同一作品中においても浪漫主義的要素と自然主義的要素とが混在しているのが作品の実際ではないか、とも言っている。まさにその通りであろう。常に「分かりやすさ」を求めてやまない私たち人間は、内容の吟味を脇において形式的な理解にどうしても囚われがちで、それは日本近代文学史のありようをも拘束し続けているのである。その意味において、私たちはまだ漱石以前かもしれない。

さて、文学史的にはあまり日の目を見て来なかった悲惨小説であるが、作品そのものを先入観なしに読めば、そこからは、リズミカルな文体の心地よさや、人生・社会と真正面から向き合って文学との通路を開かんとした作家たちの情熱といったものをひしひしと感じ取ることが出来る。雅俗折衷体の文章も、ツイッター的に断片化した旨味に乏しい口語体を日常とする現代人にとっては、どこか新鮮で、読み始めの抵抗感はいつの間にか雲散霧消してしまうことだろう。もちろん、作品によっては少し観念的でゴツゴツしたところや文章の生硬さも目についてしまうのだが、〈直言〉が人間の胸にじかに響くのと同じように、悲惨小説の表現が持つ一種の迫力は実に捨てがたい。文学作品をそれ自体として鑑賞するためには、文学史の常識やその構造を一度は疑ってみると同時に、己の感性を頼りにして直接作品に向き合うことが肝要のようである。

2

埋もれているものを発掘するといっても、やはりそれは、現代でも読まれるに値する積極的な意義を有したものに限られる。「過渡期文学」では済まない、悲惨小説の本来的な意義とは一体何か。まずはその名称の多様性が孕む問題について触れておこう。なお、ここから先は、悲惨小説と同時期に活躍した田岡嶺雲の批評を引用（援用）しながら推し進めていきたい。嶺雲もまた現代において埋もれた存在だが、それは主要著作が当局によってことごとく発禁処分にされたためであり、その先見性に富んだ文章の価値は、現代の資本主義社会が続く限り、決して色褪せることのないものである（時代に鋭く切り込んだ『嶺雲揺曳』等の批評集の他に、近代自伝文学の傑作『数奇伝《さっきでん》』がある）。しかし日本近代文学研究の世界においても、未だに、泉鏡花や樋口一葉らの才能を真っ先に見出し、その本質を剔抉した彼の仕事の真価が充分に認識されているとは言えない。悲惨小説の新しさとその意義について鮮明にしたのも嶺雲であり、ここではその魅力的な批評の紹介も併せておこなっていきたいと思う。そのことによって、悲惨小説が登場した当時のリアルな感触も確認できると思われるからだ。

では、その些末なとも言えない名称の問題だが、代表的な文学事典『日本近代文学大事典』が「深刻小説」（「死、貧窮、病苦など、人生の悲惨、深刻な暗黒面の描写に重点をおいた小説」と定義）と「観念小説」（「作家が時代社会、世相などから触発された観念をその作品のなかで明白に打出している小説」と定義）を別々に立項し（「悲惨小説」は立項されておらず、「深刻小説」の項で「「悲惨小説」とも呼ばれる」と補足あり）、両者があたかも別物であるかのように錯覚させている点は問題だ。よく読めば、両者の共通性が判明するものの、その関係性についての説明は曖昧かつ不十分である。

なぜそう言えるかというと、日清戦争（一八九四〜一八九五年）を背景にして、資本主義の急速な発展とそれに伴う貧富の格差の拡大・露呈という現象が生まれ、その社会矛盾と対峙し、硯友社の遊戯的趣向的傾向の克服を目指そうとしたのが、他でもない、当時一様に「悲惨小説」と呼ばれていた作品群であったからだ（同系統の作品を指す「深刻小説」という言葉は、少し遅れて登場して来る）。その「悲惨小説」という言葉の初出は、田岡嶺雲が編集の中心であった『青年文』（一八九五年一〇月）の「小説界の潮流」（無署名だが、嶺雲研究の第一人者・西田勝氏の推定では佐々醒雪）で、泉鏡花や前田曙山、広津柳浪らの作品を「悲惨小説」と命名している。その佐々の主張に、すでに「悲酸文字」や「深刻の悲哀文字」という言葉で鏡花や柳浪を力強く論じていた嶺雲のそれ（「日本文学に於ける新光彩」〈『日本人』一八九五年七月〉）が反映していることは、ほぼ間違いあるまい。また「観念小説」という言葉の初出は、島村抱月「小説を読む眼」（『読売新聞』「月曜附録」一八九五年八月二六日）で、作家名作品名の記載はないものの、後に書かれた抱月の「小説界の新潮を論ず」（『早稲田文学』一八九六年一、三月）等を見れば、それが泉鏡花と川上眉山の小説を指していることは明らかである（命名の初出については成瀬正勝の詳細な検証「悲惨小説・観念小説の命名について」〈『人文科学科紀要』一九六六年一二月〉を参照のこと）。さらに、当時の『早稲田文学』の「彙報」欄その他を通覧すると、「悲惨小説」の流行を論じる中に鏡花や眉山の作品が自然に登場して来てもいる。

以上のことから分かることは、「悲惨小説」（別名「深刻小説」）も「観念小説」も、社会の悲惨な現実を対象化し、その深刻さを文学的に追究した点では本質的に同じものなのであって、違うのは、前者が写実的な描写そのものに、後者が作者の主張的な表現に力点《アクセント》を置いていたということなのだ（だから「観念小説」の「観念」も、実際に作品を読めば分かることだが、単なる抽象的な考えというものではなく、「反俗精神による社会批判」〈和田芳恵〉がその内容となる）。よって「観念小説」なる言葉を喧伝した島村抱月や坪内逍遙が、「悲惨小説」の中でも主観的な傾向性においてやや目立った鏡花と眉山の作品を、彼らの哲学的批評の都合において特殊扱いした結果、「観念小説」なる曖昧な語が派生したに過ぎないのである。詰まるところ、文学事典での記載も「悲惨小説」という項目をまずは立て、その別称として「深刻小説」に触れ、「悲惨小説」の下位概念（一特殊分野）として「観念小説」を説明するというのが、一番実情＝当時の文壇における認識情況に見合っているというわけだ。

3

さて、次に悲惨小説の本来的な意義を明らかにするに当たって、それが登場した時のダイナミズムを現在に伝える田岡嶺雲の言葉（前掲「新光彩」）を、まずは引いておこう。

吾人は頃日の文界中に悲酸文字の出づるもの漸く多きを見て、吾人の言の誤らざるを知る。かの泉鏡花の夜行巡査、前田曙山の蝗売、三宅青軒の奔馬、広津柳浪の黒蜥蜴の類に於て確にその吾文学が昔日の喜劇的和楽の旧分子に加うるに、悲劇的分子を以てしたるを見る。嗚呼転ぜずんば進まず、吾文学は更に一大歩武を進めんとするなり。吾人は此等深刻の悲哀文字の出づるに至りたるを以て、吾国文学の上に於て喜ぶべきの新現象なりとして之を歓迎す。来れ、来れ、益々来れ。吾文学の新光彩よ。

嶺雲は、日清戦争という民族的な経験がこれまでの鎖国的「お坊チャマ育《そだち》」から日本文学を脱皮させ、「東亜思想と西欧思想」の混融を伴った「一大生面」を開かせると考え、その上で悲惨小説の書き手となった文学者たちの存在意義を鮮明にした。維新後の日本近代文学は「紅露逍鷗」（尾崎紅葉、幸田露伴、坪内逍遙、森鷗外）と二葉亭四迷という卓越した才能による一時的な開花を除き、近代文学としては停滞を余儀なくされていたが、硯友社の内部やその周辺にいた若手の新進作家たちによる内側からの改革（自己変革）によって悲惨小説という画期的な「新現象」は登場して来たのである。それは単に、社会の暗部への視野の拡大、文学的素材の拡充といったものではなく、日本の近代文学を担うにたる作家は一体何をすべきなのか、という真摯な自己探求の成果であったのだ。驚くべきことに、本書に収録された作品が発表された時点における作家たちの満年齢は、二〇代の前半から半ばまでがほとんどであり（柳浪のみ三〇代）、言うなれば、悲惨小説は青年の情熱と活気とによって支えられた〈青年文学〉なのであった。いずれの世も時代を変革するのは青年であると一般に言われているが、疑惑や批判を抱かざるを得ない悲惨な現実の中に人生の深刻な問題が象徴的に横たわっているのではないかという発見、そしてその真剣な追究こそが〈文学者の使命〉であるとの確信、これら青年の青年らしき志といったものが「明治社会への批判的な対立において成立した二葉亭四迷・北村透谷らの仕事」を「片隅の存在から本流」へと導いたのである（小田切秀雄『現代文学史』）。

悲惨小説はその結果、表面的風俗的であった硯友社の写実を問題提起的人生論的なレベルにまで押し上げることとなった。それは、虐げられている者、貧しき者、差別を受けている者らへの強いシンパシーに衝き動かされながら、もう一つのあり得べき世界の模索に読者を誘《いざな》うものとなったのである。近代文学が現実に対して芸術的なオルタナティブを提示するものならば、まさに悲惨小説の登場において、日本近代文学は近代文学らしい相貌を文芸思潮として本格的に纏い始めたのだと言えよう。そこに、無視することの出来ない悲惨小説本来の意義があるのではなかろうか。

4

収録作個々の魅力については、読者に時間をかけてじっくりと味わっていただきたいのだが、鑑賞の参考になりそうなことに限って、ここでは触れておくことにしよう。

川上眉山と泉鏡花は、悲惨小説の鮮烈なスターターとして特記するに値する。彼らの作品は、抱月が「観念小説」と敢えて括りたくなってしまうくらいに、率直なメッセージ性に富んだものだが、人生における悲惨と向き合った青年作者の一途な熱情に特徴がある。「大さかずき」は、人間の誠実というものが、現実的な配慮に基づく恋人の裏切りによって打ち砕かれてしまう瞬間を見事に捉えている。アルコール依存症にでもなる他ない人生の局面を描き出していて秀逸と言え、自暴自棄に陥った努力型の好青年を何とかして救えないものか、と読者は考え込んでしまうことだろう。嶺雲は本作を「圧巻のもの」と評し、恋人を殺そうとして殺せなかった主人公の台詞に「恋の情の誠」が映し出されていると指摘した（「眉山の『大杯』」）。

「夜行巡査」は、ロボット人間における非人間性を告発したあまりに有名な作品だが、観念の世界からの現実社会に対する強烈なプロテストとしての魅力、つまり現実を〈撃つ〉ための観念の迫力に注目したい。なぜなら、「化銀杏」で結婚制度批判を、「高野聖」で文明批判を展開しているように、鏡花の観念性・幻想性・怪奇性の背後には近代資本主義社会への抵抗が潜められているからだ。鏡花の幻想はその華麗な表層においてだけ受け止めるべきものではないのである。

前田曙山と田山花袋の作品からは〈貧困〉問題の重さを突きつけられる。「蝗うり」には、その人情話的結構に釣られてどうしても泣かされてしまうのだが、病苦と貧困に追い詰められた母の、無理心中を図ろうとして狂気に至る過程がよく描かれている。そこに、人間のプライドの崩壊が凶行を引き起こすトリガーになり得ることを洞察した作者の眼が光っている。それにしても殺された十歳の娘・梅坊が私には哀れでならない。

田山花袋の「断流」は、研究者から「初期小説の集大成的な位置にある小説」（渡邉正彦「田山花袋「断流」の世界」〈『群馬県立女子大学　国文学研究』二〇〇四年三月〉）と高い評価を受けているにも拘わらず全集未収録の作品で、容易に読めない情況が続いて来てしまった、まさに埋もれた秀作である。渡邉氏が指摘しているように、本作は「お勝の生涯を通して、明治の貧しい若い女たちの運命を描いたもの」だ。ヒロインの女性は故郷から放逐されて、紡績工場の女工→貸座敷の娼妓→盗賊の妻→銘酒屋の私娼という流転の人生を送り、最後は帰郷するも、どこにも居場所のなくなった絶望が彼女を自殺に追いやってしまう。一人の少女の淪落に寄り添い続ける作者の精神が生きている作品で、不易万古の自然と儚い人間の運命との対照を浪漫主義的に描いているところも興味深い。後に自然主義文学の驍将となる花袋の精神の在処を伝える重要な作品と言えるであろう。

北田薄氷《うすらい》は樋口一葉と同じく、豊かな才能を持っていながら早世した女性作家である。一葉の卓越性とは比較にならないが、「乳母」という作品において、忠義と情愛との板挟みにあった女性の切ない心情が巧みに捉えられている。実直な庶民の誠実が当世風の現実主義によって裏切られ、そして狂気に至るという点は、「大さかずき」と相似形をなす。

広津柳浪から徳田秋声、小栗風葉と続く三作品は、知的障害者と被差別部落出身者を扱っていて、題材的には深刻度を増した作品群である。柳浪は、「亀さん」の他に「残菊」

「河内屋」「黒蜥蜴」「今戸心中」等、悲惨小説の傑作を立て続けに発表した類い稀な作家で、「明治文壇の鬼才」と称されていた（後藤宙外『明治文壇回顧録』）。大衆小説的な作品も大量生産しているが、先に挙げた悲惨小説群は明治期の文学において屈指の名作と言えるものばかりである。「亀さん」という作品も、日中の明るさを避けた夜に「四十時間位」で書かれたらしく（伊原青々園・後藤宙外編『唾玉集』）、柳浪はデーモンに取り憑かれる天才肌の作家かと思われるが、その一気呵成に書かれた作品は妖しげな凝集力に富み、人物の写実的な描写や会話表現の巧みさによって圧倒的なリアルさを獲得してもいる。田岡嶺雲も「此愚鈍痴呆なる亀さんの無意識の罪悪をうつすと共に、其愛嬌あり無邪気なる亀さんをうつし得たるに服するなり」と高い評価を与え、知的障害者の「小児の如き」「玲瓏として清き」心に作者が深く通じていた、という鋭い指摘もしている（「『五調子』を評す」）。いずれにしても柳浪は、素材主義に堕することなく、芸術的な悲惨小説を牽引した非常に優れた作家として、樋口一葉並みに光が当てられてしかるべき存在なのである。

秋声の「藪こうじ」と風葉の「寝白粉」は共に、〈差別〉の過酷な問題を扱っている。前者は秋声の実質的な文壇デビュー作で、「新平民」の裕福な家庭が娘の結婚話をきっかけに崩壊していく悲劇を描いている。差別と被差別に伴う感情の蟠りや、女性の鬱屈した精神のありようを抉り出した秀作である。後者は「風俗壊乱」の咎（兄妹の近親相姦を暗示した結末ゆえか）で掲載誌が発禁となった所謂問題作である。結婚の時期を巡って深刻に思い悩む女性は、今やほとんどいないかもしれないが、差別という隠微な社会的圧力に囲繞されて生きる人間の閉塞感と、そこに推移する心理の特異な傾斜とを鋭く描き出した作品である。秋声と風葉が共に、「新平民」の欺瞞性を鋭く衝き、差別が一向に払拭されていない社会の現実をあぶり出すことで文壇登場を果たした、ということの意義は、やはり深いと言わざるを得ない。

なお、悲惨小説に「差別的」な表現が垣間見られる点についても、一言しておかねばなるまい。私たちが生きる近代資本主義社会は、一面において差別や格差を容認するシステムであるが、真の文学者は、その〈社会の闇〉に切り込むべく、敢えて「差別的」言辞を使用することもある。それは、非人間的なるものを照らし出してそれを克服するためなのであって、決してその逆ではない。読者の方々には、その点、ご理解いただければと思う。

さて、悲惨小説の傑作として発表当時から大きな評判を博したのが、最後の二作、「女房殺し」と「にごりえ」である。江見水蔭は、俗な標題で読者を釣ろうとはしたが、「本文でその本領を現わし、而して知らず知らずの間に俗人をして詩趣を解せしめようと思った」と、やや意気込んでいた当時を回想している（新声社編纂『創作苦心談』）。「眉山の『大盃』と共に硯友社諸才子近業の双璧」と内田魯庵も激賞したその「女房殺し」は、金力によって女性を玩ぶ深刻な社会問題や、愛と貞操との関係について体当たりで格闘した見事な達成と言えよう。そして一葉の「にごりえ」は、言うまでもなく、人間存在の苦悶の極点を内側から描き出した大傑作である。本作もまた、他の作品同様、実は悲惨小説の文学動向から生まれて来た作品で、無理心中を思わせる結末にそれは顕著であろう。一人の女性の身の破滅に詩的な奥行きを持たせ、ヒロイン・お力の〈心の叫び〉に圧倒的なリアリティを付与した樋口一葉の天才は、社会の底辺に生きる人々、負のスパイラルから脱することの出来ない人々の〈声なき声〉を掬い取る文学的才能の全面的な開花であった。

5

蛇足を承知の上で、最後も田岡嶺雲の言葉で締め括りたい。一九世紀末の深刻悲惨小説が描き出していた〈現実〉は、二一世紀の現代に生きる私たちのそれと何ら変わりがない。現代文学の不振、停滞の本質的原因を探り、作家の存在理由《レーゾンデートル》に思いを馳せた時、次の言葉は、時空を超えて至純の輝きを放つことであろう。

嗚呼《ああ》々々天下最も其運命の悲惨にして、其生涯の最も憫《あわれ》むべきものは彼《か》の下流社会の徒にあらずや。而《しか》して此悲惨の運命を歌い、この憫むべきの生涯を描く、豈《あ》に詩人文士の事にあらざらんや。世は既に才子佳人相思の繊巧なる小説に飽けり、俠客烈婦の講談めきたる物語に倦めり、人は漸く人生問題に傾頭して神霊の秘密に聞かんとするの今日、作家たるもの満腔の同情を彼等悲惨の運命の上に注ぎ、渾身《こんしん》の熱血を其腕下の筆に瀉《そそ》ぎて、彼等憫むべきの生涯を描き、彼等不告《ふこく》の民の為めに痛哭《つうこく》し、大息し、彼等に代りて何ぞ奮《ふるい》て天下に愬《うった》うるを為さざる。

（「下流の細民と文士」　一八九五年九月『青年文』）

底本一覧

大さかずき　『日本現代文学全集11　山田美妙・広津柳浪・川上眉山・小栗風葉集』
　一九六八年八月　講談社
夜行巡査　『新編　泉鏡花集』第三巻　二〇〇三年一二月　岩波書店
蝗うり　『新　日本古典文学大系　明治編21　硯友社文学集』
　二〇〇五年一月　岩波書店
乳母　『新　日本古典文学大系　明治編23　女性作家集』
　二〇〇二年三月　岩波書店
亀さん　『定本　広津柳浪作品集』上巻　一九八二年一二月　冬夏書房
藪こうじ　『徳田秋聲全集』第1巻　一九九七年一一月　八木書店
寝白粉　『明治文学全集65　小杉天外・小栗風葉・後藤宙外集』
　一九六八年一〇月　筑摩書房
女房殺し　『新　日本古典文学大系　明治編21　硯友社文学集』
　二〇〇五年一月　岩波書店
にごりえ　『日本近代文学大系』第8巻　一九七〇年九月　角川書店

本書収録十作品のうち、田山花袋「断流」は全集未収録のため作品末尾に示した初出誌を底本とし、残り九作品は前頁に示した各刊行物を底本としました。収録に際し新漢字新かなづかいとするなど原則として現代の表記に改め、明らかな誤りは正しました。なお底本中、差別や障害に関する表現など今日から見れば不適切なものがありますが、発表された時代背景や作品のテーマ、文学的価値などを考慮し、底本のままとしました。よろしくご理解のほどお願いいたします。

明治《めいじ》深刻《しんこく》悲惨《ひさん》小説《しょうせつ》集《しゅう》
講談社文芸文庫《こうだんしゃぶんげいぶんこ》 編《へん》

二〇一六年六月一〇日第一刷発行
二〇二五年六月一三日第四刷発行

発行者——篠木和久
発行所——株式会社 講談社
東京都文京区音羽2・12・21 〒112-8001
電話 編集（03）5395・3513
販売（03）5395・5817
業務（03）5395・3615

デザイン——菊地信義
印刷——株式会社KPSプロダクツ
製本——株式会社国宝社
本文データ制作——講談社デジタル製作

定価はカバーに表示してあります。

講談社
文芸文庫

ISBN978-4-06-290313-4

講談社文芸文庫

伊藤比呂美-とげ抜き　新巣鴨地蔵縁起　栩木伸明──解／著者───年
稲垣足穂──稲垣足穂詩文集　高橋孝次──解／高橋孝次──年
稲葉真弓──半島へ　木村朗子──解
井上ひさし-京伝店の烟草入れ 井上ひさし江戸小説集　野口武彦──解／渡辺昭夫──年
井上靖───補陀落渡海記 井上靖短篇名作集　曾根博義──解／曾根博義──年
井上靖───本覚坊遺文　高橋英夫──解／曾根博義──年
井上靖───崑崙の玉|漂流 井上靖歴史小説傑作選　島内景二──解／曾根博義──年
井伏鱒二──還暦の鯉　庄野潤三──人／松本武夫──年
井伏鱒二──厄除け詩集　河盛好蔵──人／松本武夫──年
井伏鱒二──夜ふけと梅の花|山椒魚　秋山 駿──解／松本武夫──年
井伏鱒二──鞆ノ津茶会記　加藤典洋──解／寺横武夫──年
井伏鱒二──釣師・釣場　夢枕 獏──解／寺横武夫──年
色川武大──生家へ　平岡篤頼──解／著者───年
色川武大──狂人日記　佐伯一麦──解／著者───年
色川武大──小さな部屋|明日泣く　内藤 誠──解／著者───年
岩阪恵子──木山さん、捷平さん　蜂飼 耳──解／著者───年
内田百閒──百閒随筆 Ⅱ 池内紀編　池内 紀──解／佐藤 聖──年
内田百閒──[ワイド版]百閒随筆 Ⅰ 池内紀編　池内 紀──解
宇野浩二──思い川|枯木のある風景|蔵の中　水上 勉──解／柳沢孝子──案
梅崎春生──桜島|日の果て|幻化　川村 湊──解／古林 尚──案
梅崎春生──ボロ家の春秋　菅野昭正──解／編集部───年
梅崎春生──狂い凧　戸塚麻子──解／編集部───年
梅崎春生──悪酒の時代 猫のことなど─梅崎春生随筆集─　外岡秀俊──解／編集部───年
江藤淳───成熟と喪失 ─“母”の崩壊─　上野千鶴子─解／平岡敏夫──案
江藤淳───考えるよろこび　田中和生──解／武藤康史──年
江藤淳───旅の話・犬の夢　富岡幸一郎─解／武藤康史──年
江藤淳───海舟余波 わが読史余滴　武藤康史──解／武藤康史──年
江藤淳　蓮實重彥──オールド・ファッション 普通の会話　高橋源一郎─解
遠藤周作──青い小さな葡萄　上総英郎──解／古屋健三──案
遠藤周作──白い人|黄色い人　若林 真──解／広石廉二──年
遠藤周作──遠藤周作短篇名作選　加藤宗哉──解／加藤宗哉──年
遠藤周作──『深い河』創作日記　加藤宗哉──解／加藤宗哉──年
遠藤周作──[ワイド版]哀歌　上総英郎──解／高山鉄男──案

講談社文芸文庫

大江健三郎-万延元年のフットボール　加藤典洋──解／古林 尚──案
大江健三郎-叫び声　新井敏記──解／井口時男──案
大江健三郎-みずから我が涙をぬぐいたまう日　渡辺広士──解／高田知波──案
大江健三郎-懐かしい年への手紙　小森陽一──解／黒古一夫──案
大江健三郎-静かな生活　伊丹十三──解／栗坪良樹──案
大江健三郎-僕が本当に若かった頃　井口時男──解／中島国彦──案
大江健三郎-新しい人よ眼ざめよ　リービ英雄-解／編集部──年
大岡昇平──中原中也　粟津則雄──解／佐々木幹郎-案
大岡昇平──花影　小谷野 敦──解／吉田凞生──年
大岡 信──私の万葉集一　東 直子──解
大岡 信──私の万葉集二　丸谷才一──解
大岡 信──私の万葉集三　嵐山光三郎-解
大岡 信──私の万葉集四　正岡子規──附
大岡 信──私の万葉集五　高橋順子──解
大岡 信──現代詩試論|詩人の設計図　三浦雅士──解
大澤真幸──〈自由〉の条件
大澤真幸──〈世界史〉の哲学 1　古代篇　山本貴光──解
大澤真幸──〈世界史〉の哲学 2　中世篇　熊野純彦──解
大澤真幸──〈世界史〉の哲学 3　東洋篇　橋爪大三郎-解
大澤真幸──〈世界史〉の哲学 4　イスラーム篇　吉川浩満──解
大西巨人──春秋の花　城戸朱理──解／齋藤秀昭──年
大原富枝──婉という女|正妻　高橋英夫──解／福江泰太──年
岡田 睦──明日なき身　富岡幸一郎-解／編集部──年
岡本かの子-食魔 岡本かの子食文学傑作選 大久保喬樹編　大久保喬樹-解／小松邦宏──年
岡本太郎──原色の呪文 現代の芸術精神　安藤礼二──解／岡本太郎記念館-年
小川国夫──アポロンの島　森川達也──解／山本恵一郎-年
小川国夫──試みの岸　長谷川郁夫-解／山本恵一郎-年
奥泉 光──石の来歴|浪漫的な行軍の記録　前田 塁──解／著者──年
奥泉 光・群像編集部 編-戦後文学を読む
大佛次郎──旅の誘い 大佛次郎随筆集　福島行一──解／福島行一──年
織田作之助-夫婦善哉　種村季弘──解／矢島道弘──年
織田作之助-世相|競馬　稲垣眞美──解／矢島道弘──年
小田 実──オモニ太平記　金 石範──解／編集部──年